U0035518

楊迎平 著

現代的 施蟄存

序

徐中玉

　　楊迎平教授十多年前，已私淑施蟄存先生，多次直接與施老接觸，談話，得到施老不少指導與幫助。施老逝世後，她有志寫成《施蟄存論》，我得以先睹。讀過深感她是有條件、有魄力寫好這本書的。施老雖逝，至今有不少論文和回憶性文章繼續發表在各地報刊上。這主要由於他在現代文學事業上有影響。無論在創作、教學、翻譯、編輯等各個方面，包括古今中外，他都有許多貢獻、實績，而且都有其個性特點。會留在這一時期的歷史上和朋友、後學們的心中。他的許多文字，所提出的問題，所表達的特見，幾乎都是值得注意、參考的。他一生大多數的時間都生活在上海，文藝界熟人最多，接觸的面最廣，經歷的事情也極多。所以，國內外想多多知道當時上海文藝界活動情況的學者，多去訪問他，也已有不少這方面的文字留下來。要寫好論施老一生貢獻的書確實不易，沒有較長時間直接與他的接觸，不仔細讀過他的許多著作，不參酌許多已論述過施老的重要資料，那是很難有成的。何況，由於長期以來，曾存在著不少對施老的誤解與偏見，把思想觀點之異，作用之異，或興趣之異，動輒看成是敵對、不容共同存在的東西，如果缺乏開明、與時俱進的獨立思考精神，「論」就頗有站不住的可能了。我看難得的是，迎平此書大體很翔實、客觀。施老當年主編的《現代》雜誌，過去曾被蒙上了不少責難。後來、至今豈不已被公認為當時很有特色的名刊了嗎？施老在晚年榮膺上海市、政府性的「文學大獎」，是由上海市文藝界各方聯合一致推舉出來的。這是施老在歷次運動中受過多年壓抑傷痛之後得到的最徹底的解放；對他過去作出許多貢獻的承認與鼓勵。20世紀30年代在對《莊子》與《文選》問題的論爭中，他認為學學這兩種名著有助於青年作者多掌握到可以利用的辭彙，魯迅認為這對青年有害，妨礙他們進

步。「筆戰」文字中施老當時誠有「血氣方剛」的不妥處，可他從未改變過原來的觀點。依我看來，當時觀點之異，乃「樂山樂水」，完全可以各樂其樂的。在魯迅墓搬遷到虹口公園中那一天，那時魯迅像已矗立在園中，我也去參加了這個隆重活動。當時外地作家特來參加的也不少。我忽然發現施老原來也擠在遠處的人群裡。待結束後我再去找他以便一道回校，卻已找不到他了。他心裡並沒有忘記魯迅。因為我聽到他這樣講過：觀點歸觀點，對魯迅我還是很尊重的。

迎平此書分為三編：綜合論、創作論、比較論。下列各章各節，清晰有條。我很讚賞她這種寫法。書中有幾篇曾在《文藝理論研究》發表過，反映良好。

施老比我大十歲，我向視他為師輩。1939年我從重慶去遷在雲南澂江縣的中山大學研究院當研究生，知他正在昆明雲南大學任教，特去拜會了他，承多指教。1946年抗戰勝利，我從廣州回家經過上海又得晤面。1947年我從青島回上海在滬江大學任教，1950年章靳以把施老也請到滬江，我們就成了同事。1952年院系調整前，章靳以、朱東潤、余上沅、朱維之、施老和我，一起參加思想改造，結束後，東潤、上沅兩位去復旦，蟄存和我去華東師大，維之去南開大學，靳以去上海作家協會協助巴金主持工作。我們就這樣同事相知60年。「反右」、「勞改」、「文革」後的監改，一直在一起。歷次運動都必涉及他，現成的根據就是「洋場惡少」。退休後，我隔段時期就會去看他，談天。知道他很達觀，但不是毫無顧慮，例如：要恢復同「國際筆會」的關係時，上面決定要成立「上海筆會」。華東師大指名許傑、施蟄存、徐中玉、錢谷融，兼職的還有王元化。仍得徵求本人是否同意，許傑向施詢問時，施一口拒絕，「我不參加，這個筆會豈不是資產階級的？」許老要我再告知施，這是上面提出的，有什麼關係。我去說了，他還是不願意：「國際筆會的參加者當然都是資產階級作家，說不定什麼時候批判起來，誰說得清楚。」他實在被「洋場惡少」四字壓抑得太久了。這情況後來才得以逐漸放鬆下來。

施老最後一次住進華東醫院後就未能回家，真的仙逝了。住院前錢谷融兄曾到他家去探望。施對谷融說，好久沒見到我們，說身體

好些一定要請我們兩人去吃頓飯，談談天。不久他就住院去了。似乎
身體還可以。我去醫院看他時，他不能坐起來說話，說「我明天就要
出院了。」其實，這是他真想回家。醫生力勸他住下來。他又提出回
家後就找我們去吃飯；他很關心老同事們。他的病狀很快惡化，逐漸
連進食也主要靠打針、鼻飼。鼻飼很難受，他總要拉掉。我先後去看
過他四五次，他是越來越嚴重。那時他已99歲。終於，醫院發出「病
危」通知。我們得知這一消息後，立即去醫院。他已張不開眼，但從
我們的聲音，知道是我們來了；用手向我們招了一下，講不出一句
話。我們只有在他床前坐了個把鐘點。不幸次日早上他真的走了，待
我們趕去時，已再也聽不到他的任何動靜了。現代中國文學界中這樣
一位豐富多彩的老同事、老朋友真的走了，再也回不來了。但他一直
仍活在老朋友、後學們的心中。他的各種貢獻能夠長期產生影響，留
給後世。

　　迎平此書，增加了、也豐富了我對施老的認識和敬仰。我是一直
鼓勵、期望，樂觀其成的。她一定還能寫出不少佳作來。

2007年4月24日　於上海

前言　走近施蟄存先生

　　中國20世紀30年代的現代派作家施蟄存先生於2003年11月19日走完了他近一百年的生命歷程。

　　施先生匆匆離我們而去，這噩耗來得那麼突然，施先生的音容笑貌還歷歷在目，甚至我幾月前還給施先生打過電話，是他的曾孫女接的，說近期去上海看望他老人家，曾孫女擱下話筒去告訴施先生，然後回話給我：「可以。」因為一些瑣事的拖累，上海之行就拖下來，沒想到成為終生的遺憾。

　　我與施先生認識、通信交往已十幾年。

　　認識施先生以前，我對施先生充滿了神秘感。這神秘感是來自多方面的，首先是讀了他的具有現代因素和荒誕魔幻色彩的小說以後，由作品的神秘而對作者的神秘，並以為他是十里洋場風流倜儻的人物，是如劉吶鷗一樣的浪蕩子。其次，是因為他與魯迅的論爭，以及他主編的《現代》雜誌中的關於「第三種人」的論爭，文藝界對他誤解較深。也使我對施先生充滿神秘感，甚至迷惑不解。

　　走近施先生之後，使我弄清楚了我曾經迷惑不解的問題，神秘感也化為親切感，我覺得施先生不僅是我的研究對象，而且是我的一個可親可敬的親人，我將施先生當作我的無話不說的親爺爺，我有什麼苦惱，有什麼疑問，有什麼解決不了的問題都是寫信給施先生，施先生接到信立即回信，一切問題就迎刃而解了。

　　1991年初，我正在為寫《中國現代小說流派論》一書收集資料，經春歷秋，已頗有收穫，唯對20世紀30年代現代派知之甚少，資料的缺乏確實讓人吃驚。在目前傳記文學蜂擁的情況下，竟沒有一本施蟄存的傳記或評傳。為了瞭解30年代現代派作家的情況，這年7月初，我冒昧寫信求教於施先生，將信寄到華東師大中文系。我當時是抱著試試看的心理，沒指望施先生真給我回信。一個月後，我收到施先生8月9日的回信，信一開始就說明了遲回覆的原因：「大函昨日始從校

中轉到，因我已退休，不住在校內，一切書信文件均須便人帶來，現在暑假中，已好久無人來，故大函遲了一月才見到。」在這封信裡，施先生向我介紹了20世紀30年代現代派的研究現狀，並談了他對自己作品的看法，他說：「我在青年時代，寫了一些小說，中年以後，擱筆改行，舊作也自己不想提起。想不到近年忽又『走紅』，亦頗感青年人好奇好古。但我自己卻不想多談，行過之生命，已為陳跡。這些作品，在我，已是歷史文獻了。」對我在信中談到的對他的作品的理解，施先生也給我鼓勵：「承你推重，只有慚愧，……你說我的小說『乾淨』，這一觀點，倒沒有人說起過，大概這是一位女讀者的特有敏感，男讀者不會注意及此。」施先生還隨信給我開了一個他的作品目錄。

因為施先生的平易近人、和藹可親，在與施先生的通信中，我不但請教學問，也談一些思想困惑，針對我的信中的情緒，施先生回信說：「有一句話，我要和你辯論，你說我『可能不會理解』你，錯了，我很理解你，因為像你這樣的女教師，我這裡很多，她們的想法境況，都和你沒有什麼不同。你今年才三十多歲，可知你讀大學是在『撥亂反正』之後，這已經是幸運了，有許多五十多歲的講師、副教授，都是在1958——1968年間讀大學的，他們根本沒有讀書，只是靠運動發跡，1978年以後，他們的過去的二十年，成為廢物，急起直追，開始用功，有的能夠維持下去，有的被淘汰了，至今不能上課，這些人才是『虛度』了最關重要的二十年。你不用悲歎虛度年華，抓緊時間，還可以『亡羊補牢』。從1978年到現在，我的一切工作，都是補1958——1978年的空缺，幸而我身體好，才能補上，別人恐怕辦不到。因此，我勸你！」施先生還告訴我，為了將失去的時間補回來，要維護身體的健康，他說：「維護身體健康，只要你現在心肺腸胃無病就容易維護。我的養生方法很簡單，可以傳授給你：（一）每日早起，深呼吸五分鐘，最好在空氣潔淨的地方。（二）深呼吸後，喝一杯鹽開水（溫的），前者是養肺，後者是清腸胃。此外，還要多吃蔬菜，這是掃除腸穢的『拖把』。女同志有家務事做，這是一大損失，我不知道你愛人是如何人？華師大的青年教師有許多能分任一部

分家務，只要生活有規律，夫婦合作得好，也不至於受多大損失。生活安排得好，才有可能做學術研究工作，對女同志尤其必要。」（1991年9月18日給筆者信），

　　施先生常來信鼓勵我多讀書，鼓勵我做好文學研究工作，並一再要我開個書單：「你需要什麼書？可開一書單來，如果我有，可以送你幾本。」「我孫兒在上海書店工作，買書還較方便。不過現在上海書店很少供應我輩所需要的書，滿個書攤都是服裝、烹調、台灣小說、色情小說，外省版書更不易尋找，東北的書幾乎不到上海。」（1991年10月1日信，這次信落款「北山」，並說「以後用此名」）施先生不斷來信問我要什麼書，「收到二月二十七日手書，知前寄各書均已妥收，甚慰。你還要什麼書，可來示，……你告我一個方向，我還可以送你一批。」（1992年3月7日）施先生多次給我寄書，每次都用牛皮紙包得整整齊齊，再用透明膠帶纏得嚴嚴實實，幾年來，給我寄了幾十本書，有作品，有評論者的專著，還有雜誌。對一些評論文章、評論專著，施先生會提出一些不同的觀點，有的在書上寫眉批，有的在書中夾上寫著意見的紙條。甚至對書中的錯字，以及譯文的錯誤，施先生都一一改正過來。寄來的雜誌施先生都在目錄上將要求我看的文章用紅筆打勾。施先生還在來信中叮囑：「你看過，隨時把你的讀後感告我。」（1991年10月1日信）讀施先生寄來的書，我從中學到很多東西。

　　我在與施先生通信中，談到我母親也同施先生一樣，被錯劃成右派，施先生便來信說：「你母親是『右派』，當然也是知識分子，還在不？做什麼事？你的經歷，也是一種典型，為什麼不寫一點自傳性的文章，做個記錄？」我寫信告訴施先生我母親的近況後，施先生又來信說：「你母親一生坎坷不平，大可以寫一部自傳，近年我看了三部女士的自傳，一部是潘念的《生與死在上海》，潘的丈夫解放前做外交官，解放後不久去世，潘有一女住在上海。文革中被誣為美國特務，在看守所關了十年，四人幫粉碎後，釋放出來，即去美國，女兒在文革中自殺，潘到美後，用英文寫了一部自傳，記解放以後她的一切遭遇。此書在美暢銷，使她發了財，現住在美，此書已有中譯

本，值得一讀。另一本是趙元任夫人楊步偉的《一個女人的自傳》，也是英文本，台灣出了中文譯本。又一本是去年湖南出版的《宗岱與我》，是梁宗岱夫人甘少蘇寫的，也很好，你可以找來看看，也請你母親看看，最好是讓她看到《生與死在上海》。」施先生還在信中特別叮囑：「你母親百劫餘生，精神狀態一定不正常，你們不可頂撞她，受了刺激會發瘋或中風，請注意，一切順從她。」（1991年10月22日信）施先生是如此的善解人意，如此的清醒豁達，真令人感動。

1992年，我打算從教育學院調出，當時有兩個地方可去，一是進湖北師範學院中文系繼續當教師，一是進地方報紙當編輯。我寫信給施先生徵求意見，施先生立即回信說：「我希望你改換一個工作崗位，而不要改行，更不要下海，我建議你進湖北師院，將來有希望改為師大，地方報紙編輯不必考慮，教育學院遲早要取消的，在高校工作，多少有點學術氣候。」施先生非常熱愛教育工作，將其看作神聖的職業。早在1952年，施蟄存的好朋友馮雪峰在人民文學出版社做主持人，來信邀請施蟄存去參加人民文學出版社的編輯工作，因為馮雪鋒是最瞭解施先生的編輯才能的。但施先生覆信婉謝了，他覺得他還是做教師好。從施蟄存對我的指教，我懂得了施蟄存先生當初的選擇。

施先生非常清楚知識分子在新時期的處境、地位和職責，他來信說：「教師工資不久會調整，但不要有奢望，……不過，調整工資，一定從補貼方面加，不會從工資數字加。將來，講師、副教授、教授的工資加補貼，數字差距不大，這是中國特色的社會主義。」但教師要守得住清貧。他說：「現在是知識分子接受考驗的時候，不耐清寒的都下海了，華東師大外語系的中年教師幾乎全走了，有的出國，有的改業。上海的中小學青年女教師也走了一大半，大學裡的理工科教師不離職還可以找兼職，只有文科教師情況最困難，他們下海之後，本業無用，只好改行，中文系教師，到一個企業中去做秘書也不稱職，因為他們不會擬公關文件。我們的中文系，向來只講現代文學，不講語文，更不講古文，他們的本領，在社會實用上，完全無用的。不過，要知道，文史哲學者，是一個時代的文化精神所寄，沒有這些人不行，有這些人而不用或不起作用的也不行，高等院校的文史

哲教師必須自重，瞭解自己負有祖國文化的歷史任務，萬不能因物質生活條件不好而放棄自己的職責。今天，我看得出來，瞭解自己的歷史任務的高校教師，是不會下海的，已經下海的，已證明他們本來沒有能力繼承或創造祖國的文化。」（1993年4月15日信）「現在世風不古，人人向錢看。但不必悲觀，中國人才多，還有不少青年甘於淡泊，從事文學工作。經過時代的篩選，他們還不會同流合污。不過近來青年創作家，水準不高，知識不夠，這是一個問題。」（1993年9月24日信）

施先生始終對未來、對青年充滿信心，雖然現在外面的誘惑很多，但施先生不悲觀，他堅信有「甘於淡泊」、「瞭解自己的歷史任務」的青年「還不會同流合污」，排除一切干擾堅守著「祖國的文化」。施先生就是這堅守的榜樣，施先生從事文化工作、從事教育工作幾十年，從不計功名得失，九十多歲的老人仍然潛心研究，筆耕不輟，為的是將損失的時間補回來。但他又將一切榮譽的功名置之度外。1993年，施蟄存榮獲上海市第二屆文學藝術傑出貢獻獎，當時的評委告訴我，施先生在頒獎會上發言說：「應該多獎勵青年人，對我這樣的老人就不需要什麼獎勵了。」當時就有評委不能理解，說：「施老先生不領情。」我能夠理解施先生的心情，這裡正體現出他對名利的淡泊和對事業的熱愛，也表現了對青年學者的愛護。施先生在1993年4月15日給我的信中說：「關於我的作品，你不要多寫，多寫了，一則發揮不出新的觀點來；二則還有許多極左分子不高興。我有些像沈從文，只想藏頭不露尾，正在竭力求做隱士，你理解嗎？」這裡體現出施蟄存先生的出世精神，但施蟄存先生卻以終身的精力投入到創造祖國文化的事業中，從而體現出他的積極入世，出世和入世竟如此和諧地統一在施先生的身上。記者李輝說得好：「對於有他這樣成就和經歷的人，功名於他的確是非常淡泊的，顯赫也好，沉默也罷，任何時候他從沒有停止過他的文化創造。世上有的人註定要表現他的智慧和才華，不管是處在何種境地，不管是採取什麼方式。沈從文如此，施蟄存同樣如此，這樣的文人可以列舉很多，對於他們，難得的是做人的態度，是對所喜愛的事業的執著，是文人傳統中至為珍

貴的淡泊名利。」（李輝《人生掃描》）施蟄存的人格風範和人生價值就體現在這裡。

　　為了使我成為一個合格的高校教師，施先生還經常來信指導我的教學和科研。他來信說：「你講現代文學，用什麼教材？我覺得現在許多青年教師講現代文學，甚至當代文學，只能照教材講，自己沒有新的意見，這也難怪，他們沒有自己的經驗，就是五十年代，六十年代的文學情況也不甚清楚，你如有志鑽研一下，我希望你先看作品，自己先下判斷，然後再看別人的評論，不要盲從。」（1991年10月1日信）我在以後的教學中，按施先生指導的，認真閱讀作品，然後自己下判斷，不受教材的約束，不被前人左右，學習和教學果然有了明顯的進步。當施先生知道我既教現代文學，又教當代文學，學問做得雜而不專時，他便來信說，「我勸你放下『當代文學』，專研『現代文學』，夠你教學十年了，過一陣，我空一空，再給你一個大綱。」（1991年10月22日信）

　　我曾一度想寫小說，施先生知道後，寫信說：「我勸你寫論文、文評及文藝理論，這是屬於你的本職工作。寫小說可以，但是業餘興趣，寫論文要有高水準，寫小說不要長篇，外國已沒有人看三十萬字的小說了。」（1993年4月15日信）施先生不僅自己全身心地投入本職工作，兢兢業業教書育人，而且希望我們中青年教師也熱愛自己本職工作，先把本職工作做好，然後才是自己的愛好和興趣。施先生一輩子都是這樣做好自己應該做的每一件事情。施先生的不平凡就在這裡，施先生的平凡也同樣在這裡。

　　對於文學創作，施蟄存也鼓勵我嘗試一下，施先生來信說：「現在美國盛行『亞美文學』，有許多中國人寫的小說大走紅運，……你要寫東西，不妨試試，但不宜再用心理分析及內心獨白的文體，這個玩意兒已過時了。社會人物多，故事面廣，都不宜用心理分析寫法。現在時髦的創作方法是虛虛實實，真真假假，有現實，有幻想，你不妨多看幾本新作品，以為參考。」（1993年1月19日信）

　　我原打算寫一本《施蟄存評傳》，寫信告訴施先生，施先生立即回信說：「我不贊成寫我的評傳，……我勸你寫三十年代作家論，寫

十篇八篇，較有意義。你寫我的傳記，肯定寫不好，因為我的文學方面多，你未必能全面理解，單寫我三十年代的創作，加以評釋，容易見好。」（1993年9月24日信）我於是以評論施蟄存先生三十年代的作品為主，果然容易見好。

　　施先生一再來信要我去上海看看：「歡迎你來看看上海的新氣象。」我在與施先生通信七年後，於1997年底，專程去上海看望施先生。因為我感覺到施先生的身體很不如以前了，寫信的字跡抖得厲害，施先生也在信中說到他的身體一天不如一天：「我今年身體不好，從春季以來，時在病中，你那邊的書，撿出一些，始終未寄。」（1992年10月7日）「今春以來，我體力大衰，無力工作，正在絕對休息，不知秋深後能否好些。」（1993年9月24日）「上海已很冷，我不甚健，寫字不便了。」（1995年1月7日）「近日仍不健，草草書此，祝賀新年佳勝。」（1995年2月4日）我必須立即去看施先生，我心中不安。

　　這是我第一次去上海，1997年12月26日，我從湖北黃石坐船到南京，再從南京坐火車去上海。不巧，我坐的客船在中途遇到大霧，船在江中耽擱十多個小時，我到達上海是凌晨兩點，第二天早晨去看施先生。按照施先生給我的地址，我找到愚園路1018號，這是幢兩層小樓，一樓是郵局，施先生住在二樓，施先生家沒有前門，只能從後門上到二樓，這後門白天從來不鎖，客人可以直接從這兒上樓，上樓後經過一個狹窄的樓道，樓道靠牆是一排書櫃，書櫃沒有門，擺滿了年代久遠的顏色發黃的書籍，有很多線裝書。順著放有書櫃的狹窄樓道便可走進施先生的房間。這是一間三十多平方米的臥室兼書房兼客廳的房間，房間靠西邊和北邊分別擺著兩張床，一張靠北的大床是施先生的妻子的，靠西邊的小床是施先生的。房間中間有一張方型飯桌，房間朝南有一扇窗，窗前有一個書桌。我進門就看見一位瘦弱的老人坐在書桌前看書，這便是施蟄存先生。施先生戴了一頂深藍色的布帽，穿一件深棕色棉袍。他身後有一個書櫃，書櫃內外，桌上地上，都是書，而且多是近年出版的新書。我來之前，就聽吳福輝先生說，施先生聽力不好，我於是準備了一張名片，當施先生疑惑地看著我

時，我遞上了名片。施先生的視力特別好，不戴眼鏡。施先生看了
名片後立即笑著說：「啊，楊迎平呀！我昨天剛給你寄了一張賀年
片。」聽到施先生這樣說，我感動得不知說什麼好。自從與施先生通
信以來，施先生每年給我寄賀年片，常用一幀特製的賀年卡，正面是
一幅淺棕色的國畫，畫有山石、積雪和梅花，右下邊是一葉小舟，舟
上有兩個人，船頭是一位穿古裝的長髮女子，或是悠閒地、或是期盼
地看著前方，船尾是搖船的老翁，右邊題有「泛雪訪梅圖」，落款
「清閣作於一九六六年上海華樓」。背面左下角印有「趙清閣　泛雪
訪梅圖」，「北山樓製　賀畫史八十壽（1993）」的字樣，右下角印
有「北山──施舍」和郵編地址「200050中國上海愚園路1018號」。
有的賀卡正面是潑墨很濃的植物花卉圖。賀卡裡面，或是寫著「奉賀
新年新正，合第吉祥」、「祝賀新年百福，合第吉祥」、「賀新歲百
福」的賀辭，或是長篇大論的寫一封信，再加上祝賀的話語。

　　看到施先生身體精神還好，說話聲音也洪亮，我心裡一塊石頭
落了地。施先生見到我特別高興，我們通信幾年第一次見面，施先生
一時都不知道怎麼接待我，不停的大聲叫阿姨給我倒水，拿東西給我
吃，後來突然想起來說：「有好東西給你喫，昨天一個韓國朋友送的
點心。」施先生一邊將一個漂亮的紙盒拿出來，一邊很得意的笑著，
興奮得像個孩子。施先生將點心盒打開，讓我自己拿，然後看著我
吃，我吃了一口，施先生馬上問：「好喫嗎？」我說：「好喫！」施
先生馬上說：「那你多喫點。」然後自己也拿一塊吃。他邊吃邊說：
「韓國的點心也一般，不是特別好喫。」我們一邊喫點心，施先生一
邊跟我談他的作息時間和飲食習慣。施蟄存這時的作息時間是：上午
看書看報，施蟄存訂了多份日報和晚報，下午晚上寫文章和接待來
訪，晚上睡得晚，早上起得晚。施先生告訴我，華東師大出版社在出
他的文集，共四個部分，八卷本，全是他自己編的。第一部分為文學
創作，分為小說一卷，散文二卷；第二部分是古典文學研究，分為
詩學和詞學各一卷；第三部分為碑版文物研究亦分為二卷；第四部
分為無可歸類的雜著，編為一卷。除掉譯文，施先生的文字生涯，
大約已集中在這裡了。這是他在90多歲的高齡中親自整理出來的。當

時只出版了小說創作集一卷《十年創作集》。施先生當時就送我一本
《十年創作集》，並說：「等出齊了，我給你寄去。」施先生當時將
我需要的書一一簽字送給我，施先生簽字時，我給施先生照了一張照
片，之後又跟施先生合影。施先生還另外送給我他的照片，並在照片
上簽字。這次我在上海住了一個星期，天天去施先生那兒談天，受益
匪淺。施先生說他喫飯以粽子為主，早飯喫一個糯米粽子，中午不喫
飯，下午和晚上喫點心。我說粽子不好消化，施先生說：「粽子好，
餓得慢。」另外每天喫八顆紅棗。他說：「上有仙人不知老，渴飲玉
泉饑食棗」，紅棗是長壽食品，從那時起我也堅持每天喫八顆紅棗，
竟使我一直很低的血小板升起來了。

　　當施先生知道我是專程來看他，並在江中遇到大霧時，他便責
怪我：「你看，你看，真不容易，你不該來，天氣太冷，路上多辛
苦！」聽說我是晚上兩點到上海，施先生立即說：「你怎麼不給我打
電話，我叫人去接你，你一個人怎麼走？」我說社科院有位老師去接
我了，施先生這才放心。又問我找到住處沒有，當知道我還沒有找到
住處，他立即說：「我給你寫個條子給孔海珠，她也是社科院的，你
去找她，她會給你安排好住處的。」我忙說：「不用，不用。」但施
先生還是將紙條寫好，施先生說：「不要緊，我跟她爸爸孔另境是同
學，好朋友，她一定會幫你的。」我只得答應著，把紙條裝好，保存
好，這是一件很珍貴的紀念品，我沒有去打擾孔海珠女士。我後來與
孔海珠女士認識，並成為非常好的朋友，當然是施先生給我們牽的
線，那是後話。

　　這幾天施先生精神狀態非常好，同我天南海北的談了很長時間。
我也問了一些我疑惑不解的問題。1933年施蟄存與魯迅為《莊子》與
《文選》的問題有過論爭，我問施先生，1934年7月《申報》雜文欄
「談言」上發表了一篇署名「寒白」的文章：《大眾語在中國底重要
性》，魯迅在1934年7月17日致徐懋庸的信中說：「十之九是施蟄存
做的。」我問：「這文章是不是您寫的？」施先生立即說：「不是，
我沒有寫這篇文章，我從未用過『寒白』的筆名。」多少疑問，都能
在施先生這裡得到解決。

　　走近施蟄存，我才知道在個人生活方面：施蟄存並不像他小說中的人物那樣「現代」和「荒誕」，也不像他的朋友劉吶鷗那樣風流。施蟄存雖然在作品中也寫了一些都會青年的風流韻事，但施蟄存在生活中卻是一個非常嚴謹的人。施蟄存1929年10月24歲時與比他大一歲的陳慧華女士結婚，到2002年妻子陳慧華女士逝世，共同生活了73年，但施蟄存對妻子忠貞不渝，疼愛有加。在施蟄存的文章中，我經常看到這樣的句子：「太太泡好了一盞新買來的紅茶送進來，醺醺的怪有溫暖之感。」施蟄存每年給我寄賀年片，總是署名「施蟄存、陳慧華」，可見施先生對妻子的尊敬。聽施先生的孫女說，就是現在，家裡有什麼事，還是奶奶說了算，家裡的財經大權也在妻子手上，施先生買什麼都是跟妻子要錢，施蟄存先生多遷就妻子。妻子陳慧華女士逝世後，施先生感到深深的孤獨，他經常對來看望他的後輩說：「一個人很難過呀！」施先生終於在妻子逝世後不到一年就病倒了，如果有妻子陪伴著，施先生一定能闖過百歲大關，從中我們可以看到施先生對妻子的依戀和深厚情感。

　　人們多認為施蟄存年輕時一定是個經常進出舞場的都會浪漫青年，有一天，我問施先生：「您愛跳舞嗎？」施先生回答：「從來不跳舞。」我問：「您不是經常同劉吶鷗他們去舞廳嗎？您在那兒幹什麼？」施蟄存在紙上給我寫了四個字：「擺拆字攤」。

　　1999年9月，我終於去華東師大做訪問學者，到上海的第二天就去看施先生，剛走到房間門口，施先生就看見我，便大聲喊我：「楊迎平」，施先生真是好記性，一年半沒見，竟能一眼認出我。施先生這時的作息時間又有些變動，他改為上午接待來訪，下午休息，晚上看書寫作。飲食也有變化，這時早上吃一個雞蛋，八顆紅棗，中午照常不吃，下午吃點心，晚上吃稀飯，沒再吃粽子。施先生的身體不如上次，寫字時手抖得厲害，人也容易疲倦。但記憶力仍好，我問一些作品的出版時間、地點，施先生都能一口回答出來。華東師大的老師告訴我，施先生是文學上的百科全書，文革期間，施先生在資料室工作，老師們查資料，要什麼書，以及什麼內容，施先生就能告訴你所要的資料在哪本書裡以及那本書在書架的哪個地方。一次他們編詞

典，施先生當顧問，不論什麼問題問到施先生，他都能立即回答出來，並告訴出處，大家一找一個準。

1999年12月17號，我去看施先生，看見施先生與他兒子用上海話在爭吵，我一句也聽不懂，施先生跟我說話一直用普通話，跟家人卻用上海話。我因聽不懂，就問施先生：「怎麼哪？」施先生用普通話對我說：「他們要我去醫院，我不去。」原來施先生這段時間心臟不好，他兒子要他去醫院住一段時間，他堅決不去。施先生自從1983年因腸癌開刀，在醫院裡住了十八個月後，就害怕住院，因為在醫院不自由，醫院不讓施先生看書，施先生是一天不看書就不能活的人。施先生當時對我說：「我沒病，就是老了，沒氣了。」施先生常對我說：「我還活兩年，兩年時間。」1997年他就對我說過，這次又說，施先生的意思是，兩年時間他的文集就能全部出版。我笑著說：「您兩年前對我說過，再活兩年，您有許多個兩年。」施先生也笑著說：「再活兩年就行了。」施先生樂觀、豁達、善良、熱情的生活態度，是他長壽的秘訣。

施先生晚年還堅持讀書，堅持寫作，並給很多報紙副刊寫文章：1999年12月12日我去看望施先生，正遇到《解放日報》副刊《朝花》的編輯在向施先生約稿，施先生答應下星期交稿。出版社在這天還送來施先生新出版的《北山談藝錄》。

施蟄存幾十年堅持看書寫作，即便在病中也從不間斷。施蟄存說：「一九八四年九月，出院回家，身已殘廢，行走不便，只能終日坐著。這就給我以安心寫文章過日子的條件。這一年完成了對唐詩的評論，一百篇《唐詩百話》。」施蟄存文章中有許多在病中看書寫作的記載。看書看報是施先生的必修課，每天堅持看報紙，這是他瞭解世界、瞭解生活、瞭解現代的視窗。這使他瞭解的事情非常廣泛，思維方式也很現代，並且在精神上永葆青春。施先生看書也「趕時髦」，這是他在20世紀30年代養成的習慣，看最前衛的書。施先生不僅看精典名著，也看暢銷作品，與他交談時，使你怎麼也不相信他已是90多歲的老人，他談話體現出的是新觀念、新思維、新辭彙。施先生讀書的最大特點是「博」，施先生說他寫現代小說，閱讀和翻

譯外國作品，卻「一直生活在古典書城中。」但是，施蟄存也經常從
古典書城中走出，讀一些年輕人看的暢銷書。如有一段時間，因周勵
寫的《曼哈頓的中國女人》，評論界沸沸揚揚，熱鬧得很，施蟄存便
托人把這本書買來看，看後還寫了文章評論。施先生的孫女看見就
說：「我早有這本書，您又買？」施先生說：「你有，為什麼不給我
看？」他孫女說：「我不知道你會要看這種書。」施先生的孫女也沒
想到施先生會時髦到怎樣的程度。

　　1989年夏天，84歲的施先生，在35ºC的大熱天，用兩天時間看
完楊絳的長篇小說《洗澡》，看完後又立即寫評論〈讀楊絳《洗
澡》〉。他說：「《洗澡》給我的印象是半部《紅樓夢》加上半部
《儒林外史》。……《洗澡》的作者，運用對話，與曹雪芹有異曲同
工之妙。」並且有「《儒林外史》的精神。」施先生還在文章中指出
了《洗澡》中六個疑點，可見施先生讀書之細緻，並直言不諱。以上
兩個例子可以說明施蟄存讀書不分高低，拿來便讀，讀後才見其高
低，評其高低。施先生廣博的學問就源於這種讀法，施先生的才華也
體現於這種讀法。

　　同施先生談話，我覺得施先生是一位思維敏捷、永遠具有現代意
識、永遠具有年輕心態的學者。施蟄存先生的「現代」不僅表現在對
現代主義創作方法的推崇與借鑒，而且表現在思想的先進，視野的廣
闊，精神的超前，以及高度的責任心等諸多方面。施先生這種明確的
文化意識，高尚的品格和人生境界，正是我們中華民族傳統文化的結
晶，是施蟄存開闢蹊徑，探索現代，追求理想等行為方式的根本，施
蟄存是一位跨世紀的文化人。

　　我是在與施先生的交往中成長的，在施先生那裡，我不僅學著讀
書做文，而且學著做人。在施先生的教導下，我不僅努力做一個合格
的高校老師，而且努力做一個對別人有用的人，將能夠幫助別人當
作一種樂趣，並且為「繼承或創造祖國的文化」能盡自己的一點微薄
之力而快樂。施先生教會我如何生活，而且無論在什麼情況下都要
生活得有意義，並且愉快。我從施先生那裡知道，愉快是需要自己創
造的。

　　2000年3月，我去上海參加「左聯成立七十周年紀念會」，離開上海的前一天，我去看望施先生，我們又聊了很長時間，臨走時施先生說：「你過兩天來，我送你一本新書。」施先生有一本新書要出版了。施先生不知道我已經學習結束，以為我還在華東師大，我不敢說我今天就要走，只是支支吾吾地答應著，我想我還有機會再來的，再來聽施先生的教導，再來拿施先生給我的書，沒想到這次是我與施先生的永別，我再也不能聽到施先生的聲音，得到他的教誨了，也不知道施先生急著要給我的是哪一本書。

　　施蟄存先生的追悼會2003年11月27日下午在上海龍華殯儀館舉行，我得到通知是11月26號的晚上，我這一晚上沒睡著覺，施先生的追悼會我一定要參加，通知上寫著27號下午兩點鐘在華東師大門口坐車去龍華殯儀館，我怎樣才能在27號下午2點鐘之前趕到華東師大門口呢？坐汽車、坐火車都來不及了，只能坐飛機，我從來沒坐過飛機，我一直害怕坐飛機，這一次沒有選擇的餘地。27號天一亮我就去訂票處買票，但訂票處8點才上班，我心急火燎地賴著性子等到8點訂票處上班，打聽到下午2點之前有三班飛機到上海，9點一趟，11點一趟，下午1點一趟。9點的不能坐，我從黃石趕到武漢機場最少需兩個小時；下午1點的不能坐，因為2點之前趕不到華東師大；只能坐11點的飛機，等我買好票，找到汽車已快9點鐘，司機師傅說，無論如何趕不了11點的飛機，而且飛機提前半小時停止登機。我說，不管趕不趕得到，必須趕，先去武漢機場。這車是我們湖北師院最好的車，司機也是技術最好的司機，汽車一路像賽車一樣地跑，路上驚險萬分，終於趕到機場，飛機還沒起飛，機場破例在起飛前十分鐘讓我登機。我到了上海，下飛機坐汽車趕到華東師大，見有一輛大交通汽車停在門口，我問司機師傅：「是去殯儀館嗎？」司機說：「是的。」我便跨上汽車，剛上車，車就開動了，似乎專門等著我的。直到坐上華東師大的汽車，我的一顆心才算定下來。坐上車就心裡納悶，施先生的追悼會，怎麼只有一輛車的人參加？車開到殯儀館，我才看到殯儀館有幾十輛車，我坐的是最後一輛。我後來跟施先生的家人談我趕飛機、趕汽車的經過，他們說，施先生在幫你，你一定能趕上他的追悼

施蟄存先生與作者合影

會，施先生一定要你參加他的追悼會。我也覺得冥冥之中施先生在等我趕去參加他的追悼會。

　　在追悼會上，我見到孔海珠女士，我們曾在茅盾的研究會上見過面，就是那一次，我告訴她施先生曾叫我去找她的事。這次我與孔海珠女士是第二次見面，但一見如故。孔海珠女士問我：「住的地方安排了嗎？」我說：「沒有，我剛下飛機。」孔海珠女士馬上說：「到我那兒住吧。」我立即說：「好的。」我沒有客套，沒有猶豫，甚至沒有問是否方便，好像一切都是理所當然。因為我知道，這是施先生六年前就給我安排好了的。我早就知道我和孔海珠女士會在一個特殊的情景下相聚，我也知道我和孔海珠女士一定會成為無話不談的好朋友。

　　經孔女士的介紹，我與施蟄存的家人一起吃晚飯，並認識了施先生大妹施絳年的女兒周聿晨女士，她剛從美國趕回來。周女士的母親施絳年在戴望舒去法國留學後，便與冰箱推銷員周先生結婚，幾年後施絳年與丈夫去了台灣，她丈夫是台灣人，然後定居美國。施絳年去台灣時，將女兒周聿晨留在施蟄存先生身邊，施先生的第一個孩子是個女兒，三歲時不幸夭折，之後生有四個兒子，從此沒有女兒，周聿晨在施先生身邊，施先生把她當親生女兒養，與施先生感情很深。周女士談起舅舅對她的養育和關愛，就淚流滿面。我與周女士交談並合影留念。

　　我在施先生逝世以後沒有寫紀念文字，因為我很久不能從悲痛中走出來。在施先生誕辰100周年之際，應陳子善先生之約寫了這篇紀念文章，痛定思痛，才將這一年多反覆出現在腦海裡的施先生的音容笑貌，以及我與施先生交往的點點滴滴寫在這紙上。現將此作為這本書的前言。

目次 │ CONTENTS

上編　綜合論

第一章　施蟄存同魯迅的交往與交鋒

　　施蟄存在20世紀30年代的中國文壇曾有過相當的影響，這不僅僅因為他是中國現代最有影響的心理分析小說家，並主編了當時最大的文藝綜合性刊物《現代》；而且因為與魯迅有過幾次直接或間接的交鋒，並因此而「遺臭」幾十年。但人們往往會忽略，其實施蟄存曾與魯迅友好地交往過，而且留下了很值得懷念的感人片斷。我將在此按照時間順序回顧施蟄存同魯迅交往與交鋒的歷史。

　　施蟄存先生常與我談起魯迅先生，並且仍充滿崇敬、佩服之情。施蟄存作為晚輩，對魯迅的尊敬是由來已久的。

第一節　施蟄存與魯迅論爭之前的友好交往

　　1927年，施蟄存與戴望舒、杜衡撤離上海來到松江施蟄存家中。這時北洋軍閥正在搜捕國共兩黨人士，1928年，馮雪峰也從北京來到松江。四人在松江的小閣樓上談文學，譯作品，搞創作，並稱此樓為「文學工廠」，還創辦了同人小刊物《文學工廠》。在松江的一段生活，使施蟄存與馮雪峰建立了深厚的友誼。後來，施蟄存、戴望舒到上海與劉吶鷗一起開「第一線書店」，辦半月刊《無軌列車》時，馮雪峰很關心他們的書店和刊物，到他們這兒串門，並鼓勵他們出一些有意義的書。於是，施蟄存他們與馮雪峰商量，決定出版一套馬克思主義文藝理論叢書。施蟄存請馮雪峰去徵詢魯迅的意見，並想請魯迅做主編。馮雪峰跟魯迅一談，魯迅立即贊成，他願意支持他們，但不能出任主編。於是，在魯迅的指導下，擬定了12種叢書，列為《科學的藝術論叢書》。在這12種叢書裡，魯迅擔任了其中4本的翻譯，可見魯迅對施蟄存的支持和施蟄存對魯迅的尊重。

　　1929年5月到1930年6月，這套叢書陸續印出了5種。魯迅譯的盧那卡爾斯基著的《文藝與批評》是第5種；排印的時候，魯迅要加入

一張盧那卡爾斯基的畫像。施蟄存找了一張單色銅版像，魯迅不滿意，魯迅自己送來一張彩色版的，叮囑要做三色銅版。施蟄存尊重魯迅的意見，去做了一張三色銅版，印出樣子，送去給魯迅看，魯迅還是不滿意，要求重做。當時上海一般的製版所，做三色銅版的技術都不高明，反反覆覆好幾次，都不合魯迅的要求，最後是送到日本人開的蘆澤印刷所去製版，才獲得魯迅首肯。這是當年上海能做出來的最好的三色版。從這件事，一方面，看出魯迅對藝術的認真態度，一方面也看出施蟄存對魯迅的尊重和友好。

　　1932年，日本侵略戰爭使施蟄存他們辦的第三個書店「東華書店」也停業了，施蟄存閒居松江小樓，百無聊賴。同年3月，張靜廬加入現代書局，張靜廬在當時各種刊物都停刊的白色恐怖的形勢下，想辦一個不冒政治風險的文藝刊物，邀請施蟄存任主編。因為施蟄存在文藝界有一定影響，是各方都能接受的人選。施蟄存決定將《現代》辦成一個非同人刊物，辦成「一個綜合性的，百家爭鳴的萬花鏡。」[1]「無適無莫，即不偏不頗。」[2]施蟄存在《現代》上先後發表了魯迅的《論「第三種人」》、《為了忘卻的紀念》、《看蕭和看蕭的人們記》、《關於翻譯》、《小品文的危機》，魯迅譯德國毗哈的《海納與革命》。

　　儘管施蟄存不想在《現代》造成任何一種文學上的思潮、主義或黨派，但由於《現代》第一卷第三期發表了蘇汶（杜衡）的《關於「文新」與胡秋源的文藝論辯》的文章，在文藝界引起了一場關於「第三種人」的論爭，使施蟄存脫不了干係。關於「第三種人」的論爭核心，是文藝與政治的關係，蘇汶所說的「第三種人」雖然是指作家群，但在文章中對左翼作家有所攻擊；左翼作家的論爭文章，語言也比較尖刻。到後來，爭論的雙方都有點偏離了原始概念，「差以毫釐，失之千里」。但這所謂「第三種人」，當時並沒有成為「敵我矛盾」，不像後來人們想像的那麼劍拔弩張。魯迅在《論「第三種

---

[1]　施蟄存：《〈現代〉雜憶》，《沙上的腳跡》，遼寧教育出版社1995年版，第26頁。
[2]　施蟄存：《浮生雜詠·六十二》，《沙上的腳跡》，第213頁。

人」》中,也把「第三種人」稱為同路人。所以魯迅與施蟄存也並沒有因這次論爭傷了和氣,即使是對杜衡,魯迅之後與他也有通信聯繫,魯迅的《論「第三種人」》的文章也是先拿給杜衡看,然後由杜衡轉交給施蟄存的。

　　1932年11月23日至28日,魯迅回北平省親,在北京各大學進行了演講,這就是所謂「北平五講」。施蟄存得到魯迅要回北京的消息後,就想方設法在11月中旬托北京的朋友一定在魯迅回北平省親期間能拍到魯迅在北京演講的照片,施蟄存果然得到有關這次演講的兩張照片和一方剪報。一張照片是魯迅在女師大操場的演講,一張是魯迅在北師大操場演講,剪報是一段《世界日報》上的文章《幫忙文學與幫閒文學》。施蟄存得到這些照片資料後非常高興,認為這些是新文學史上的重要史料和文物。魯迅在北京師大的演講題目就是《再論「第三種人」》,施蟄存如果對魯迅有成見,就不會為獲得這些資料而奔波。施蟄存特地在《現代》第2卷第4期的《文藝畫報》中,開闢了一個專欄:「魯迅在北平」,三件圖片占一頁。誰知這一期《現代》印出來後,施蟄存發現《文藝畫報》上多出了一幅魯迅的漫畫像。這幅漫畫把魯迅畫成一個倒立的漆刷,似乎很有些諧謔意味,也可以認為有些不敬的諷刺。施蟄存看了很不愉快,立即去問那位美術員,原來是那位美術員看到版面太空,臨時畫了一個漫畫來補空。美術員的擅自行為,使施蟄存哭笑不得,但書已印出沒法改變,好在這漫畫沒有引起讀者注意。施蟄存在《現代》登出的「魯迅在北平」專欄為中國現代文學留下了珍貴的歷史資料。沒有對魯迅先生的尊敬和熱愛,沒有對魯迅先生思想感情的認同,是做不到這一點的。人們後來因施蟄存與魯迅為《莊子》與《文選》的問題的論爭而全盤否定並貶低施蟄存,是不公正的。

第二節　施蟄存與魯迅關於《莊子》與《文選》的論爭

　　1933年10月1日,魯迅以「豐之餘」的筆名寫了一篇《感舊》(收入《準風月談》時改為《重三感舊——一九三三年憶光緒朝

末》）發表在1933年10月6日的《申報・自由談》上，文章說：

> 有些新青年，境遇正和「老新黨」相反，八股毒是絲毫沒有染
> 過的，出身又是學校，也並非國學的專家，但是，學起篆字來
> 了，填起詞來了，勸人看《莊子》《文選》了，信封也有自刻
> 的印板了，新詩也寫成方塊了，除掉做新詩的嗜好之外，簡直
> 就如光緒初年的雅人一樣，所不同者，缺少辮子和有時穿穿洋
> 服而已。[3]

施蟄存看了這篇文章，就認為：「豐先生這篇文章是為我而作
的了。」[4]因為施蟄存在《大晚報》編輯寄來的一張印著表格的郵片
上「介紹給青年的書」一欄填了《莊子》、《文選》，而且寫篆字、
填詞、用自刻印板信封也都是施蟄存所為。針對魯迅的《感舊》，施
蟄存寫了一篇《〈莊子〉與〈文選〉》發表在1933年10月8日的《申
報・自由談》：

> 趁此機會替自己作一個解釋。第一，我應當說明我為什麼希望
> 青年人讀《莊子》和《文選》。……我總感覺到這些青年人的
> 文章太拙直，字彙太少，所以在《大晚報》編輯寄來的狹狹的
> 行格裡推薦了這兩部書。我以為從這兩部書中可以參悟一點
> 做文章的方法，……但是我當然並不希望青年人都去做《莊
> 子》、《文選》一類的「古文」。第二，我應當說明我只是
> 希望有志於文學的青年能夠讀一讀這兩部書。我以為每一個文
> 學者必須要有所借助於他上代的文學，我不懂得「新文學」和
> 「舊文學」這中間究竟是以何為分界的。在文學上，我以為
> 「舊瓶裝新酒」與「新瓶裝舊酒」這譬喻是不對的。倘若我們
> 把一個人的文學修養比之為酒，那麼我們可以這樣說：酒瓶的

---

[3]　豐之餘（魯迅）：《重三感舊》，《申報・自由談》1933年10月6日。
[4]　施蟄存：《〈莊子〉與〈文選〉》，《申報・自由談》1933年10月8日。

新舊沒有關係，但這酒必須是釀造出來的。[5]

這「舊瓶」、「新瓶」就是針對魯迅《感舊》中的一段話，魯迅說：

> 近來有一句常談，是「舊瓶不能裝新酒」。這其實是不確的。
> 舊瓶可以裝新酒，新瓶也可以裝舊酒，倘若不信，將一瓶五加
> 皮和一瓶白蘭地互換起來試試看，五加皮裝在白蘭地瓶子裡，
> 也還是五加皮。……且又證實了新式青年的軀殼裡，大可以埋
> 伏下「桐城謬種」或「選學妖孽」的嘍囉。[6]

魯迅這句話是有所指的，他認為像施蟄存這樣推薦青年讀《莊
子》、《文選》的人雖是新式青年的軀殼，但仍「埋伏下『桐城謬
種』或『選學妖孽』」的舊東西。施蟄存在這裡辯駁自己是新酒，不
論裝在什麼瓶子裡。在這篇文章裡，施蟄存還說了些刺傷魯迅的話：
「這裡，我們不妨舉魯迅先生來說，像魯迅先生那樣的新文學家，似
乎可以算是十足的新瓶子。但是他的酒呢？純粹的白蘭地嗎？」於
是，魯迅1933年10月12日又以「豐之餘」的筆名寫了《「感舊」之後
（上）》發表在10月15日的《申報·自由談》，魯迅說：

> 又不小心，感了一下子舊，就引出了一篇施蟄存先生的《〈莊
> 子〉與〈文選〉》來，以為我那些話，是為他而發的，但又希
> 望並不是為他而發的。我願意有幾句聲明：那篇《感舊》，是
> 並非為施先生而作的，然而可以有施先生在裡面。……內中所
> 指，是一大隊遺少群的風氣，並不指定著誰和誰；但也因為所
> 指的是一群，所以被觸著的當然也不會少，即使不是整個，也
> 是那裡的一肢一節，……現在施先生自說了勸過青年去讀《莊

---

[5] 施蟄存：《〈莊子〉與〈文選〉》，《申報·自由談》1933年10月8日。
[6] 豐之餘（魯迅）：《重三感舊》，《申報·自由談》1933年10月6日。

子》與《文選》,「為文學修養之助」,就自然和我所指摘的
有點相關,……[7]

接著,魯迅將施蟄存文章裡提到的事情,一、二、三逐一進行
諷刺,一是關於「瓶和酒」的問題,魯迅談到「第三種人的立場」,
給了施蟄存一槍。二是寫篆字等問題,「施先生說寫篆字等類,都是
個人的事情,只要不去勉強別人也做一樣的事情就好,這似乎是很對
的。然而中學生和投稿者,是他們自己個人的文章太拙直,字彙太
少,卻並沒有勉強別人都去做字彙少而文法拙直的文章,施先生為什
麼竟大有所感,因此來勸『有志於文學的青年』該看《莊子》與《文
選》了呢?三是直接針對施蟄存所舉的例子:「施先生還舉出一個
『魯迅先生』來,好像他承接了莊子的新傳統,一切文章,都是讀
《莊子》與《文選》讀出來的一般。『我以為這有點武斷』的。他的
文章中,誠然有許多字為《莊子》與《文選》中所有,例如『之乎者
也』之類,但這些字眼,想來別的書上也不見得沒有罷。再說得露骨
一點,則從這樣的書裡去找活字彙,簡直是糊塗蟲,恐怕施先生自己
也未必。」魯迅在這裡已定論施蟄存是遺少群的「一肢一節」和「糊
塗蟲」了。1933年10月18日,施蟄存寫《推薦者的立場——〈莊子〉
與〈文選〉之論爭》發表在1933年10月19日的《大晚報・火炬》,文
章再次指向魯迅先生:

> 我在貴報向青年推薦了兩部舊書,不幸引起了豐之餘先生的訓
> 誨,把我派做「遺少中的一肢一節」。……豐之餘先生畢竟是
> 老當益壯,足為青年人的領導者。至於我呢,雖然不敢自認為
> 遺少,但的確已消失了少年的活力,在這萬象皆秋的環境中,
> 即使豐之餘先生那樣的新精神,亦已不夠振拔我的中年之感
> 了。所以,我想借貴報一角篇幅,將我在九月二十九日貴報上

---

[7] 豐之餘(魯迅):《「感舊」之後(上)》,《申報・自由談》1933年10
月15日。

發表的推薦給青年的書目改一下：我想把《莊子》與《文選》
改為魯迅先生的《華蓋集》正續編及《偽自由書》。[8]

施蟄存再次將魯迅先生刺了一下。施蟄存還建議《大晚報》取
消讀者參加討論的計畫，他認為「兩個人在報紙上作文字戰，其情形
正如弧光燈下的拳擊手，……我不幸而自己做了這兩個拳擊手中間的
一個，但是我不想為了瘦裁判和看客而繼續扮演這滑稽戲了。」魯迅
1933年10月20日寫《撲空》以豐之餘的筆名發表於1933年10月23、24
日《申報・自由談》，魯迅說施蟄存「以為兩個人作戰，正如弧光燈
下的拳擊手，無非給看客好玩。這是很聰明的見解，我贊成這一肢一
節。不過更聰明的是施先生其實並非真沒有動手，他在未說退場白之
前，早已揮了幾拳了。揮了之後，飄然遠引，倒是最超脫的拳法。現
在只剩下一個我了，卻還得回一手，但對面沒人也不要緊，我算是在
打『逍遙遊』。」施蟄存在退場之前確實對魯迅揮了幾拳，魯迅當然
「還得回一手」，特別是施蟄存的「推薦魯迅先生《華蓋集》正續編
及《偽自由書》」的幾拳，魯迅不會善罷甘休，於是，魯迅說：

> 施先生說……這一大堆的話，是說，我之反對推薦《莊子》與
> 《文選》，是因為恨他沒有推薦《華蓋集》正續編與《偽自
> 由書》的緣故。……可笑之至矣。這是「從國文教師轉到編
> 雜誌」，勸青年去看《莊子》與《文選》，《論語》，《孟
> 子》，《顏氏家訓》的施蟄存先生，看了我的《感舊以後》
> （上）一文後，「不想再寫什麼」而終於寫出來了的文章，辭
> 退做「拳擊手」，而先行拳別人的拳法。但他竟不提主張看
> 《莊子》與《文選》的較堅實的理由，毫不指出我那《感舊》
> 與《感舊以後》（上）兩篇中間的錯誤，他只有無端的誣賴，
> 自己的猜測，撒嬌，裝傻。幾部古書的名目一撕下，「遺少」

8　施蟄存：《推薦者的立場——〈莊子〉與〈文選〉之論爭》，《大晚報・
火炬》1933年10月19日。

的肢節也就跟著渺渺茫茫，到底是現出本相：明明白白的變了「洋場惡少」了。[9]

　　魯迅對施蟄存的定論升級了，由遺少群的「一肢一節」和「糊塗蟲」升為「洋場惡少」。魯迅用「撲空」做題目，是指施蟄存「揮了幾拳」「飄然遠引」，使他的回手成為「撲空」。其實魯迅的這幾拳，拳拳都落到實處，落在施蟄存身上。正如施蟄存說的：

> 但是豐先生作《撲空》，其實並未「空」，還是撲的我，站在豐先生那一方面（或者說站在正邪說那方面）的文章卻每天都在「剿」我，而我卻真有「一個人的受難」之感了。[10]

　　施蟄存確實覺得委屈，於是1933年10月19日寫信：《致黎烈文先生書──兼示豐之餘先生》，發表於1933年10月20日的《申報・自由談》，再次解釋推薦《莊子》與《文選》的原因：

> 本來我當時填寫《大晚報》編輯部寄來的那張表格的時候，並不含有如豐先生的意見所看出來的那樣嚴重。我並不說每一個青年必須看這兩部書，也不是說每一個青年只要看這兩部書，也不是說我只有這兩部書想推薦。大概報紙副刊的編輯，想借此添一點新花樣，而填寫者也大都是偶然覺得有什麼書不妨看看，就隨手寫下了。早知這一寫竟會鬧出這樣大的文字糾紛來，即使《大晚報》副刊編者崔萬秋先生給我磕頭我也不肯寫的。[11]

　　從這裡我們看出施蟄存的無奈，施蟄存還說：「我曾經在《自由談》的壁上，看過幾次的文字爭，覺得每次總是愈爭愈鬧意氣，而離

---

[9]　豐之餘（魯迅）：《撲空》，《申報・自由談》1933年10月23日。

[10]　施蟄存：《突圍》，《申報・自由談》1933年10月31日。

[11]　施蟄存：《致黎烈文先生書──兼示豐之餘先生》，《申報・自由談》1933年10月20日。

本題愈遠，甚至到後來有些參加者的動機都是可以懷疑的，我不想使自己不由自主地被捲入漩渦，所以我不再說什麼話了。」施蟄存還在文章後面加了一個偈語：

此亦一是非　彼亦一是非
唯無是非觀　庶幾免是非

但施蟄存也沒有就此甘休，在《致黎烈文先生書——兼示豐之餘先生》裡仍對魯迅《感舊（上）》裡的問題提了三點意見：

　　對於豐之餘先生我也不願再冒犯他，不過對於他在《感舊》（上）那一篇文章裡三點另外的話覺得還有一點意見——

（一）豐先生說：「有些新青年可以有舊思想，有些舊形式也可以藏新內容。」是的，新青年尚且可以有舊思想，那麼像我這種「遺少之群中的一肢一節」之有舊思想似乎也可以存而不論的了。至於舊形式也可以藏新內容，則似乎寫《莊子》那樣的古文也不妨，只要看它的內容如何罷了。

（二）豐先生說不懂我勸青年看《莊子》與《文選》與做了考官以詞取士有何分界，這其實是明明有著分界的。前者是以一己的意見貢獻給青年，接受不接受原在青年的自由；後者卻是代表了整個階級（注：做官的階級也），幾乎是強迫青年全體去填詞了。（除非這青年不想做官。）

（三）說魯迅先生的文章是從《莊子》與《文選》中來的，這確然是滑稽的，我記得我沒有說過那樣的話。我的文章裡舉出魯迅先生來作例，其意只想請不反對青年從古書求得一點文學修養的魯迅先生來幫幫忙。魯迅先生雖然一向是勸青年多讀外國書的，但這是他以為從外國書中可以訓練出思想新銳的青年來；至於像我那樣給青年

從做文章（或說文學修養）上著想，則魯迅先生就沒有反對青年讀古書過。舉兩個證據來罷：一，「少看中國書，其結果不過不能作文而已。」（見北新版《華蓋集》第四頁。）這可見魯迅先生也承認要能作文，該多看中國書了。而這所謂中國書，從上文看來，似乎並不是指的白話文書。二，「我常被詢問，要弄文學，應該看什麼書？……我以為倘要弄舊的呢，倒不如姑且靠著張之洞的《書目答問》去摸門徑去。」（見北新版《而已集》第四十五頁。）[12]

於是又引來魯迅10月21日的《答「兼示」》發表於1933年10月26日的《申報‧自由談》，「因為施先生駁覆我的三項，我覺得都不中肯」，針對施蟄存的三點意見，魯迅逐一「駁覆」：

（一）施先生說，既然「有些新青年可以有舊思想，有些舊形式也可以藏新內容」，則像他似的「遺少之群中的一肢一節」的舊思想也可以存而不論，而且寫《莊子》那樣的古文也不妨了。自然，倘要這樣寫，也可以說「不妨」的，宇宙絕不會因此破滅。但我總以為現在的青年，大可以不必捨白話不寫，卻另去熟讀了《莊子》，學了它那樣的文法來寫文章。至於存而不論，那固然也可以，然而論及又有何妨呢？施先生對於青年之文法拙直，字彙少，和我的《感舊》，不是就不肯「存而不論」麼？

（二）施先生以為「以詞取士」，和勸青年看《莊子》與《文選》有「強迫」與「貢獻」之分，我的比例並不對。但我不知道施先生做國文教員的時候，對於學生的作文，

---

[12] 施蟄存：《致黎烈文先生書——兼示豐之餘先生》，《申報‧自由談》1933年10月20日。

是否以富有《莊子》文法與《文選》字彙者為佳文，轉
為編輯之後，也以這樣的作品為上選？假使如此，則倘
作「考官」，我看是要以《莊子》與《文選》取士的。

（三）施先生又舉魯迅的話，說他曾經說過：一，「少看中國
書，其結果不過不能作文而已。」可見是承認了要能作
文，該多看中國書；二，「……我以為倘要弄舊的呢，
倒不如姑且靠著張之洞的《書目答問》去摸門徑去。」
就知道沒有反對青年讀古書過。這是施先生忽略了時候
和環境。他說一條的那幾句的時候，正是許多人大叫要
作白話文，也非讀古書不可之際，所以那幾句是針對他
們而發的，猶言即使恰如他們所說，也不過不能作文，
而去讀古書，卻比不能作文之害還大。至於二，則明明
指定著研究舊文學的青年，和施先生的主張，涉及一般
的大異。倘要弄中國上古文學史，我們不是還得看《易
經》與《書經》麼？[13]

　　逐一「駁覆」之後，魯迅說：「我並非為要『多獲群眾』，也不
是因為恨施先生沒有推薦《華蓋集》正續編及《偽自由書》；更不是
別有『動機』，例如因為做學生時少得了分數，或投稿時被沒收了稿
子，現在就借此來報私怨。」

　　「不想再寫什麼」的施蟄存又在1933年10月27日寫了《突圍》
發表於1933年10月31日的《申報‧自由談》，又是逐一地「駁覆」魯
迅。魯迅之後則有《反芻》、《難得糊塗》、《古書中尋活字彙》、
《「文人相輕」》等文章，不斷地將推薦《莊子》與《文選》的問題
提起，繼續談到寫篆字，「未必『只是個人的事情』：『謬種』和
『妖孽』就是寫起篆字來，也帶著些『妖謬』的。」[14]針對施蟄存的推
薦《莊子》與《文選》「同時也可以擴大一點字彙」的話，魯迅又作

13　豐之餘（魯迅）：《答「兼示」》，《申報‧自由談》1933年10月26日。
14　子明（魯迅）：《難得糊塗》，《申報‧自由談》1933年11月24日。

批駁：「古書中尋活字彙，是說得出，做不到的，他在那古書中，尋不出一個活字彙。……那麼，從一部《文選》裡，又尋到了什麼？」[15] 施蟄存在1933年11月14日又寫了《關於「圍剿」》，再作解釋。

在《關於「圍剿」》裡，施蟄存似乎有些無可奈何：「聚仁先生：昨天走到四馬路，看到八十期《濤聲》，有你給我的信，遂買了一份回家，在燈下拜讀了。我從二日起胃病復發，精神大為委頓，雖然差不多每天看見《自由談》上有對於我正面指教，及帶便指教的文章或字句，我也不想再有所置喙。實在目下是，對於我自己，急需的是治胃，並不是要繼續裝扮『遺少』。」[16]

我們應該怎樣看待施蟄存與魯迅的這次論爭？有人說，施蟄存論爭時不知道「豐之餘」是魯迅，所以言辭那麼刻薄。我曾於1999年9月去施蟄存先生家，問施先生：「您當時是否知道『豐之餘』就是魯迅？」施先生說：「知道，一開始就知道『豐之餘』是魯迅，魯迅的東西聞都聞得出來。」所以，「不知道」這一說要推翻。施蟄存後來在《〈自由談〉舊話》裡說：「魯迅的文章，儘管都用筆名，可是熟悉新文學文風的人，嗅也嗅得出來。」施蟄存的文章從一開始就反覆提到魯迅，如第一篇文章《〈莊子〉與〈文選〉》施蟄存就提到魯迅，「我就不能相信。沒有經過古文學的修養，魯迅先生的新文章絕不會寫到現在那樣好。所以，我敢說：在魯迅先生那樣的瓶子裡，也免不了有許多五加皮或紹興老酒的成分。」這就顯然知道「豐之餘」是魯迅，才把矛頭直指魯迅。施蟄存在第二篇文章《推薦者的立場》裡，他又說「把《莊子》與《文選》改為魯迅先生的《華蓋集》正續編及《偽自由書》」，再次把矛頭指向魯迅。並且譏諷「豐之餘先生畢竟是老當益壯，足為青年人的領導者。」第三篇文章《致黎烈文先生書》再次提到魯迅：「魯迅先生雖然一向是勸青年讀外國書的，但這是他以為外國書中可以訓練出思想新銳的青年來」，並且連續舉出兩個例子，來說明魯迅也是看中國書的。在與豐之餘論爭的施蟄存，

---

[15] 羅憮（魯迅）：《古書中尋活字彙》，《申報‧自由談》1933年11月9日。

[16] 施蟄存：《關於「圍剿」》，《濤聲》（週刊）第2卷第46期。（1933年11月25日）

卻始終念念不忘魯迅先生，我們便可以看出施蟄存自始至終是把豐之餘當作魯迅看待而故意為之的。

施蟄存既然知道豐之餘是魯迅，為什麼還要不依不饒地爭論下去？我以為，第一，是因為施蟄存年輕氣盛，特別是當他覺得被誤解時，更想辯個明白。施蟄存認為他只是隨便推薦了兩部書，沒有魯迅說的那麼嚴重，魯迅不該小題大作，沒完沒了。施蟄存說：「我自分距離『遺少』雖近，但去『惡少』卻畢竟還很遠。」[17]

第二，是鬧意氣，施蟄存也說：「凡是動了意氣的爭辯文字，寫的時候總是爽快的，但刊出了之後不免要後悔。我從來沒有與人家作過『無謂』或『有謂』的論爭，不幸《自由談》卻惹出了我第一篇意氣文字。刊出之後，我就有一點覺得後悔，雖然已近中年，猶恨其少氣未脫。」[18]論爭使本來並不大的事情，越論越大。論爭也容易意氣用事，「鬧意氣」的結果是雙方都受到傷害，雙方又都傷害了人。但在當時，一論爭起來，誰也不願意示弱，一來二去不斷地「揮拳」和「鬧意氣」。施蟄存也說：「對於豐先生，我的確曾經『打了幾拳』，也許會成為我畢生的遺憾。」施蟄存後來在「反右」和「文革」中遭到的滅頂之災，印證了施蟄存的預見。當然，論爭對魯迅先生也有傷害，正如施蟄存所說：「我覺得因我與豐之餘先生的彼此都未免過火的文字衝突，好像已引出了許多另有作用的對於豐先生的攻擊，甚至有的小報還說出他就是魯迅先生。」明知道鬧意氣會兩敗俱傷，但一說到激動處，語言就又尖刻了，施蟄存說：「我以前對於豐先生，雖然文字上有點太鬧意氣，但的確還是表示尊敬的，但看到《撲空》這一篇，他竟罵我為『洋場惡少』了，切齒之聲儼若可聞。我雖『惡』，卻也不敢再惡到以相當的惡聲相報了。我呢，套一句現成詩：『十年一覺文壇夢，贏得洋場惡少名。』原是無足重輕，但對於豐先生，我想該是會得後悔的。今天讀到《〈撲空〉正誤》，則又覺得豐先生所謂『無端的誣賴，自己的猜測、撒嬌、裝傻』，又正好

[17] 施蟄存：《關於「圍剿」》，《濤聲》（週刊）第2卷第46期。（1933年11月25日）
[18] 施蟄存：《突圍》，《申報・自由談》1933年10月31日。

留著給自己『寫照』了。」[19]其實施蟄存也不想戀戰，他說：「數數剪下來的關於我的文字，……已有十餘篇之多，粘在一本上，居然可成為一本『圍剿集』了。我正如被打入文字獄的囚徒，天天在黑暗的獄室裡看報紙上記著的我的罪狀。到今天，我忍不住想越獄了，對於圍剿我的那些文字陣，我有點不甘被困，所以要突圍而出了。」[20]魯迅也覺得這種論爭很無聊，他在致姚克的信中也說：「我和施蟄存的筆墨官司，真是無聊得很，這種辯論，五四運動時候早已鬧過的了，而現在又來這一套，非倒退而何。」[21]

第三，施先生認為魯迅對他有誤會，懷疑他向國民黨獻策，有些不服氣。魯迅也確實在1933年11月5日致姚克的信中說：「我看施君也未必真研究過《文選》，不過以此取悅當道。」[22]這就是魯迅的多疑。魯迅在這一段時間和國民黨官方對抗，對於與國民黨對立的人就有好感，那麼對不是共產黨的人就特別警惕，草木皆兵，動不動就懷疑你要「取悅當道」。魯迅實在是曲解了施蟄存，施蟄存在這裡說得很明白，確實是隨意地填了這兩本書，何況，從施蟄存的一貫行為看，也不至於去向國民黨獻策。魯迅在致姚克的信中，對施蟄存也多有貶低和諷刺：「此君蓋出自商家，偶見古書，遂視為奇寶，正如暴發戶之偏喜擺士人架子一樣，試看他文章，何嘗有一些《莊子》與《文選》氣。」[23]魯迅這就說得有些過分了，施蟄存其實也是學識淵博的人，父親也愛讀書，搬家時什麼財產沒有，只有十二箱子書。雖然因生活所迫替別人管理過襪廠，也是個愛讀書的商人，怎麼是「出自商家，偶見古書」呢？魯迅的諷刺、挖苦使年輕氣盛的施蟄存意氣用事，於是「以牙還牙」，也諷刺挖苦魯迅了。

在這件事上，雙方都有責任，施蟄存明知「豐之餘」是魯迅，言語不該太重。但魯迅多疑，懷疑施蟄存向國民黨獻策，於是就有成

19　施蟄存：《突圍》，《申報·自由談》1933年10月31日。
20　施蟄存：《突圍》，《申報·自由談》1933年10月31日。
21　魯迅：《致姚克》，《魯迅全集》第12卷，人民文學出版社2005年版，第477頁。
22　魯迅：《致姚克》，《魯迅全集》第12卷，第477頁。
23　魯迅：《致姚克》，《魯迅全集》第12卷，第477頁。

見，之後的文章也多有挖苦、誤解。李澤厚說：「魯迅有懷疑精神，這與他生性多疑有關係，像李四光那麼好的人，他也懷疑。……他還懷疑過許多人。」[24]這許多人裡就包含施蟄存。1934年7月《申報》雜文專欄的「談言」上發表了署名「寒白」的文章：《大眾語在中國底重要性》，魯迅在1934年7月17日致徐懋庸的信中說：「十之九是施蟄存做的。但他握有編輯兩種雜誌之權，幾曾反對過封建文化，又何曾有誰不准他反對，又怎麼能不准他反對。這種文章，造謠撒謊，不過越加暴露了卑劣的叭兒本相而已。」[25]魯迅這回直接罵施蟄存「叭兒本相」，又說「握有編輯兩種雜誌之權，幾曾反對過封建文化」，這是不確切的。這兩種雜誌指的是《現代》和《文藝風景》。《現代》可算中國現代文學屈指可數的優秀刊物之一，刊登過那麼多現代的、進步的作品，怎能說不曾反對過封建文化？再說，認定「寒白」是施蟄存，也只是魯迅的猜測，怎麼能就此給施蟄存定論？可見魯迅對施蟄存誤解、成見之深。

當然，施蟄存在以後的文章中也經常旁敲側擊，諷刺有餘。施蟄存在1935年4月出版的《文飯小品》第3期發表文章《服爾泰》，又對魯迅進行諷刺：「雖然魯迅先生曾經很俏皮地說過，他寫他的雜感文是希望人家改好，人家一好，他的文章就失了作用，然而難道凡被魯迅先生所針砭過的人物竟一個都不會改好，所以他的雜感集還只得『不三不四』地出下去。」[26]在《文飯小品》第5期的《雜文的文藝價值》中，施蟄存又諷刺魯迅寫作用筆名的目的是「在發表的當時既可躲躲閃閃，不負責任，時過境遷，又仍可編纂成集，追認過來」，就是為了「一大筆版稅」。施蟄存還說：「魯迅先生的雜感文寫得的確好。但是他的雜感文集倘使能再刪選一下，似乎可以使異代的讀者對於他有更好的印象。這種意見，我承認是我的偏見。我知道魯迅先生是不會首肯的。因為他是不主張『悔其少作』的，連『集外集』這

---

[24] 引自劉再復：《論魯迅——兼與李澤厚、林崗共悟魯迅‧代序》，中信出版集團股份有限公司2011年版。

[25] 魯迅：《致徐懋庸》，《魯迅全集》第13卷，第180頁。

[26] 施蟄存：《服爾泰》，《文飯小品》第3期。（1935年4月出版）

種零碎文章都肯印出來賣七角大洋；而我是希望作家們在編輯自己的作品集的時候，能稍稍定一下去取。因為在現今出版物蜂擁的情形之下，每個作家多少總有一些隨意應酬的文字，倘能在編集子的時候，嚴格地刪定一下，多少也是對於自己作品的一種鄭重態度。」[27]對施蟄存第這個意見，魯迅駁以《且介亭雜文‧序言》。之後在《「題未定」草》中魯迅又強調說：「選本所顯示的，往往並非作者的特色，倒是選者的眼光。」[28]我以為，施蟄存關於結集要定一下去取的意見是有些道理的，施蟄存自己就是這樣做的；他因「悔其少作」而對自己過去的很多作品和文章不再提起。但這個問題要因人而異，施蟄存沒有認識到魯迅是大師，魯迅的文章是不需捨取的，每一篇，每一個字都有存在的歷史價值。前幾年有日本學者新發現了兩封魯迅很簡單的信而使文壇轟動，情形是可想而知的。

　　魯迅1935年3月30日給鄭西諦信，談到《小說月報》編輯換人，說郁達夫等人「未必肯幹」，「至於施杜二公，或者有此野心，但二公大名，卻很難號召讀者」。再次可見魯迅對施蟄存的成見。

　　1935年出版的《世界文庫》有《莊子》與《顏氏家訓》這兩個書目，魯迅先生是特約編輯委員，於是，同年6月出版的《文飯小品》第5期，施蟄存登有一篇《「不得不讀」的莊子與顏氏家訓》又將魯迅反擊了一下：「去年，我因為在《大晚報》上介紹文學青年們讀一讀《莊子》、《文選》、《顏氏家訓》這三部古書，不到一星期，就有魯迅先生在《自由談》上作文譏嘲了我一下，說這是『遺少』根性。我申辯了一下，卻更被變為『惡少』了。……去年反對讀《莊子》與《顏氏家訓》的人，今年都榮任了《世界文庫》的特約編輯委員，當然也承認它們是『不得不讀之重要名著』了。」[29]施蟄存有點沒完沒了。

　　對施蟄存的再次挑戰，魯迅不可能無動於衷，於是老賬新賬一起算，魯迅在1936年1月發表在上海《海燕》月刊第一期的《「題未定」

[27]　施蟄存：《雜文的文藝價值》，《文飯小品》第5期（1935年6月出版）
[28]　魯迅：《「題未定」草》，《海燕》，1936年第1期。
[29]　施蟄存：《「不得不讀」的莊子與顏氏家訓》，《文飯小品》第5期（1935年6月出版）

草》中說：「記得T君曾經對我談起過：我的《集外集》出版之後，施蟄存先生在你什麼刊物上有過批評，以為這本書不值得付印，最好是選一下。我至今沒有看到那刊物；但從施先生的推崇《文選》和手定《晚明二十家小品》的功業，以及目標『言行一致』的美德推測起來，這也正像他的話；好在我現在並不要研究他的言行，用不著多管這些事。」[30]同時，魯迅也指出了施蟄存主編的《中國文學珍本叢書》的錯誤。魯迅對施蟄存的回擊，可以借用一句魯迅在《反芻》中對施蟄存的形容：「這真厲害。大致就是所謂『以子之矛，攻子之盾』罷。」

施蟄存主編的《中國文學珍本叢書》，確實有錯誤，因為急於付印出版，標點錯誤甚多。那時張春橋從山東到上海，通過熟人介紹找到施蟄存尋找工作，施蟄存就向張靜廬推薦，張靜廬將張春橋安排在施蟄存的手下為《中國文學珍本叢書》做標點、校對，張春橋太馬虎，所以出了很多問題。鄧恭三評價其「計畫之草率，選學之不當，標題之謬誤。」[31]施蟄存因此寫了一篇《關於中國文學珍本叢書──我的告白》也算作了一個檢討：「現在，過去錯誤已經是錯誤了，我該承認的我也承認了，該辯護的希望讀者及鄧先生相信我不是詭辯。」[32]但施蟄存那嘴不饒人的毛病又犯了，接著又說了不該說的話，使他的檢討真成為詭辯：「但是雖然出醜，幸而並不能算是造了什麼大罪過。因為充其量還不過是印出了一些草率的書來，到底並沒有賣了別人的靈魂與血肉來為自己的『養生主』，如別的一些文人們也。」施蟄存的詭辯招來了魯迅的《文人比較學》的批評：「中國的文人們有兩『些』，一些，是『充其量還不過印出了一些草率的書來』的，『別的一些文人們』，都是『出賣了別人的靈魂與血肉來自己的養生主』的，我們只要想一想『別的一些文人們』，就知道施先生不但『並不能算是造了什麼大罪過』，其實還能夠算是修了什麼

30　魯迅：《「題未定」草》，《海燕》，1936年第1期。

31　鄧恭三（鄧廣銘）：《評中國文學珍本叢書第一輯》，《國聞週報》第12卷第43期（1935年11月4日）。

32　施蟄存：《關於中國文學珍本叢書──我的告白》，《國聞週報》第13卷第46期（1935年11月25日）。

『兒孫福』。但一面也活活地畫出了『洋場惡少』的嘴臉——不過這也並不是『什麼大罪過』，『如別的一些文人們也』。」[33]

　　魯迅再次提到「洋場惡少」給施蟄存定論，但施蟄存死要面子，爭強好勝的積習不改，「洋場惡少」的帽子就一時難得摘下。

　　魯迅去世後，施蟄存1937年寫的《一人一書》對魯迅有一個不帶意氣的評價：「鄙人之意，若以魯迅為小說家，便是太小看他了。魯迅者，實在是一個思想家，獨惜其思想尚未成一體系耳。惟其思想未成一體系，故其雜感文集雖多，每集中所收文字，從全體看來，總有五角六張、駁雜不純之病。使讀者只看到他有許多批評斥責之對象，而到底不知他自己是怎樣一副面目。現在故就文學家方面之魯迅論之。若必欲以魯迅為文學家，則當處之於散文家之列，而不當視之為小說家。魯迅的小說，不過兩本短篇集，雖然不壞，但亦絕不就是『國寶』。但魯迅之散文卻寫得多而且好。真是好！就文學論文學，故我以為魯迅之代表作當為《朝花夕拾》。這裡的十篇文章，是魯迅的純文學散文，筆調老成凝重，而感情豐富，絕非此老轉變後文筆所能及也。」[34]這個評價並不深刻，仍然有些偏激。施蟄存沒有認識到魯迅小說的思想和藝術的魅力和意義。

　　但對整個施蟄存與魯迅的交鋒過程，我們卻不能武斷的下結論。多少年來，關於魯迅與施蟄存的論爭，人們多認為，一定是魯迅的正確，施蟄存的錯。但我認為，魯迅不一定全對，施蟄存不一定全錯，人非完人，誰能無過，魯迅也有判斷錯誤的時候。施蟄存的問題是沒有把魯迅當大師和偉人看，如同他的小說把英雄、偉人世俗化一樣，他把魯迅也世俗化了，所以論爭起來也企圖與魯迅平起平坐。這也正體現出施蟄存的個性特徵。把魯迅當人看而不是當神看，放在當前，倒也談不上離經叛道，與當今那些靠罵魯迅出名的人是不同的，施蟄存只是直率地表達了自己的看法而已，並沒有什麼惡意，更沒有什麼企圖。

[33] 齊物論（魯迅）：《文人比較學》，《海燕》1936年第1期。
[34] 施蟄存：《一人一書》，《施蟄存全集》第四卷，華東師範大學出版社2012年版，第1038頁。

　　我始終認為，施蟄存對魯迅的人品和精神是欽佩的，魯迅在施蟄存心中的地位和影響是任何人不能替代的。1946年《文藝春秋》雜誌社給施蟄存出了一個題目：《要是魯迅先生還活著……》要他做一個假設的答案。施蟄存回答說：

> 我說，這個問題並不聰明。
>
> 這個時候，魯迅還會活著？
>
> 這是不可能的。
>
> 也許魯迅先生會活到抗戰勝利。但今天，魯迅也必然已經死了。因為，聞一多先生也居然死了，魯迅怎麼能倖存於聞一多先生死後！[35]

　　從這裡我們可以看到施蟄存對魯迅的理解，魯迅即使當時沒死，也會在抗戰期間死去；魯迅即使沒有病死，也會以其他的方式死，「聞一多先生也居然死了，魯迅怎麼能倖存於聞一多先生死後！」這樣的評價，我認為是對魯迅最高的評價和最深入的理解。

　　在施蟄存同魯迅交往與交鋒的過程中，他們有友誼也有爭論，有理解也有誤解，這是文壇之正常，人類之正常。我們不能因此而貶低誰，也不該將這些問題看得多麼了不得。相反，通過施蟄存與魯迅的交鋒，特別是看到施蟄存斗膽與魯迅交鋒和論爭，使我們看到了20世紀30年代文壇活躍、自由的氣氛，正因為如此，20世紀30年代才成為中國現代文學成就最高的一個階段。這個階段作家輩出，流派紛呈，各派作家都能創作有個性特色的作品，並發表自己獨特的見解，真正做到了百花齊放，百家爭鳴。所以，論爭也成為這一時期的獨特風景，並且是亮麗的景觀。

---

[35] 施蟄存：《也必然已經死了》，《北山散文集》（一），華東師範大學出版社2001年版，第575頁。

第二章　施蟄存與30年代的詩歌革命
——兼談與現代派詩人戴望舒的友誼

　　人們都知道施蟄存是中國20世紀30年代的著名心理分析小說家，但人們可能沒想到，施蟄存與現代派詩歌也有著很親密的關係。20世紀30年代，施蟄存還通過他主編的《現代》雜誌，發動過一場詩歌革命。在此之前，文壇流行的是「新月派」的詩，具有音韻美，形式建築美和單純易懂的特徵。《現代》雜誌創刊後，從第一期開始，推出的新詩是與當時流行的「新月派」詩完全不同的自由詩。其特點是：「①不用韻。②句子，段落的形式不整齊。③混入一些古字或外語。④詩意不能一讀即瞭解。」[1]代表詩人是戴望舒。但當時戴望舒並不在上海，而是在法國巴黎留學，整個詩歌革命都由施蟄存策劃。施蟄存有計劃的在他主編的刊物上、特別是在《現代》上推出戴望舒的自由詩，引起文壇譁然。施蟄存這一次詩歌革命的運作，奠定了他在中國現代詩歌史上的地位。施蟄存的研究者一直沒有涉及這方面的問題，甚至連施蟄存自己也沒有對此事給予重視。

第一節　詩的嘗試

　　著名的小說家施蟄存對詩詞是很有感情的。在文藝創作的企圖上，施蟄存最初所致力的是詩詞。因為他中學的國文教師是一位詞章家，施蟄存受了他很多的影響。在中學時，曾從《散原精舍詩》、《海藏樓詩》一直讀到《豫章集》、《東坡集》和《劍南集》。施蟄存讀了這麼多宋詩以後，就大膽地做了許多七律。之後，又用父親書箱的《納氏文法》第四冊的二十多本，與同學換來好幾本唐詩集，其中有《李義山集》、《溫飛卿集》、《杜甫集》、《李長吉集》，熟讀這些唐詩以

---

[1]　施蟄存：《〈現代〉雜憶》、《沙上的腳跡》，第26頁。

後，便摹仿李長吉的險句做詩，《安樂宮舞場詩》是他很滿意的作品。

五四運動之後，施蟄存從胡適的「詩的解放」的主張裡，覺得應該有一種新的形式崛興起來。讀了冰心的《春水》、《繁星》和汪靜之的《蕙的風》，覺得思想內容和藝術都很幼稚。直到郭沫若的《女神》出版，施蟄存才看到了新詩發展的希望。於是，施蟄存又開始寫新詩，發表在《民國日報》的副刊《覺悟》上。

1927年4月，施蟄存與戴望舒、杜衡隱居松江老家，開始熱愛外國詩，施蟄存此時翻譯了夏芝、哈代、惠特曼、桑德堡等外國詩人的詩。1932年1月28日，日本軍隊在上海吳淞發動侵略戰爭，施蟄存等人在上海辦的第三個書店「東華書店」停刊，施蟄存又回松江，閒居小樓，看了許多英美近代詩的選集和評論集，使荒落了好久的詩的興趣重新昇華起來，又開始寫詩。這些詩後來發表在《現代》上，如《現代》一卷二期上的《橋洞》、《祝英台》、《夏日小景》、《銀魚》、《衛生》。《現代》二卷一期上的《九月詩抄》中的《嫌厭》、《桃色的雲》、《秋夜之簷溜》等，都是些意象抒情詩，在形式上明顯受到戴望舒的影響。

以《銀魚》為例：

> 橫陳在菜市上的銀魚，
> 土耳其風的女浴場。
>
> 銀魚，堆成了柔白的床巾，
> 魅人的小眼睛從四面八方投過來。
>
> 銀魚，初戀的少女，
> 連心都要袒露出來了。

很有些戴望舒意象抒情詩的味道。

1936年，戴望舒計畫刊印《新詩社叢書》，要施蟄存也編一本詩集，施蟄存便給了戴望舒一個書名：《執扇集》，登了廣告，但詩集

始終沒有編出來。這個詩集直到1984年，才由周良沛編輯的《袖珍詩叢》出版。

第二節　詩歌革命

　　1932年5月1日《現代》創刊後，施蟄存在《現代》一卷一期的《詩集的徵求》中說「近兩年來，我對於中外現代詩很感興味。……我很希望這些詩集的作者能將他們的著作檢惠一份，使我可以藉此對於我國近10年來的詩看一個全豹，或許，如果可能的話，我還想給他們編一個詳細的目錄。」施蟄存對現代詩的興趣，一方面表現在詩歌創作上，一方面表現在對詩歌的編輯出版上，特別表現在對現代派詩人的推崇方面。施蟄存自從當了《現代》雜誌的主編，就將戴望舒式的現代派詩作為重要內容推出：首先，創刊號上發表了戴望舒的詩五首，第二期發表他自己的意象抒情詩五首，第三期又發了戴望舒的詩四首，第四期便有劉吶鷗譯的日本新詩人詩抄六首，第五期是戴望舒譯的法國後期象徵派詩人特·果爾蒙的詩十一首，第六期有戴望舒的詩二首，第二卷第一期的創作增大號，同時刊發了李金髮、戴望舒、施蟄存的詩和戴望舒的《望舒詩論》。從這裡排列的情況看，施蟄存可算是隆重推出了現代派詩歌。雖然施蟄存在創辦《現代》之初，就不打算在《現代》形成任何文學流派，

　　雖不是同人雜誌，但《現代》上發表的詩已經使一些讀者產生迷惑，讀者來信，說《現代》的詩是「謎詩」，看不懂，施蟄存分析說：「許多人常常抱怨新詩之晦澀難懂，因而對於新詩表示了懷疑。這事實，在新詩人方面，固然不免有太務刻劃的地方。但在非難者這方面，卻多數是由於把詩當作散文去欣賞之故也。我不敢說做詩可以不要邏輯，但至少詩的邏輯與散文的邏輯是大不同的。推而至於修辭、結構或表現的方法，亦然。我對於文藝上各種理論不大說得明白，但憑著自己一點點經驗，覺得詩與散文終是不能用同一條準繩來量度的。」[2]

---

[2]　施蟄存：《海水立波》，《北山散文集》（一），華東師範大學出版社

以施蟄存自己的意象抒情詩《銀魚》為例，施蟄存說：「我在這首小詩中，只表現了我對於銀魚的三個意象，而並不預備評論銀魚對於衛生有益與否？也不預備說明銀魚與人生之關係，更不打算闡述銀魚在教育上的地位。僅僅是因為在某日的清晨，在菜市上魚販子的大竹筐裡看到了許多銀魚，因而寫下了這二節句詩。若有看見過銀魚的人，讀了我的詩，因而感覺到有相同的意象者，他就算是懂了我這首詩，也就是我的詩完成了它的功效。若讀了這首詩，對於銀魚那個東西，並無如我那樣的感覺，他就算是懂不了我這首詩，也就是：在他心目中看來，這首詩是太晦澀了。至於根本沒有看見過銀魚的人，當然可以無須讀這首詩，因為我絕不肯給他加添幾行魚類圖譜說明的。這也就是說，我這首詩雖然不見得是一首好詩，但也絕不是一篇或一節文章。即使你廢除了分行寫的辦法，給它們連接起來寫，也還不能成為一篇或一節散文。」[3]這是施蟄存對人們習以為常的明白易懂的詩歌的一種反叛。

施蟄存的詩以及戴望舒的詩在《現代》大批量的發表後，便有讀者給《現代》寫信，施蟄存將來信和回信都發表在《現代》上，《現代》第三卷第五期的《社中談座》中，有題為《關於本刊所載的詩》的文章，刊登了一個名叫吳霆銳的讀者來信，信中說：

> 「詩的形式與內容」這個問題自從拜讀了你詩的大作後，直到現在沒有解決下來，就是對於詩人戴望舒先生的作品也抱著同樣的懷疑。
>
> 當然，在文學上形式主義這個名詞早已不能存在了，無論在批評與創作方面。於是形成了唯物文學的思潮，我們以Ideology來作創作的根據，詩也不能例外的。詩也解放了，解脫了一切韻律句頭的束縛，這樣一來，詩人的真情大可以似洪水般的流露出來了。連我一個不能做詩的讀者也感到無上共鳴的快感！唉，事實絕不如是隨意。自從我讀了《現代》上的詩

2001年版，第403頁。
3　施蟄存：《海水立波》，《北山散文集》（一），第403頁。

人的作品，真使我失望極了！（絕非輕蔑之言，請你原諒，有以教我）

　　明明像散文般的一首詩，又沒有古典作弄讀者，可是讀上去毫沒有詩的節奏，又起不到情感上的作用（請你不要以閱讀能力來壓倒我），簡直可說是一首未來派的謎子。唯物文學我並不反對，但是——這一類未來派的新詩，使人玄妙，玄妙，玄妙，——如入五里霧中！

　　老實的說一句，我不反對唯物文學，而不得不反對《現代》的詩，實在太不能使我瞭解，因為不瞭解，所以一定要請你指教。

　　我向你提出所謂認為「詩的形式與內容」一個問題，要請你答覆的——就是

（1）這一類謎詩，你是否覺得滿意，倘使滿意的話，那末只有請你批評我的閱讀能力。

（2）詩的內容當然不外乎景物的描寫，以及動作，心理上的描寫，而描寫一幅圖景，一曲妙歌，這一類謎詩是否如此？

（3）讀了這一類謎詩，使我在形式與內容中間進退維谷，偏重於內容的詩，是否只有作者自己懂得，而詩的形式就如此沒有節拍，可稱謂詩，而不稱散文？

（4）散文與詩的區別在何？

施蟄存在本期《社中談座》中針對吳霆銳的來信作了解答：

《現代》的讀者，對於《現代》中所揭載的詩，早就有了好幾種批評，有的讀者還曾經寫信來要求有一二篇關於《現代》中的詩的解釋的文字，但我一則因為詩是要各人自己去欣賞的，二則《現代》中所刊載的詩事實上也不是只限於同一傾向，三則做一篇文字解釋這些詩，也許有人要以為跡近標榜，或意圖提倡，亦非妙事。現在我想把這給吳君的覆信公開刊載，以代答覆其他曾經對於《現代》中所曾刊佈的詩發生懷疑的讀

者。關於吳君這封信的上半篇，我覺得他有二點是誤解了的：
（一）詩的從韻律的束縛中解放出來，並不是不注重詩的形式，這乃是從一個舊的形式轉換到一個新的形式。（二）《現代》中的詩並不是什麼唯物文學，而作者寫詩時的Ideology乃是作為一個詩人的Ideology。關於吳君的四個問題，逐條奉覆如下：（1）吳君以為《現代》中的詩都是謎，這一個意見我當然不能同意。我雖然不能說《現代》中所刊的詩都是我所十分滿意的，但至少可以說它們都是詩。在這裡，我不想批評吳君的閱讀能力，我希望吳君看以下的答案。（2）吳君說『詩的內容當然不外乎景物的描寫，以及動作，心理上的描寫，而描寫一幅圖景……』這話不能算是詩的最準確的定義。因為單是景物的描寫，即使如吳君所希望的，有韻律的作品，也不能算是詩，必須要從景物的描寫中表現出作者對於其所描寫的景物的情緒，或說感應，才是詩。故詩絕不僅僅是一幅文字的圖畫，詩是比圖畫更具有反射性的。我以為吳君必須先探索一下他所認為是謎詩的東西，直到他承認這些東西並不具有謎性，則吳君方始能承認它們是詩。（3）（4）這兩個問題我以為可以在一處答覆，散文與詩的區別並不在於腳韻，散文是比較的樸素的，詩是不可避免地需要一點雕琢的；易言之，散文較為平直，詩則較為曲折。沒有腳韻的詩，只要作者寫得好，在形似分行的散文中，同樣可以表現出一種文字的或詩情的節奏。所以，《現代》中的詩，讀者覺得不懂，至多是作者的技巧不夠，以至晦澀難解，絕不是什麼形式和內容的問題。但讀者如果一定要一讀即意盡的詩，或是可以像舊詩那樣按照調子高唱的詩，那就非所以語於新詩了。[4]

　　施蟄存的解答，引來了更多的讀者來信，仍是「不懂」，「不理解」之類。對於這種現象，施蟄存後來分析說：「《現代》詩人的運

[4]　施蟄存：《社中談座》，《現代》第3卷第5期（1933年9月）。

用形象思維，往往採取一種若斷若續的手法，或說跳躍的方法。從一個概念轉移到另一個概念，不用邏輯思維的順序。或者有些比喻用得很新奇或隱晦。這些都使讀者感到難於理解。」[5]（寫到這裡我想起了新時期的朦朧詩，也有一段人們看不懂的經歷，並因批評者所說的「朦朧」而得名。）由於當時的讀者對《現代》的詩不能理解，施蟄存就在《現代》第四卷第一期的《文藝獨白》欄內發表了一篇《又關於本刊的詩》，這實際上是一篇地地道道的關於「現代派」詩歌的宣言書：

> 《現代》中的詩是詩，而且純然是現代的詩。它們是現代人在現代生活中所感受到現代的情緒用現代的詞藻排列成的現代的詩形。
>
> 所謂現代生活，這裡面包括著各式各樣的獨特的形態：匯集著大船舶的港灣，轟響著噪音的工廠，深入地下的礦坑，奏著Jazz樂的舞場，摩天樓的百貨店，飛機的空中戰，廣大的競馬場……甚至連自然景物也和前代的不同了，這種生活所給予我們的詩人的感情，難道會與上代詩人從他們的生活中所得到的感情相同嗎？
>
> 《現代》中有許多詩的作者曾在他們的詩篇中來用一些比較生疏的古字，或甚至是所謂「文言文」中的虛字，但他們並不是在有意地「搜揚古董」。對於這些字，他們並沒有「古」的或「文言」的觀念。只要適宜於表達一個意義，一種情緒，或甚至是完成一個音節，他們就採用了這些字。所以我說它們是現代的詞藻。
>
> 胡適之先生的新詩運動，幫助我們打破了中國舊體詩的傳統。但是從胡適之先生一直到現在為止的新詩研究者卻不自覺地墮入於西洋舊體詩的傳統中。他們以為詩應該是有整齊的用韻法的，至少該有整齊的詩節。於是乎十四行詩，「方塊

---

[5]　施蟄存：《〈現代〉雜憶》、《沙上的腳跡》，第37頁。

詩」，也還有人緊守規範填做著。這與填詞有什麼分別呢？
《現代》中的詩人多數是沒有韻的，句子也很不整齊，但它們
都有相當完美的肌理（Texture）。它們是現代的詩形，是詩！
（有一部分詩人主張利用「小放牛」「五更調」之類的民間小
曲作新詩，以期大眾化，這乃是民間小曲的革新，並不是詩的
進步。）[6]

施蟄存的這段話，就是對看不懂現代詩的人的回答，或者說是一
種挑戰。

施蟄存後來回憶說：「完全沒有想到我這一篇解釋竟改變了『現
代詩』或『現代派』這個名詞的意義。」[7]王瑤後來編新文學史，就
是用施蟄存的這段話來解釋「現代派」這個名詞的。

施蟄存的這段話是關於現代派詩歌的宣言，是這場詩歌革命的倡
議書。施蟄存不僅給「現代派」下了定義，而且給今後的現代派詩歌
指明了道路，中國現代派詩歌基本上就是按照施蟄存所說的這個方向
發展的。所以我說，正是施蟄存掀起的這場詩歌革命，推出了中國現
代文學史上一個較有成就的現代詩派。

施蟄存在《海水立波》一文中繼續談到這個問題：「詩有明白
清楚的，也有朦朧晦澀的。但詩的明白清楚到底不同於散文的明白
清楚。多數讀者要求新詩的明白清楚，但如果還要把讀散文的心眼
去讀新詩，即使詩人做到明白清楚的地步，這些讀者還是不甚了了
的。……新詩的讀者所急需的是培養成一副欣賞詩的心眼，不要再向
詩中間去尋找散文所能夠給予的東西。頂晦澀的散文，一眼看下去，
我擔保你就能懂；但頂明白清楚的詩，一眼看下去還不夠，非得你在
腦子裡轉一轉不可。」施蟄存還特別說道：「我們對於任何一首詩的
瞭解，可以說皆盡於此『彷彿得之』的境地。誰能夠一百二十分地瞭
解得一首詩呢。陶淵明讀書，『不求甚解』。我想這『不求甚解』的

---

[6] 施蟄存：《又關於本刊的詩》，《現代》第4卷第1期（1933年11月）。

[7] 施蟄存：《〈現代〉雜憶》、《沙上的腳跡》，第38頁。

態度之對於散文，或者正好作我這裡所主張的以『彷彿得之』為欣賞詩的極限的絕妙參證。求甚解者，往往容易流於穿鑿和拘泥。結果是反而分毫未曾解得，倒不如不求甚解者，或許多少解得一些子。」[8] 施蟄存的這段話開闢了一條通向現代派詩歌的道路，對我們今天閱讀、理解朦朧詩、實驗詩很有幫助。甚至可以說，施蟄存在努力培養一批欣賞現代派詩歌的讀者，施蟄存清楚地認識到，培養有欣賞能力的讀者是文藝工作者的職責。

戴望舒是中國現代派詩歌的代表作家，卻沒有發表這麼充分、完整的現代派詩歌宣言，這個工作由施蟄存做了，從而使施蟄存與中國現代派詩歌有了不可忽視的淵緣。

第三節　手足之情

在《現代》之前，戴望舒的詩都是散發在不同的刊物上，並沒有引起讀者的注意。後來由他們自己辦的「水沫書店」出版了一個詩集《我的記憶》，有點強行推出的意味，施蟄存說：「他的詩集還送不進上海幾家新文學書店的大門。第一是因為詩集的銷路打不開，第二是因為作者的名聲還不夠。我們自辦書店，印自己的作品，可以說是硬擠上文壇。望舒的《我的記憶》，也是硬擠上詩壇。」[9] 硬擠上詩壇的《我的記憶》因此引起讀者的注意，施蟄存說：「《我的記憶》出版之後，在愛好詩歌的青年讀者群中，開始感覺到中國新詩出現了一種新的發展。望舒的詩，過去分散發表在不同的刊物上，讀者未必能全都見到，現在結集在一本詩集中，它們的風格呈露了，在當時流行的新月派詩之外，青年詩人忽然發現了一種新風格的詩。從此《我的記憶》獲得新詩讀者的認可，標誌著中國新詩發展的一個里程碑。」[10] 雖然施蟄存認為《我的記憶》標誌著中國新詩發展的一個里

---

[8]　施蟄存：《海水立波》，《北山散文集》（一），第403頁。

[9]　施蟄存：《〈戴望舒詩全編〉引言》，《北山散文集》（二），華東師範大學出版社2001年版，第1365頁。

[10]　施蟄存：《〈戴望舒詩全編〉引言》，《北山散文集》（二），第1365頁。

程碑，但戴望舒在讀者中的影響並不是很大，直到《現代》雜誌將戴望舒的詩集中、連續刊發，戴望舒的詩才在讀者中引起強烈的反響，雖然這反響來自正反兩個方面。

施蟄存在《現代》第三卷第四期為《望舒草》做了一個廣告，廣告詞高度評價了戴望舒的詩：「戴望舒先生的詩，是近年來新詩壇的尤物。凡讀過他的詩的人，都能感到一種特殊的魅惑。這魅惑，不是文字的，也不是音節的，而是一種詩的情緒的魅惑。」正是這種「情緒的魅惑」造成了讀者的「看不懂」。所以到第四卷還有讀者寫信來說《現代》登載的詩大都朦朧費解。這「朦朧費解」正是他們的方向，正如杜衡在《望舒草序》中所說：「當時通行著一種自我表現的說法，做詩通行狂叫，通行直說，以坦白奔放為標榜。我們對於這種傾向心裡反抗著。」[11]

施蟄存與戴望舒能夠如此默契、和諧的合作，源於他們情同手足、久經考驗的友誼。他們的友誼始於20世紀20年代初，當時他們都在杭州上學，他們一起讀外國詩歌和小說，看《新潮》、《新青年》雜誌，並組織「蘭社」，出版四開旬刊《蘭友》。1923年，同往上海就讀於上海大學中文系。這個時期，郁達夫在《創造》季刊上介紹了英國詩人歐納恩特·道生，同時美國出版的《近代叢書》的《道生詩集》到了上海，施蟄存、戴望舒、杜衡都受到道生的影響，戴望舒、杜衡以一個暑假的時間譯出了道生的全部詩作。戴望舒這時最感興趣的，無非是道生的詩。《我的記憶》的第一輯《舊錦囊》的作品，「無論是思想情緒，或表現方法，都顯然可以覺得是道生詩的擬作，不過這中間還加上了一點中國詩的意境和詞藻。」[12]之後，他們三人先後到震旦大學學習法文。這個時候他們一起讀拉馬丁、龐維爾、魏爾侖的詩，田漢在《創造》季刊上介紹過魏爾侖，也對他們有影響。戴望舒還特別喜歡果爾蒙、耶麥、保爾·福爾，尤其是耶麥的田園詩氣息，給戴望舒以新的啟示，所以《我的記憶》的後兩輯，特別是《我的記憶》、《秋天》、

---

[11] 杜衡：《望舒草序》，《現代》第3卷第4期（1933年8月）。
[12] 施蟄存：《戴望舒詩校讀記·引言》，《北山散文集》（二），第1270頁。

《對於天的懷鄉病》這幾首，分明可以看出是耶麥的風格。1927年戴望舒與施蟄存、杜衡一起隱居在施蟄存松江家裡的小樓上，在這裡，戴望舒翻譯了沙多布易昂的《阿達拉》和《核耐》，後又譯道生的詩劇。這幾年，戴望舒幾乎成了施蟄存家裡的一個成員。

後來，施蟄存和戴望舒，以及杜衡又到上海，住在劉吶鷗家，他們一起開了三個書店，辦了《無軌列車》，《新文藝》等刊物，戴望舒這時候的詩多發表在自己的刊物上。

1932年，施蟄存準備為現代書局編一部《現代創作叢刊》，他希望有一本戴望舒的詩，當時戴望舒正要去法國，施蟄存就要求戴望舒把詩稿帶去，在法國編好寄來，在施蟄存的催促下，戴望舒從里昂寄來了《望舒草》的定稿。《望舒草》共收詩四十一首，於1933年8月出版，為《現代創作叢刊》的一種。

施蟄存主編《現代》時，戴望舒去法國巴黎留學，這是施蟄存極力主張的，因為法國是現代派詩歌的發源地。原打算施蟄存、戴望舒、杜衡三個人一起去的，但社會動盪，經濟拮据，施蟄存只得犧牲自己，支持戴望舒去法國留學。致力於現代派小說創作的施蟄存竟終身沒有出過國。戴望舒這次去法國巴黎，是他們十幾年來第一次分開，真有些難捨難分。戴望舒離滬去法時，施蟄存全家去碼頭送他，施蟄存在1932年11月18日給戴望舒的信中說：「你船開時，我們都不免有些悽愴，但我終究心一橫，祝賀你的毅然出走，因為我實在知道你有非走不可的決心。」[13] 從施蟄存與戴望舒這段時期的通信中，我們看到了施蟄存對戴望舒關懷的無微不至，其中包括日常生活、經濟情形和身體情況。李健吾的太太赴法，施蟄存托她給戴望舒帶去午時茶，並寫信對望舒說：「你身體好不好？我十分擔心，發熱形勢如何？乞示悉，不厭詳細，如身體不佳，則以回來為是。發熱時少吃金雞納，還是煮一塊午時茶，出一身汗為是，中國古法，我是相信的。巴黎多雨，午時茶尤其相宜也。」（1933年4月28日）施蟄存看了一

---

[13]　施蟄存：《致戴望舒》、《北山散文集》（二），第1538頁，此後的施蟄存致戴望舒信都引自此。

部外國電影裡有扒手，就擔心戴望舒遇到扒手，便立即寫信給他：「我看見影戲裡有一個扒兒手，心中就感到一陣恐怖，我恐怕你一朝在巴黎遇到扒兒手，把你懷中的全部財產都扒了去，那豈不糟糕！留心啊！」（1932年12月3日）戴望舒在法國的用費多是施蟄存寄，施蟄存有時將在《現代》的工資全部寄給他。而這時的施蟄存經濟也是相當緊張的，他說：「至於我個人的經濟，只剩了《現代》每期編輯費五十元，其餘收入毫無，實在是窘不可言了。」（1934年3月16日）自己不論多難，施蟄存首先要顧著戴望舒的生活，他經常寫信瞭解戴望舒的生活情況：「到巴黎後生活如何？經濟情形如何？希望能將你的日用賬錄寄一周，使我有一個參考。」（1932年11月18日信）雖然經濟有困難，但施蟄存仍寫信要戴望舒堅持在巴黎大學學習：「我覺得你還以堅守巴黎大學為宜，我總在國內盡力為你接濟，你不要因一時經濟脫空而悲觀。苦一點就苦一點，橫豎我們這些人是苦得來的。」（1933年5月29日）施蟄存對戴望舒生活學習關心的事例數不勝數，真是如父如兄。

而更重要的是施蟄存對戴望舒詩歌創作的鼓勵和鞭策，使戴望舒不敢自棄。戴望舒在法國時，施蟄存給他寫信不斷對他提出新的要求：「《望舒草》能否加一點未發表的新作品？請快寄幾首來。《現代》及《東方》均急要你的詩。」（1933年2月17日）「《望舒草》快出版了，旅法以後的詩為什麼不趕些來？」（1933年5月29日）「你應交中華之稿如何矣，屈指算來，此信到時，你也已應當預備寄出第二批稿子了。勿忽勿忽！」（1932年11月18日信）與此同時，施蟄存寫信對戴望舒說：「你寫點文藝論文，我以為這是必要的，你可以達到徐志摩的地位，但你必須有詩的論文出來，我期待著。」（1933年2月17日）這個期待終是沒有結果。戴望舒還沒到法國之前，施蟄存就催他寫點詩論，如1932年11月出版的《現代》二卷一期的《社中日記》六日的記載：「望舒將在八日晨乘達特安號郵船赴法，但他所答應給《現代》的詩與詩論還沒有交給我，真是焦灼的事。」施蟄存雖然一再催促，但戴望舒的文藝論文始終沒有寫來，沒有辦法，施蟄存只得自己去找出戴望舒的手記本，抄錄戴望舒平時寫

下的隻言片語。施蟄存七日的日記記載：「晚上，在振華旅館，就望
舒的手記本上抄錄了幾首詩和幾段關於詩的斷片，雖然是將就的東
西，但倒是很自然的。」在《望舒詩論・編者綴言》中施蟄存又寫
道：「戴望舒先生本來答應替這一期《現代》寫一篇關於詩的理論文
章，但終於因為他正急於赴法，無暇執筆。在他動身的前夜，我從他
的筆記手冊中抄取了以上這些片斷，以介紹給讀者。想注意他的詩的
讀者，一定對於他這初次發表的詩論會得感受些好味道的。」[14]這就
是發表在《現代》二卷一期的《望舒詩論》，共十七條。都是前所未
有的、振聾發聵的象徵派詩理論，這些理論的公開發表，全是施蟄存
在那裡忙碌，似乎不關戴望舒的事。詩論內容是：

一、詩不能借重音樂，它應該去了音樂的成分。

二、詩不能借重繪畫的長處。

三、單是美的字眼的組合不是詩的特點。

四、象徵詩的人們說：「大自然是被淫過一千次的娼婦。」但
　　是新的娼婦安知不會被淫過一萬次。被淫的次數是沒有關
　　係的，我們要有新的淫具，新的淫法。

五、詩的韻律不在字的抑揚頓挫上，而在詩的情緒的抑揚頓挫
　　上，即在詩情的程度上。

六、新詩最重要的是詩情上的nuance而不是字句上的nuance。

七、韻和整齊的字句妨礙詩情，或使詩情成為畸形的。倘把詩
　　的情緒去適應呆滯的、表面的舊規律，就和把自己的足去
　　穿別人的鞋子一樣。愚劣的人們削足適履，比較聰明一點
　　的人選擇較合腳的鞋子，但是智者卻為自己製最合自己的
　　腳的鞋子。

八、詩不是某一個官感的享樂，而是全官感或超官感的東西。

九、新的詩應該有新的情緒和表現這情緒的形式。所謂形式，
　　絕非表面上的字的排列，也絕非新的字眼的堆積。

---

[14]　施蟄存：《望舒詩論・編者綴言》，《現代》第2卷第1期（1932年11月）。

十、不必一定拿新的事物來做題材（我不反對拿新的事物來做
　　題材）舊的事物中也能找到新的詩情。

十一、舊的古典的應用是無可反對的，在它給予我們一個新情
　　　緒的時候。

十二、不應該有只是炫奇的裝飾癖，那是不永存的。

十三、詩應該有自己的originalite，但你須使它有cosmopolite性，
　　　兩者不能缺一。

十四、詩是由真實經過想像而出來的，不單是真實，亦不單是
　　　想像。

十五、詩當將自己的情緒表現出來，而使人感到一種東西，詩
　　　本身就像是一個生物，不是無生物。

十六、情緒不是用攝影機攝出來的，它應當用巧妙的筆觸描出
　　　來。這種筆觸又須是活的，千變萬化的。

十七、只在用一種文字寫來，某一國人讀了感到好的詩，實際
　　　上不是詩，那最多是文字的魔術。真的好處不就是文字
　　　的長處。

　　《望舒詩論》表達的是前所未有的詩歌理論，與新月派的音樂
美、繪畫美、建築美形成鮮明的對照。

　　戴望舒的詩因施蟄存的操作、包裝，有了一些影響，施蟄存便
立即將文壇的反映寫信告訴戴望舒，以激勵他繼續努力：「有一個南
京的刊物說你以《現代》為大本營，提倡象徵派詩，現在所有的大雜
誌，其中的大都是你的徒黨了，了不得呀！但你沒有新作寄來，則詩壇
的首領該得讓我做了。我現在編一本季刊，定名《現代詩風》，內分
詩論，詩話，詩，譯詩四項，大約九月中可出第一冊。如你高興，可
請寄些小文章及譯詩論文來，……」（1933年5月29日）「有一個小
刊物說你以《現代》為大本營，提倡象徵派，以至目下的新詩都是摹
仿你的。我想你不該自棄，徐志摩而後，你是有希望成為中國大詩人
的。」（1933年4月28日）施蟄存對戴望舒的鼓勵和推崇，使戴望舒
的詩歌創作上了一個新台階。

　　戴望舒去巴黎留學時，正與施蟄存的大妹施絳年熱戀，並定了婚。戴望舒的第一本詩集《我的記憶》的扉頁上寫下A Jeanne（給絳年）。這次戴望舒去法國與施絳年分離可謂難捨難分。施蟄存要戴望舒去法國留學四年，戴望舒答應著，但他悄悄地對施絳年說：「我去兩年就回來。」戴望舒一上船就後悔，戴望舒在日記中寫道：「船啟航之前的那段時間簡直難以忍受。絳年哭著。我擲了一張紙條給她，喊著：絳，別哭。但是它被風刮到水裡。絳年追奔著，沒有抓到它。當我看到飛跑般的她時，再也抑制不住自己的淚水了。」戴望舒後悔遠去法國的輕率而愚蠢的決定，並打算半年就回來。到法國以後，也是總想早點回到愛人身邊，常常陷入其中不能自拔。施蟄存則像一個長者一樣的嚴格要求他，「你說你寫信的時候是很急的，所以只好寫電報式的信，但是你寫給絳年的信卻如此之瑣碎，雖則足下情之所鍾，但我頗以為對於她大可不必如此小心意兒，你應告訴她一點你在巴黎的活動狀況，把給她及我的信放在一起，就可以有時間多寫點別的值得讓我們知道的事情了。」（1933年2月17日）為了事業，施蟄存差不多要制止戴望舒寫情書了，哪有將情書與朋友的信寫在一起的道理？戴望舒不僅給施絳年寫長信，而且去法國不久就寫信要求施絳年去法國。為了讓戴望舒學而有成，施蟄存制止了這件事。施蟄存寫信對戴望舒說：「你還要絳年來法，我勸你還不可存此想，因為無論如何，兩人的生活總比一人的費一些，而你一人的生活我也尚且為你擔心呢。況且她一來，你絕不能多寫東西，這裡也是一個危機。」（1933年2月17日）我以為施絳年如果去了法國來到戴望舒身邊，戴望舒恐怕真的寫不出詩來了，一是因為寫作的時間少了，二是因為寫作的心情變了。戴望舒能寫出那麼多優秀的詩，很多是源於他對施絳年的深深的愛和深深的思念。所以我以為，沒有施蟄存的督促和鼓勵，戴望舒的詩歌達不到這樣高的水準，施蟄存竭盡全力地推出一個現代派詩人，而戴望舒卻永遠失去了施絳年的愛情。戴望舒後來與穆時英的妹妹穆麗娟結婚，但戴望舒從來不與穆麗娟溝通，穆麗娟說：「他對我沒有什麼感情，他的感情給施絳年去了。」由此我們可以知道戴望舒對施絳年的愛有多深。

　　戴望舒從二十年代初開始寫詩，到1950年2月28日在北京病逝，30年的詩壇生涯，每一步都印著施蟄存對他的幫助和鼓勵。戴望舒的新詩創作30年分為三個階段，對戴望舒的每一個階段，施蟄存都給予公正準確的評價。戴望舒的第一個階段是《我的記憶》時期，這個集子收有戴望舒1929年以前的作品。收詩作二十六首，分為三輯。第一輯題《舊錦囊》收《夕陽下》至《十四行》共十二首，第二輯題《雨巷》收《不要這樣盈盈地相看》至《雨巷》共六首，第三輯題《我的記憶》收《我的記憶》至《斷指》共八首。這樣分法，表示了戴望舒自一九二四年至一九二九年這五年間作詩的三段歷程。第二個階段是《望舒草》時期。在第一個階段《我的記憶》時期，戴望舒作詩還很重視文字的音韻美，但他後來否定了。他的《望舒詩論》前三條就是，「一，詩不能借重音樂，它應該去了音樂的成分。二，詩不能借重繪畫的長處。三，單是美的字眼組合不是詩的特點。」這三點正好否定了當時流行的「音樂美」、「繪畫美」、「建築美」的新月詩派的風格特點，可算是對詩歌的革命。為了讓詩集符合他的新詩理論，戴望舒在編《望舒草》的時候，完全刪汰了以音韻見長的舊作。不但刪去了《舊錦囊》，甚至連那首膾炙人口的《雨巷》也不願保留下來。施蟄存認為，戴望舒的《雨巷》是融化了南唐中主李璟的著名詞句：「青鳥不傳雲外信，丁香空結雨中愁」的意境，並且將英國世紀末詩人歐奈思特・道生的那種憂鬱、低徊的情調結合在中國古典詩詞的感傷情調中，「所以，這首詩，精神還是中國舊詩，形式卻是外國詩。」「用慣了的意象和用濫了的詞藻，卻使這首詩的成功顯得淺易、浮泛。」[15]施蟄存欣賞戴望舒的第二個階段《望舒草》對新詩創作傾向的最後選擇和定型：「這樣，《望舒草》就成為一本很純粹、很統一的詩集。無論在語言辭藻、情緒形式、表現方法等各方面，這一集中的詩，都是和諧一致的，符合於他當時的理論的。這本詩集，代表了戴望舒前期詩的風格。」[16]第三個時期是《災難的歲月》的時

---

[15]　施蟄存：《談戴望舒的〈雨巷〉》，《北山散文集》（二），第1068頁。

[16]　施蟄存：《〈戴望舒詩全編〉・引言》，《北山散文集》（二），第1365頁

期。收了一九三八年至一九四七年這一時期所作的二十五首詩。這時，戴望舒旅居香港，做了不少反帝、反法西斯、反侵略的文化工作。翻譯了西班牙人的抗戰謠曲、法國詩人的抵抗運動詩歌。戴望舒這時的創作，施蟄存為其總結：「雖然藝術手法還是他的本色，但在題材內容方面，卻不再歌詠個人的悲歡離合，而唱出了民族的覺醒，群眾的感情，尤其是當他被敵人逮捕，投入牢獄之後，他的詩所表現的已是整個中華民族的愛國主義和民族氣節了。」[17]

戴望舒作詩三十年，只寫了八九十首，施蟄存認為，「這八九十首詩所反映的創作歷程，正可說明『五四』運動以後第二代新詩人是怎樣孜孜矻矻地探索著他自己的道路，在他的五本詩集中，我以為《望舒草》顯示了詩人的藝術性的完成，《災難的歲月》顯示了詩人的思想性的提高。望舒的詩的特徵，是思想性的提高，非但沒有妨害他的藝術手法，反而是他藝術手法更美好更深刻地助成了思想性的提高。即使在《災難的歲月》裡，我們還可以看到，像《我用殘損的手掌》、《等待》這些詩，很有些阿拉貢、艾呂亞的影響。法國人說，這是為革命服務的超現實主義，我以為，不如說是左翼的後期象徵主義。」[18]

施蟄存還很重視戴望舒的譯詩，戴望舒的譯外國詩，和他的新詩創作，幾乎是同時開始的。一九二五年秋季，戴望舒入震旦大學學法文，在樊國棟神父的指導下讀了雨果、拉馬丁、繆塞等法國詩人的詩。雨果的《良心》是他留存的一首最早的譯詩。同時，戴望舒還譯過一些法國象徵派的詩，這些詩，樊國棟神父是禁止學生閱讀的。但戴望舒在枕頭底下藏著魏爾侖和波特賴爾的詩。他終於拋開了浪漫派，傾向了象徵派。但是，魏爾侖和波特賴爾對他也沒有多久的吸引力，他最後還是選中了果爾蒙、耶麥等後期象徵派。到了法國之後，興趣又先後轉到了法國和西班牙的現代詩人。施蟄存說：「望舒譯詩

---

[17] 施蟄存：《〈戴望舒詩全編〉·引言》，《北山散文集》（二），第1365頁。
[18] 施蟄存：《〈戴望舒詩校讀記〉·引言》，《北山散文集》（二），第1270頁。

的過程，正是他創作詩的過程。譯道生、魏爾侖詩的時候，正是寫《雨巷》的時候；譯果爾蒙、耶麥的時候，正是他放棄韻律，轉向自由詩體的時候。後來，在四十年代譯《惡之花》的時候，他的創作詩也用起腳韻來了。⋯⋯據我的猜測，對於新詩要不要用韻的問題，望舒對自己在三十年代所宣告的觀點，恐怕是有些自我否定的。」[19]

我們從施蟄存對戴望舒的評價中，看出施蟄存對戴望舒的深切瞭解和深厚感情。戴望舒逝世以後，施蟄存將保存了五十多年的望舒譯作拿出來發表出版，搜集了戴望舒的所有散失的遺著和譯詩，隨見隨抄，收集成冊，給予出版。戴望舒曾譯過一本奧維德的長詩《愛的藝術》，1931年由上海水沫書店印行，因僅印一千冊，流傳不多；1987年由湖南人民出版社重印，施蟄存寫了長篇的重印序，介紹奧維德的特殊生世和經歷，介紹《愛的藝術》在世界文學史上的地位，施蟄存認為重印這部書是有意義的。他說：「《愛的藝術》是古羅馬文學史上一部獨特的書。它既被斥為壞書，又被譽為天才的著作。⋯⋯不僅因為它是羅馬史上的名著，也為了它反映了羅馬頹廢時期的社會現實。至於詩篇本身，既刪淨了所謂不道德部分，便顯出了其他的積極意義。」在序言裡，施蟄存選錄了幾段歐洲學者對此書的評價，從而給中國讀者一些閱讀指導：

> 《愛的藝術》可能是前所未有的最不道德的詩，但並不是最傷風敗俗的詩。我們可以懷疑它對讀者是否有嚴重的害處。（英國馬凱爾）
>
> 《愛的藝術》是一本幽默的教育詩，辭藻和內容是非常淫豔的，但它表現了作者對這個問題的淵博的知識和精細的心理學。（德國史學家杜菲爾和許華勃）
>
> 《愛的藝術》的第一特點是幽默。因為它寓嚴肅的教育意義於輕淫的內容中。⋯⋯而且它把羅馬人的社會生活忠實地記錄下來。（德國向茨）

---

[19] 施蟄存：《〈戴望舒譯詩集〉・序》，《北山散文集》（二），第1279頁。

　　奧維德非常諷刺地處理了他的題材。這部詩集完全是諷刺女人的。雖然不如茹汶那爾的《第六諷刺詩》的尖銳刻毒，效果卻並不較小。（英國羅馬文學史家渥文）

　　《變形記》和《愛的藝術》都是為高度想像力的天才作品，在世界上有重要影響。正如《唐璜》是拜倫的最偉大的作品一樣。《愛的藝術》是奧維德最偉大的作品。他運用韻律和辭藻的才能已達到了頂峰，他的觀察力的生動、精細是無可比擬的。（英國文評家麥考萊）[20]

　　施蟄存花費這麼多時間去收集這些評論，一方面表現出他對詩歌的熱愛，一方面更使我們感動的是他對戴望舒的感情。葉靈鳳認為：「作家之間的友誼是最難成立的，尤其牽涉到作品的批評。作家像貓，他始終用一種不信任的眼光注視著它的同類，一面輕視，一面又在嫉妒。我們極少發現同時代的方向相同的作家們的友誼。」[21]施蟄存是個特例，施蟄存對戴望舒的友誼，創造了同時代的方向相同的作家們的友好相處的奇跡。

---

[20] 施蟄存：《戴望舒譯奧維德〈愛的藝術〉重印序》，《北山散文集》（二），第1354頁。
[21] 葉靈鳳：《作家和友情》，《讀書隨筆》，生活·讀書·新知三聯書店，1988年版。

第三章　論施蟄存的小說創作與外國文學的關係

　　施蟄存是一位超越地域與文化界限的世紀文化人物，他視野開闊，思想現代，感覺敏銳，意識超前，時刻走在時代的前面。施蟄存在中國現代文學史中的地位，是不能低估的，沈從文早在20世紀30年代說：「作者的成就，在中國現代短篇作家中似乎還無人可企及。」[1] 李歐梵也說：「其光彩與技巧在中國直至今日還從未再次被達到過。」[2]

　　施蟄存的文學成就，得力於外國文學的影響，這是顯而易見的。但他對外國文學的態度，並非全盤接受，而是有選擇地借鑒，借鑒的目的不是模仿、照搬，而是創新。他在《關於「現代派」一席談》中說得很清楚：「至於我為什麼要運用這些新的手法，原因很簡單，一是覺得新奇，二是想借此有所創新。我感到對一些新的創作方法的運用既不能一味追求，也不可一概排斥，只要有助於表現人物，加強主題，就可拿來為我所用。不過有一點不能忘卻，這就是別忘記自己是個中國人，是在寫反映中國國情的作品。如果在創作中單純追求某些外來的形式，這是沒出息的，要使作品有持久的生命力，需要的是認真吸取這種『進口貨』中的精華，受其影響，又擺脫影響，隨後才能植根於中國的土壤中，創作出既創新又有民族特點的作品。」[3] 在「受其影響，又擺脫影響」的原則下，施蟄存創作了一批既現代又傳統的時尚小說。

---

[1]　沈從文：《論施蟄存與羅黑芷》，《沈從文批評文集》，珠海出版社1998年版，第168頁。
[2]　李歐梵：《探索「現代」——施蟄存及〈現代〉雜誌的文學實踐》，《文藝理論研究》1998年第5期。
[3]　施蟄存：《關於「現代派」一席話》，《文匯報》1983年10月18日。

第一節　融眾家之長，寫心中的故鄉

　　施蟄存最初接受外國文學是中學剛畢業時，這個時候看的還是中譯本，他說：「最先使我對於歐洲諸小國的文學發生興趣的是周瘦鵑的《歐美短篇小說叢刊》，其次是小說月報的『弱小民族文學專號』，其次是周作人的《現代小說譯叢》。這幾種書志中所譯載的歐洲諸小國的小說，大都篇幅極短，而又強烈地表現著人生各方面的悲哀情緒。這些小說所給我的感動，比任何一個大國度的小說所給我的更大。尤其是《弱小民族文學專號》，其中又有一些論文，介紹歐洲諸小國文學狀況之一斑，使我得到了初步的文學史知識。……我懷念著巴爾幹半島上的那些忠厚而貧苦的農民，我懷念著斯幹狄那亞的那些生活在神秘的傳說與凜冽的北風中的小市民及漁人。我覺得距離雖遠，而人情卻宛然如一。在我們的農民中間，並不是沒有司徒元伯伯，而在我們的小城市中，也有很多同樣的『老古董』。所可惜的是我們的作家們卻從來沒有能這樣經濟又深刻地把他們描寫出來，於是我們不能不從舊雜誌堆裡去尋覓他們了。」[4]這些弱小民族的悲哀情緒明顯地影響著他的早期創作，他最早自費出版的《江干集》就留下了弱小國家文學的印記：保加利亞作品中美麗的愛情故事，南斯拉夫小說對自由的追求與渴望，波蘭文學的愛國主義情感，與施蟄存的民主主義思想，愛國主義思想，自由主義思想一拍即合。施蟄存紮實的古典文學基礎與這些新興的思想相融合，產生了文白相間的模仿痕跡很重的新小說。同時，施蟄存讀了新俄小說的英譯本，於是模仿著寫了描寫中國革命的小說《追》和《新教育》，這是些顯然沒有生活的作品，有些不中不西、不倫不類。之後，在實在找不出可供寫作的材料時，模仿著夏丏尊先生刊登在《東方雜誌》上的譯日本田山花袋的中篇《棉被》，寫了《娟子姑娘》。

　　直到《上元燈》出版，才看到施蟄存「受其影響，又擺脫影響」

---

[4]　施蟄存：《稱心如意·引言》，《北山散文集》（二），第1223頁。

的實績。他這時已從看中譯本進而看原文，並開始從事翻譯，主要翻譯歐洲各小國文學作品。施蟄存從保加利亞作家安蓋爾‧卡拉列舍夫那裡感受到憂鬱的情調，以及對保加利亞農民的陰暗生活描寫而喚起的同情；在捷米脫爾‧伊凡諾夫的作品中看到素樸而單純的農民陰暗生活；在近代猶太著名作家俾萊支的小說中看到猶太民眾孽孽矻矻生活的苦痛情形；在荷蘭戲劇家的劇作裡，看到荷蘭人民形形色色的坎坷命運和悲慘生活以及作者深沉的抗議；從南斯拉夫作家伊索‧維列卡諾維區的描寫中看到克洛諦之鄉村生活。施蟄存還從英國詩人戴微思那流利甜蜜而又有人生苦味的詩中，聽到反映社會現實，抒情味很濃厚的地道的流浪人之歌。施蟄存將這些作品「擇優移譯」，並將最欣賞的結集出版，在翻譯的過程中，施蟄存受到深深的感動和潛移默化的影響，《上元燈》中都能找到這些人物及故事的影子，如《扇》、《栗‧芋》中的憂鬱故事，《上元燈》中的詩意氛圍，《漁人何長慶》中的下層人民的素樸生活，《桃園》中百姓的艱難困苦。但是，我們只是從這些作品中找到外國文學的蛛絲馬跡，它們已擺脫早期小說的簡單摹仿，他這時更多的是創造，並將他故鄉松江一帶的秀麗風景融進作品，清新、美麗、委婉、寧靜，是一幅幅典雅的江南風俗畫。

　　保加利亞作家艾林‧沛林是施蟄存很欣賞的作家，艾林‧沛林的作品不多，但很精緻，施蟄存「以為文學作品不應該像蔬菜一樣地用筐子去衡量，而應該像真金及鑽石一樣地用克拉去衡量的。」[5]正如艾林‧沛林所說：「當我感到有東西要寫，以及當我預先知道了我所要寫的作品的結局的時候，我才以寫作自娛了。」[6]艾林‧沛林不是一個公眾人物，「他並不演講，並不對群眾朗誦他的小說，也並不到處發表什麼意見，也不給人家寫序文，也不參加什麼集會，既不攻擊別人，也不擁護別人，這行為實在是一個遺世獨立的藝術家。」但他是一個偉大的藝術家，因為「他的作品中所創造的人物，沒有一個

5　施蟄存：《艾林‧沛林還曆紀念》，《北山散文集》（一），第577頁。
6　施蟄存：《艾林‧沛林還曆紀念》，《北山散文集》（一），第577頁。

不是社會人。他們的生活，他們的思想行為，他們的情感，全都是保加利亞人民的靈魂之再現。他的小說往往在幻想中滲入了真實，愉快中洩漏了悲哀。正因為他本人不是一個公眾人，他才能成其為一個銳利的民眾作家。」[7]艾林·沛林生活在都市，但他生長在鄉村，「因此，『自然』在他的作品中占了很重要的地位。他的小說裡充滿了保加利亞的風景。然而把本國的風景放在作品裡面，並不是作為一種外表的裝飾用的。他是把自然作為一種很深沉的情緒之基礎的。如果沒有這種風景的穿插，則他的作品中的人物便會失去其真實性了。所以他是把『自然』人格化了，與人的運命混合起來的。」[8]施蟄存的《上元燈》明顯地受到艾林·沛林的影響，如「幻想中滲入了真實，愉快中洩漏了悲哀」，如「深沉的情緒」和「穿插的風景」，都成為施蟄存的《上元燈》的基本表現手法。

沈從文說：「略近於纖細的文體，在描寫上能盡其筆之所詣，清白而優美，施蟄存君在此等成就上，是只須把那《上元燈》一個集子在眼前展開，就可以明白的。柔和的線，畫出一切人與物，同時能以安詳的態度，把故事補充成為動人的故事，……《栗芋》，從別人家庭中，見出一種秘密，因而對人生感到一點憂愁，作風近於受了一點周譯日本小說集中之《鄉愁》、《到鋼目去》等暗示而成，然作者所畫出的背景，卻分明的有作者故鄉松江那種特殊的光與色。」[9]可見施蟄存的《上元燈》是融眾家之長，並非純然做寫實小說，他是寫心中的故鄉，是幻想與寫實的融合。

第二節　取名家之經，寫變態的心理

對施蟄存影響最大的是奧地利作家顯尼志勒（Arthur Schnitzler又譯施尼茨勒）以及顯氏的同國人佛洛伊德。施蟄存認為，在維也納的

[7] 施蟄存：《艾林·沛林還曆紀念》，《北山散文集》（一），第577頁。
[8] 施蟄存：《艾林·沛林還曆紀念》，《北山散文集》（一），第578頁。
[9] 沈從文：《論施蟄存與羅黑芷》，《沈從文批評文集》，珠海出版社1998年版，第168頁。

奧國作家，為了氣質不同的緣故，和德國北部的那些作家是有些不同的。奧國與德國雖然是兩個同文同種的國家，但是在文學上和國民氣質上，卻有著很顯著的差別。雖然都是條頓民族，但奧國人的血統卻比德國人混雜，因為在這多瑙河一帶的平原上，從前曾經是喀爾頓人的住所，後來被日爾曼人所征服，成為奧國，日臻強盛，成為十八世紀以來的歐洲政治文化的中心。它的人民混雜著有日爾曼人陰鬱的哲學的血液，有喀爾頓人輕爽溫和的血液，還有義大利人的南歐的明朗輕佻的血液，而在另一方面又有著斯拉夫人的幽峭冷酷的血液。因此，奧國人的氣質遂不同於那些一味莊重嚴肅的德國人，他們不僅兼有南歐的活潑和北歐的凝滯，並且還兼有西方的明澈與東方的神秘。這樣的民族，完全是一個富有藝術天才的民族，因此奧國的藝術界，從十八世紀以來，就人才輩出，名著傑作，綿延不斷。他們的文章比較輕快，他們的感覺比較柔和。在近代文壇上，他們中間的成為世界文豪者，有霍夫曼斯塔爾、阿爾登褒格、霍夫曼、巴赫爾諸人，而其中最偉大的卻是顯尼志勒。施蟄存小說輕快和柔和特點就來自顯尼志勒，但絕沒有顯尼志勒嚴肅、悲壯的色彩。

顯尼志勒生於1862年5月15日，他是個奧京維也納的猶太人。他家世代行醫，祖父是醫生，父親約翰‧顯尼志勒教授是維也納大學咽喉科專家，他也在維也納大學畢業，得了醫學博士學位。畢業後在大學醫院實習了兩三年後開始行醫，他曾發表了著名的關於「聲音的神經病」的論文。顯尼志勒在行醫之暇努力研究文學，1893年發表了著名劇本《阿那托爾》，特別是1895年創作並上演的劇本《兒戲戀愛》，頓然在文壇上占了最高位置，大作家的盛名掩蓋了他的名醫的聲譽，他於是棄醫從文，陸續發表了許多戲劇和小說。

施蟄存曾對顯尼志勒很癡迷，他說：「有一個時候，我曾經熱愛過顯尼志勒的作品。我不解德文，但顯氏作品的英、法文譯本卻一本沒有逃過我的注意。」[10]施蟄存開始翻譯顯尼志勒的作品是1927年夏天，他與戴望舒、杜衡避居松江老家，一邊教書，一邊寫作、翻譯，

---

[10] 施蟄存：《〈愛爾賽之死〉題記》，《北山散文集》（二），第1212頁。

「我譯了愛爾蘭詩人夏芝的詩和奧地利作家顯尼志勒的《蓓爾達‧迦蘭夫人》。」[11]《蓓爾達‧迦蘭夫人》之後，又譯了《毗亞特麗思》和《愛爾賽小姐》，因為都是描寫女性心理的小說，所以把它們合起來，冠以《婦心三部曲》，由神州國光社出版。之後譯了《中尉哥斯脫爾》、《薄命的戴麗莎》，由中華書局印行。另有《維也納牧歌》、《喀桑諾伐之回家》、《狂想曲》三部，譯成後未印出，毀於抗戰初期。顯尼志勒的著作，幾乎全部都是以愛和死作主題的，顯尼志勒的人生哲學是懷疑論，每一個人的最終命運都是悲劇。施蟄存是從顯尼志勒這裡開始瞭解佛洛伊德的，他說：「看了顯尼志勒的小說後，我便加重對小說人物心理的描寫。後來才知道，心理治療方法在當時是很時髦的，我便去看佛洛伊德的書。當時英國的艾里斯出了一部 "Psychology of sex"（《性心理學》），四大本書，對佛洛伊德的理論來個大總結和發展，文學上的例子舉了不少。我也看了這套書，所以當時心理學上有了新的方法，文藝創作上已經有人在受影響，我也是其中一個。」[12]顯尼志勒和佛洛伊德是朋友，兩人都是維也納的醫生，施蟄存懷疑他們兩人一起研究心理分析。所以施蟄存的心理分析的理論基礎來自於佛洛伊德的精神分析學說，而創作則師法於顯尼志勒。

　　施蟄存認為顯尼志勒「這方面的成功，我們可以說他可以與他的同鄉佛洛伊德媲美。或者有人會說他是有意地受了佛洛伊德的影響的，但佛洛伊德的理論之被實證在文藝上，使歐洲現代文藝因此而特闢一個新的蹊徑，以致後來甚至在英國會產生了勞倫斯和喬也斯這樣的分析心理的大家，卻是應該歸功於他的。」[13]

　　施蟄存受顯尼志勒的影響，首先表現在以性愛為主題，並且多表現變態性心理，表現人物的二重人格。施蟄存不論是早期作品集

[11] 施蟄存：《最後一個老朋友──馮雪峰》，《沙上的足跡》，第122頁。
[12] 施蟄存：《為中國文壇擦亮「現代」的火花》，《沙上的腳跡》，第175頁。
[13] 施蟄存：《〈薄命的戴麗莎〉譯者序》，《北山散文集》（二），第1204頁。

《上元燈》，還是之後的《將軍底頭》，大多數是性愛故事，他說：「《鳩摩羅什》是寫道和愛的衝突，《將軍底頭》卻寫種族和愛的衝突了。至於《石秀》一篇，我是只用力在描寫一種性欲心理，而最後的《阿襤公主》，則目的只簡單地在乎把一個美麗的故事復活在我們眼前。」[14]《將軍底頭》出版之時，《現代》雜誌就有評論，說《將軍底頭》的集子裡有「一個極大的共同點——二重人格的描寫。每一篇的題材都是由生命中的兩種背馳的力的衝突來構成的，而這兩種力中的一種又始終不變地是色欲。」（《現代》一卷五期）《上元燈》中的《周夫人》寫一個寡婦的性變態，周夫人在丈夫死後愛上了一個十二歲的男孩，情形與顯尼志勒的《毗亞特麗思》很相似。《將軍底頭》中的大部分作品，還有《在巴黎大戲院》都是寫男人的變態性心理。

　　顯尼志勒對施蟄存影響的第二點，是細膩的內心獨白。如《中尉哥斯脫爾》和《愛爾賽小姐》是顯尼志勒內心獨白的代表作品。《中尉哥斯脫爾》敘述一個名叫哥斯脫爾的陸軍中尉，從音樂會場上出來時，因為受了一個麵包師的侮辱，再加上其他不遂意的事件，而想自殺的全部心理過程。《愛爾賽小姐》寫一個維也納律師的女兒愛爾賽，她父親濫用了人家委託保管的錢，幾至入獄。她的母親要她去向一個陶絲苔子爵借錢，陶絲苔答應借錢給愛爾賽的父親，但他提出一個條件：要看一看愛爾賽的美麗的裸體。愛爾賽經過了極複雜的痛苦思索，二重人格的矛盾衝突使她瘋狂，她後來在許多人面前展露了她的裸體而昏倒，最後吃安眠藥而自殺。「這個小說，亦是全體皆用內心獨白，而不插入一句客觀的描寫。故事及心理過程均較《中尉哥斯脫爾》為複雜微妙。故一向被稱為現代歐洲文學中一個著名的中篇小說。」[15]施蟄存的小說也是以內心獨白為主要表現方法，如《梅雨之夕》、《魔道》、《在巴黎大戲院》等。以《在巴黎大戲院》為例，作品寫一個已婚男子與一個年輕女子同看電影，在大戲院看電

---

[14] 施蟄存：《〈將軍底頭〉自序》，《十年創作集》，華東師範大學出版社1996年版，第793頁。
[15] 施蟄存：《愛爾賽之死·題記》，《北山散文集》（二），第1212頁。

影，只是給主人公提供一個談情說愛的環境，如作品的主人公所說的：「在我們的這種情形裡，如果大家真的規規矩矩地呆看著銀幕，那還有什麼意味！乾脆的，到這裡來總不過是利用一些黑暗罷了。有許多動作和說話的確是需要黑暗的。」《在巴黎大戲院》一整篇都是男主人公的性欲望的獨白，作品以男子第一人稱的敘述方式，表述他對女人的心理的猜測，以及他自己對這女人的欲望：「怎麼，她竟搶先去買票了嗎？……人多麼擠！我真不懂她為什麼要這樣在擁擠的人群中掙扎著去買票，難道她不願意讓我請她看電影嗎？……她為什麼把肘子在我手臂上推一下？我覺得這樣，的確是一種推的動作。這是故意的呢，還是無心的？……她很是伶俐，她會不讓頭部動一動，而眼睛卻斜睨了我一次。為什麼她要這樣？顯然她是在偷偷地留心著我。她一定也已覺得了我在看著她。果然，她嘴唇微微地翕動了，這是忍笑的姿態。她心裡覺得怎麼樣呢？我真猜不透。我們現在究竟是哪一種關係？我是不是對於她已有了戀愛？我自己也猜不透自己，為什麼我這樣高興陪她玩。……她會不會像影片中的多情女子那樣地趁此讓我接吻？……我愛她，我已經愛她了啊！但是，我怎麼能告訴她呢？她會愛一個已經結婚了的男子嗎？我怕……」這是一個委瑣的男子，不停地猜測揣摩，卻不敢行動。主人公因為怯弱而得不到性滿足，當女子將自己的手絹借給他時，他的性高潮就以變態的方式表現出來：「哦，好香，這的確是她的香味。這裡一定是混合著香水和她的汗的香味。我很想舐舐看，這香氣的滋味是怎樣的，想必是很有意思的吧？我可以把這手帕從左嘴唇角擦到右嘴唇角，在這手帕經過的時候，我可以把舌頭伸出來舐著了。甚至就是吮吸一下也不會被人家發現的。這豈不是很妙？好，電燈一齊熄了，影戲繼續了。這時機倒很不錯，讓我儘量地吮吸一下吧。……這裡很鹹，這是她的汗的味道吧？但這裡是什麼呢，這樣地腥辣？……恐怕痰和鼻涕吧？是的，確是痰和鼻涕，怪粘膩的。這真是新發現的美味啊！我舌尖上好像起了一種微妙的麻顫。奇怪，我好像有了抱著她的裸體的感覺了……」主人公對女人的猜測、揣摩、欲望充斥著整篇小說，主人公的內心獨白貫串作品始終，直到小說的最後三個字仍是「我不懂。」這樣的變態

心理，這樣的淫穢心理，是施蟄存筆下男性的專利。與顯尼志勒筆下的男主人公比起來，是有過之無不及。

因為施蟄存是本著「受其影響，又擺脫影響」的原則，即使是他最喜歡的作家，施蟄存對他的接受也是取其所長，避其所短，並非全盤吸收，對顯尼志勒的借鑒當然也是如此。（一）對顯尼志勒的寫作主題，施蟄存只取其愛，不取其死。施蟄存說：「顯尼志勒是屬於新浪漫派的作家。他的作品中的主題差不多只有兩個：愛與死。」[16]阿那托爾·法郎士曾說：「對於那些很瞭解的人，這世界是只有兩面。你遍看全世界，大自然所顯示給你的只有死和愛。」顯尼志勒所有的作品都以死與愛為主題。施蟄存則很少寫死，多寫性愛的矛盾心理。（二）關於內心獨白，施蟄存與顯尼志勒也有區別。顯尼志勒是醫生出身的作家，內心獨白寫得細緻入微，符合病理學，顯得過分繁雜、冗長、瑣碎、零亂，人物處於非正常的病人狀態。作者由於過分敘述人物的病態心理，而忽略了故事的完整性。施蟄存筆下的人物雖然也是變態、病態的，但不混亂。施蟄存注意故事的相對完整，情節的曲折生動，條理的清晰明瞭。力求「創造出創新又有民族特點的作品」。《魔道》是施蟄存小說中最接近顯尼志勒的作品，描寫的只是意識的碎片，人物也是最偏於病態的。但我們看到的是主人公圍繞著「一切黑色的都是不吉的」而產生的幻覺和恐懼，所以他只是在見到穿黑衣老婦人時才緊張恐懼，並處於病態。這就同顯尼志勒的類似臨床病理實例式的敘述區別開來。

另外，有人認為，施蟄存的小說是對佛洛伊德精神分析理論的圖解。早在1932年，《現代》雜誌一卷五期上的《書評》，說施蟄存的小說「與佛洛伊德主義的解釋處處可以合拍」。其實不然，施蟄存的小說與佛洛伊德理論還是有區別的，如佛洛伊德說，創作家以未得到滿足的願望為動力，滿懷熱情，非常認真地「來創造一個幻想的世界，同時又明顯地把它與現實世界分割開來。」[17]施蟄存則不同，施

---

[16] 施蟄存：《自殺以前·譯本題記》，《施蟄存七十年文選》，上海文藝出版社1996年版，第819頁。
[17] 佛洛伊德：《創作家與白日夢》，《現代西方文論選》，上海譯文出版社

蟄存也寫幻想小說，但他的小說的幻想是與現實相交融的，他並不與客觀世界相對立，他是與現實世界相依存的。所以他的心理分析是落實在現實的土地上，有著中國傳統文化的清純、明瞭和詩情畫意。施蟄存儘量避免西方現代派小說的那種捉摸不定的飄忽感和煞費周折的晦澀感，對於佛洛伊德無時不有、無處不在的性心理理論，施蟄存認識到它的偏頗，所以能取其合適，去其不適合中國國情的因素。施蟄存小說的意義，不僅僅是他將心理分析引進中國，而是他在引進的基礎上進行創造，使中國從此有了具有民族特點的心理分析小說，有了施蟄存式的現代主義。即使是對最具現代色彩的美國文學，施蟄存也不主張全盤照搬，他說：「自然，我們斷斷乎不是要自己亦步亦趨地去學美國，反之，我們所要學的，卻正是那種不學人的、創造的、自由的精神。這種精神，固然不妨因環境不同而變易其姿態，但它的本質的重要，確是無論在任何民族沒有兩樣的。」[18]

第三節　對感覺主義的借鑒與改造

施蟄存經常被人們稱為新感覺派，對於這種說法，施蟄存自己卻是否認的，他曾在1933年寫的《我的創作生活之歷程》中說：「因了適夷先生在《文藝新聞》上發表的誇張的批評，直到今天，使我還頂著一個新感覺主義的頭銜。我想，這是不十分確實的。我雖然不明白西洋或日本的新感覺主義是什麼樣的東西，但我知道我的小說不過是應用了一些Freudism的心理小說而已。」施蟄存在小說中運用了佛洛伊德的心理分析，但並不能說明施蟄存沒有新感覺派的特徵，施蟄存雖然沒去日本，但他卻接觸到日本新感覺派，因為他跟從日本回來的劉吶鷗是好朋友，而且一起辦刊物，編雜誌，搞創作，不可能不受到劉吶鷗的影響。施蟄存後來在回憶文章《我們經營過三個書店》中說，1928年暑假中，劉燦波（吶鷗）又來到上海。施蟄存、戴望舒住

在劉吶鷗家，「每天上午，大家都耽在屋裡，聊天，看書，各人寫文章，譯書。午飯後，睡一覺。三點鐘，到虹口游泳池去游泳。在北四川路一帶看電影，或跳舞。一般總是先看七點鐘一場的電影，看過電影，再進舞場，玩到半夜回家。這就是當時一天的生活。劉燦波喜歡文學和電影。文學方面，他喜歡的是所謂『新興文學』，『尖端文學』……當時在日本流行的文學時尚，他每天都會滔滔不絕地談一陣，我和望舒當然受了他不少影響。」施蟄存並不跳舞，到舞廳只「擺測字攤」，也就是坐在旁邊看，不下舞池。但看電影、談文學是施蟄存特別感興趣的，在與劉吶鷗交談中，潛移默化地受到劉吶鷗影響。

日本新感覺派可以追溯到1914年第一次世界大戰前後歐洲興起的現代主義思潮的影響，同時也與1923年日本發生關東大地震引起的政治、經濟的大混亂，造成日本社會、文化生活的困難而深化的資本主義危機有關。當然也有日本文學自身的原因，這是日本新起的作家反對舊文學而嘗試著探索一條新的文學創作之路。

日本新感覺派的理論主張之一，認為主觀是唯一的真實，否認現實世界的客觀性。川端康成在《新進作家的新傾向解說》中說：「因為有自我，天地萬物才存在，自我主觀之內有天地萬物，以這種心情去觀察事物，這是強調主觀的力量，信仰主觀的絕對性。」[19]

日本新感覺派的理論主張之二，是主張形式決定論，認為形式決定內容，注重探索形式上的革新，創造嶄新的表現方式。川端康成說：「沒有新的表現，就沒有新的文藝。沒有新表現，就沒有新的內容。而沒有新的感覺，就沒有新的表現。」（《新進作家的新傾向解說》）[20]

日本新感覺派的理論主張之三，就是追求新的感覺，新的生活方式和對事物的新的感覺方法。1924年日本評論家千葉龜雄發表了《新感覺派的誕生》一文，指出日本新感覺派「是站在特殊視野的絕頂，從其視野中透視、展望，具體而形象地表現隱秘的整個人生。所以從

---

[19] 葉渭渠：《日本現代文學思潮史》，中國華僑出版社1991年版，第163頁。
[20] 葉渭渠：《日本現代文學思潮史》，中國華僑出版社1991年版，第164頁。

正面認真探索整個人生的純現實派來看，它是不正規的，難免會被指責為過於追求技巧。不過，我覺得這也不錯。它不僅把現實作為現實來表現，同時通過簡樸的暗示和象徵，彷彿從小小的洞穴來窺視內部人生全面的存在和意義。這種微妙的藝術之發生，是符合自然規律的。」[21]日本新感覺派反叛舊文學，創造新文學，他們追求的是文學革命，否定日本文學傳統，全盤接受西方現代主義文學。在創作上，集西方現代派之大成，是西方各種現代派藝術的綜合體。情形正如橫光利一在《新感覺活動》中所說：「未來派、立體派、達達派、象徵派、結構派，以及如實派一部分，都是屬於新感覺派的東西。」[22]川端康成也在《答諸家的詭辯》中說：「可以把表現主義稱作我們之父，把達達主義稱作我們之母，也可以把俄國文藝的新傾向稱作我們之兄，把莫朗稱作我們之姐。」[23]由此可以看出，他們走的是西方現代派的道路。

　　施蟄存對日本新感覺派的態度也是「受其影響，又擺脫影響」，首先，施蟄存承認作家主觀的力量，並「以這種心情去觀察事物」，但他不將主觀作為唯一的，而是將主觀融進客觀中，把客觀帶進主觀。其次施蟄存也如日本新感覺派那樣，即表現人們在激變中的感情波折、精神反常的心理現象和虛無迷惘的精神狀態。如《魔道》、《旅舍》、《夜叉》、《四喜子的生意》等作品中，反常的心理現象和迷惘的精神狀態頻頻出現。但與日本新感覺派所不同的，是施蟄存不宣傳悲觀、絕望和頹廢情緒，不表現極端的悲劇性。第三，施蟄存也借鑒日本新感覺派對象徵和暗示手法的運用，通過人的外部感覺，探索人的內心世界，表現人的存在意義。施蟄存的歷史小說和多部反映現實生活的小說都運用了這種手法，揭示了人生的意義。但施蟄存的象徵色彩沒有日本新感覺派來得鮮明、突出和一目了然，施蟄存小說的象徵色彩更隱晦、含蓄和若隱若現，他真正將象徵「暗示」在情節中。但是，橫光利一的小說如《蒼蠅》、《頭與腹》、《太陽》、

---

[21]　轉引自葉渭渠：《日本小說史》，北京大學出版社2009年版，第361頁。
[22]　轉引自葉渭渠：《日本小說史》，北京大學出版社2009年版，第362頁。
[23]　葉渭渠：《日本現代文學思潮史》，中國華僑出版社1991年版，第165頁。

《機械》中的深邃的意蘊，是施蟄存小說所沒有的。第四，施蟄存雖然追求形式的新穎獨特，但不是形式決定論，他強調形式必須為人物和主題服務。另外，日本新感覺派的有些東西，施蟄存並沒有接受，如用新奇的文體和華麗的辭藻及感覺主義的表現手法，來表現主觀感覺中的外部世界等。橫光利一的《頭與腹》有這樣的句子：「大白天，特別快車滿載著乘客全速賓士，沿線的小站像一塊塊小石頭被抹殺了。」對於這一特點，劉吶鷗、穆時英倒是全盤接受的，劉吶鷗的《風景》裡，人們也坐在特別快車上，「人們是坐在速度上面的。原野飛過了。小河飛過了。茅舍，石橋，柳樹，一切的風景都只在眼膜中占了片刻的存在就消滅了。」而施蟄存卻很少表現風馳電掣的特別快車和都市風景，這便使他與他的朋友、也如日本新感覺派有了區別。

另外，施蟄存非常喜歡美國作家亞倫坡的小說，他說：「除了一些偵探小說之外，亞倫坡的小說可以說是完全沒有什麼故事或結構的。……有時我們也許會奇怪作者何以費了這許多筆墨來鋪張這一點點不成其為故事的故事，然而，在亞倫坡自己，也許還嫌他的筆墨太經濟了。他要寫的是一種情緒，一種氣氛（Atmosphere），或一個人格，而並不是一個事實。」[24]施蟄存對美國另一個作家海敏威（海明威）的小說也很感興趣，認為「海敏威的大部分短篇小說，在技巧的用途上，仍是回復到亞倫坡的幻想小說一樣地沒有故事。」[25]施蟄存喜歡法國作家茹連・格林的小說，也因為他是幻想的現實主義。

施蟄存自始至終遵循著「受其影響，又擺脫影響」的原則，既廣泛引進外國文學，使中國真正打開通向世界的大門，又將外國文學的優長融進中國傳統文學中，使其現代派小說具有中國的特色，具有自己的特色，施蟄存說：「一個作家的創作生命最重要的基礎是：國家、民族、土地；這些是他創作的根，是無法逃脫的。」[26]這是施蟄存借鑒和創作的根本，是他具有現代意識的文學創作的座右銘。

---

[24] 施蟄存：《從亞倫坡到海敏威》，《北山散文集》（一），第463頁。
[25] 施蟄存：《從亞倫坡到海敏威》，《北山散文集》（一），第463頁。
[26] 施蟄存：《中國現代主義的曙光》，《沙上的足跡》，第166頁。

第四章　論施蟄存的編輯事業對中國現代文學的貢獻

　　施蟄存不僅是20世紀30年代頗有影響的現代派作家，而且是卓有成就的編輯。在1926年至1936年的十年間，施蟄存同朋友一起，創辦了三個書店，即「第一線書店」、「水沫書店」、「東華書店」；主編了多種文學刊物，如《蘭友》、《瓔珞》、《文學工廠》、《無軌列車》、《新文藝》、《現代》、《文藝風景》、《文飯小品》、《現代詩風》等等。

　　有人曾說：「在未來的文學史中，文藝雜誌將佔據一個非常重要的地位，恐怕成為不可否定的事實。……文藝的對象不再是宮廷與沙龍中的少數階級，而將是現社會中廣大的讀者。這兩種因素必然地擴展了現代文學的園地，造成了文學向所未來的廣度。什麼是這一時代的動向？什麼是這一時代下一個作家所採取的態度？什麼是這一時代下一般讀者的要求？如何在這社會因素、藝術因素、與心理因素三者間去求得一種適度的平衡，則正是作為現代文學中創作家、批評家、與讀者間的聯繫的文藝雜誌所負的最高使命。」[1]作為一個文化人，施蟄存深刻認識到編輯工作在文壇上的重要性，因為他有過「寫了東西沒處發」的經歷。

第一節　從《瓔珞》到《新文藝》

　　施蟄存最初寫的小說，寄出之後，除了《覺悟》上刊載一二篇之外，大半都退回來。之後，他又往《禮拜六》、《星期》等鴛鴦蝴蝶派雜誌投寄。1922年4月1日出版的《禮拜六》發表了他的小說《恢復

---

[1]　盛澄華：《〈法蘭西雜誌〉與法國現代文學》，載《文藝復興》1947年5月，第3卷第3期。

名譽之夢》，署名青萍；《禮拜六》刊發了《老畫師》，《星期》刊發了《寂寞的街》，《半月》上刊發了《叔伯之間》、《童妃記》、《紅禪室漫記》、《聖誕華筵記》、《采勝記》、《棄家記》等。但因為是發表在鴛鴦蝴蝶派的刊物上，被人說成是鴛鴦蝴蝶派中人，受到人們的指責。施蟄存從此明白了新文學與鴛鴦蝴蝶派之間有著一道鴻溝，便停止了這方面的投稿。1923年，施蟄存曾有過一次向創造社的刊物《創造週報》投稿的經歷。當時，施蟄存住在哈同路民厚里，與創造社的郭沫若、成仿吾、郁達夫同住一里弄內。施蟄存就將《殘花》等兩篇小說投入創造社的信箱中，過了幾天，《創造週報》上刊出郭沫若給施蟄存的一個啟事，問施蟄存的通信地址，施蟄存寫了一封信給郭沫若，三日後，施蟄存接到郭沫若的信，約他去一談。施蟄存忐忑著不敢去，拖延了一個星期，才去見郭沫若，郭沫若卻到日本去了。只見到成仿吾，成仿吾說郭沫若把施蟄存的小說稿也帶去了。再過了七八個星期，《創造週報》停刊了，這兩篇小說永遠沒有面世。施蟄存從而體會到文學新人發稿的艱難，特別是在創作方法上求新求異的文學新人。像他這樣的在創作方法上獨闢蹊徑的文學新人，只有自己辦刊物，刊發自己的文章，才是他們擠進文壇的最好的選擇。

在之江大學，施蟄存與朋友組織成立蘭社，出版四開旬刊《蘭友》。1926年施蟄存與戴望舒、杜衡又辦了一個小刊物《瓔珞》，是個三十二開十六頁的旬刊，旬刊的通訊處設在松江施蟄存家中，《瓔珞》於1926年3月17日出刊，4月17日停刊，一共印出四期。施蟄存在旬刊的序言中說，他要學著司蒂文生很謙和地將他的帽子除下了執在手中，在小廊邊現身給他的讀者那樣，代表自己的朋友在這裡現身，將這個小旬刊介紹給友善的讀者。他們三人包攬了四期刊物的全部稿件，包括小說、詩歌、散文、譯作、譯評，共計19篇。施蟄存的小說《上元燈》（原名《春燈》）和《周夫人》刊登在上面。《瓔珞》是他們辦的第一個新文學同人小刊物，是他們硬擠上文壇的一次實際行動。1927年的六、七月間，馮雪峰來到松江，與這「文壇三劍客」組成四人「文學工廠」，還向上海光華書局接洽好了為他們出版一個三

十二開型的新興文藝小型同人刊物，刊名就叫《文學工廠》，施蟄存覺得很時髦。《文學工廠》創刊號一共是五篇文章，都是極具革命傾向的作品。在這裡施蟄存刊出的是擬蘇聯式革命小說《追》。《文學工廠》終因為太左傾，書店老闆看了內容不敢印，紙型都統統排好了又取消了，並把全部紙版送給了他們。施蟄存他們這個時候明顯受到馮雪峰的影響。1928年暑假中，劉燦波（吶鷗）又來到上海，施蟄存等人也去上海，馮雪峰到上海和沈從文、丁玲、胡也頻住在一起，施蟄存、戴望舒、杜衡住在劉吶鷗家，從此結束了松江的「文學工廠」，開始了上海的文學活動。

施蟄存、戴望舒、杜衡和劉吶鷗一起，首先辦了刊物《無軌列車》，劉吶鷗出的錢，是老闆，戴望舒做經理，施蟄存做編輯，杜衡做營業員。這個刊名的意思是：刊物的方向內容沒有一定的軌道。從而表現出他們當時思想的不穩定性；另外，《無軌列車》第三期編後記中有這樣的話：「新聞只說柏林、北平、上海間將有航空路了，地球的一切是從有軌變無軌的時間中。」可見他們把無軌的列車視為擺脫舊的陳規的一種進步、解放的象徵。《無軌列車》的出版，是他們正式走進這個現代文壇的標誌。《無軌列車》從1928年9月10日創刊到1928年12月25日停刊，共出了八期。《無軌列車》一方面刊登以劉吶鷗為代表的新感覺派小說，一方面刊出了《文學工廠》準備刊出的「很有革命味」的文稿。這是一個很矛盾的現象，這矛盾不僅表現在施蟄存的身上，也表現在劉吶鷗的身上。在這裡，施蟄存不僅發表了他的擬蘇聯式革命小說《追》，而且發表了他模仿美國作家愛倫‧坡的作品《委巷寓言》寫的《妮儂》，施蟄存在寫出愛倫‧坡那樣重情緒輕故事小說的同時，也寫革命小說。劉吶鷗在他的翻譯作品《色情文化》裡，也是將日本新感覺派文學與日本左翼文學合在一個集子裡翻譯出版的，在他們看來，這些都是新興文學，他們這時的追求是不明確的。此時，劉吶鷗在北四川路東寶興路口租下了一座臨街的房屋，開設一家書店，劉吶鷗取的店號：「第一線書店」，這個新開張的書店，除了經售光華、北新、開明等書店的出版物之外，自己出版的只有《無軌列車》。

　　1929年1月，他們又在北四川路公益坊租了一幢單開間二樓的石庫門住宅房子，將「第一線書店」改為「水沫書店」，繼續開業，這實際上是一個出版社。「水沫書店」開設在租界內，不用登記，店設在里弄內，只在門上掛一塊很小的招牌，一點也不引人注意。開張大吉，一本本書印出來，賣出去，兩年時間，出版書四十種。一切編輯、核對、發行等事皆施蟄存、劉吶鷗、戴望舒三人擔任。書店最初印出的書有：馮雪峰譯的蘇聯詩集《流水》，施蟄存創作的小說《追》，胡也頻的《往何處去？》，柔石的《三姊妹》，柔石的稿子是魯迅托馮雪峰介紹來的。水沫書店還出版了同人性文藝創作叢書《水沫叢書》，先後共出版了五種：（一）戴望舒的詩集《我的記憶》（二）徐霞村的小說集《古國的人們》，（三）施蟄存的小說集《上元燈》，（四）姚蓬子的詩集《銀鈴》，（五）劉吶鷗的小說集《都市風景線》。在外國文學方面，他們計畫了兩種叢書。其一是《現代作家小集》；另外設計了一套《新文學叢書》，沒有預訂目錄，隨時有來稿，隨時編入。水沫書店也出過一些社會科學書，值得提起的有孫曉村的《英美資本戰》，伐爾伽的《一九二九年的世界經濟及經濟政策》（李一氓譯），馬克思的《哲學的貧困》（杜國庠譯）。在馮雪峰的建議下出版了《科學的藝術論叢書》。

　　1929年9月，水沫書店辦了一個《新文藝》月刊，一來是為自己和朋友們發表文章方便，二來是為自己書店的出版物做廣告。月刊由施蟄存、徐霞村、劉吶鷗、戴望舒四個人任編委。這個月刊二十五開本，每期一百五六十頁。1929年9月創刊，1930年停刊，共出版了八期。施蟄存在《新文藝》的出版廣告上寫道：「我們辦這個月刊要使它成為內容最好，最有趣味，無論什麼人都喜歡看，定價最廉，行銷最廣的中國現代文藝月刊。」[2]從這個廣告詞中，施蟄存的辦刊宗旨可見一斑，不僅要內容好，而且要暢銷。《新文藝》每期的內容，創作與外國文學介紹各占一半，在創作方面，發表了徐霞村、許欽文、葉聖陶、彭家煌、李青崖、劉吶鷗、穆時英和施蟄存的小說。施蟄存

的歷史題材的心理分析小說《鳩摩羅什》發表在創刊號上。在這個時候，施蟄存發現了穆時英，穆時英當時只有十七歲，是光華大學學生，上錢鍾書父親錢基博先生的語文課，每學期都不及格。但穆時英送到《新文藝》編輯部的處女作《咱們的世界》，使施蟄存非常驚異。整篇小說都用地道的工人口吻，敘述工人的生活和思想，敘述工人的反抗情緒。這種充滿左翼色彩的作品，在當時的左翼刊物如《拓荒者》、《奔流》等也很少見。施蟄存把這篇小說發表在《新文藝》第一卷第六期上。施蟄存在《新文藝》還積極推崇劉吶鷗的小說，在《新文藝》第二卷第一號「廣告欄」評劉吶鷗的《都市風景線》：「吶鷗先生是位敏感的都市人，操著他的特殊手腕，他把飛機、電影、爵士樂、摩天樓、色情、長型汽車的高速大量生產的現代生活，下著銳利的解剖刀。在他的作品中，我們顯然看出了不健全的、糜爛的、罪惡的資產階級生活剪影和那即刻要抬起頭來的新的力量的暗示。」《新文藝》也重視新詩，戴望舒詩作《我的小母親》和《流水》就登載在二卷一期。除了戴望舒的詩外，還發表了姚蓬子、邵冠華、章靳以的詩作。姚蓬子署名姚杉尊，他的詩和戴望舒的詩風格很相近。邵冠華是一位宜興青年，詩的風格新穎，曾有一個時候受到注意。章靳以當時是復旦大學的學生，他用筆名「章依」給施蟄存寄詩稿來，也常到水沫書店來看他們。章靳以後來不寫詩，改寫小說，署名「靳以」，沒有人知道靳以的文學創作是從寫詩開始的。

　　《新文藝》還刊登了茅盾從日本寄來散文《櫻花》、《鄰一》、《鄰二》，用「M・D」筆名發表在第一卷第二期上。

　　外國文學方面，《新文藝》刊登了來自法國、美國、蘇聯、日本、義大利、奧地利、西班牙等各國的作品，並設專欄介紹了「現代希臘文學」、「阿根廷近代文學」、「葡萄牙現代文學」、「十八世紀法國文學」。《新文藝》上分期發表了施蟄存譯的一篇介紹法國現代詩派的美國人著作《近代法蘭西詩人》的文章，發表戴望舒和徐霞村譯的法國後期象徵派詩歌、西班牙作家阿左林的散文，以及沈端先（夏衍）、劉吶鷗、郭建英、章克標譯的日本文學作品。《新文藝》也刊登一些文藝消息，如在一九三〇年四月十四日蘇聯未來派詩人馬

雅可夫斯基自殺,消息傳來,施蟄存立即去找資料,在《新文藝》最後一期上刊登了一個悼念特輯,共有文章六篇。還登出馮雪鋒、戴望舒、姚蓬子譯的馬雅可夫斯基四首詩。

《新文藝》的方向是在《無軌列車》的基礎上有所發展,從他們引進的世界文學看,一方面有像西班牙作家阿左林那樣的意識流小說,他採用「簡短的,不正確的,自然的句子不連貫地時斷時續地說話。……它是各種各樣的,多方面的,流動的,矛盾的,完全不像在小說裡那樣整齊,那樣方正。」[3]一方面也有蘇聯的無產階級革命文學。雖然這兩方面的文學在思想內容和文藝特點是那麼不同,但在施蟄存看來,它們都具有「先鋒性」,是「新興文學」。

1929年和1930年是水沫書店的興旺時期,之後是內憂外患隨之而來,內憂是經濟問題,因為劉吶鷗投入的資金都在內地經銷商的手上收不回來,1931年初劉吶鷗已沒錢投資,書店便萎縮下來;外患是政治壓力。之後,他們在原地再辦了一個東華書店,並打算改變出版方向,多出一些大眾化的日常讀物,如《唐詩三百首》之類,以解決經濟問題。但是東華書店來不及出書,就遭遇淞滬抗日戰爭。他們書店的所在地北四川路秩序大亂。劉吶鷗遷入法租界,東華書店流產。

第二節 創辦《現代》雜誌

1932年3月,施蟄存在松江家中接到上海現代書局張靜廬的信,請他來上海出任一個雜誌的主編。現代書局原先是盧芳獨資開設的,在福州路光華書局對街租了一個單開間的店面,批售各地新文學出版物,後來才陸續出版書刊。但因盧芳對文藝書情況不熟悉,書店辦了不到一年就維持不下去了。張靜廬原在泰東書局當編輯,他是很早就響應新文學運動,辦了名為《新的小說》的刊物,出過托爾斯泰專號。泰東書局還出版了郭沫若主持的《創造季刊》、《創作週報》,並出版了郭沫若的詩集《女神》,郁達夫的小說集《沉淪》。張靜廬

---

[3] 徐霞村:《一個絕世的散文作家——阿左林》,《新文藝》1930年1卷4期。

這時想自己辦一個書店，於是他籌措了一筆錢與盧芳合作，盧芳所擅長的是發行工作，他們的合作是理想的。但因資金不夠，又拉洪雪帆入夥，三人合資，開設現代書局。洪雪帆為總經理，現代書局的代表人。張靜廬為經理，負責抓業務。盧芳為發行兼門市部主任。

現代書局出版過幾種刊物，如《大眾文藝》、《拓荒者》。也出版了一個為民族主義文藝運動服務的刊物《前鋒月刊》。民族主義文藝運動其實不是國民黨中宣部宣導的，它的後台是藍衣社，其成員有黃震遐；民族主義文藝的「傑作」是黃震遐的《黃人之血》，此作品一出來就被魯迅迎頭痛斥了一頓。從《拓荒者》到《前鋒月刊》，兩個刊物的興衰，使現代書局在名譽和經濟上都受到打擊。

淞滬戰爭結束以後，文化事業大多停頓。面對蕭條的文化市場，張靜廬急需辦一個刊物，張靜廬在1938年寫的傳記《在出版界二十年》中說：「我們回到上海已經是淞滬戰爭後十餘天，一切商店都關著門，半個月後因讀者在火藥氣氛中迫切需要精神糧食的調劑，書店──這文化的雜糧鋪，老關著門，到底沒有什麼意義；何況也多多少少可以做些生意，解決不曾逃難回去的店員們的膳食費用，我們主張先行開門。第一天，不料門市收入竟達到三百五六十元，打破現代門市收入的記錄。從一批進一批出的讀者們的需要看來，戰事照片複製的畫報，最受到歡迎。」張靜廬也清醒地認識到，在上海當時政治氣氛相當緊張的情況下，只能辦一個不冒政治風險的文藝刊物，藉以復興書局的地位和營業。他理想中有三個原則：（一）不再出左翼刊物，（二）不再出國民黨御用刊物，（三）爭取時間，在上海一切文藝刊物都因戰爭停刊的真空期間，出版第一個刊物。張靜廬在傳記中說：「有一個大書店商務印書館，因閘北總廠被敵機炸毀，東方圖書館也遭了殃，……整個的事業，都停頓下來了。只有一本有悠久歷史的《小說月報》，有它廣大的讀者群。當然，這時期也同樣停止了。同時，上海方面也沒有比較像樣的文藝刊物。」張靜廬選中了施蟄存任主編，因為（一）施蟄存沒有參加左聯，（二）與國民黨沒有關係，（三）有辦刊物的經驗。張靜廬看過施蟄存主編的《新文藝》，認為這樣傾向的文藝刊物是適當的。張靜廬說：「這一時期，他是挺

適宜的一位編輯。對無論那一方面都沒有仇隙，也不曾在文壇上對某一位作家發起過磨擦。」[4]施蟄存與張靜廬商量定刊名為《現代》，一是因為此為「現代書局」的刊物，二則有現代化、現代性的寓意。並決定趕在5月1日創刊。

出任《現代》主編，對施蟄存來說是絕處逢生，他是個有才華、有思想的好編輯，他決心在《現代》一展才華，實現自己繼承和創作祖國文化的理想。但施蟄存明白，他是被現代書局雇傭的，所以他必須在執行張靜廬的辦刊宗旨的同時實現自己的理想。施蟄存對張靜廬的辦刊宗旨是清楚的，一、賺錢，二、保持中立。

關於第一點，利用刊物營利，這是當時上海文化界的風氣。儘管郭沫若在《文化之社會使命》中說：「想借文藝為糊口的飯碗，這個我敢斷定一句，都是文藝的墮落，隔離文藝的精神太遠了……」[5]但海派的大多數作家，還是把賺錢糊口作為文藝的一個動力的，覺得這並不是什麼丟人的事情。所以海派文人自己也從不忌諱談錢，杜衡在《文人在上海》中說：「新文學界的『海派文人』這個名詞，……它的涵義方面極多，大概的講，是有著愛錢、商業化，以至於作品的低劣、人格的卑下這種種意味。文人在上海，上海社會的支持生活的困難自然不得不影響到文人，於是在上海的文人，也像其他各種人一樣，要錢。再一層，在上海的文人不容易找副業，不但教授沒份，甚至再起碼的事情都不容易找，於是在上海的文人更急迫的要錢。這結果自然是多產，迅速的著書，一完稿便急於送出，沒有間暇擱在抽斗裡橫一遍豎一遍的修改。這種不幸的情形誠然是有，但我不覺得這是可恥的事情。」[6]為了生存，一些作家只得以寫作賺錢，張資平就是一個典型的例子，家庭的重負使他不得不拼命的寫。但人們認為一談到賺錢、營利的商業性的話語，就是俗，就會與「鴛鴦蝴蝶派」有牽

[4] 張靜廬：《在出版界二十年——張靜廬自傳》，上海書店1938年版，第150頁。
[5] 郭沫若：《郭沫若全集（文學編）》第15卷，人民文學出版社1990年版，第228頁。
[6] 杜衡：《文人在上海》，《現代》第4卷第2期（1933年6月）。

連，就與「鴛鴦蝴蝶派」「禮拜六派」分不開。沈從文在《論「海派」》中說：「過去的『海派』與『禮拜六派』不能分開，那是一樣東西的兩種稱呼。」[7]有人還說：「判斷哪一份報刊是否是新文學報刊，哪一位作家是否是新文學作家，無須看作品內容，只要看這份報刊給不給稿費，這個作家要不要稿費便一目了然了。」[8]這種說法真有些偏激。其實海派文學的商業性，正是海派現代性的體現，吳福輝說，海派現代質的表現之一：「迎合讀書市場，是現代商業文化的產物。」[9]「海派文學，在現代的中國，可說是與商業社會最至關密切的一種文化現象。近代老的商業文化舞台，經由小說傳出的是『卅六鴛鴦同命鳥，一雙蝴蝶可憐蟲』的娟俗聲調；而自20年代末期在上海逐漸形成的現代商業社會所蔓延開來的文化趣味和文化習慣，便要複雜得多，色彩絢爛繽紛得多。說它的身上充斥著金錢物資欲望和低級趣味，不錯；似乎文學與商業一結緣，文化沒落、道德淪喪的劫難就定將臨頭，現在看來就值得重新思考了。」[10]重新思考的結果是：商業運作正是當時出版業的一種現代，一種時尚，一種解放。

　　商業運作不僅僅表現在怎麼賺錢上，還考慮到有多少讀者買得起。所以施蟄存力爭辦一個最經濟的刊物：信息量要大並且便宜實惠。普通市民花很少的錢可以買到內容較全面的雜誌。

　　施蟄存一上任，就抓緊這個商業目標，設法使刊物暢銷，暢銷才能賺錢，施蟄存想方設法迎合讀者胃口，在不偏離基本原則的情況下將刊物辦得雅俗共賞。他知道畫報受歡迎，就在《現代》開闢畫報專欄。為了吸引讀者，《現代》不斷推出「特大號」、「狂大號」、「增大號」，施蟄存還在雜誌上提前發預告，吸引讀者購買。《現代》做到在內容和形式兩個方面吸引讀者，創造了現代雜誌之最。在施蟄存的努力下，《現代》的銷售量創出了當時期刊之最。張靜廬

7　沈從文：《論「海派」》，《大公報・文藝》1934年1月10日。
8　魯湘元：《稿酬怎樣攪動文壇——市場經濟與這個近現代文學》，紅旗出版社1998年版，第192頁。
9　吳福輝：《都市漩流中的海派小說》，湖南教育出版社1995年版，第3頁。
10　吳福輝：《都市漩流中的海派小說》，第20頁。

《在出版界二十年——張靜廬自傳》中回憶說：「《現代》——純文藝月刊出版後，銷數竟達一萬四五千份，現代書局的聲譽也連帶提高了。……第一年度的營業額從六萬五千到十三萬元。在同事們的共同努力下，現代的信譽與營業日益隆盛，民國廿一二三年間，已是全中國唯一的文藝書店了，可以說。」[11]

關於第二點，保持中立，對於出版社來說，主要也是經濟的考慮。正如施蟄存在《重印全份〈現代〉引言》裡說的：「它可以保證不再受到因出版政治傾向鮮明的刊物而招致的經濟損失。……我和現代書局的關係，是雇傭關係。他們要辦一個文藝刊物，動機完全是起於商業觀點。但望有一個能持久的刊物，按月出版，使門市維持熱鬧，連帶地可以多銷些其他出版物。我主編的《現代》，如果不能滿足他們的願望，他們可以把我辭退，另外請別人編輯。因此，在這樣的情況之下，我的《現代》絕不可能編成為一個有任何政治或文藝傾向性的同人雜誌。」[12]明白了書局意圖的施蟄存是在努力做到保持中立的態度。施蟄存說：「現在，這兩位老闆，驚心於前事，想辦一個不冒政治風險的文藝刊物，於是就看中了我。因為我不是左翼作家，和國民黨也沒有關係，而且我有過辦文藝刊物的經驗。這就是我所主編的《現代》雜誌的先天性，它不能不是一個採取中間路線的文藝刊物。」[13]

根據張靜廬「中間路線」的辦刊宗旨的先天性，施蟄存決定將《現代》辦成一個非同人的刊物，辦成一個綜合性的、百家爭鳴的文藝園地。施蟄存在《創刊宣言》中表明了自己的態度，宣言說：

> 本志是文學雜誌，凡文學的領域，即本志的領域。
> 本志是普通的文學雜誌，由上海現代書局請人負責編輯，
> 故不是狹義的同人雜誌。

---

[11] 張靜廬：《在出版界二十年——張靜廬自傳》，上海書店1938年版，第150頁。
[12] 施蟄存：《重印全份〈現代〉引言》，《現代》，上海書店印行1984年版。
[13] 施蟄存：《〈現代〉雜憶》，《沙上的腳跡》，第26頁。

　　因為不是同人雜誌，故本志並不預備造成任何一種文學上的思潮、主義或黨派。

　　因為不是同人雜誌，故本志希望得到中國全體作家的協助，給全體的文學嗜好者一個適合的貢獻。

　　因為不是同人雜誌，故本志所刊載的文章，只依照編者個人的主觀為標準。至於這個標準，當然是屬於文學作品的本身價值方面的。

　　當有的投稿者投編者所好，寫一些類似施蟄存的歷史小說和意象派詩的時候，施蟄存就會及時指出來，從而說明《現代》「並不預備造成任何一種文學上的思潮、主義或黨派。」如施蟄存在《現代》一卷六期的《編輯座談》中說的：「我自己的創作，取的是那一條路徑，這在曾經賜讀過我的作品的人，一定會很明白的。但是我編《現代》，從頭就聲明過，絕不想以《現代》變成我底作品型式的雜誌。我要《現代》成為中國現代作家的大集合，這是我的私願。但是，在紛紛不絕的來稿之中，我近來讀到許多——真的是可驚的許多——應用古事題材的小說，意象派似的詩，固然我不敢說這許多投稿者都多少受了我一些影響，可是我不願意《現代》的投稿者盡是這一方面的作者。」這確實是施蟄存的真實想法，這是一個有責任心的文化人的胸襟和氣度，也充分證明張靜廬賞識他的正確性。

　　施蟄存決定將《現代》作為他為人類謀利益的偉大事業，他打算利用《現代》一方天地，大顯身手，引進西方現代文化，繼承和創造中國的傳統文化，做好中西文化的交流工作，真正使中西文化交融，從而體現他自己的人生價值和社會責任感。

第三節　使《現代》成為最有人氣的刊物

　　施蟄存知道要把刊物辦好，必須獲得作者和讀者，使刊物成為作者和讀者的知心朋友。他的第一個措施是創造一個編輯與作者和讀者友好交流的平台，這個平台就是《編輯座談》（第二卷稱為《社中日

記》，第三卷至第五卷稱為《社中談座》）。

第一卷的《編輯座談》的主要內容是：一、闡明編輯宗旨；二、彙報編輯內容；三、徵求讀者、作者意見。

一、施蟄存的編輯宗旨，在創刊號的《編輯座談》的第一段話就擺正了編輯與讀者的關係，這就是平等並且親密的朋友或伴侶關係，他說：「對於以前的我國的文學雜誌，我常常有一點不滿意。我覺得它們不是態度太趨於極端，便是趣味太低級。前者的弊病是容易把雜誌對於讀者的地位，從伴侶升到師傅。雜誌的編者往往容易拘於自己的一種狹隘的文藝觀，而無意之間把雜誌的氣氛表現得很莊嚴，於是他們的讀者便只是他們的學生了；後者的弊病，足以使新文學本身日趨於崩潰的命運，只要一看現在禮拜六勢力之復活，就可以知道了。」施蟄存的辦刊宗旨是：既不要擺教導者的姿態，把讀者當學生；也不要媚俗，迎合讀者的低級趣味。而是要創造一個健康的、親切的文藝刊物。

施蟄存在《編輯座談》中還說：「現代書局要籌刊一個供給大多數文學嗜好的朋友閱讀的雜誌，遂把編輯的責任委託給我，我因為試想實現我個人的理想，於是毅然負起這個《現代》主編者的重荷來了。我將依照了我曾在創刊宣言中所說的態度，把本志編成一切文藝嗜好者所共有的伴侶。我不希望我的讀者逐漸地離開我（除非他說不能瞭解文藝本身的精神的）。故我當盡我的能力來幹。我更切望寫文章的朋友，無論相識或不相識者，都肯給我以稿件上的說明。」這是施蟄存與作者的交流。現代書局要辦「一個供給大多數文學嗜好的朋友閱讀的雜誌」，有了大多數就有了經濟效益；施蟄存要在這裡實現個人的理想，這理想就是繼承和創造祖國文化，為了實現自己的理想，就必須「把本志編成一切文藝嗜好者所共有的伴侶」，使之擁有更多的讀者。這是需要編者和作者一起努力的，都努力成為讀者的朋友，創造編者、作者和讀者友好相處的環境，從而達到各自的理想境界。

二、通過《編輯座談》彙報編輯內容。每一期稿件的來源、刊登情況，施蟄存都通過《編輯座談》向讀者和作者進行說明，提高透明

度。提高透明度就是希望得到讀者和作者的信任和理解，同時也得到大眾的監督，目的是要將刊物辦成作者和讀者都喜歡的刊物。

　　三、通過《編輯座談》徵求讀者、作者意見，目的仍是希望刊物在大家的關心下辦得更好。如一卷五期的《編輯座談》寫道：「我當然希望第二卷的本志能有大大的進步，所以，在我個人正在計畫著『下一卷本志應該如何革新』的時候，我敬在這裡向本志的讀者徵詢一點高見。讀者諸君對於第一卷的本志有什麼意見嗎？唯有讀者與編者的合作，才能使一個雜誌日有發展，我相信如此。尚望讀者趁早賜教，以匡不逮。」

　　《編輯座談》的一個突出特點是態度謙和，這也是《現代》雜誌人氣旺的必備條件。施蟄存的性格和善是出了名的。如《現代》一卷二期的《編輯座談》寫道：「我希望曾經直接或間接地受到我的請求的朋友或先輩，能在短時間內寄些文章來湊湊熱鬧。讀者中能寫文章者，倘若信任得過我的取捨而高興寄些作品來，也至誠的歡迎著。」

　　第二卷改為《社中日記》，主要記述稿件的編輯情況和發排情況，以及對本期發表作品的簡短評說。如二卷二期的《社中日記》：「到祥記西書鋪，買到了些關於司各特百年祭的圖畫。歸社後即寫信給凌昌言先生，請他隨便寫一點紀念這百年前的英國大小說家的文字。今年的歌德紀念，竟蹉跎著未嘗有一篇紀念文字在本刊登載，又高爾基著作生活四十年紀念，蘇俄政府及人民曾為他開了一個很轟動的紀念會，但圖片方面至今無一枚傳到中國來，文字方面也一時沒有精瑩的東西可編入，這真是很可惜的事。」《社中日記》既報導了文壇動態，也談了稿件的獲得情況，同時也傾訴了編輯的困難，並且也變相地對自己工作的不足做了一些解釋。是另一種方式的編者與作者和讀者的交流。

　　第三卷開始就改為《社中談座》，並且增加了一個小標題《作者‧讀者‧編者》，更進一步加強和表明了三者的交流的重要性。施蟄存說：「因為這三『者』之間一向缺少一個交換意見和消息的地方，所以我們預備在每期的本刊中拓兩三頁的地位來盡這個義務。讀者對於本刊編者或作者有什麼意見，本刊作者或編者對於讀者有什麼

徵訊或答覆，都將選擇重要的在這一欄中發表。」[14]這之後，讀者與
編者、作者的交流就更直接了。如三卷二期《社中談座》就發表了一
個叫雪炎的讀者的來信，信中說穆時英的小說《街景》開頭一段，抄
襲日本作家池谷信三郎的小說《橋》的結尾。針對這封信，《社中談
座》也同時刊登了穆時英對此事的一封道歉信，穆時英把寫作當時的
情形作了一個簡單的解釋，態度非常誠懇。接著後面還附了一段施蟄
存作為編者的道歉：「我們收到雪炎先生的來信，才發現穆時英先生
的《街景》開首一節與池谷信三郎的《橋》有類似之處；然而在事前
沒有知道，否則當然至少要請作者重寫一遍：這一點，編者自應向讀
者表示歉意。時英先生當時曾有信來答辯，現在，一併在這兒發表。
但是我們還覺得這到底是不足為訓的辦法。已往的失察無法補償，我
們只能盡力使《現代》以後不要再發生這一類不幸的事情。至於對於
穆時英先生，我們想，經過了這樣忠實的讀者的評摘，對於他底創作
生活，一定是有益無害的。」《現代》編輯的這種謙和、誠懇、知錯
就改的態度，是使《現代》辦成中國現代雜誌之最的重要因素，也是
我們當前各種期刊的編輯們值得借鑒和學習的地方。

　　《社中談座》增加了《作者・讀者・編者》的小標題，就經常有
讀者向編者施蟄存提出一些文學研究、文學寫作等問題，施蟄存於是
利用這樣一個平台，與讀者討論文學寫作問題，使讀者受益匪淺。如
三卷二期的《社中談座》有讀者問施蟄存「怎樣研究文學？」問「須
看些什麼書？」「要如何努力，才能作出一篇好的作品來？」並請施
蟄存「作我一位指導教師？」施蟄存都耐心的一一作答，並建議這位
讀者：「你要研究文學，當先找一本文學概論看看，先瞭解文學是什
麼，然後去找關於你所喜歡的文學中某一部門的概論書，原理書，作
更進一步的研究。」施蟄存還特別強調：「寫小說要有生活經驗，要
有文藝的想像力，做論文要有理論的根據，邏輯的頭腦。」三卷六期
的《社中談座》有讀者提出「要做到怎樣的地步才能稱為最優秀最傑
出的作品？」「『傑作』到底是偶然而產生的還是要經過長時間的修

---

[14] 施蟄存：《社中談座》，《現代》，第3卷第1期（1933年4月）。

養和鍛煉才能產生出來？」施蟄存回答說：「至於哪一些是偶然成功，哪一些作品是經過長期的修養而成功的話，我們卻認為不能機械地來分別。我們認為，完全偶然的成功是沒有的。拿一般所承認的『傑作』來做模範，刻意的模仿，卻是練習寫作的最下劣的辦法。拿古代的作品做模範是不用說：我們可能學像荷馬，但我們的作品不但一定不會成為『傑作』，而且大概連出版處都不會找到的。至於拿當代的作品做範本，一絲一毫地臨摹，即使非常逼真，究竟比抄襲高不了多少。我們堅信，你信上所謂『拼命學』的辦法，是斷然不會達到你所期望的結果的。」這樣的創作談，在《現代》中經常出現。《現代》四卷二期的《社中談座》有個《學習寫創作的問題》的標題，有位叫陳之超的讀者來信，詢問如何寫作的問題，施蟄存也是耐心的給予答覆：「我們勸告你先練習一些輕性的描字或記事這類文字，不必一開手就嘗試寫小說，因為這是吃力而不容易討好的工作。就是閱讀，你也要注意好的作品何以是好，壞的作品何以是壞，從這些地方慢慢地體味出這種藝術形式的特殊性來。……至於讀書的問題，要找能增進自己寫作能力的，實在不是一個很簡單的問題。……我們還是以為直接讀文學作品最為有用，自然，你一定是讀了不少的，但我們的意思是細讀，不是隨隨便便的看。我們特別推薦的是翻譯的近代名著。」真所謂循循善誘，諄諄教導。

　　刊物在有了親和力、有了讀者群以後，就特別需要編者辦出高品質的雜誌。施蟄存主編《現代》的標準，不僅要求內容好，而且要形式生動活潑。他在一卷四期的《編輯座談》中說：「雜誌的內容，除了好之外，還得以活潑，新鮮，為標準。我編《現代》，就頗有這樣的希望。我想在本志中，慢慢地在可能的範圍內，增加許多門類。使它成為一個活潑的文學雜誌。」以活潑、新鮮為標準的刊物，才可能有人氣，刊物也因此有吸引力。

　　為了達到活潑、新鮮的目的，《現代》不斷地摸索著開闢新欄目。從第二卷第三期起，《現代》增加了一個《書與作者》的欄目，這也是《現代》辦「活潑，新鮮」的文學雜誌的一個行動。編者用不大的篇幅，明快、簡潔的語言，第一時間地報導國內外作家的最新創

作情況和學術動態。如二卷三期報導：「為致敬大文學家高爾基之故，蘇俄已將俄國舊城尼及尼・諾夫谷洛改名為高爾基城。」再如二卷四期報導：「魯迅氏於去年十一月間曾到北平一次，在北大、女師大等處演講《第三種人的文學》及《幫忙文學與幫閒文學》諸題，現已返滬。」讀者從而最迅捷地較全面地獲得文壇資訊。

一方面為了活潑，新鮮，一方面也為了更有利於編者、作者、讀者的交流，《現代》三卷一期又增加了新欄目《隨筆・感想・漫談》，其目的如施蟄存在《社中談座》中說的：「編者底目的是要使這純文藝的雜誌底作者與讀者能夠有機會自由地——那即是說，不為體例所限地，有一個發表一點對文藝與生活各方面的雜感的場合。這裡的文章，對象是沒有限制的，無論是對於國家大事，社會鎖聞，私人生活或文藝思想各方面的片斷的意見，用簡短的篇幅寫下來，就得了。而且，這一欄是完全公開的，編者將盡可能地從來稿中輯集以後各期的本欄中的文字。」

到了第四卷，又開闢了《文藝獨白》欄目，施蟄存說：「辟這一欄的動機非常簡單——就是供給愛護本刊的讀者和作者以公開發表關於文藝的意見的園地。」《文藝獨白》其實是由《隨筆・感想・漫談》欄目更換的，「意思就是把雜論的範圍仍然限制到純文藝方面來。」[15]施蟄存在《現代》四卷一期的《獨白開場》裡還說道：《隨筆・感想・漫談》「內容不限於文藝，舉凡政治或社會一切重要問題都可以談到。卻不料結果與我們原來的理想剛巧相反：一切應該談的話，我們都不可能談；可能談的話，卻多數不必談。我們考慮再四，到底還是決定把那一欄廢掉，……」還是「文藝獨白」與施蟄存的辦刊宗旨相吻閤。

施蟄存在這裡專門對「獨白」做了說明：

　　至於「獨白」兩個字，也並沒有深遠的寄託。我們只是想起用筆來發表意見，往往只是一個人說話，有沒有人聽，聽的

---

[15] 施蟄存：《四卷狂大號告讀者》，《現代》第4卷第1期（1933年11月）。

人是否表示同意，那完全是發表意見的人所顧不到的。談話必須有第二人稱的對方，一人說話，故稱「獨白」。

再，這「獨」字頗容易使人聯想到「獨立」，「獨出心裁」那一類意義上去。這表示本欄不甚歡迎應聲蟲式的附議文章。我們希望在這兒所發的，都是由衷而發的自己的意見，而不是各種各式的八股文。然而這意思並不是請大家定要標新立「異」，誠意的「同」與人，自然不必歸入應聲蟲之列。

再，「獨白」迥異於「對口相聲」，這表示我們並不想把這一欄的篇幅借人做私人角鬥的戰場。固然，談而不論，論而不辯，也許我們誰都辦不到，但一切都應當有一個正當的動機，即目的不在打擊自己的對手，而是為著一個真理。

這不僅是施蟄存的辦刊宗旨，也是他做人的宗旨。

為了《現代》的活潑、新鮮，並暢銷，施蟄存還不斷地利用各種「專號」，「特大號」吸引讀者，如第二卷第一期就是一個創作增大號，在這一期同時刊發了葉聖陶、茅盾、郁達夫、王魯彥、巴金、張天翼、穆時英、杜衡、劉吶鷗、葉靈鳳、老舍等十一位小說大家的小說；郭沫若、李金發、戴望舒、施蟄存的詩；歐陽予倩、白薇的戲劇；戴望舒僅有的詩歌理論《望舒詩論》；以及魯迅的雜文《論「第三種人」》，第三種人蘇汶的代表文章《論文學上的干涉主義》。真是群星薈萃，大家雲集。作品也大多是各家的代表作，集當時現代文學之精華。施蟄存在當時文壇一片白色恐怖的情況下，在《現代》聚集了中國現代大多數的優秀作家，創造了文壇奇跡。這一期的《現代文藝畫報》欄目有郁達夫、老舍、周作人、葉靈鳳、穆時英、戴望舒的照片，有戴望舒離開上海去法國巴黎在船上與施絳年的合影和施蟄存他們送詩人出帆的情形，都是珍貴的資料。《文藝畫報》欄目更是給《現代》帶來了活潑和鮮豔的內容與色彩。

為了雜誌的活潑、新鮮，並暢銷，施蟄存一貫注重刊物上的圖版，真正做到圖文並茂。《現代》從第二期起就專門有個《現代文藝畫報》欄目，《現代》的文藝畫報是值得一提的，主要刊登中外古今

文藝上有價值或有趣味的圖版，側重用照片的形式介紹國內外文壇的作家動態，作家手稿，作家相片及所發生的事件，儘量發表別的刊物從未用過的照片。

《現代》的封面也是別開生面的。在上海，當時各類雜誌用美女做封面的媚俗風盛行，「似乎專在女人身上找材料，始而名妓，名妓之後是名媛，名女學生，或說高材生，再後一些便變了名舞女，以後是明星，以後是半裸體的女運動家和模特兒，最近似乎連女播音員也走上了紅運。」[16]《現代》則別具一格用抽象畫做封面，從來沒有美女露面，充分地表現出一種超凡脫俗的現代色彩。

第四節　使《現代》成為最「現代」的刊物

作為編輯，施蟄存特別注意刊物的現代精神。《現代》雜誌在有了人氣，而且形式活潑生動的情況下，現代精神則是一個刊物的靈魂。要使刊物具有現代精神，就必須廣泛的引進世界文學，從而使外國文學進入中國，中國文學走向世界。

20世紀，世界各民族文學在逐漸交流和融合中，外部交流取代了內部交流，世界文學意識日益覺醒。而此時的中國文學，則開始認識世界和走向世界。「20世紀初葉的中國五四新文學運動，最集中，最充分，最深刻地體現了東西方文學交流的時代特徵和歷史規律。」[17]中國現代文學正是通過對外國文學的引進而走向世界的。同時，也是在與世界各民族文學的相互依存，相互滲透，相互補充和相互制約的進程中走向現代化的。正如《現代》二卷二期的《委曲求全》的書評中說的：「有人也許至今不相信中國的新文藝的基礎是完全打在西洋文學的介紹與翻譯上。不相信當然只能隨他們去，不過這是事實。我們的作者，只除了極少數的例外，差不多全是和中國固有的文學不發生關係的。」

---

[16] 施蟄存：《繞室旅行記》，《北山散文集》（一），第61頁。
[17] 曾小逸：《走向世界文學·導言》，《走向世界文學》，湖南人民出版社1985年版，第16頁。

　　施蟄存引進外國文學的特點之一是計畫周密。他在最初與朋友一起開辦書店和刊物時，就將對外國文學的引進放在首位，出版了大量的外國文學著作，刊登大量外國文學作品和外國文壇資訊。他們這一時期的引進與「五四」時期相比，已有很大區別，與五四時期的隨意性和個人性相比，這時期他們對引進外國文學有一個龐大的計劃。他們試圖系統地、有步驟地將外國文學發展的各個階段分別介紹進來，使國人不但對外國古典文學，而且對近現代文學，尤其是對剛剛出現的現代派文學有一個系統全面的瞭解。

　　「水沫書店」專門制定外國文學的出版計劃，出版日本、奧地利、美國、蘇聯、德國、英國等有影響作家的著作，這在當時也是較大規模的。他們所辦刊物，外國文學作品和外國文壇資訊的比例占了刊物的二分之一。這其中大型文藝綜合性刊物《現代》可以作為一個例證來說明這個狀況。

　　《現代》是施蟄存獨立主編的最大的文藝刊物，最能體現施蟄存的思想藝術特色。他有意將《現代》辦成「萬花鏡」，做好中西文化交流的事業。在創刊號的《編輯座談》施蟄存就說：「這個月刊既然名為《現代》，則在外國文學之介紹這一方面，我想也努力使它名副其實。我希望每一期的本志能給讀者介紹一些外國現代作家的作品。」施蟄存讓讀者通過閱讀《現代》雜誌瞭解世界文壇的著名人物和大事。施蟄存的外國文學來源，主要是在上海能買到的各國和世界各地的各類文學報刊雜誌以及各種外文原版的文學書籍。施蟄存的閱讀面很廣，他的外國文學知識都是他讀書獲得的。20世紀30年代上海的舊書店可以買到許多外文舊書，這些舊書一般都是外國遊客的旅行讀物，一到上海就賤賣了，所以這些所謂的舊書，實際上是被外國人看過的新書。逛舊書店是施蟄存的特別嗜好，經常會有意外的收穫，波德賴爾的詩全集，就是施蟄存在舊書店裡廉價買到的。施蟄存的這個嗜好，也讓讀者開了眼界，見了世面。

　　為了讓讀者更深入、全面、迅速地瞭解世界文壇動態，施蟄存不遺餘力，《現代》幾乎與世界文學同步地反映了世界文壇資訊。《現代》每期所刊翻譯文學作品和外國作家作品介紹，以及國外文壇

資訊，占刊物篇幅近二分之一，其中《文藝畫報》有四分之三是外國圖畫。《雜碎》欄目百分之九十是介紹外國作家作品，《藝文情報》是百分之百的國外資訊。《藝文情報》欄目的特點就是快速報導最新的外國文壇消息，這是一些短小精悍的文章，都用小一號的字排在其他文章的下部，有話則長，無話則短，不要求劃一，以把資訊報導清楚為目的，從而使讀者及時瞭解各國文學的思潮、一些著名作家的近況和文壇新發生的大事。如1932年3月22日是德國詩聖歌德的百年祭，《現代》創刊號在《藝文情報》裡詳細的報導了德國的紀念盛況，並且發表感慨：「德國現在正當民生凋敝、經濟恐慌之時，而對於歌德，卻舉行如此盛大之紀念，其重視藝文為如何。返觀我國，不特重視藝文者極罕，甚至以文藝為研究對象者，亦浸假而以文藝為政治活動之武器，人不務本，百事摧毀，可哀也。」《現代》一卷三期將《畫報》版面擴大到十面來刊登收集來的各國出版的五十八幅紀念歌德的圖片，可謂聲勢浩大。還在《編輯座談》裡給予說明：「近來在各國出版的畫報中得到許多歌德紀念的圖片，所以本期的插繪就擴充為歌德紀念畫報，篇幅增多至十面，想必讀者一定也很覺得有興味的。」

為了讓讀者更全面地瞭解文壇動態，施蟄存還開設了《外國通信》欄目，他在一卷四期的《編輯座談》中說：「我又想在本志上每期加一點關於外國文壇的通信。需要居留在外國，瞭解現代文學，而又能寫簡潔明淨的中文的同志來幫忙。現在擬定英國、法國、德國、美國、蘇聯、日本六國。」隨即，施蟄存給在法國留學的戴望舒寫信：「《現代》三卷一期起，想增加文學通訊。英國熊式一，德國馮至，美國羅皚嵐，日本谷非，蘇聯耿濟之，法國要你，請每二月寄一篇來，至少須有二頁，約二千二百字，此信收到後即寄一篇來，好排在三卷一期。波蘭擬請虞和瑞，請你打聽一下，並寫一信去，代我約他，亦每二月一篇。其他各國如有更好。」[18]當戴望舒寄來法國通信，施蟄存立即去信表揚，以資鼓勵：「你的文壇通訊很好，圖畫材

---

[18] 施蟄存：《致戴望舒》，《北山散文集》（二），第1541頁。

料尤其得感謝你，究竟是老朋友辦的事有顏色。我想請你每二月給寫一篇，此信到後，乞再來一篇。虞和瑞不能做波蘭通訊，則你能否介紹幾個別地的通訊員呢？」[19]

「外國通信」專欄開闢後，施蟄存又設計出版外國文學專號，他說：「由於在一個專號裡說明整個西洋近代文學的趨勢是斷然的不夠，我們才把各個民族分別地來介紹。照我們預定的計劃，每卷介紹一個，那麼，使七、八個重要的民族都齊備，卻已經是三、四年的工程了。三、四年，這在事事必求速成的國人看來，是多麼悠久的時間呀！但我們覺得，即使花三、四年的時間來達到一個初步的目標，多少是要比十幾年的蹉跎好一點。基於這個堅信，時間的距離是不會使我們害怕的；我們只要進行，即使是像駱駝那麼遲緩的進行著，我們相信也會有收穫的一天的。」[20]「我原先計劃從第五卷起，每卷第六期編一個外國文學專號。」[21]可見施蟄存計劃之可行和安排的周密。

施蟄存引進外國文學的特點之二是兼收並蓄。《現代》之前，在施蟄存開辦的書店裡，就特別強調出版內容的兼收並蓄。既出版馬克思主義的理論著作，也出版外國各流派作家的著作。水沫書店一邊出版包括列寧在內的蘇聯和日本革命家批評家的著作《馬克思主義文藝論叢》，一邊出版日本新感覺派作家橫光利一的《新郎的感想》，英國作家勞倫斯的《二青鳥》，美國作家約翰・李德的《革命底女兒》，辛克萊的《錢魔》，德國作家雷馬克的《西部前線平靜無事》等等。期刊雜誌也是廣泛延攬諸家作品，如《現代》上既有匈牙利作家莫爾那的《鑰匙》，也有日本新感覺派作家池谷信三郎的《親事》。既有法國寫實主義作家茹連・格林的《克麗絲玎》，也有法國現代派作家雷蒙・柱第該的《陶爾逸伯爵的舞會》等等。對法國現代派作家雷蒙・柱第該的《陶爾逸伯爵的舞會》，施蟄存在三卷一期的《社中談座》特別介紹：「關於這部著作，似乎該再有說明一兩句的

---

[19]　施蟄存：《致戴望舒》，《北山散文集》（二），第1542頁。
[20]　施蟄存：《美國文學專號・導言》，《現代》第5卷第6期（1934年10月）。
[21]　施蟄存：《〈現代〉雜憶》，《沙上的腳跡》，第55頁。

必要。這部書實在是法國現代心理小說的最高峰。一九二四年法國文學史上的奇跡。作者是一個神童，在十九歲時完成了這樣深刻潑剌的『大人』的心理小說。在這一部書出版之後，以前的所有的心理小說，引一句某批評家的話來說，就立刻都變成了『大人寫的孩子的小說』了。」這裡雖然可以看到施蟄存對心理小說的特別推崇，但仍不失兼收並蓄。

在文壇資訊方面，也是既有《高爾基在蘇倫多》，有《蕭伯納在莫斯科》，也有《十一谷義三郎》，《池谷信三郎自敘傳》；既有《巴黎藝文逸話》，也有《最近的義大利文學》。

外國作家來上海，施蟄存表現出來的積極熱情的行為，也可以看出施蟄存兼收並蓄的態度。英國作家蕭伯納來到上海，《現代》迅速作出反應，給予宣傳，首先在《現代》第二卷第五期上刊發了蕭伯納的一個劇本《安娜珍絲加》和趙家璧寫的《蕭伯納》，表示了對蕭伯納的歡迎，在這之前，《現代》創刊號的《藝文情報》欄目就有《蕭伯納近聞二則》，報導蕭伯納的南非之行，一是他以七十五歲高齡初試坐飛機；二是蕭伯納回英國後聲稱：南非黑人，不僅舉止品行優於白人，而且聰明也過於白人，而有些白人，毫無聰明之氣，其前途絕對無望。《現代》第一卷第三期發表了凌昌吉的《蕭伯納在莫斯科》。蕭伯納到上海後，施蟄存立即找《申報》館的攝影記者李尊庸，約定他供應蕭伯納在上海活動的全部照片，並且要求他專為《現代》攝取至少一張照片，不得供應別家報刊，並出高價收買。為了瞭解蕭伯納的行止如何，施蟄存還去找林語堂打聽歡迎蕭伯納的計劃，並且把得到的消息迅速告訴攝影記者李尊庸。後來李尊庸送來了七八張照片，施蟄存在二卷六期的《現代》上選刊了六張，其中有一張是《現代》所獨有的。最後想找一篇文章來做結束，於是在《現代》三卷六期發表魯迅的《看蕭和看蕭的人們》等文章。十月份在《現代》第三卷第六期刊登了蕭參翻譯的蘇聯戲劇理論家列維它夫的《伯納·蕭的戲劇》，介紹蘇聯方面對蕭的評價，這篇文章是魯迅轉來的。

法國著名作家伐揚·古久列來上海，施蟄存在《現代》的反應是積極的。伐揚·古久列是《人道報》的主筆，他來上海之前一點消息

也沒有，他的行動是「世界反對帝國主義戰爭委員會」在上海開會秘密決定的，會議的中心議題是反對日本帝國主義侵略中國。中國文藝界對伐揚・古久列很注意，施蟄存在《現代》第一卷第三期譯載過他的小說《下宿處》。伐揚・古久列1933年10月2日出席了上海電影文藝界同人主持的晚宴招待會，施蟄存10月2日下午就打電話到伐揚・古久列的住處偉達飯店，要求訪問。伐揚・古久列的住處是施蟄存托同學陳志皋打聽到的。10月3日上午9點，施蟄存就和杜衡去偉達飯店訪問伐揚・古久列，同去的還有震旦大學的同學李辛陽。李辛陽是巴黎大學法學博士，當時在上海和鄭毓秀、魏道明合組事務所，執行律師業務。他在法租界也算是一位名人，法租界的中法兩方面重要人物他都熟悉。李辛陽一起去為他們做翻譯。施蟄存送了三本《現代》給伐揚・古久列，一本是1932年7月號，登有古久列一篇小說《下宿處》的譯文和介紹。一本是1933年6月號，其中有戴望舒的《法國通信》文中提到過古久列。在本期圖版中有一幀《紀德在革命文藝家協會作反法西斯演講》的照片，也有古久列。一本是新出版的9月號，這一期的圖版中有古久列的大幅照片。施蟄存還要求伐揚・古久列給《現代》寫一篇文章，作為這一次來到中國的紀念。伐揚・古久列同意了，同時，伐揚・古久列也要求施蟄存給他寫些材料，談談當前中國文藝界的情況。伐揚・古久列寫了《告中國知識階級》。發表在十一月份的第四卷第一期《現代》上。

伐揚・古久列回國後，施蟄存寫了一份關於中國文學現狀的簡報，譯成法文五大頁，寄給戴望舒，托他轉致伐揚・古久列。

對於英美的現代主義文學，中國的讀者知之甚少。在施蟄存編輯的叢書和刊物中，東歐等弱小民族的現實主義作品與西歐、英美的現代主義作品雜揉並存，使中國的讀者和作家開闊了視野，瞭解到世界文學的千奇百怪和異彩紛呈。如《現代》二卷四期特別選刊了高明譯的《英美新興詩派》，施蟄存在《社中日記》裡說：「高明先生送來《英美新興詩派》譯文一篇。披閱一過，覺得原作並沒有什麼精到的地方。但是在對於現代外國文學的認識很少的一部分讀者，這種簡易的入門文章，也許倒是很需要的。」目的是讓讀者更廣泛的瞭解外國

文學。

施蟄存引進外國文學的特色之三是現代意識。施蟄存搞出版辦刊物選擇取向是「現代」，施蟄存在《現代》的第一個文學專號選擇美國文學就是因為美國文學的「現代」色彩。他說：「首先，我們看到，在各民族的現代文學中，除了蘇聯之外，便只有美國是可以十足的被稱為『現代』的。其他的民族，正因為在過去有著一部光榮的歷史，是無意中讓這部悠久的歷史所牽累住，以致故步自封，盡在過去的傳統上兜圈子，而不容易一腳踏進『現代』的階段。美國則不然，被英國傳統所糾纏的美國是已經過去了；現在的美國，是在供給著到20世紀還可能發展出一個獨立的民族文學來的例子了。這例子，對於我們的這個割斷了一切過去的傳統，而在獨立創造中的新文學，應該是怎樣有力的一個鼓勵啊！」[22]

施蟄存在《現代美國文學專號》裡選擇的都是美國剛剛流行的作家，他說：「海明威、福克納當時剛剛起來，在美國是新興的剛剛出名的作家。所以我們辦的《現代》雜誌，大學裡讀外國文學的學生很歡迎。這些作家，他們大學裡沒有讀到。我們的高等教育還是很傳統，很舊的。讀了四年英國文學，讀來讀去還是狄更斯，莎士比亞。」[23]

施蟄存認為，美國文學的現代色彩首先表現在：

> 它是創造的。一個民族，即使是古舊的民族，若放到一個新的環境裡去，是往往會有新的文化產生出來的。美國文學，即使在過去為英國的傳統所束縛的時期內，就綻露了新的東西的萌芽。例如，文學上的象徵主義以及這一系列的其他新興諸運動，主要的雖然是法國的產物，但是根底上卻是由於美國的愛倫‧坡的啟發。在愛倫‧坡還沒有被美國的讀者所瞭解的時候，那新生的萌芽是到法國去開出燦爛的花來了。再如，革命

---

[22] 施蟄存：《美國文學專號‧導言》，《現代》第5卷第6期（1934年10月）。
[23] 施蟄存：《為中國文壇擦亮「現代」的火花》，《沙上的腳跡》，第178頁。

的詩歌，甚至連最近的蘇聯的詩歌也包含在內，也都直接或間接地淵源於美國的惠特曼。像上面所舉的兩位還是屬於過去的時代的美國作家，雖然他們本身的偉大性，是夠不上其他民族的文學的匠師；但是他們的影響之大，特別是在啟發文學上的新運動的這一點上，卻不是同時代的其他民族所能照樣辦到的。只有新的美國，由於它的新的環境，才有可能是一切新的東西的搖籃。時間過去，這些新的環境是比在任何別的地方都更迅速的發展。

美國是達到了作為20世紀的特徵的物質文明的最高峰。電影，爵士音樂，摩天建築，無線電事業，一切人類在這個世界上所造成的空前的貢獻以及空前的罪惡，都不約而同地集中在北美合眾國的國土上。在文學方面，由於阿美利加主義的醒覺，作家們是意識的在反叛著英國的傳統。主觀條件和客觀條件二者是密切的結合了，以致，美國文學能夠為獨特的文學的那種前途，便幾乎是沒有一個歐洲國家所能夠企望辦到的。美國文學不但已經斷然的擺脫了別國的影響，而且已經開始在影響別國文學了。[24]

其次，美國文學的現代性的另一特徵是「自由的」。施蟄存說：

在現代的美國文壇上，我們看到各種傾向的理論、各種傾向的作品都同時並存著；它們一方面是自由的辯難，另一方面又各自自由地發展著。它們之中任何一種都沒有得到傳統的勢力，而企圖把文壇包辦了去，它們也任何一種都沒有用政治的或社會的勢力來壓制敵對或不同的傾向。美國的文學，如前所述，是由於它的創造精神而可能發展的。而它的創造精神卻又以自由的精神為其最主要的條件。在我們看到美國現代文壇上的那種活潑的青春氣象的時候，飲水思源，我們便不得不把作為一

---

[24] 施蟄存：《美國文學專號・導言》，《現代》第5卷第6期（1934年10月）。

切發展之基礎的自由主義的精神特別提供出來。[25]

這種創造的、自由的精神正是「五四」的精神,「五四」精神是與世界現代精神同步的,所以「五四」精神和現代精神是施蟄存身體力行奮鬥一輩子的目標和方向。

《現代美國文學專號》是中國現代期刊上最大的文學專號,全書400多頁。這一期的目錄比平時長一倍,一張一折四頁的目錄,長長的目錄後面是24位現代美國作家的照片,然後是施蟄存為這個專號撰寫的三千多字的導言,通過導言,我們可以看出施蟄存對外國文學介紹的重視,他說:「在這裡,我們似乎無庸再多說外國文學的介紹,對於本國新文學的建設,是有怎樣大的幫助。但是,知道了這種重要性的我們,在過去的成績卻是非常可憐,長篇名著翻譯過來的數量是極少;有系統的介紹工作,不用說,是更付之闕如。往時,在幾近十年以前的《小說月報》曾出了《俄國文學專號》和《法國文學研究》,而替19世紀以前的兩個最豐富的文學,整個兒的作了最有益的啟蒙性的說明,那種功績,是我們至今都感謝著的。不幸的是,許多年的時間過去,便簡直不看見有繼起的,令人滿意的嘗試;即使有,也似乎沒有超越了當時《小說月報》的那個階段。……這一種對國外文學的認識的永久的停頓,實際上是每一個自信還能負起一點文化工作的使命來的人,都應該覺得慚愧無地的。於是,我們覺得各國現代文學專號的出刊,絕不是我們的『興之所至』,而是成為我們的責任。」[26]由此可看出施蟄存世界性的文化視野和精神。

導論之後的正文內容分六個部分,首先是關於現代美國文學各方面的概觀的敘述:有趙家璧的《美國小說之成長》,顧仲彝的《現代美國的戲劇》,邵洵美的《現代美國詩壇概觀》,李長之的《現代美國的文藝批評》。施蟄存的原意是把美國小說、戲劇、詩歌、文藝批評這四方面作一鳥瞰。但因為文藝批評這一部分的流派太多,而且

[25] 施蟄存:《美國文學專號‧導言》,《現代》第5卷第6期(1934年10月)。
[26] 施蟄存:《美國文學專號‧導言》,《現代》第5卷第6期(1934年10月)。

大多是很有衝突的，一個人不容易寫全面，所以又請了三位分別將現代美國三種流派殊異的文藝批評家及其理論個別地另作專文介紹，這就是梁實秋的《白璧德及其人文主義》，張夢麟的《文評家的琉維松》，趙景深的《卡爾浮登的文藝批評論》。本來還請了林語堂寫一篇史賓迦的介紹，但林語堂沒有按時交稿，施蟄存特別說到要讀者去看林語堂的新書《新的文評》中關於史賓迦的文字，可見施蟄存對讀者的負責。之後是十一篇美國現代作家的個別介紹；然後是小說、戲劇、詩歌、文藝批評這四方面的作品介紹；再之後是《大戰後美國文學雜誌編目》和《現代美國作家小傳》及《現代美國文藝雜話》，林林總總，洋洋大觀。這個專號，施蟄存他們經過相當長一段時間資料積累和約稿組織準備，經過兩個多月的精心設計，組織翻譯人員30多人苦心經營了3個多月，才有了如此浩大的成果。施蟄存的努力，受益的不僅僅是20世紀30年代的讀者和作家，他的這個精心組織和運作，有著跨時代的意義，新時期以來對外國文學的引進和各文學流派的突起，不能說與施蟄存當時的努力沒有關係。

施蟄存的外國文學的引進很注意時間性，儘量做到與世界文學是同步的。如德國雷馬克的《西部前線平靜無事》，是第一次世界大戰後第一部描寫這場戰爭的小說，1929年1月在德國出版的5個月內，發售了60萬冊，英譯本出版後，在4個月內發售9.1萬冊，法譯本在11天內發售7.2萬冊。這是一部轟動全世界的書，施蟄存以其敏銳的觸覺決定儘快出版漢譯本，他請了在聖約翰大學讀書的林語堂的侄子林疑今翻譯此書，並與戴望舒一起帶了5聽白錫包紙煙到華文印刷所找經理和排字房頭，使書稿不到10天就排印出來，5個月內再版4次，共1.2萬冊。創造了1930年的中國出版界銷售外國文學譯本的最高紀錄。另如1932年11月11日「報載路透電傳本年諾貝爾文學獎金係授予英國高爾斯華綏」，施蟄存立即決定安排對高爾斯華綏的介紹，當日就請蘇汶寫《約翰‧高爾斯華綏論》，並分別請蘇汶、葉靈鳳翻譯高爾斯華綏的作品。到15日已經收齊所需要的全部文章，在這年12月1日出版的《現代》二卷二期出了一個《高爾斯華綏特輯》，並因此臨時到印刷所抽出了已經排好了的袁牧之的劇作和高明的譯作。這個特

輯有蘇汶的《約翰‧高爾斯華綏論》，葉靈鳳翻譯高爾斯華綏的小說《品質》，杜衡翻譯的高爾斯華綏的短劇《太陽》，惜蕙編寫的《約翰‧高爾斯華綏著作編目》，另外，《現代》畫報欄目有一組關於約翰‧高爾斯華綏的圖片，真可謂完整齊備。施蟄存做什麼事情都追求盡善盡美，總是儘量在最短的時間，達到最完美的效果。這是我們每一個編輯，應該說每一個人都應該引為榜樣的。

由於施蟄存在《現代》的努力，20世紀30年代在我國文壇再次形成對外國文學引進的高潮，這對後來的文學發展產生了極大的影響。

第五節　使《現代》成為中國現代派文學的搖籃

施蟄存利用雜誌，特別是利用《現代》，培植了中國的現代派文學，或者說培植了中國的都市文學。《現代》雜誌在「兼收並蓄」的情況下，還是有所偏頗的，這是很正常的現象。施蟄存在培植中國的現代派文學和都市文學之前，首先引進外國的現代都市的文學和文化，中國的都市受到外國都市的影響，中國的現代派文學也正是在外國的現代派文學的影響下形成的。《現代》創刊號有一篇玄明寫的《巴黎藝文逸話》，介紹了中國人完全陌生的世界——都市文化，而這個文化正在影響著中國，或者說正在影響著上海。這篇文章的第一個小標題是《Cocktail的時代》，Cocktail就是雞尾酒，那麼就是說，當時的巴黎是雞尾酒的時代，這個時代與傳統的中國有著多麼大的差異啊！當然，這個時代與傳統的巴黎也是有很大的差異的。文章說：

> 曾經在每一個院子裡都奏著的手風琴到哪裡去了？四班跳舞到哪兒去了？波西米亞樂隊到哪兒去了？裸體替代著拖泥帶水的裙裾。從南美洲的下流地方來的黑人的jazz（爵士——筆者注）和tango（探戈——筆者注）征服著waltz（華爾滋——筆者注）和polka（波爾卡——筆者注）。舞男已經由警廳承認為了一種男子的正常職業；這種人在巴黎是被稱為gigolo的。這些把頭髮梳得精光，把腰股束得像蜜蜂般細的青年人，

是只要抱著愚蠢的老婦人在地板上拖來拖去就可以獲得很多的
錢了。

　　關於女性的問題，只要一句話可以包括了：現在是男子也
可剃光了鬍鬚讓女人來向他求愛的時代。

　　地下鐵道，立體派的圖畫，打字機，布林希維克主義，足
球，拳術，留聲機，五彩照片，電影，龐大的看板，夜總會，
古加音，絲襪，安全剃刀，空頭支票，弗羅伊特主義，快而沒
有痛苦的離婚，英文報紙，第一流音樂都可以在家裡聽到的無
線電，飛機，和Cocktail。

　　Cocktail！這真是我們這時代的大發現。有一位最巴黎式
的荷蘭畫家，凡‧唐根（Van Dongen），曾經這樣地說過：
「我們的時代是Cocktail的時代！Cocktail！它們是各種顏色
的。它們什麼東西都包含一點。不，我並不是單說那我們所喝
的Cocktail。它們是其他一切的象徵。現代社會的女人也是一
種Cocktail。她是一種閃光的混合物。社會本身也是一種閃光
的混合物。你可以把各種玩味和各種階級的人都調和在一起。
Cocktail的時代啊！」

　　這就是都市，是現代巴黎，施蟄存把這篇文章刊發在《現代》的
創刊號上，就是要給讀者一個信號，都市文學、現代派文學將是與從
前完全不一樣的文學，因為這是一個不一樣的時代。施蟄存有點強迫
中國讀者接受這個不一樣的意味。

　　施蟄存的那篇刊發在《現代》第四卷第一期的著名的《又關於本
刊的詩》中關於「現代派」的說明，和這個內容非常接近：「匯集著
大船舶的港灣，轟響著噪音的工廠，深入地下的礦坑，奏著Jazz樂的
舞場，摩天樓的百貨店，飛機的空中戰，廣大的競馬場……」在這樣
的環境中，產生新的主義是順理成章的，所以玄明文章的第二個標題
就是：《兩種新主義》，這裡介紹了巴黎最新流行的「達達主義」和
「超現實主義」。這也是中國傳統文學中所沒有的「主義」，中國上
海都市也必須產生這種「主義」，從而與外國都市文學同步，只有這

樣，上海才稱得上是東方的巴黎。才可能產生出與世界文學同步的現代派文學。正是這篇《又關於本刊的詩》的文章，對戴望舒的詩做了理論說明和積極推崇。

施蟄存同時對現代派的小說作家也是極力推崇，如對新感覺派小說家劉吶鷗和穆時英，施蟄存雖然沒有像包裝戴望舒那樣包裝他們，但在他們探索新感覺派小說的道路上，施蟄存是起到了關鍵性的作用的。因為施蟄存自己就是現代派小說的實踐者，劉吶鷗與施蟄存是朋友，在創作上他們互有影響，但劉吶鷗是個花花公子，看電影、上舞廳是他的主要生活，寫小說是這個花花公子所追求的時尚。施蟄存以他對文學的執著精神，影響著劉吶鷗，不斷地將劉吶鷗從交誼場拉回書齋。他們一起辦刊物，也是施蟄存做主編，劉吶鷗的小說是在他的策劃下形成氣候的。穆時英是小字輩，他是在施蟄存、劉吶鷗的影響下走上文壇的，也是施蟄存從眾多的投稿者中發現的青年作者，並對其新的技巧大加讚賞，《新文藝》第六期上發表了穆時英的小說《咱們的世界》，施蟄存在《現代》有一個關於穆時英的小說《南北極》的廣告，施蟄存的廣告詞是：「我們特別要向讀者推薦的，是《咱們的世界》的作者穆時英先生，一個能使一般徒然負著虛名的殼子的『老大作家』羞慚的新作家。《咱們的世界》在Ideologie（意識形態──筆者注）上固然欠正確，但是在意識方面是很成功的。這是一位我們可以加以最大的希望的青年作者。」施蟄存在《現代》上集中推出了穆時英的《偷麵包的麵包師》、《斷了條胳膊的人》、《上海的狐步舞》、《夜總會裡的五個人》、《街景》、《本埠新聞記事欄廢稿中的一段故事》、《父親》等十一篇小說，使穆時英一舉成名。在《現代》的創刊號上，施蟄存將穆時英的小說《公墓》排在首篇，施蟄存還在《編輯座談》中說：「尤其穆時英先生，自從他的處女創作集《南北極》出版了之後，對於創作有了更進一層的修養，他將自本期所刊載的《公墓》為始，在同一個作風下，創造他的永久的文學生命，這是值得為讀者報告的。」《現代》二卷一期發表了穆時英的《上海的狐步舞》，施蟄存在《社中日記》中說：「《上海的狐步舞》一篇，是他從去年起就計劃著的一篇長篇中的二個斷片，所以是

沒有故事的。但是，據我個人的私見看來，就是論技巧，論語法，也已是一篇很可看的東西了。」「我覺得，在目下的文藝界中，穆時英君和劉吶鷗君以圓熟的技巧給予人的新鮮的文藝味，是可貴的。」施蟄存還在《一人一書》中專門談到穆時英，認為穆時英最善寫都會生活，善寫都會中人的種種厭嫌的情緒。沒有結構謹嚴曲折的故事，造句修辭以輕靈流利見長，在技巧及風格上是成功的。《現代》一卷六期刊發杜衡答覆舒月的批評的文章：「時英的創作，與其說是用了舊的技巧，實無寧說是用了新的技巧，而且確實是在這新技巧的嘗試上有了相當成功的。」穆時英因為施蟄存的極力推崇而真正成為新感覺派的聖手。

第六節　使《現代》成為文學批評的園地

施蟄存在《現代》一卷四期的《編輯座談》中說：「自從本期起，我們先增加了書評一欄。中國的出版界這樣蕪雜，文學的評價又這樣的紛亂，對於新出的文學書，給以批評，為讀者之參考和指南，我以為倒是目下第一件需要的工作。因此除了自己隨時寫一點之外，又約了幾位朋友在雜誌上每期發表幾篇對於最新出版的文學書的漫評。」在其他刊物只重視創作的情況下，施蟄存把評論放在比較重要的位置，以評論促創作。

《書評》作者都不署名，施蟄存說：「一切責任由我代表《現代雜誌》社來負擔了。」施蟄存用這種不署名的方法，可以使評論者無所顧忌的發表意見。當然，編輯部的負擔就增加了。

第一卷和第二卷的《書評》共評十一部作品，有郁達夫的《她是一個弱女子》，茅盾的《路》，廢名的《橋》，蔣光慈的《田野的風》，巴金的《復仇》，施蟄存的《將軍底頭》，王文顯的《委曲求全》，謝冰瑩的《前路》，顧一樵的《岳飛及其他》，黃震遐的《大上海的毀滅》，鐵池翰的《齒輪》。每一篇都有獨到的見解。第三卷的八篇《書評》又都有評論者署名，有凌冰評張天翼的《蜜蜂》，蓬子的《剪影集》，杜衡的《懷鄉集》和黑炎的《戰線》，蘇汶評郁達

夫的《懺餘集》，王淑明評丁玲的《母親》，石衡評巴金的《雨》，趙家璧評茅盾的《子夜》，這裡要求文責自負，可能有些評論施蟄存是沒法全權負責的。

《書評》欄目開設的最大好處，是給作者、讀者以及評論者一個交流的平台，這個交流要比《社中談座》中的《作者‧讀者‧編者》欄目更全面、深入。施蟄存的「兼收並蓄」的精神，在這兒再次得到體現。

《現代》裡還有不標明《書評》的書評，如創刊號的在《文》欄目下的《〈三人行〉之二人言》，是蘇汶和易嘉對茅盾的小說《三人行》的批評。

除了書評專欄的書評外，施蟄存還利用《編輯座談》、《社中日記》、《社中談座》的機會評論作品，如《現代》準備從一卷四期起開始刊登老舍的長篇小說《貓城記》，施蟄存在一卷三期的《編輯座談》就對老舍有所評論：「從下一期起，將開始登載老舍先生為本刊特撰的長篇小說《貓城記》。老舍先生的文章，凡讀過他的《老張的哲學》《趙子曰》《二馬》者，都佩服他的幽默，耐人尋味，這部《貓城記》的內容，據他來信所說，是『中國人──就是我呀──到火星上探險。飛機碎了，司機也死了，只剩得我一個人──火星上的漂流者。來到貓城，參觀一切，還遭了多少的險難……火星上真有什麼，誰知道呢？火星上該有什麼？聽我道來。就是這麼一回事。』好，究竟這是如何的妙文，親愛的讀者等著自己去鑒賞罷。」這樣的短評可以引導讀者去讀作品。

有時一篇廣告也是一篇微型評論。這樣的微型評論在《現代》雜誌比比皆是，每一卷每一期都有作家作品出版的廣告，而且這些廣告詞都是高度精湛的作家作品評論，寥寥數語就能恰到好處地、中肯客觀地寫出作家的特徵，點到作品的精髓。如一卷六期的《洪深戲劇集》的廣告就是一例：「洪深先生為中國話劇運動中最努力的一員，不但豐富於舞台經驗，且對於劇本製作之技術上亦有極深刻之研究。本集包含有兩個時代性劇本《趙閻王》與《貧民慘劇》，均為精心構思之作，內容技巧尤多獨到之處，且均經各處上演，獲得極大之成

功，允推為洪深先生之得意傑作。書前附有自序《屬於一個時代的戲劇》，對於戲劇與時代，詳細闡明，引證豐富，立論透闢，對於戲劇運動，頗多貢獻。」在這裡我們能夠較全面地瞭解洪深和洪深的戲劇。

　　《現代》為穆時英的小說集《南北極》作廣告，可算動了一番腦筋。《南北極》在《現代》有多處廣告，這廣告的內容，施蟄存用了這樣的標題：《好評轉錄》和《請讀這批評》等，在這些標題下，選錄了部分評論者對穆時英的小說集《南北極》的評論，如錢杏邨的評論：「作者的表現力量是夠的，他能以發掘這一類人物的內心，用一種能適應的藝術的手法強烈的從階級對比的描寫上，把他們活生生的烘托出來。」杜衡的評論是：「關於《南北極》那一類，我到現在還相信，他的確替中國的新文藝創造了一種獨特的形式。在文學大眾化的問題被熱烈地提出之前，時英已經巧妙地運用著純熟的口語來造出了一種新形式的，而不是舊形式的作品。只就文學一方面而言，像這樣的作品以及張天翼一部分作品是比不論多少關於大眾化的『空談』重要得多的。」傅東華的評論是：「在四月底買到了剛出版的寫明著是一月十日發行的小說月報──中國歷史最久的文藝雜誌，中有使人驚奇的創作《南北極》一篇。先不談這篇創作的筆調像誰，我覺得不像誰，而也許要比那類似的別的筆調較好的。是生動，別致，簡潔，沉著的調皮。……這篇創作非但在小說自身完成了它的價值，也可以作為新興電影的極好材料。」文藝新聞的評論：「穆君的文字是簡潔，明快而有力，卻是適合於描寫工人農人的慷爽的氣概，和他們有了意識的覺悟後的敢作敢為的精神。所以我最初看到穆君的這種作品，我覺得他若能用這種文字去描寫今日的過著鬥爭生活的工農的實際生活，前途實是不可限量。」《北斗》雜誌的評論「以流氓的意識作基調，作者頗能很巧妙地用他的藝術手腕把窮富兩層的絕對懸殊的南北極般的生活寫出來，給我們一個深刻的印象……這些地方都可以說是作者的技巧得到了成功的地方。」施蟄存將眾家的批評摘要在此，能夠較全面的反映出人們對穆時英的小說集《南北極》的看法和態度，避免一家之言，也避免編輯的偏見。更重要的是施蟄存把各雜

誌、各評論家的批評集中起來，企圖通過各方人士對《南北極》的評價，說明作品所達到的藝術高度，從而起到重點宣傳的效果。

《現代》的這些長長短短、大大小小的評論，對作家寫作和讀者閱讀都有所指導，作者從而知道自己作品的長處和不足，讀者則在評論的引導下更深入的瞭解作品。特別重要的是，對初涉文壇的青年作家，起到了介紹、推薦作用。這些在當時只重視創作，不重視評論的情況下，是有著深遠的意義的。可以說，施蟄存企圖通過對作品的評論，達到同時提高作家的寫作能力和讀者的欣賞能力的目的。

施蟄存有詩云：「十里洋場聚九流，文壇新舊各千秋」。這一辦刊宗旨，使《現代》成為20世紀30年代的上海文壇舉足輕重的雜誌，也使上海文壇出現了前所未有的活躍景象。正是施蟄存在《現代》的努力，才使中國20世紀30年代的文學繼承五四優良傳統，在國內，徹底打敗了舊文學的反撲，使新文學成為唯一的占統治地位的文學形式；在國外，不但廣泛介紹吸納外國文學的精華，而且使年輕的中國新文學開始走向世界，產生世界範圍的影響；正是施蟄存在《現代》的努力，中國文學史上第一個現代主義文學思潮才迅速崛起，直到今天，這種影響還能感受得到。

《現代》之外，施蟄存又主編了《文藝風景》，他在《文藝風景·創刊之告白》中說：「在與杜衡先生合編《現代》之外，又在這裡自己支撐起一個新雜誌的局面來，也許有人會得詫異，為什麼連這一點點精力都要分散開來？但在我自己則不作如是想，我不過是多一個追逐理想的路徑而已。這兩個路徑，將是兩個不相同的路徑。倘若我而以《現代》為官道，則《文藝風景》將是一條林蔭下的小路。我們有驅車疾馳於官道的時候，也有策杖閑行於小徑上的時候。我們不能給這兩條路作一個輕重貴賤的評判，因為我們在生活上既然有嚴肅的時候，也有燕嬉的時候；有緊張的時候，也有閒散的時候；則在文藝的賞鑒和製作上，也當然可以有嚴重和輕倩這兩方面的。因為這樣的見解，所以《文藝風景》與《現代》將是姊妹交的兩個文學月刊。倘若同時是兩個雜誌的愛護的主顧，他可以看得出今後的《現代》將日趨於嚴重整肅，而《文藝風景》則較為輕倩些。」不論是官道還是

林蔭小路，施蟄存的目的只有一個，就是為了追逐理想，為了對祖國的文化的繼承和創造工作做出自己的貢獻。

《現代》停刊之後，施蟄存脫離了現代書局，又與康嗣群商量著辦一個散文雜誌《文飯小品》，做發行人。施蟄存在《文飯小品》的《發行人言》中說：「從來雜誌創刊，只有編輯致辭，略說發刊旨趣及刊物性質，若發行人也要弁言卷首，似乎向無此例。然而向無此例也不妨，自我作古如何？朋友們聽說我將自己發行一個小品文刊物，都覺得詫異。難道施某將借此賺錢？或許他有什麼社會上的派系作背景，辦個雜誌來有所企圖？本刊在未出版之前，早就有了這種疑問，故在付印之時，我覺得有一點說明本刊產生之因多個必要，庶幾為這些朋友們解惑。」在《現代》期間，有一天康嗣群來《現代》雜誌社玩，談到他想辦一個散文雜誌，問施蟄存有沒有書要出版。施蟄存離開現代書局後，遇到康嗣群時，就問到辦雜誌的事，「當時張靜廬正在旁邊，就說：『很好，你們辦雜誌，可以不受拘束，我來代理發行事務，可以免掉許多事物上的麻煩。』於是我也不免興奮起來，『老康，你去編起第一期稿子來，我來發行。』我說。我做《文飯小品》的發行人，便是這麼一個故事。因此，我這個發行人是與普通的雜誌發行人不同的。既無本錢，亦不想賺錢，更沒有什麼背景。原來我們這個刊物之出版，並沒有雄厚的資本來維持的。印刷是欠賬的，紙是賒來的，稿費是要等書賣出了才分送的，第一期就已如此，倘若沒有讀者踴躍惠顧，說不定出了幾期便會廢刊的。但是廢刊儘管廢刊，已出的幾期總是舒舒服服的任意的出了。至於第二點，不想賺錢，這個卻應當說明，乃是不想自身發財的意思。從這個刊物上，連帶的企圖將來能印一點為一般書鋪子所不願意印的書籍出來，因此索性指定了一個『脈望社出版部』的名義。倘若在這個小小的散文月刊上，能賺出一些印書的本錢來，我們這個出版部的第一本書就可以問世了。這種夢想，雖然有點類似叫化子拾著雞蛋，但也未始全無實現的可能性，姑妄言之，以覘將來。」[27]雖然施蟄存在《文藝風景·創刊之告

---

[27] 施蟄存：《發行人言》，《文飯小品》，第1期（1935年2月出版）。

白》就感到「即使追逐自己的理想，也已經是很困難的，幾乎是不可能的事」，但他在這裡又「企圖將來能印一點為一般書鋪子所不願意印的書籍出來」，可以看出施蟄存對文化出版工作的熱愛，應該說是對文學的熱愛，多少打擊，多少挫折也不能阻止他對文學的熱愛，也不能阻止他通過他的出版編輯工作能對中國文學的發展做一些貢獻。

第五章　論施蟄存的翻譯工作對中國現代文學的貢獻

　　施蟄存用了整整一生的時間翻譯外國文學，因為他認識到翻譯對中國文學現代化的重要性，他認為正是對外國文學的翻譯，使中國從愚昧走向文明，從封閉走向開放，使中國文學從守舊走向創新。胡適在《建設的文學革命論》中說：「創作新文學的第一步是工具，第二步是方法。……如今且問，怎樣預備方才得著一些新的文學方法，我仔細想來，只有一條法子，就是趕緊多多的翻譯西洋的文學名著做我們的模範。」[1]

　　施蟄存的翻譯工作幾乎與他的文學創作同時開始，施蟄存清楚的認識到：「大量外國文學的譯本，在中國讀者中間廣泛地傳佈了西方的新思想、新觀念，使他們獲得新知識，改變世界觀，使他們相信，應該取鑒於西方文化，來挽救、改造封建落後的中國文化。」[2]大量外國文學的輸入，對中國知識分子的傳統的文學觀念也有很大的改變。一個思想開放、學貫中西的翻譯家對中國文學的影響是很大的，鄭振鐸說：「翻譯者在一國的文學史變化更急驟的時代，常是一個最需要的人。」[3]

　　施蟄存的意義是他終生從事翻譯工作，並且是以超前意識和現代眼光搜尋世界文壇上具有先鋒性的作家作品，他一直是走在時代的前列。他1927年開始翻譯《十日談》，翻譯愛爾蘭詩人夏芝的詩以及奧地利作家顯尼志勒的《蓓爾達‧迦蘭夫人》，到20世紀末，從事翻譯出版工作六十多年。施蟄存精通英文和法文，他說：「我年輕時學習法文，是為了欣賞法國文學，但我學英文，卻沒有十分欣賞英國

---

[1] 胡適：《建設的文學革命論》，《新青年》，第4卷第4號（1918年4月）。
[2] 施蟄存：《中國近代文學大系‧翻譯文學集‧序言》，《北山散文集》（二），第1410頁。
[3] 鄭振鐸：《翻譯與創作》，《文學旬刊》第78期，1923年7月2日。

文學。我是把英文作為橋樑，用英譯本來欣賞東歐文學的。」[4]即使是施蟄存被錯劃右派下放勞動的20世紀50年代，他也譯出了二百多萬字，翻譯二十多本東歐及蘇聯文學。施蟄存將翻譯工作作為他一生為之努力的事業。施蟄存將翻譯作為對中國傳統文學的挑戰。通過翻譯，他使中國文學與世界文學距離拉近了。施蟄存的翻譯對中國現代文學的貢獻，我們主要從三個方面總結，一是引進世界文學的各種文體：小說、詩歌、戲劇、散文、日記、回憶錄等等，從而改造和充實中國的文學體裁；二是引進各種創作方法的作品，從而豐富中國文學的表現手法；三是從內容上注意引進弱小國家的文學作品，目的在於引進一種鬥爭精神，從而增強中國文學、中國人民的自強不息的戰鬥意志。

第一節　各種文體的翻譯和引進，譯文內容的完整和忠實

　　施蟄存引進各種文體的外國作品，小說是施蟄存翻譯得最多的體裁。小說翻譯體現著施蟄存的愛好和傾向，帶有超現實和超自然的特點，他偏離當時文壇日益政治化的文學主流而將眼光投向佛洛伊德的理論和顯尼志勒的小說，這是一個特立獨行的舉動，他大膽地把佛洛伊德、藹理斯、薩德的性欲理論，以及與這些性欲理論相關聯的小說實驗引進中國。因為施蟄存的一意孤行，使20世紀30年代的文壇在革命派小說之外，有了大量的有關病態心理、神秘色彩的心理分析小說，以及色彩斑斕的現代主義文學。

　　施蟄存是1940年在廈門大學教書時，開始對戲劇感興趣的，並且特別喜歡獨幕劇，於是翻譯了幾個獨幕劇，交給在永安辦出版社的同鄉陸清源印行。1979年，施蟄存又建議仍在做出版工作的陸清源出一個規模較大的外國獨幕劇的選集，這就是從1980年到1985年，施蟄存編譯並出版的上、中、下三集六冊《外國獨幕劇選》。這部《外國獨幕劇選》是按照獨幕劇的發展史編譯的，三集就是三個時期：

---

[4]　施蟄存：《致巴佐娃》，《北山散文集》（二），第1816頁。

　　第一個時期從1885年到第一次世界大戰結束。第一次世界大戰期間（1914－1918），整個歐洲在炮火之中，獨幕劇的發展和其他文藝運動一樣，受到了限制。但在美國，卻正是獨幕劇廣泛盛行的時期。大戰結束之後的一二年間，歐洲的社會秩序正在恢復中，新的文藝思潮還在醞釀。所以把這個時期限定到1920年。

　　第二個時期從1921年到第二次世界大戰結束。第一次大戰結束後，西歐各國都在忙於政治改組、經濟復興。蘇聯從1917年建國後，在20世紀20年代，也在忙於建立新經濟制度。到20世紀30年代，歐洲的政治、經濟、文化，出現了一番復興和繁榮的氣象。但是，好景不長，大幅度的國際矛盾和階級矛盾，終於爆發出了一場歷時8年的第二次世界大戰。在這樣一幅時代背景前面，各國的文學藝術都受到影響。20世紀20年代，全世界工人運動蓬勃興起，因而出現了許多反映工人生活及其鬥爭的劇目。社會瑣事，提高到社會大事；愛情糾葛，可以只是政治鬥爭的表象，即使是一個小喜劇或小悲劇，也會含蓄著階級鬥爭的意義。這些都成為獨幕劇的新的特徵。這個時候的戲劇也產生各種思潮流派，隨著社會組織的複雜，人情世故的變幻，有許多劇本並不僅僅是一個喜劇或一個悲劇，於是便孳生了更多劇種名詞。

　　1946年之後為第三個時期，這個期間，全世界各國的獨幕劇又有了新的發展。特別是在非洲、拉丁美洲和東歐許多國家，獨幕劇也已成為重要的劇種。歷時8年的第二次世界大戰，使歐、亞兩大陸及北非的許多城市農村，成為一片廢墟。劫後餘生的人民，在傷亡的悲痛情緒中重整田園，復興家園，幾乎都花了十多年的時間。文學藝術的發展和繁榮，也必須先經過這一段時間的休養生息。劇運復興，幾乎都在20世紀50年代中期之後。這是一個戲劇流派眾多的時代。每一個國家出現的新傾向、新流派，都反映著人民的生活和思想情緒，有其社會基礎。荒誕派劇已風靡於西歐，又在不同程度上影響到其他各國，施蟄存在第三部分介紹了比較多的荒誕派劇本，主要是為現代世界劇運留下一個里程碑。

　　施蟄存沒有依據任何戲劇史文獻而將外國獨幕劇分為三個時期，這個分法是合理而適當的。這三個時期的劇本，從劇情結構，表現方

法，舞台技術，主題思想等各個方面觀察，顯然都很不相同。

第一個時期的四十六個劇本，代表了初期的獨幕劇，它們都遵守傳統的戲劇規律。每個劇本，都以出人意外的「高潮」來結束。每一個戲都有一個緊湊的「情節」，人物對話，都導向高潮，有線索可尋。

這種結構，在第二個時期的多數劇本中，開始被溶解了。這個時期的劇本，表現的只是「一個故事」，而沒有一個「情節」的意義。劇本的主題和對話，不是表現某些行為，而是表現某種思想、觀念、感情、性格，例如《例外與常規》、《另一個兒子》、《等待老左》等。

第三個時期的三十多個劇本，代表了第二次世界大戰後的戲劇新傾向。廣播劇、電視劇消滅了舞台概念，舞台劇叛變了一切戲劇傳統，燈光淘汰了分幕與場景，幾何形結構的板片象徵了實物道具。整個劇本表現的不是一個故事或一件事。它們表現的是一種社會氣氛，時代精神，某些個人或群眾的思想、情緒，某些社會或政治現實的諷刺或揭露。劇中人物不再具有「主人公」的意義。例如《兩個星期一的回憶》、《等車》和《塔樓》等。

施蟄存最初編譯外國劇本時，選定劇目的標準之一是「可演」。但在編譯第三個時期的劇本時，發現這些新流派荒誕派劇本在我國不一定有「可演」性，但他認為作為一種文學讀物，具有深刻的哲學意義。施蟄存在法國超現實主義作家亞爾芒・沙拉克魯的一個劇本《馬戲團的故事》的劇目下注明「一個供閱讀的劇本。」在這裡，施蟄存將劇本歸於文學領域，沒有歸在戲劇領域。

獨幕劇是中國傳統戲劇所沒有的，因為中國古代雜劇、傳奇，沒有佈景，也不用幕布，所以不存在「幕」。即使有幕布，也是幕布拉開，演劇開始；劇終之後，幕布拉合，好像中國古戲都只有一幕，但並非獨幕劇。獨幕劇指的是劇情只在同一個地點發展的戲，它的最大的優點是短小精悍，劇情緊湊，反映現實迅速，自始至終，為一個主題所控制。

19世紀末20世紀初，世界戲劇史上出現了「小劇場運動」，特別是1911年，在美國展開了大規模的小劇場運動，施蟄存認為：「小劇

場運動是一次戲劇藝術的改革運動。它掃蕩了拜金主義的商業性戲院
裡種種庸俗劇目，使觀眾能普遍地欣賞具有高度藝術價值的劇本。它
培養出許多能掌握高度表演藝術的演員，使觀眾不再把演員輕視為一
個『戲子』。」[5]小劇場運動使獨幕劇有了用武之地。

　　施蟄存1942年從瑪利・哈耐特女士的英譯本轉譯了海爾曼・蘇特
曼的劇本《戴亞王》，蘇特曼的劇本，題材大都是德國人的日常生
活，但他從心理方面去觀察，往往成為精警的故事。其著名作品為
《家》、《蝴蝶的戰爭》、《角落裡的幸福》、《馬迦》、《生活
之歡喜》等等。獨幕劇《戴亞王》乃是蘇特曼在1897年所作《死亡三
部曲》之一。《死亡三部曲》包含三個以死為主題的歷史的獨幕劇：
《戴亞王》、《弗利卿》及《永久的男性》。這三個獨幕劇在故事上
是沒有關聯的。《戴亞王》「全劇場面不大，但氣魄雄偉；人物雖
多，然而個個栩栩如生，呼之欲出。」[6]是獨幕劇的精品。

　　施蟄存1945年從英譯本轉譯匈牙利現代戲劇家弗朗茨・莫爾那的
《丈夫與情人》，英譯本有一個副標題：《對話十九篇》，其實是
十九篇獨幕劇。莫爾那是施蟄存非常喜歡的歐洲作家之一，他的戲劇
和小說的英譯本，施蟄存總是見到即買。施蟄存說：「莫爾那是著名
的喜劇家，這十九篇雖然被英譯者題為『對話』，實在卻是一種小喜
劇。在《幕下》這一篇的開頭，讀者可以看到作者說：『這是一個小
小的素描，我本想題為「一個編劇法的研究」，但這樣一來，好像有
點妄自尊大了。』是的，不單是《幕下》一篇，差不多全體都是一種
喜劇的素描。這是作者的緒餘，然而很可以供給學習喜劇寫作者做參
考。」[7]這段話表明了施蟄存翻譯戲劇的目的，是為了中國戲劇家的
學習和提高。莫爾那的這十九個小喜劇，題材大多是歐洲資產階級浮
華社會中的男女戀愛糾紛。幾乎每個女人都有丈夫，也有情人。作者

---

[5]　施蟄存：《外國獨幕劇選・引言》（上），《北山散文集》（二），第
　　1322頁。
[6]　施蟄存：《海爾曼・蘇特曼〈戴亞王〉題記》，《北山散文集》（二），
　　第1338頁。
[7]　施蟄存：《〈丈夫和情人〉初版引言》，《北山散文集》（二），第
　　1221頁。

深刻地觀察了這些三角戀愛關係中反映出來的世態人情,寫出了許多
極有趣味的小喜劇素描。施蟄存還說:「我把這個譯本第一先供獻給
習作喜劇的人。這十九篇對話的內容,差不多全是關於戀愛的,而喜
劇並不是必須都以戀愛為題材。這我知道。但是我覺得,人們在戀愛
的時候,似乎最能說幾句聰明話,也可以說,惟有愛情最能引出人的
聰明話來。然則大多數世界著名的喜劇之所以都是愛情劇,其理由亦
可知矣。喜劇的習作者,如果不能就一個愛情的場面中發揮其聰明的
辭令與詭譎的波折,則對於其他的題材,似乎亦可以無庸嘗試了。其
次我要把這個譯本供獻給正在戀愛,或將要戀愛,或已經戀愛過而遭
遇到困難的人。這理由很簡單,因為我對於作者的極敏銳,極深刻,
極諷刺的戀愛心理學,差不多可以說是完全贊同的。雖然這裡多半是
中年人的戀愛心理,但舉一反三,即使是青年人也未始不可以從此沾
受到一盒膏馥。」[8]施蟄存尤其向讀者推薦的,是莫爾那筆下的諷刺
性,「十九篇的題材,雖然大多關於三角戀愛,但是幾乎每篇中都有
尖銳的諷刺。《神聖而高尚的藝術》,就是最明顯的例子。」[9]施蟄
存之後選擇的翻譯劇目,都是以資借鑒為目的。

施蟄存在詩歌翻譯上做了大量的工作,他從1928年便開始翻譯英
國和美國意象派詩。抗戰期間,在長汀廈門大學翻譯希臘詩。抗戰勝
利後回到上海,翻譯波蘭詩。20世紀50年代翻譯西班牙詩。60年代,
翻譯法國和比利時的象徵派詩。80年代又翻譯丹麥詩。施蟄存按照他
譯詩的歷程編定《域外詩抄》,作為他譯詩經驗的里程碑。《域外詩
抄》八輯,有英國、美國、古希臘、波蘭、西班牙、法國、比利時、
丹麥等國的詩。

從施蟄存翻譯的《英國詩抄》裡,可以看出施蟄存對現代英國
詩,特別有興趣的是葉芝和戴微思。葉芝是愛爾蘭人,不僅是愛爾蘭
的大詩人,也是英國現代最有名的詩人。他曾獲得1923年的諾貝爾文

學獎，因此他的名望就屬於世界性的。他是愛爾蘭民族文化復興運動的宣導人。他的詩和詩劇，很多運用愛爾蘭神話和民間故事作題材，寫成一種幽深冷峭的抒情詩。戴微思出身貧苦，做過乞丐，可是有天賦的詩才，痛苦的生活經驗。他的詩是地道的流浪人之歌，抒情味很濃厚，而其中所反映的社會現實，使讀者沉思反省。流利甜蜜的詩中，有人生的苦味。

《美國詩抄》裡有49首美國現代詩，是15位詩人的作品。施蟄存把他們按流派或風格編次。從龐德到愛肯這5位詩人都是意象派詩人。1920年興起於英美詩壇的意象派詩，可以認為是法國象徵派的餘波，但他們的理論和創作手法已和象徵派大有距離了。他們的表現手法已放棄抽象而近於實體，但又不是實體本身，而是表現了對某一實體的印象。龐德是美國現代詩的領袖。他和艾略特齊名。艾略特於1927年入英國籍，於是龐德成為唯一的美國大詩人。可惜他在第二次世界大戰中，為墨索里尼作廣播宣傳，成為一個汙點。龐德的詩，受希臘和東方詩的影響很大。他有古典文學的傳統，也有東方文化的傳統。他早期的詩，意境極為深刻。羅惠爾是一位女詩人。她受日本和中國詩的影響最大。她的詩宛如一幅古畫，但畫的是現代人物，現代風景和現代都市。她創造了一種「多音散文」，其實就是散文詩。集中的15位現代美國詩人，可以說反映了當時美國詩壇的面貌。

《波蘭詩抄》譯自1936年加拿大溫尼伯城波蘭書店出版的《波蘭抒情詩金庫》，這本詩集可以認為是波蘭抒情詩的精粹。施蟄存認為，波蘭是個多難之邦，幾個世紀以來，一向為東西兩大強鄰所侵佔和統治。波蘭文學的主題，大多數是為祖國爭取獨立自由。無論是抒寫愛情，表現人生哲學，吟詠風景季節，貫串在大多數詩中的，仍是愛國主義的呼聲。

法國是歐洲文藝的王國。詩這一方面，從中世紀的傳奇詩，19世紀的浪漫派、象徵派，到20世紀的立體派、超現實派，無一不是發祥於法國。如果我們用世界的宏觀來欣賞詩，法國詩是應當首先注意的。施蟄存在20世紀60年代因錯劃右派禁錮在華東師範大學中文系資料室工作，他利用晚上的時間每天譯一點，陸續譯了近百首法國象徵

派詩。但大多在文化大革命中被抄走。直到1986年由中文系新任領導從文史樓的廁所旁邊一間堆置清潔衛生工具的小房間中找到。施蟄存選編了14位詩人的84首詩編成《法國詩抄》。施蟄存說：「他們的詩，占了19世紀後半期到20世紀初的六七十年，是象徵主義詩風的全盛時代。不過，所謂象徵派，也只是一個概括性的文學流派名詞。在其早期與後期，在這位詩人與另一位詩人之間，他們的風格、題材、情緒、觀念和表現方法，都各有不同。我這裡選擇的八十四首詩，可以認為都是有代表性的，雖然從整個時期的大量詩作中來吸取，這只是滄海一粟，嘗鼎一臠而已。」[10]

《丹麥詩抄》譯自英譯本《當代丹麥詩選》，這本詩集代表了一百多年來的丹麥詩壇。丹麥詩的情況，大概也和歐洲其他幾個小國家一樣，在19世紀的最後30年間，當法國象徵主義詩派風靡一時之際，丹麥也出現了一些直接或間接受到影響的詩人。20世紀初，美國詩人惠特曼的影響滲進了丹麥。在兩次大戰中間，德國的表現主義和法國的超現實主義在丹麥都有了追隨者。丹麥當代有一部分詩人是馬克思主義的社會學者或政治活動家，他們詩歌的題材，顯然反映了社會批判或階級批判。從詩的形式來看，絕大多數詩人採用自由詩的形式。20世紀30年代以後的詩人，也已採用了斷片式的表現方法，這些詩因此不易瞭解。也有幾首詩，用圖像及文字構成的圖案來表現，由此更可以見到從立體主義到超現實主義這一段時期法國詩人阿保里奈爾的影響。施蟄存選譯了7個詩人的18首詩，在施蟄存之前，從來沒有人翻譯過丹麥詩。

施蟄存肯定譯詩對中國新詩的影響，他認為，我們的新詩在很大成分上擺脫舊詩的拘束，是翻譯詩的功勞。他說：「現在我們的新詩，在很大成分上已擺脫了舊詩的拘束，而分別和外國的詩壇合轍了。英、美、德、法、俄羅斯和蘇聯，乃至日本，這些國家的近代詩人，對我們的新詩人都有過影響。」[11]施蟄存譯英、美、法、比四國

[10] 施蟄存：《域外詩抄‧譯後記》，《北山散文集》（二），第1311頁。
[11] 施蟄存：《域外詩抄‧序引》，《北山散文集》（二），第1309頁。

的詩是從原文譯的，但譯古希臘、波蘭、西班牙、丹麥諸國的詩，多從英譯本中轉譯。對外國詩，特別是轉譯的外國詩，施蟄存要求自己最忠實地譯出詩意，讓不懂外文的讀者，可以借此瞭解一點外國詩人的思想、感情的表現方法。施蟄存不主張為了照顧到原詩的音節和押韻法而失去詩意；也不贊同為了保存原詩的詩意結構或語法結構而一行一行地直譯。他以為一首詩的美，存在於四個方面：音節、韻法、辭藻、詩意。前面三項都屬於語言文字，是無法翻譯的。翻譯外國詩，只能要求最忠實地譯出其詩意。施蟄存希望譯詩能做到傳達原意。

　　施蟄存是將《域外文人日記抄》作為美文翻譯的。一九三四年，上海天馬書店主持人計畫出版兩本日記文選，一本是中國人的日記選，一本是外國人的日記選。施蟄存覺得這一選題很有意義，他認為在新文學的園地中，應該提倡一下散文。於是擔任了《域外文人日記抄》的編譯工作。施蟄存說，日記的特色是沒有預備給別人看的，是最最個人的，當然也更真實。它不要闡釋，不要刻畫，但是我們在中外名家的日記中，往往看到寥寥的數語，實在已盡了闡釋與刻畫的能事；作者無意於求工，但在簡約質樸中能感覺到卓越的雋味。因此也更精緻。施蟄存翻譯迦桑諾伐的回憶錄《寶玲小姐憶語》也在於它的真實與精緻，而且實在是一部健全的講究生活之藝術的書。

　　施蟄存的翻譯工作的特點很值得給予總結：一、在譯本上加批點、題辭或序跋，以闡發原作者的藝術手法和思想意義。二、譯文通俗、質樸，避免近代譯文的雅辭麗語。近代翻譯家嚴復要求譯文：信、達、雅，寧可失真，也要行文欲求爾雅。林紓反對「引車賣漿之徒」的語言，碰到不雅的語言和事情，是「化俗為雅」，無法「化」的，就乾脆刪去了。施蟄存認為這是國際翻譯界沒有的現象，中國翻譯界應力求避免。三、譯文完整。施蟄存認為有些譯者遇到原文難解的章節，就跳過去不譯，是對翻譯工作不負責任的態度。施蟄存的譯文，盡量不失原意，保持了原文的本來面目。四、譯文中的人物名稱統一，避免了以前翻譯作品譯名的對音不正確、不統一的現象。翻譯作品的書名保持了原書名的含義。

第二節　引進弱小國家的作品，注重自強不息的精神

施蟄存的翻譯作品在內容上，注意的是外國弱小民族的文學。施蟄存認為，這些作品中的民族意識、國家觀念、民主主義思想，能迅速地啟發廣大人民的意志，讓「自由、平等、博愛」的精神深入人心。

施蟄存重視無產階級作家作品的翻譯，施蟄存翻譯了丹麥無產階級作家馬丁・安德遜・尼克索的長篇巨著《征服者貝萊》一至四卷。施蟄存認為馬丁・安德遜・尼克索不僅是丹麥無產階級的作家，也不但是我們──社會主義和新民主主義國家的人民──的作家，而且也是全世界無產階級和愛好和平的進步人民所共同擁有的、所一致尊敬的偉大作家。

馬丁・安德遜・尼克索是一個勞動人民的忠誠的衛護者，他終身為反對資本主義加在勞動人民身上的枷鎖，反對法西斯強盜對勞動人民的迫害，為勞動人民爭取自由和幸福而奮鬥。

《征服者貝萊》是四個長篇小說的總名，第一卷《童年》，第二卷《學徒生活》，第三卷《大鬥爭》，第四卷《黎明》。尼克索在這部小說裡完全擺脫了自然主義的影響而真正走上了現實主義的道路。這部小說反映從1880到1890年丹麥工人階級的生活與鬥爭，是這一時期丹麥無產階級的史詩。施蟄存說：「馬丁・安德遜・尼克索，這位在全世界勞動人民中間獲得了光榮名譽的作家，他的一生是忘我地為人民利益而努力的一個典範，一個我們所應該學習的最好的典範。」[12]

施蟄存更注重譯作中頑強的鬥爭精神，他翻譯保加利亞作家伊凡・伐佐夫的小說《軛下》，一方面因為保加利亞人民發揚高度的民族自覺，起來與土耳其統治者鬥爭；一方面因為伊凡・伐佐夫是保加利亞民族文學的最偉大的建設者。施蟄存後來在給保加利亞的學者巴佐娃的信裡說：「伊凡・伐佐夫是一位偉大的作家。他的《軛下》是

---

[12] 施蟄存：《馬丁・安德遜・尼克索》，《北山散文集》（二），第975頁。

一部偉大的小說。凡是一部偉大的作品，無論是哪一國的，首先必須具有崇高的思想內容，其次，必須具有動人的藝術魅力。《軛下》的思想內容是鼓動人民擺脫土耳其的羈軛，爭取民族解放和民族獨立。這是一部發揚民族主義、愛國主義的作品。如果說，愛情是人的文學的永久主題，那麼，愛國主義、民族主義就是一切被侵略、被壓迫民族文學的永久主題。《軛下》非但深深地感動了你們的人民，同樣也深深地感動了我和我的讀者。……這樣好的一部文學作品，我怎麼能放過不譯呢？」[13]

　　施蟄存從海爾曼‧蘇特曼的獨幕劇《戴亞王》中，看到作者在一個古代戈特人的英勇國王戴亞的悲劇史實裡表現了生與死的意義，面臨饑餓、圍困，身先士卒，英勇戰鬥。施蟄存引用了美國梅佑教授在《蘇特曼論》中的一句話點出這個劇本的主題：「只有當我們敢於從容不迫地面對死神，我們才能覺得生命之豐富，才能擁有一切生存之可能性。」[14]作品不僅寫了戴亞的寧死不屈的英雄性格，而且通過心理分析寫他的內心矛盾和弱點，以此豐富了戴亞的個性特徵，襯托了戴亞的性格成長和精神昇華。

　　施蟄存的譯作，注重其現實意義，他1945年翻譯波蘭作家亨利‧顯克微支的《勝利者巴爾代克》，是因為作者以極幽默的筆法把巴爾代克這個參加過普法戰役的英雄，描寫成一個狼狽不堪的人物，「使我們不期然而然的會連想到近年來我國的一些與巴爾代克差不多的為虎作倀的人物。我覺得顯克微支的揶揄巴爾代克，正好替我們揶揄了這一批中國的巴爾代克。」[15]亨利‧顯克微支不單是波蘭文學史上的一顆大星，而且還應得在世界文學史佔據重要的一章。施蟄存翻譯的《勝利者巴爾代克》等，是他最精緻的作品。

　　施蟄存翻譯美國詩人桑德堡的詩，是因為他的詩，不但描寫出大眾生活的諸種形象，而且還洩露著一種革命的情緒。他詠芝加哥是「世界的宰豬場」，是「邪惡」的、「不正」的、「野蠻」的都市。

[13]　施蟄存：《致巴佐娃》，《北山散文集》（二），第1815頁。
[14]　施蟄存：《戴亞王‧譯後記》，《北山散文集》（二），第1206頁。
[15]　施蟄存：《勝利者巴爾代克》，《北山散文集》（二），第1229頁

施蟄存說「他首創了描繪現代化大都市的詩，辛辣地諷刺甚至咒詛資本主義制度對勞動人民的殘酷無情，同時又歌頌機器創造的現代物質文明。」[16]

在這些翻譯作品中，體現出來的是施蟄存的人文意識和民主主義思想，是社會責任感，是對「五四」精神的繼承和發展。

第三節　廣泛引進各種創作方法，追新求異關注現代主義文學

施蟄存在創作上的新路徑，源於他在翻譯上的追新求異，他關注得最多的是具有現代主義色彩的作品。

19世紀的最後30年，法國象徵主義詩派風靡一時，施蟄存說：「資本主義國家的文學藝術，向來以法國為中心，近代文學上的許多新傾向、新流派，大多起源於法國。法國是一個民主生活自由思想傳統悠久的國家，一個文化水準較高的國家，也是一個資本主義文化發達的國家。第一次世界大戰結束後，法國的文學藝術已經開始背叛一切基於舊事物、舊哲學的傳統觀念，產生了達達主義、立體主義以及超現實主義，戰後又風行過薩特的存在主義。」[17]施蟄存在1928年開始從原文讀法國詩，並且特別喜歡波特賴爾、魏爾倫的象徵詩。施蟄存還翻譯英美意象派詩人的詩，如勞倫斯。勞倫斯是英國現代派的著名詩人和小說家。他的小說《查泰萊夫人的情人》最初被英國當局禁止出版，只能在法國印行。他的詩也屬於意象派。美國的龐德、羅蕙爾、弗萊丘、杜立德爾、愛肯都是意象派詩人。20世紀30年代的中國現代詩人很多受外國意象派詩的影響，戴望舒是中國現代意象派詩的代表詩人。

在小說方面，施蟄存最關注的是奧地利作家顯尼志勒，對顯尼志勒心理分析小說的翻譯，不僅影響著施蟄存自己創作，而且培植和扶

16　施蟄存：《域外詩抄·譯後記》，《北山散文集》（二），第1314頁。
17　施蟄存：《外國獨幕劇選·引言》（下），《北山散文集》（二），第1329頁。

植其他心理分析小說家。

　　施蟄存翻譯的戲劇作品，也注意其現代主義色彩。第一次大戰以後，從西歐開始，產生了許多新的文藝思潮和文藝流派，立體派，意象派，未來派，表現派，超現實派，荒誕派等等。它們波及到世界各國，使各國的文藝都在不同程度上受到影響，戲劇也受到衝擊。新的文藝流派，使戲劇在表現方法和演出技術方面起了很大的變化。許多劇本的結構，人物性格的表現，劇情開展的邏輯，舞台設計的形象與氣氛，都突破了舊的傳統，使觀眾耳目一新。德國的漢斯・格羅斯的戲劇《明天的戰爭》，故事設想很荒誕，作品描寫一個隱隱代表納粹哲學的狂熱信從者，他千里迢迢奔回祖國來參加戰鬥，他遇到的是女人和孩子。原來殘酷的毒氣戰爭已把這個世界顛倒了，前方反而安全，後方倒是前線。女人孩子都在戰壕裡，男人反而耽在家裡。美國的歐汶・蕭的戲劇《陣亡士兵拒葬記》，也是一部荒誕劇，作者運用死者拒葬這一怪誕的戲劇表現手法，憤怒控訴了帝國主義戰爭的殘酷性和欺騙性。陣亡士兵拒葬這一怪誕的表現手法不僅有助於劇情的縱向展開，而且直接加強了作品的深度和藝術感染力。作者運用虛實相間的筆法，很好地開拓了戲劇意境。施蟄存翻譯這些戲劇，是認識到它們所具有的哲學意義和新穎的藝術手法。

　　施蟄存也多翻譯以心理描寫為主的戲劇作品，如捷克的耶・荷爾赫列支基的戲劇《見證》，在刻劃人物矛盾的複雜心理方面頗具匠心。對女主人公的性格、心理作了精彩的描述。蘇特曼的劇作，也注重從心理方面去觀察，往往構成精彩深刻的情節。

　　施蟄存除翻譯具有現代主義色彩的作品外，也有像挪威作家克納脫・哈姆生的小說《戀愛三味》那樣有著樸訥的風格、獨特的修辭和北國的感傷，充滿著北歐所特有的情調的浪漫主義的小品。也有西班牙現代戲劇家西愛拉的戲劇《情人》那樣顯著的牧歌風味。也有英國詩人葉芝運用愛爾蘭的神話和民間故事作題材，寫出的一種幽深冷峭的抒情詩。

　　作為一個翻譯家，施蟄存為中國文學的發展和壯大，努力工作了一個世紀。

施蟄存翻譯著作目錄：

1. 《俄國小說集》，現代書局1928年版。

2. 《法蘭西小說集》（1）（2），現代書局1928版。

3. 《劫後英雄》（小說），（英國）司各特，上海中華書局1929年。

4. 《多情的寡婦》（小說），（奧地利）顯尼志勒，上海嘗志書屋
   1929年。

5. 《一九〇二級》（小說），（德）格萊賽，東華書局1930年。

6. 《意賽爾》（小說），（英國）勞倫斯，《小說月報》1930年9月。

7. 《十日談選》（小說），（義大利）卜迦丘，上海大光書局，
   1930年。

8. 《魏琪爾》（理論），（羅馬）魏爾，商務印書館，1931年。

9. 《婦心三部曲》（小說），（奧地利）顯尼志勒，上海神州國光
   社，1931年。

10. 同時譯有顯尼志勒的小說《維也納牧歌》、《喀桑諾伐之回
    家》、《狂想曲》三種未出版。

11. 《新的浪漫主義》（理論），（英）赫克思萊，《現代》1卷5期
    （1932年7月）。

12. 《鑰匙》（戲劇），（匈牙利）莫爾那，《現代》1933年。

13. 作《芝加哥詩人桑德堡》譯桑德堡詩四首，刊於1933年《現代》3
    卷1期。

14. 《深淵》（小說），（西班牙）巴羅哈，刊於1933年《現代》3卷
    2期。

15. 《戀愛三味》（小說），（挪威）哈姆生，上海光華書局，1933年。

16. 《詩歌往哪裡去？》，（美）陶逸志，刊於《現代》5卷2期。

17. 《域外文人日記抄》，（英）曼殊斐兒等，上海天馬書店1934年。

18. 《瑞士頂禮》（小說），（美）海明威，刊於1934年《現代》5卷6
    期《現代美國文學專號》。

19. 《現代美國詩抄》（三十首），刊於1934年《現代》5卷6期《現代
    美國文學專號》。

20. 《寶玲小姐憶語》（回憶錄），（義大利）迦桑諾伐《我們為什麼要讀詩》，（美國）羅蕙兒，刊於《讀書於出版》1935年2期。

21. 《今日之藝術》（理論），（美）里德，上海商務印書館1935年。

22. 《十日談選》（小說），（意）卜迦丘，上海大光書局1935年。

23. 《匈牙利短篇小說集》，上海商務印書館1936年。

24. 《波蘭短篇小說集》，上海商務印書館1936年。

25. 《葉賽寧底悲劇》刊於《新詩》，1936年2卷1期。

26. 《薄命的戴麗莎》（小說），（奧地利）顯尼志勒，上海中華書局1937年。

27. 《鄙棄的日子》（小說），（法）馬爾洛，1940年7－8月在《星島日報》連載。

28. 《孤零》（《蓓爾達夫人》），（奧地利）顯尼志勒，上海言行社1941年重版。

29. 《女難》（《愛爾賽小姐》），（奧地利）顯尼志勒，上海言行社1941年重版。

30. 《自殺之前》（原譯名《中尉哥斯脫爾》刊於《東方雜誌》），（奧地利）顯尼志勒，上海十日談社1944年。

31. 《私戀》（《毗亞特麗思》），（奧地利）顯尼志勒，上海言行社1944年重版。

32. 《老古董俱樂部》（歐洲短篇小說集），上海十日談社，1945年，1948年改名《稱心如意》上海正言出版社。

33. 《愛爾賽之死》（小說），（奧地利）顯尼志勒，南亞復興出版社1945年。

34. 《勝利者巴爾代克》（小說），（波蘭）顯克微支，上海十日談社1945年。

35. 《戴亞王》（戲劇），（德）蘇德曼，上海十日談社1945年。

36. 《丈夫與情人》（戲劇），（匈牙利）莫爾納，上海十日談社1945年。

37. 《情人》（戲劇），（西班牙）西愛拉，1946年。

38. 《小酒點的一夜》（戲劇），（英國）鄧珊奈、《見證》（戲

劇），（捷克）耶・荷爾赫列支基、《馬戲團員》（戲劇），
（荷蘭）海爾曼・海裘曼、《明天的戰爭》（戲劇），（德國）
漢斯・格羅斯、《陣亡士兵拒葬記》（戲劇），（美國）歐汶・
蕭（以上六個戲劇都收入《外國獨幕劇選》。

39. 《春日》（散文），（美國）羅蕙兒，1947年4月刊於《遠風》。

40. 《稱心如意》（小說），（保加利亞等）上海正言出版社1948年。

41. 《勝利者巴爾代克》（小說），（波蘭）顯克微支，上海正言出
版社1948年。

42. 《漁人》（小說），（俄國）格列伐洛維琪，上海文化工作社
1951年。

43. 《拉丁美洲底詩歌》，（俄國）凱林。

44. 《軛下》（小說），（保加利亞）伐佐夫，上海文化工作社1952年。

45. 《榮譽》（小說），（蘇聯）巴希洛夫，上海文化工作社1952年。

46. 《第九個浪頭》（小說），（蘇聯）愛倫堡，（與他人合作），
上海文化工作社1953年。

47. 《火炬》（小說），（匈牙利）莫列支，上海國際文化服務社
1953年。

48. 《顯克微支短篇小說集》（與他人合作），北京作家出版社
1955年。

49. 《尼克索短篇小說集》，上海文藝聯合出版社1955年。

50. 《征服者貝萊》第一卷（小說），（丹麥）尼克索，北京作家出
版社1956年。

51. 《智慧帽》（兒童故事集），（以色列）羅絲・吳爾，上海少年
兒童出版社1956年。

52. 《雷蒙特短篇小說集》，作家出版社1956年。

53. 《征服者貝萊》第二卷（小說），（丹麥）尼克索，北京作家出
版社1957年。

54. 《天使英雄》（1957年已排版，因被錯劃為右派而撤除。）

55. 《窯子》，（俄國）科普林（1957年譯完未出版）。

56. 《征服者貝萊》第三卷（小說），（丹麥）尼克索，人民文學

出版社1958年。《征服者貝萊》第四卷（小說），（丹麥）尼克索，人民文學出版社1959年。

57.翻譯《尼日爾史》第二部分《古代尼日爾》，上海人民文學出版社1977年。

58.《雅士及其他》，（法國）裴爾特朗，1979年10月刊於《海洋文藝》。

59.《法國散文詩十篇》1960年代翻譯，1979、1980年刊於《海洋文藝》。

60.《為了麵包》（小說），（波蘭）顯克微支，貴州人民出版社1982年。

61.《愛人的禮物》（詩歌60首），（印度）泰戈爾，1983年刊於《外國文學》。

62.《域外詩抄》第一輯（英國詩40首），1928年——1935年間所譯。

63.《域外詩抄》第二輯（美國詩49首），1928年——1935年間所譯。

64.《域外詩抄》第三輯（古希臘詩），1941年譯。

65.《域外詩抄》第四輯（波蘭詩17首），1946年譯。

66.《域外詩抄》第五輯（西班牙詩），1951年譯。

67.《域外詩抄》第六輯（法國詩84首），1928年——1961年譯。

68.《域外詩抄》第七輯（比利時），1961年譯。

69.《域外詩抄》第八輯（丹麥18首）1986年譯，全部詩抄於1986年由湖南人民出版社出版。

70.《間諜和賣國賊——第二次世界大戰間諜史話》，（美國）庫爾特・辛格（與人合作），浙江人民出版社1987年。

71.編譯《外國獨幕劇選》第一集（與人合作），上海文藝出版社，1981年。

72.編譯《外國獨幕劇選》第二集（與人合作），上海文藝出版社，1982年。

73.編譯《外國獨幕劇選》第三集，上海文藝出版社，1983年。

74.編譯《外國獨幕劇選》第四集，上海文藝出版社，1986年。

75.編譯《外國獨幕劇選》第五集，上海文藝出版社，1992年。

76.編譯《外國獨幕劇選》第六集，上海文藝出版社，1992年。

77.1989年主編《翻譯文學集》（全三卷50萬字），1990年——1992年，上海書店出版。

第六章　在傳統與現代、政治與藝術之間
——施蟄存的選擇與困惑

　　施蟄存近一個世紀的生命歷程，見證了中國現代文學一個世紀的歷程，施蟄存不僅是中國現代文學發生、發展和演變的見證人，而且是中國現代文學發生、發展和演變的實踐者和創造者。

　　他說：「我的一生開了四扇窗子。第一扇是文學創作，第二扇是外國文學翻譯，另外則是中國古典文學與碑版文物研究兩扇窗子。」[1]他的現代主義文學創作，以及對現代派文學的推崇，創造了中國的一支現代派文學，使中國現代文學走出了現實主義一統天下的格局，從而形成：現實主義、浪漫主義、現代主義三足鼎立的局面。

　　施蟄存的可貴之處，是他的求新求異、不隨大流的性格特徵，和頂住來自各方面的壓力獨闢蹊徑的執著精神。施蟄存對文學的追求，注重的是藝術的探索，不論是創作，是編輯，是翻譯，施蟄存重視的是對最新興的創作方法的引進和嘗試，是以前從未有過的東西，是開天闢地的創造。

　　施蟄存是中國20世紀30年代的現代派代表作家。但施蟄存並沒有成為「中國現代派小說」大師級作家，究其原因，有著內在和外在兩個方面的因素。施蟄存等「自由思想者之群」源於對純美藝術的追求，企圖探索一條獨特的屬於自己的新路徑，做了一些艱難的嘗試，並初見成效。但是，當時文壇的情形是：「普羅文學運動的巨潮震撼了中國文壇。」[2]施蟄存的現代主義探索是遠離當時文學主流的，是與當時的國情民情不相適宜的，因此，施蟄存受到了左翼作家的批評，並戴上了「新感覺派」的帽子。在這種情形下，施蟄存曾經轉變了，這「轉變」雖然一方面是迫於外在的壓力，另一方面也因施蟄存

---

[1]　施蟄存：《我一生開了四扇窗子》，《書訊報》1985年11月5日。

[2]　施蟄存：《我的創作生活之歷程》，《燈下集》，開明出版社1994年版，第55頁。

自身的思想矛盾所致，是他在傳統與現代、政治與藝術之間的艱難選擇的結果。然而，正是這個選擇，卻使中國現代派小說至今仍處於未完成型。

第一節 「五四」精神的繼承和發展

當人們津津樂道中國20世紀30年代文學是「五四」新文學精神的繼承和發展、與五四文學相比有著巨大的進步並且日臻成熟和繁榮的時候，往往會忽略了20世紀30年代的主流文學已由五四時期的多元統一格局走向簡單劃一的固定模式的現象。20世紀30年代的文學，不僅失去了五四時期空前的豐富性和多樣性，而且失去文學自身的個性和文學作者的個性。相比起來，五四文學反倒因為沒有20世紀30年代文學的「成熟」和「規範」，而更顯現出它的寬容和開放。所以，五四時期的作家能夠在開放和寬鬆的環境中自由的翱翔，20世紀30年代文壇相對劃一的集團意識阻礙了文學的個性解放，當然也就阻礙了施蟄存這樣的「自由思想者」的「獨闢蹊徑」的探索。

「五四」的一代，是「由舊社會走出，身上滿帶著蛻變的痕跡，直接承受著『過渡時代』的矛盾與痛苦，並為這歷史交接、文化更替付出了巨大的個人代價的一代。」[3]是魯迅所說的肩著黑暗閘門的一代。這一代人給中國吹進了「新」的氣息，使中國人從黑暗中驚醒，使中國文人意識到舊文學必須由新文學代替。施蟄存說：「一九一七年，胡適博士從美國回來，擔任北京大學教授。他立即倡導一個文學改良運動。這是一次針對傳統的封建文學的革命行動。經過熱烈的宣傳、辯論的嘗試，這一次文學革命結束了中國舊文學，創造了中國的新文學。在思想、形式和語言方面，以民主主義思想清除了封建思想，以西方文學形式代替了舊傳統文學形式，以人民的口語代替了傳統的文言，這就是『新』的意義。」[4]施蟄存是「五四」的一代付出

3 趙園：《郁達夫：在歷史矛盾與文化衝突之間》，《論小說十家》，浙江文藝出版社1987年版。
4 施蟄存：《英譯本〈梅雨之夕〉序言》，《北山散文集》（二），第

巨大的個人代價之後的受益者，「五四」一代人的人生理想與美學理想，是必須由下一代人去實現、去完成的，施蟄存正是「五四」精神的繼承者和實踐者。施蟄存認為，他作為新文學運動的第二代作家，不論是他的創作，還是他的編輯工作，都是對「五四」精神的繼承，他說：「我現在主張兩個字：『續斷』——繼續『五四』以來那個斷掉了的傳統。」[5]這就是施蟄存長達八十多年的文學工作和文化工作的宗旨和意義，這正是施蟄存的社會責任感和文學事業心的體現。他想將社會責任感與個人的文學追求結合起來，然而，這個結合是異常艱難的。

　　施蟄存的突出特點就是他的創造精神，不論是文學創作還是編輯工作，他都不願意走別人走過的路，他的口號是「另闢蹊徑」，當人們都習慣了中國傳統的表現方式時，他標新立異地運用現代主義表現手法；當左翼文學成為當時的文學主潮時，他卻偏離文學主潮，搞心理分析和魔幻色彩。艾略特在談到「什麼是經典作品」時，說出了在共同文體標準下另闢蹊徑的意義：「當這種關於共同文體的標準存在時，希望獨創的作家就不得不進行更細緻的思考了。在明確、適當的限度內進行獨創，要比隨心所欲或者首先要求與眾不同的創作需要更大的才華和更多的勞動。」[6]施蟄存是一個有才華並勤奮的人，他一輩子都在做著「獨創」的工作。

　　「五四」精神強調「人」的解放，「人性」的解放，高舉「民主」、「科學」的大旗，張揚「現代」意識等等。魯迅說：「最初，文學革命者的要求是人性的解放。」[7]郁達夫說：「五四運動的最大的成功，第一要算『個人』的發見。」[8]但是，20世紀30年代的主

　　1470頁。
[5]　施蟄存：《中外文化交融的「斷」與「續」》，《沙上的腳跡》，遼寧教育出版社1995年版，第159頁。
[6]　艾略特：《艾略特詩學文集》，國際文化出版公司1989年版，第233頁。
[7]　魯迅：《〈草腳鞋〉小引》，《魯迅全集》第6卷，人民文學出版社2005年版，第21頁。
[8]　郁達夫：《〈中國新文學大系·散文二集〉導言》，《中國新文學大系·散文二集》，上海文藝出版社2003年版，第5頁。

流文學卻是強調集體意識，謀求社會解放，主張文學為革命服務，從而忽略了人性的解放。施蟄存寫小說一方面是為了「發掘出一點人性」[9]，一方面是為了探索「現代」，獨闢蹊徑，在創作中求新求異。正是施蟄存的「獨創」精神，才使中國20世紀30年代文學在主流文學的簡單劃一的情形之外，還出現了另一道景觀。使五四文學的生動性、多樣性不至於在大量革命文學的審美選擇趨同的「極端化」影響下而消失殆盡。

施蟄存對「五四」精神的繼承，以及他在文學上的追求，在當時並沒有引起人們的重視。他的追求，因偏離主流文學而受到左翼作家批判，之後，就是漫長的銷聲匿跡。新時期以來，雖然出現了施蟄存「想不到」的「忽又走紅」[10]，但人們關注的也僅限於他那些遠離當時主流文學的現代派小說的現代主義特徵，從沒有人關注他強烈的社會責任感和他對「五四」精神的繼承和發揚，以及他對中國現代文學所作的貢獻。當然，更沒有人注意他在傳統與現代，政治與藝術之間所作出的艱難選擇，以及因選擇而承受的痛苦和付出的代價。

施蟄存是隨著五四新文化運動的潮流而步入文壇的。雖然他在這之前已經讀了很多古書，並嘗試著寫舊體詩。但是五四新文化運動把他引進一個嶄新的天地，他讀《新青年》，讀《嘗試集》，通過胡適倡文學改良，陳獨秀倡文學革命，他懂得了什麼是封建主義、民主主義、自由主義、帝國主義這許多新名詞。

施蟄存說，在早期的新文學運動中，創造社給他的影響是很大的。同時，沈雁冰主編的革新了的《小說月報》發表了許多俄國小說的翻譯，這些新小說也深深地影響了施蟄存。

五四新文化運動對西歐、東歐各國文學、文化的廣泛宣傳和引進，擴大了作家學者的視野，使他們看到了文學創作的廣闊天地。魯迅先生還不無偏激地說：「我以為要少——或者不——看中國書，多看外國書。」[11]施蟄存正是這種精神的努力實踐者。他廢寢忘食地閱

9　施蟄存：《關於〈黃心大師〉》，《北山散文集》（二），第955頁。
10　施蟄存：1991年9月8日給筆者信。
11　魯迅：《青年必讀書》，《魯迅全集》第3卷，人民文學出版社2005年

讀外國文學作品，在當時文藝書很貧乏的情況下，他通宵達旦地選抄
《英國詩選》和《世界短篇小說選》。因為他的英語、法語基礎好，
他直接閱讀原著，從而接觸到外國文學豐富多彩的文學作品和文學流
派，施蟄存正是從五四新文學運動中，從外國文學的閱讀中獲得現代
精神、現代意識和現代知識的，並通過他的翻譯、創作、編輯工作將
這種精神傳播開來。

第二節　在傳統與現代之間

　　「五四」新文化運動使施蟄存廣泛地接觸到外國文化和外國文
學，並從中獲得現代精神和現代主義表現手法。他將這些運用於創作
中，創作出獨具一格的現代派小說。

　　施蟄存說：「二十年代末到三十年代初，佛洛伊德的理論在歐
洲很時髦，聲勢浩大，佛吉尼亞・吳爾芙、詹姆斯・喬伊絲都受到他
的影響。中國看外國小說的人們也受到一些影響。當時，榮格的分析
心理學，『格式塔』、『行為主義』等心理學流派，也有介紹，但不
多。比較起來佛洛伊德介紹最多，對文學影響最大。顯尼志勒是佛洛
伊德的好朋友，他運用心理分析的方法進行創作，我最早翻譯他的小
說，所以受到佛洛伊德的一些影響。我的朋友穆時英又受了我的一
些影響，還有黑嬰，我們三個人的創作都採用了心理分析方法。張
東蓀、章士釗、高覺敷等人都有關於佛洛伊德的論述，我以為作為
一種研究，沒有純粹客觀的。一講到文學與心理學的關係，你講你
的，我講我的。一切學問都是這樣，離不開主觀，純客觀境界是沒有
的。」[12]「我到上海後首先接觸的，便是這種心理分析的小說，它從
對人深層內心的分析來說明人的行為，對人的行為的描寫比較深刻。
我學會了他的創作方法。」[13]施蟄存還受到法國怪誕小說的影響，最
有名的是19世紀多列維萊的作品，施蟄存把心理分析與怪誕揉合起

版，第12頁。
[12] 施蟄存：《佛洛伊德在中國・序》，《北山散文集》（二），第1480頁
[13] 施蟄存：《為中國文壇擦亮「現代」的火花》，《沙上的腳跡》，第175頁。

來，在法國稱之為「黑色的魔幻」。因此，施蟄存不僅創作了《梅雨之夕》、《在巴黎大戲院》、《石秀》這樣的心理分析小說，而且創作了心理分析與怪誕揉合起來的《將軍底頭》、《魔道》、《旅舍》、《夜叉》、《凶宅》等荒誕小說，使中國讀者大開眼界。施蟄存說：「三十年代翻譯的外國文學作品很多，有影響的很少。我們中國多數作家不看外國小說的。……創作的人，到現在為止，都不大看外國小說。這是中國知識分子的缺點。和日本是兩樣的。中國寫文學作品的人，受外國影響的很少。即使受影響，也是通過一本書，一知半解的。所以像我寫出來的小說，還有人以為是破天荒，從來沒有看見過。他們不曉得，我是學外國人的。」[14]

施蟄存將對外國文學的借鑒看作是走向「現代」的必經之路，認為沒有對外國文學的借鑒，就不能使中國文學具有現代意識和現代性，施蟄存以沈從文為例說：「一九三三年，他忽然發表了一篇《文學者的態度》，把南北作家分為『海派』和『京派』。讚揚京派而菲薄海派，他自居於京派之列。這篇文章，暴露了他思想認識上的傾向性。」[15]施蟄存認為這個暴露出來的思想認識上的傾向性，就是對現代思想、現代文化的拒絕，「安於接受傳統的中國文化，怯於接受西方文化。他的作品裡，幾乎沒有外國文學的影響。他從未穿過西服，似乎比胡適、梁實秋更為保守。這些情況，使我有時感到，他在紳士派中間，還不是一個洋紳士，而是一個土紳士。」[16]施蟄存對沈從文的評價不一定準確，但他所說的外國文學對中國文學現代性的影響卻是實實在在的。

施蟄存介紹的外國作家，有時並非是一流的作家，但一定是現代的，新潮的作家，他說：「保爾‧莫郎是當時法國的時髦的作家，那時到中國來，所以形成一點風氣。他是法國第二流的作家，但是東西寫得很好，很漂亮，手法很新。」[17]施蟄存在藝術上真正做到了追

14 施蟄存：《為中國文壇擦亮「現代」的火花》，《沙上的腳跡》，第178頁。
15 施蟄存：《滇雲浦雨話從文》，《北山散文集》（一），第365頁。
16 施蟄存：《滇雲浦雨話從文》，《北山散文集》（一），第365頁。
17 施蟄存：《為中國文壇擦亮「現代」的火花》，《沙上的腳跡》，第178頁。

「新」求「異」。

　　當人們用驚異的眼光注視施蟄存小說的現代因素時，往往也會發現他在追新求異過程中同樣對傳統文化有所依戀和顧盼。他對傳統文化的偏好以及傳統文化對他的根深蒂固的影響，同樣在左右著他的文化創造和現代派小說創作。

　　長期以來，人們往往注意現代作家如何受外國文學的影響，很少提及他們從傳統文化中獲取的養料，王瑤先生曾反覆強調「中國現代文學的誕生和發展成熟，則是民族（文學）傳統的現代化和外來（文學）影響的民族化相互結合的產物。」[18]但沒有引起人們的重視。其實，所有的中國現代文學作家，無一例外的都受到中國傳統文學的薰陶和潛移默化的影響。久居中國的美國作家賽珍珠說：「中國新小說的收穫，將是中國的舊小說與西洋小說的結晶品。」[19]所以，即使是現代派作家施蟄存，也是一方面自覺地吸取外國文學的營養，一方面不自覺地受到中國傳統文化的影響，是現代化與民族化的融合。

　　施蟄存是讀古書長大的，他是中國傳統文化的受益者。他說：「讀書七八十年，除了甲骨文還未能讀通之外，從商周金文至先秦諸子，我都能讀通了。」[20]「然而，《論語》、《史記》、《詩經》、《楚辭》之類，我也何止看過七八遍，……」[21]所以，中國傳統文學的表現方式對施蟄存的影響是很大的。這便使他時常對自己的追新求異產生懷疑。他曾在1937年寫的《小說中的對話》一文中就說他「對於西洋式的正格的小說卻有點懷疑起來了，到底它們比章回體，話本體，傳奇體甚至筆記體的小說能多給讀者若干好處呢？曹雪芹描寫一個林黛玉，不會應用心理分析法，也沒有冗繁地記述對話，但林黛玉之心理，林黛玉之談吐，每一個看過紅樓夢的人都能想像得到，揣摩得出。」[22]其實，施蟄存的「追新求異」是在中國傳統文化長期薰

[18] 引自樊駿：《論文學史家王瑤》，《中國現代文學論集》（上），人民文學出版社2006年版，第25頁。

[19] 轉引自朱明的：《談〈子夜〉》，《出版消息》1933年4月。

[20] 施蟄存：《雨窗隨筆》，《北山散文集》（一），第773頁。

[21] 施蟄存：《我的愛讀書》，《北山散文集》（二），第972頁。

[22] 施蟄存：《小說中的對話》，《北山散文集》（一），第493頁。

陶、使之文學功底逐漸完善的基礎上開始的，他的「追新求異」，時時刻刻受到中國傳統文化的制約。這種制約來自兩個方面，一是自身的文化素養的制約，二是讀者欣賞習慣的制約。

施蟄存在《關於〈黃心大師〉》中說：「我不能不承認從前曾經愛好過歐化的白話文體，因為多數從事新文學的人似乎都感到純粹中國式的白話文不容易表現描寫的技巧。但因為近來一方面把西洋小說看得多了，覺得歐式小說中的一部分純客觀的描寫方法，尤其是法國和俄國的寫實派作品，有時竟未免使讀者感覺到沉重和笨拙──可以說是一種智慧的笨拙；一方面又因為重讀唐人傳奇，宋人評話以至明清演義小說，從此中漸漸地覺得它們有一種特點，那就是與前後故事有諧和性的敘述的描寫，易言之，即寓描寫於敘述中的一種文體。中國小說中很少像西洋小說中那樣的整段的客觀的描寫，但其對於讀者的效果，卻並不較遜於西洋小說，或者竟可以說，對於中國的讀者，有時仍然比西洋小說的效果大。我們不能忽略了中國人欣賞文藝作品的傳統習慣，到現在《水滸傳》、《紅樓夢》始終比新文學小說擁有更廣大的讀者群，……」[23]

這種情形給施蟄存帶來一些困惑，也帶來一些思考，怎樣將國外的現代主義方法與中國的傳統手法相結合，使它既是新潮的、現代的、先鋒的，但又是中國的讀者喜聞樂見、欣然接受的。施蟄存其實在這個時候就已經在嘗試創造一個純文學與通俗文學、先鋒文學和大眾文學相結合的道路，這個相結合的道路，中國現代作家從「五四」開始，到現在探討、摸索了近一個世紀的歷程，但看上去仍然收效甚微。而我則以為，施蟄存在20世紀30年代就已經將這種結合達到了一個高峰，迄今沒有人能夠超越。

我們可以看到施蟄存的小說在表現現代思想和現代技巧的時候，是隨時將現代的東西融入中國傳統文化之中。其早期小說集《上元燈》就將心理分析融入江南美麗動人的風俗畫中。楊義在《中國現代小說史》中評價《上元燈》：「上元燈，是東方的燈，它浸染著東方

---

[23] 施蟄存：《關於〈黃心大師〉》，《北山散文集》（二），第953頁。

古老的民間風俗文化的色彩。……《上元燈》集是以風格取勝的，它汲取了西方小說的章法，又能不失東方文學的神韻。」[24]我非常贊同楊義先生對《上元燈》的評價，其實，不僅僅是《上元燈》，即使是施蟄存最具現代主義色彩的小說集《將軍底頭》、《梅雨之夕》，同樣具有東方文學的神韻和中國傳統文化的色彩。大多數評論家多注意這些小說「熱衷於用佛洛伊德精神分析學的眼光，觀察人物的深層心理，尤其是性心理。」[25]而忽略了它們的傳統性，忽略了它們同樣是江南美麗的風俗畫。施蟄存說：「『中國本體』，不能排除吸收外來文化；而吸收外來文化，也不會使中國文化變成全盤的外國文化。」[26]我們在施蟄存的小說中都能看到唐人傳奇，宋人評話以至明清演義小說的痕跡，但又不是純粹中國式的白話文；雖然有對外國現代主義手法的吸收，但又避免法國和俄國寫實派的沉重和笨拙，以及西洋小說中那樣的整段的客觀描寫。

　　集外的《黃心大師》可算施蟄存傳統文化與現代文化相融合、中西創作手法相結合的代表作，是具有中國特色的現代主義小說。他說：「因為我個人有這樣的感覺，所以近一二年來，我曾有意地實驗著想創造一種純中國式的白話文。說是『創造』，其實不免大言誇口，嚴格地說來，或者可以說是評話、傳奇和演義諸種文體的融合。我希望用這種理想中的純中國式的白話文來寫新小說，一面排除舊小說中的俗套濫調，另一面也排除歐化的句法，或許這仍是『舊瓶盛新酒』的方法，但這所謂舊瓶實在是用舊瓶的原料回爐重燒出來的一個新瓶。」[27]在《黃心大師》之前，施蟄存用這種方法寫過一篇《獵虎記》，在鄭伯奇主編的《新小說》上刊登，當時有人寫信給編者，說這篇小說是鴛鴦蝴蝶派的作品。而在《黃心大師》發表之後，許傑就擔憂施蟄存恐怕仍有走回到評話演義小說的老路上去的危險。施蟄存說：「這兩種批評，都是在我意料中的，我現在覺得，這關鍵是在於

---

[24]　楊義：《中國現代小說史》（二），人民文學出版社1998年版，第665頁。
[25]　楊義：《中國現代小說史》（二），第665頁。
[26]　施蟄存：《中外文化交融的「斷」與「續」》，《沙上的腳跡》，第159頁。
[27]　施蟄存：《關於〈黃心大師〉》，《北山散文集》（二），第954頁。

我所曾有意地嘗試的這兩篇小說都是採用一個故事（a tale）的形式，而中國小說卻正是全體都是故事，從來不曾有過小說——短篇或長篇（a short story or a novel）。我若用純中國式的白話文去寫中國所沒有的小說，這才看得出這文體嘗試的成功或失敗，如今卻無意地寫了兩個故事，這在無論哪一個被中國式的文學欣賞傳統習慣所魅惑著的新文學讀者的眼裡，確是容易忽略了作者在文體嘗試方面的側重，而把它看做無異於『鴛鴦蝴蝶派』或『回老路』的東西。無論是『內容決定形式』或『形式決定內容』，但絕非『內容即是形式』或『形式即是內容』。」[28]施蟄存還固執地說：「我還要嘗試這純中國式的文體，無論是，也同時是，為『文藝』，或者為『大眾』，我相信這條路如果走得通，未始不是一件有意思的工作。」[29]可以看出來，施蟄存是企圖把為文藝和為大眾這兩者和諧的統一起來，其目的，是「把心理分析、意識流、蒙太奇等各種新興的創作方法，納入了現實主義軌道。」[30]

施蟄存自認為是「把心理分析、意識流、蒙太奇等各種新興的創作方法，納入了現實主義軌道。」而許傑所看出的卻是神奇和古怪，許傑問：「究竟這位黃心大師，是神性的，還是人性的呢？是明白了一切因緣的，還是感到了戀愛的幻滅的苦悶呢？總之當時的人，沒有一個能夠發覺、能夠理解，便是如今的作者，卻仍舊是把握不住，不十分瞭解的。」[31]許傑先生舉例說，惱娘生下來做彌月時，一個女尼說：「阿彌陀佛，這位小姐是個有來歷的人……只可惜了一念之差，不免到花花世界去走一遭。」惱娘出家時，妙住庵的老尼又說：「你的來意我早已知道，我已經預備了，叫她此刻就來。」許傑認為施蟄存相信因果之說，也格外的神奇、古怪。施蟄存說：「這是一個錯誤。這些話正是傳說者嘴裡的『神奇』和『古怪』，也是這個『故事』的原形。我講故事就說明這些『神奇』和『古怪』，但我的說明是在黃心大師本身的行動和思想上去表現，而並不直接做破除迷信的

---

28 施蟄存：《關於〈黃心大師〉》，《北山散文集》（二），第956頁。
29 施蟄存：《關於〈黃心大師〉》，《北山散文集》（二），第956頁。
30 施蟄存：《關於「現代派」一席談》，《文匯報》，1983年10月18日。
31 施蟄存：《關於〈黃心大師〉》，《北山散文集》（二），第956頁。

論文，因為在說故事的技巧上，這一部分，我可以不負責的。……惱娘在送季茶商遠戍的時候，說了一句：『不要愁，都是數。』這是整個故事中一個重大關鍵。一般人，自然連許傑先生也在內，把惱娘看做是個『神性的』、『明瞭孽數的』、『曉得三生因果』的人物，可以說都由於這一句。我在寫這一句的時候，曾經費了多時的斟酌。賢明的讀者試替我想，我該不該用這模棱兩可的句子？若惱娘不這樣說，例如她號咷大哭，悲不自勝，以表示伉儷情深。或者把她寫做悠然自得，絕不介意，以表示其幸災樂禍，那麼此時的惱娘的態度在整個故事的演進中是否自然？我說這是一個模棱兩可的句子，是因為我正要表現在不瞭解惱娘者心目中，這句話是惱娘『明瞭孽數』的鐵證，而在惱娘自己卻只是對季茶商說的一句並非由衷而發的，平常的安慰話。我們中國人不是大多數相信命運的嗎？用一句話表現了兩方面的觀感，使他們並不覺察到矛盾，這下面才有故事出來。」[32]施蟄存把心理分析、意識流、蒙太奇融入傳統的故事之中，既顯得神奇、神秘，但又真實、自然、合理。

當然，中國傳統文化也時時制約著施蟄存本人和施蟄存作品中的人物，《魔道》的主人公僅僅因幻想著與陳夫人「已經在接吻」了，就立即意識到：「我犯了罪，會得到天刑吧，也許我立刻會死了的。」《石秀》中的古代英雄石秀，作者雖然把他寫成一個性變態者和虐待狂，但他仍被「兄弟之妻不可娶」的傳統思想束縛著，他的性變態也正是性壓抑的結果。施蟄存作品中的女性形象，也是個個都被中國封建傳統所束縛而不能自拔，《春陽》中的嬋阿姨，《霧》中的素貞小姐，《獅子座流星》中的卓佩珊夫人，她們都處於或年輕寡居，或靈肉分離的性饑餓、性壓抑的痛苦中，但封建思想的約束使她們無法走出無愛的生活怪圈，她們只有在性壓抑和性饑餓的生活中苦熬，虛度青春。

在施蟄存這裡，中國傳統文化已經深入骨髓，融入血肉，潛隱地制約著他創作中意象的選取，意境的創造和美學情趣。施蟄存雖然想

---

[32] 施蟄存：《關於〈黃心大師〉》，《北山散文集》（二），第956頁。

在藝術追求上「獨自去走一條新的路徑」，寫一些變態的，怪異的心
理小說，但他對中國傳統文化的偏愛使之不能放開手腳地走現代主義
的路，他經常在中國傳統文化和傳統的表現手法上流連忘返。這便使
施蟄存與同時代的劉吶鷗、穆時英有很大的區別，劉吶鷗的《都市風
景線》是十足的洋味，他在表現影戲院、跑馬場、酒館、舞廳的「新
感覺」時，絲毫不受中國傳統文化的影響，他的大都市霓虹燈的描寫
與施蟄存的「上元燈」抒情是不能同日而語的。穆時英師承劉吶鷗，
青出於藍而勝於藍。他雖然有《南北極》這樣寫都市平民的小說集，
但他實在是新感覺派的聖手，現代的爵士樂，都市的風馳電車，女人
的形體美才是他傾心表現的，穆時英將現代藝術運用得得心應手，花
樣翻新。與劉、穆相比，施蟄存只是一個東方式的心理分析小說家，
傳統文化的影響使施蟄存在借鑒西方現代主義手法時表現出保守謹慎
的態度。

　　施蟄存甚至認為，中國現代文化與中國傳統文化是一脈相承的。
施蟄存說：「我根本不承認『文學的遺產』這個名詞！所謂『文學的
遺產』這個奇特的名詞，原是從蘇俄來的。正如他們的文藝理論（或
曰政策）一樣，蘇俄對舊時代文學的態度是常常在變動的。當十月革
命初成功以後，一切都需要是屬於新興階級的，於是舊時代的一切文
學都被擯棄了，『反革命的』，『資產階級的』，『封建思想的』，
諸如此類的罪名都整堆地拋上一切舊時代文學作品及作家身上去。及
至五年計劃逐漸成功，革命時代的狂氣逐漸消散，無產階級逐漸沾染
了資產階級的『餘毒』，再回頭來讀讀舊時代的文學作品，才知道它
們也並不是完全沒有意思的東西。於是，為了文飾以前的愚蠢的謬誤
起見，巧妙地想出了『文學的遺產』這個名詞來作為承認舊時代文學
的『理論的根據』。而現在居然有人稱我們自己的上代的文學為『文
學的遺產』了。中國的文學，是整個的中國文學，它並沒有死去過，
何來『遺產』？」[33]施蟄存在這裡從而強調說：「我想請並世諸作家
自己反省一下，在他現在所著的文學作品中，能說完全沒有上代文學

[33] 施蟄存：《我與文言文》，《北山散文集》（一），第445頁。

的影響或遺跡嗎？無論在思想、辭華，及技巧各方面？」[34]施蟄存主張
對古典文學要有所「借助」，他並不會因為引進了外國的、現代的，
就全盤反對本國的、傳統的，施蟄存追求的是現代與傳統的融合。

　　當然，中國傳統文化也給施蟄存思想上帶來很大的矛盾衝突，使
他處於兩難，徘徊不定。施蟄存幼時讀得最多的是孔子，所以，施蟄
存在青年時期是認同孔子「中庸之道」的人生觀的。但同時，施蟄存
也讀莊子，他欣賞莊子淡泊名利，超然物外的「出世」思想，並說自
己是一個「以老莊思想為養生主的人」[35]。他取名「蟄存」，就是取
《易經》中「龍蛇之蟄，以存身也」之意，因為他屬蛇，他要自己像
冬季蟄居地下而存身的蛇一樣，默默無聞的生活。他曾對我說：「古
人說的好：榮辱不驚，看庭前花開花落；去留無意，望天上雲卷雲
舒。」這就是施先生的處世哲學。

　　施蟄存讀屈原，讀《離騷》，從而敬佩屈原的「入世」，他認為
屈原是「一個積極地與黑暗政治環境鬥爭的文人」[36]。屈原是因為命
蹇才寫文章的。施蟄存逐漸認識到孔子只是一個政客，「奔走於王侯
之門，獻策求官」[37]，施蟄存揭露了孔子的本質。屈原的「入世」是
以國家民族利益為重的，以屈原的「入世」代替了孔子的「入世」，
體現出施蟄存的人生觀和價值取向。

　　對「入世」、「出世」的傳統文化的接受，造成了施蟄存生活的
兩難選擇和藝術上的矛盾現象。同時，也使施蟄存徘徊於政治與藝術
之間。

第三節　在政治與藝術之間（兼論蘇汶的「第三種人」）

　　施蟄存的創作一開始就遇到政治與藝術的矛盾。這矛盾不僅僅來
自外在的壓力，也來自施蟄存自身。而施蟄存的矛盾心理，不僅來自

---

[34]　施蟄存：《我與文言文》，《北山散文集》（一），第445頁。
[35]　施蟄存：《懷念李白鳳》，《北山散文集》（一），第235頁。
[36]　施蟄存：《怎樣紀念屈原》，《北山散文集》（一），第567頁。
[37]　施蟄存：《閒話孔子》，《北山散文集》（一），第791頁。

中國傳統文化的影響，同時也來自外來文化的影響。施蟄存說：「那時候，外面有了什麼新書都能進來。蘇聯的文藝雜誌在秘密書店裡也可以買到。我們對國外文學的瞭解吸收基本上是和他們文學發展保持同步的。」[38]施蟄存對外國文學的吸收來自兩方面：一方面是蘇俄、東歐為代表的現實主義文學傳統，他閱讀大量波蘭、南斯拉夫、保加利亞、蘇俄的小說，一方面是英美和西歐文學體現出來的自由民主主義的思想傳統，他熱衷佛洛伊德、藹理斯的理論和顯尼志勒的心理分析小說。施蟄存從蘇俄、東歐文學中接受的是愛國主義、人道主義的人生觀和文學觀，從英、美，西歐文學中接受的是自由主義、個性主義的人生觀和文學觀，前者「把國家的富強，民族的獨立與社會的平等置於至高無上的地位，強調人的社會價值，社會責任感和對於被侮辱被損害的下層人民的人道主義同情，重視文學的社會功能，」後者「則把個性的自由發展置於至高無上的地位，強調純粹的『人』的獨立價值，……國家、民族意識、人民觀念相對薄弱，重視文學的超功利的純美學價值。」[39]這些文學和思想同時被施蟄存所吸納，從而形成施蟄存生活道路和文學創作的兩重性。

施蟄存說，這個兩重性，其實在他二十歲就開始了，他二十歲以前讀孔子只是作為語文課本來讀，一句一節的識字會意。「過了二十歲，重讀《論語》，這就進入了第二個階段。不巧，同一個時期，我又在讀馬克思的書，也躍躍欲試地想去幹革命。我讀《論語》，覺得孔子教人處世的方法很對。讀馬克思主義者的書，覺得他們批判孔子，說他麻痺人民的革命意識，維護封建統治者的政權，這些話也一點不錯，確實如此。足足有三四十年，我的思想依違於孔馬之間，莫衷一是。」[40]

一開始，這兩個方面的影響所形成的人生觀和文學觀在施蟄存的生活和創作中並沒有體現出什麼衝突，也沒有什麼不諧調。這個指導

[38] 施蟄存：《中外文化交融的「斷」與「續」》，《沙上的腳跡》，第159頁。
[39] 錢理群：《周作人論》，上海人民出版社1992年版，第79頁。
[40] 施蟄存：《閒話孔子》，《北山散文集》（一），第791頁。

思想將他的社會責任感、入世思想和文藝上的自由主義和諧地統一起來了。所以，這個時期施蟄存在思想上、行動上是同情革命的，在主編大型綜合性文藝期刊《現代》雜誌時，也發表了大量左翼作家的作品和左翼文壇的消息，施蟄存的行為，表現出他的高度的社會責任感和兼收並蓄的寬容精神。

施蟄存沒有參加左聯，是希望在「文藝活動方面，也還想保留一些自由主義，不願受被動的政治約束」[41]。在政治與文藝的關係上，雖然他「始終緘默無言」，但他在創作上時時表現出他的傾向性，他的編輯工作隨時隨地通過隻言片語流露出他的觀點和態度，表現出他自由主義者的文學觀。

所以我認為施蟄存對杜衡（蘇汶）發表在《現代》的一些關於「第三種人」意見是認可的。《現代》一卷三期發表了蘇汶的《關於「文新」與胡秋原的文藝論辯》，這是由《讀書雜誌》二卷一期上登的胡秋原的《錢杏邨理論之清算》和《文藝新聞》第五十六號上的《自由人的文化運動》兩篇文章引起。蘇汶文章的主要觀點是：「在『智識階級的自由人』和『不自由的，有黨派的』階級爭著文壇的霸權的時候，最吃苦的，卻是這兩種人之外的第三種人。這第三種人便是所謂作家之群。」蘇汶還認為，為了不陷入不自由的黨派和不被左翼作家的批判，「有好多大大小小的作者是擱起了筆」。這篇文章一出來，便使蘇汶成了著名的「第三種人」。遭到魯迅和左翼作家的批判和嘲諷。魯迅在《論「第三種人」》中說：「其實，這『第三種人』的『擱筆』，原因並不在左翼批評的嚴酷。真實原因的所在，是在做不成這樣的『第三種人』，做不成這樣的人，也就沒有了第三種筆，擱與不擱，還談不到。」[42]

對蘇汶的觀點，施蟄存並沒有發表文章附和，但施蟄存在之後的《現代》一卷五期發表了一篇翻譯文：赫克思萊的《新的浪漫主義》，這篇文章的觀點與杜衡的觀點非常接近。阿爾杜思·赫克思萊

---

[41]　施蟄存：《最後一個老朋友——馮雪峰》，《沙上的腳跡》，第129頁。
[42]　魯迅：《論「第三種人」》，《魯迅全集》第4卷，第452頁。

是英國現代詩人，小說家，戲劇家，又是批評家。這裡所說的新浪漫主義是相對於舊浪漫主義的：

> 近代浪漫主義就是把舊的浪漫主義翻一個轉身，它底一切價值也完全反轉了。舊的浪漫主義之盈，即近代浪漫主義之虛；近代之優，即舊代之劣。當時之黑者，今一變而為白；當時之白者，今一變而為黑。我們的浪漫主義就是在上一世紀璀璨光華過的浪漫主義之照相底片。
>
> 在政治的領域內，這兩種浪漫主義底區別立刻就可以顯然地看出來。一百年前的革命家都是民主主義者和個人主義者。他們認為最高的政治價值便是個人的自由，而這是現在慕沙里尼所形容之為死屍的東西，而這也是布林希維克所譏笑之為有閒的布爾喬亞西替他們自己發明出來的理想。……巴黎革命的人，都是自由主義者。個人主義與自由便是他們所追求的最後的福利。俄國的共產革命底目的，是要褫奪個人的每一種權利。每一種個人自由的足跡（這裡包括著思想的自由，以及享有靈魂的權利），而使他變形為一個龐大的「集團人」之一個組合細胞──這一個機械的怪物，在布林希維克的千年期中，將代替了現在生活於這世界上的許多群未編入隊的「被靈魂所阻塞」的個人的位置。在布林希維克看起來，像一個有靈魂，有個人趣味，有特殊才能的個人那樣的「混亂地有活力」，那樣的「神秘地有機構」的東西，實在是很討厭而又覺得很不適宜的。個人必須因生存而組織起來；共產主義的國家所需要者，不是人，而是那龐大的「集團機械主義」裡的齒輪和棘輪機。
>
> 我個人，對於這兩種浪漫主義是都不大滿意的。如果有絕對的必須要我在兩者之間揀定一種，則我是寧可揀取舊的那一種的。誇張了靈魂及個人的意義，而犧牲了事實，社會，機器，和組合體，在我看來是一種方向準確的誇張。那新的浪漫主義，據我看來，是在一直走向死的路上去。不啊，如果要我自己的路，我絕不在這兩者之中揀取一種；我是主張在這兩者

之中採取一個中庸之道的，可以有永久價值的唯一的人生哲學
是一種包含一切事實的哲學——心靈的事實和物質的事實，本
能的事實和智慧的事實，個人主義的事實和社會的事實。賢明
的人會得避免了這種浪漫主義的兩極端，而選取一個可貴的寫
實的中庸之道。[43]

　　這個「心靈的事實和物質的事實，本能的事實和智慧的事實，個
人主義的事實和社會的事實」的「可貴的寫實的中庸之道」，確實有
點像蘇汶所說的「第三種人」。
　　在這篇翻譯文章的後面，施蟄存寫了一個譯者記，施蟄存說：
「他是屬於新心理派之群的，但是他的文學批評卻並不囿於成見，往
往有公正的言論給予我們。這裡的一篇小論文，系從他最近出版的散
文集《夜間音樂》（Music at Night）中譯出，我覺得在這兩種紛爭的
浪漫主義同樣地在中國彼此衝突著的時候，這篇文章對於讀者能盡一
個公道的指導的。」[44]在「第三種人」的論爭中，施蟄存翻譯這一篇
文章的目的就是「對於讀者能盡一個公道的指導的」，這可以看作是
對蘇汶的文學觀點的一個響應。施蟄存也意在避免左右的兩極端，而
走一條「可貴的寫實的中庸之道」。
　　施蟄存在《現代》一卷六期發表了一組關於「第三種人」論爭
的文章，第一篇是蘇汶的《「第三種人」的出路》，第二篇是易嘉的
《文藝的自由和文學家的不自由》，第三篇是周起應的《到底是誰不
要真理，不要文藝？》，第四篇是舒月的《從第三種人說到左聯》，
第五篇又是蘇汶的《答舒月先生》。
　　蘇汶的《「第三種人」的出路》談到了文學的階級性問題，蘇汶
說：「在天羅地網的階級社會裡，誰也擺脫不了階級的牢籠，這是當
然的。因此，作家也便有意無意地露出某一階級的意識形態。……意
識形態是多方面的，有些方面是離階級利益很遠的。顧了這面，會顧

---

[43] 赫克思萊：《新的浪漫主義》，施蟄存譯，《現代》第1卷第5期（1932年
　　9月）。
[44] 施蟄存：《新的浪漫主義・譯者記》，《現代》第1卷第5期（1932年9月）。

不了那一面，即使是一部攻擊資產階級的作品，都很可能在自身上洩
露了資產階級或小資產階級的特徵或偏見，但是，我們卻不能因此就
說這是一部為資產階級服務的作品。假定說，階級性必然是那種有目
的意識的鬥爭作用，那我便敢大膽地說：不是一切文學都是有階級性
的。」《現代》二卷一期發表魯迅的《論「第三種人」》，直接針對
蘇汶的關於階級的論調進行反駁：「左翼作家並不是從天上掉下來的
神兵，或國外殺進來的仇敵，他不但要那同走幾步的『同路人』，還
要招誘那些站在路旁看看的看客也來同走呢。……生在有階級的社會
裡而要做超階級的作家，生在戰鬥的時代而要離開戰鬥而獨立，生在
現在而要做給與將來的作品，這樣的人，實在也是一個心造的幻影，
在現實世界上是沒有的。要做這樣的人，恰如用自己的手拔著頭髮，
要離開地球一樣。他離不開，焦躁著，然而並非因為有人搖了搖頭，
使他不敢拔了的緣故。」但施蟄存認為「蘇汶並沒有根本否定文學的
階級性。」[45]

　　施蟄存在《現代》二卷一期同時發了蘇汶的《論文學上的干涉主
義》。蘇汶在這篇文章中談到了文學與政治的關係，蘇汶說：「我當
然不反對文學作品有政治目的。但我反對因這政治目的而犧牲真實。
更重要的是，這政治目的要出於作者自身對生活的認識和體驗，而不
是出於指導大綱。簡單說，這些作品不是由政治的干涉主義來塑定
的；即使政治毫不干涉文學它們也照樣會產生。」

　　施蟄存在這一期的《社中日記》中有一段日記，從這則日記我
們可以看出施蟄存對蘇汶的觀點的支持。施蟄存在9月25日的日記中
寫道：「蘇汶先生交來《論文學上的干涉主義》。關於這個問題，頗
引起了許多論辯，我以為這實在也是目前我國文藝界必然會發生的現
狀。凡是進步的作家，不必與政治有直接的關係，一定都很明白我國
的社會現狀，而認識了相當的解決的方法。但同時，每個人都至少要
有一些Egoism，這也是坦然的事實。所以蘇汶先生遂覺得非一吐此久
鯁之骨不快了。這篇文章，也很有精到的意見，和爽朗的態度，似乎

[45] 施蟄存：《〈現代〉雜憶》，《沙上的腳跡》，第32頁。

很可以算是作者以前幾篇關於這方面的文字的一個簡勁的結束了。」在這裡我們非常清楚地看出施蟄存的觀點便是：「凡是進步的作家，不必與政治有直接的關係」。

《現代》二卷三期施蟄存又編了一組關於「第三種人」的論文，有洛揚（馮雪峰）的《並非浪費的論爭》，這是針對二卷二期的胡秋原的《浪費的論爭》而寫。另有丹仁（馮雪峰）的《關於「第三種文學」的傾向與理論》和蘇汶的《一九三二年的文藝論辯之清算》。施蟄存在本期的《社中日記》裡特別說道：「蘇汶先生送來《一九三二年的文藝論辯之清算》一文，讀後甚為快意。以一個雜誌編者的立場來說，我覺得這個文藝自由論戰已到了可以相當的做個結束的時候。蘇汶先生的此文恰好使我能借此作一結束的宣告，遂為匯合洛揚，丹仁兩先生的文章一併發排。在以後的幾期《現代》中我希望能換些別的文藝問題來討論了。」洛揚與丹仁兩先生，其實都是馮雪峰的筆名。施蟄存一再希望論爭結束，而換一個別的話題，可以看出施蟄存對這種涉及政治的論爭的厭倦。主張用蘇汶的文章做論爭的結束，也就表明了施蟄存對這個問題的態度。

通過這一段關於「第三種人」論爭的回顧，我認為有兩點應該引起我們的注意：

一、在當時，論爭雙方並不是我們後來人們想像的那麼「如臨大敵，劍拔弩張」，而是一般的學術討論。我們從當時的記載看到，魯迅的《論第三種人》的文章是杜衡看過後轉給施蟄存的。施蟄存後來在《〈現代〉雜憶》中也說：「當年參加這場論辯的幾位主要人物，都是彼此有瞭解的，雙方的文章措辭，儘管有非常尖刻的地方，但還是作為一種文藝思想來討論。許多重要文章，都是先經對方看過，然後送到我這裡來。魯迅最初沒有公開表示意見，可是幾乎每一篇文章，他都在印出以前看過。最後他寫了總結性的《論「第三種人」》，也是先給蘇汶看過，由蘇汶交給我的。這個情況，可見當時黨及其文藝理論家，並不把這件事作為敵我矛盾處理。我現在回憶起來，覺得當年左翼理論家的觀點雖然不免有些武斷、過左，但在進行批判的過程中，對鬥爭性質的掌握是正確的。魯迅對『第三種人』

的態度，後來才有了改變。」[46]施蟄存在《最後一個老朋友──馮雪峰》裡還說：「關於『第三種人』的論辯掀起以後，雪峰和杜衡（蘇汶）常有會晤，他是想當一個挽回僵局的調解人的。在他寫的那篇署名「丹仁」的總結性的文章《關於「第三種文學」的傾向與理論》裡，語氣之間，也還是把蘇汶期許為同路人。」[47]

二、施蟄存在《現代》編輯這場論爭的文章時，雖然如他說的「我絕不介入這場論辯，故始終緘默無言。」[48]但施蟄存自始至終有他的傾向性，他在後來的《〈現代〉雜憶》中說：「到底什麼人是『第三種人』？……有許多文藝理論家、文學史家，對這個問題似乎都沒有深入研究。他們一般的都認為『第三種人』就是政治上、文藝上的中間派。……天下一切自然現象、社會現象，有兩極就有中點。兩極有變動，中點也跟著有變動。所以中點不能脫離兩極而獨自永久存在。但中點只是一個概念，人不能恰恰站在這細細的一點上，偏左或偏右是不免的。但偏左畢竟不是左，偏右也畢竟不是右，然則，無論偏左或偏右，還只能屬於中。」[49]施蟄存認為，「蘇汶所謂的『知識階級的自由人』是指胡秋原所代表的資產階級自由主義者及其文藝理論；所謂『不自由的、有黨派的』階級，是指無產階級及其文藝理論。在這兩種人的理論指揮棒之下，作家，第三種人，被搞得昏頭轉向，莫知適從。作家要向文藝理論家的指揮棒下爭取創作自由，這就是蘇汶寫作此文的動機。」[50]施蟄存這麼深入地理解蘇汶，其實也是因為他認同蘇汶的觀點。

我們在此也看出，施蟄存不願意被「理論指揮棒」搞得「昏頭轉向，莫知適從」，他希望文學不被政治左右，也不從屬於政治。他崇尚的是不帶任何功利目的的純文學，施蟄存1929年寫了一篇文章《無意思之書》，極力推崇愛德華・李亞的《無意思之書》，愛德華・李

---

[46] 施蟄存：《〈現代〉雜憶》，《沙上的腳跡》，第32頁。
[47] 施蟄存：《最後一個老朋友──馮雪峰》，《沙上的腳跡》，第122頁。
[48] 施蟄存：《〈現代〉雜憶》，《沙上的腳跡》，第32頁。
[49] 施蟄存：《〈現代〉雜憶》，《沙上的腳跡》，第32頁。
[50] 施蟄存：《〈現代〉雜憶》，《沙上的腳跡》，第31頁。

亞的作品在每一句流利的文字中，都充滿了幻想的無意思。「他並不想在這些詩歌故事中暗示什麼意思。他只要引得天真的小讀者隨著流水一般的節律悠然神往，他並不訓誨他們，也不指導他們。這種超乎狹隘的現實的創造，本來不僅是在兒童文學中占了很高的地位，就是在成人的文學中，也有著特殊的價值。在被伊索普和拉芳丹納這種訓迪詩的勢力所統治的兒童文學的領域中，李亞首先揭櫫出『無意思』這大纛來做了很成功的嘗試，給兒童文學一個新的生機，……」[51]施蟄存崇尚這種無意思文學，就是因為他厭倦那些太功利的東西，他嚮往的文學是不受如何束縛和制約的自由自在的文學：「一方面是盛行著儼然地發揮了指導精神的普羅文學，一方面是龐然自大的藝術至上主義，在這兩種各自故作尊嚴的文藝思潮底下，幽默地生長出來的一種反動──無意思文學。」[52]

　　施蟄存崇尚的是作家個人創作的自由。他主編《現代》雜誌所遵循的也是各個作家的自由。但是《現代》雜誌要做到文藝上的自由主義卻是不容易的，這是要頂著來自幾方面的壓力的。首先是左翼作家的批評批判。施蟄存在《現代》二卷五期的《社中日記》2月11日的日記就談到這個情形：「前晚閱《文學月刊》五六期合刊，見到谷非先生批評本誌第一卷創作的文章。當時覺得很失望。谷非先生大概沒有注意到我登載蘇汶先生底幾篇論文的性質。我實在並不以為蘇汶先生的文藝觀即是《現代》雜誌選錄創作的標準，雖則我對於文藝的見解是完全與蘇汶先生沒有什麼原則上的歧異的。谷非先生以蘇汶先生的理論來衡量《現代》第一卷中各方面作家底創作，當然會有失望之處了，而況且谷非先生又甚至沒有徹頭徹尾地以蘇汶先生底觀念來考察它們呢。我本想在本誌上寫一篇《文藝自由論，〈現代〉雜誌，與我》，今日晤見蘇汶，他說預備寫一篇覆文，我遂以我底一點意見告訴他，請他帶便寫入，我也懶得再多有饒舌，免得更有所誤會了。」[53]從這段話裡，我們看出施蟄存的三個意思：

51　施蟄存：《無意思之書》，《施蟄存全集》第四卷，第984頁。
52　施蟄存：《無意思之書》，《施蟄存全集》第四卷，第984頁。
53　施蟄存：《社中日記》，《現代》第2卷第5期（1933年3月）。

1、以谷非為代表的左翼作家因蘇汶的原因引起的對《現代》的不滿,使施蟄存非常失望。

2、施蟄存對於文藝的見解「與蘇汶先生沒有什麼原則上的歧異」。

3、施蟄存雖然對於文藝的見解與蘇汶先生沒有什麼原則上的歧異,並不等於《現代》雜誌所有選錄創作就用這個標準。因為《現代》在創刊時就明確聲明《現代》不是同人雜誌,而是「要《現代》成為中國現代作家的大集合」。

所以2月15日的日記施蟄存又談到「對於谷非先生底批評,穆時英及巴金先生都曾有一點不能滿意的表示。」施蟄存後來在《〈現代〉雜憶》中再次說起這事:「但是,許多人看慣了同人雜誌,似乎不能理解文藝刊物可以是一個綜合性的、百家爭鳴的萬花鏡,對於我主編的《現代》,總愛用同人雜誌的尺度來衡量。早在一九三四年,已經有人說這個刊物是不左不右,亦左亦右。谷非(胡風)在《文學月報》上發表了一篇文章,題為《粉飾、歪曲、鐵一般的事實》,引『第三種人』的文藝觀點來評論《現代》上刊載的創作小說,好像巴金、沉櫻、靳以等作家的小說都是遵循『第三種人』的理論創作的。顯然他是把《現代》看作『第三種人』的同人雜誌了。」[54]左翼作家的誤解使施蟄存倍感委屈,他努力「要《現代》成為中國現代作家的大集合」,但還是經常被人誤認為是同人雜誌。施蟄存深感成就一份事業的艱難。

其次,是來自讀者的壓力。施蟄存在《現代》極力推崇戴望舒的象徵派詩,但讀者的閱讀需求卻使他舉步維艱。一方面是讀者對象徵派詩的否定,一方面是讀者對革命詩歌的嚮往。如《現代》三卷五期的《社中談座》中登有讀者來信,有一個名叫錢子珍的說:「《現代》應該多多登載前進的作品,不應像近來數期之每況愈下,常常發現一些自命『成名作家』所濫造而為有閑階級或高等華人的消遣品。這,我不能不為《現代》可惜!……關於詩,我以為應該登載一些刺

---

[54] 施蟄存:《〈現代〉雜憶》,《沙上的腳跡》,第28頁。

激人們情緒——當然不是公子哥兒們的情歌——的作品，因為在這死一般沉悶的環境中，我們極需要一些興奮我們快要呆滯了的神經的作品。對於過去這個文壇的史料（如本刊八月號楊邨人的《太陽社與蔣光慈》）應儘量介紹，使我們清楚過去的文壇的一切。」施蟄存也清醒的意識到讀者對太陽社和蔣光慈的興趣，蔣光慈的革命小說銷路也是最大的，雖然施蟄存對蔣光慈的小說並不十分滿意，認為「大抵蔣光慈才大心雄，氣魄有餘，遂致描寫結構，都欠周詳，熱血青年看了，固可以立刻拔刀而起，但吾輩飽經憂患之中年人看了，總不免要感到一個人對於革命大業的心理轉移，絕不會如蔣先生小說中人那樣的簡單容易。」[55]但是，「至於讀者方面，目下也有許多人懷有這種觀念。他們看這種文學書，似乎永遠不會覺察到故事之不近人情，人物描寫之枯燥呆滯，風土敘述不符事實……這種種一般小說讀者所認為最不可恕的缺點，他們只要能夠從這小說中得到一種實際上是很膚淺的意思就引為十分滿足了。這裡所謂意思，對於這一派讀者大概恆是一種政治性的指導。」[56]當時的部分讀者，由於偏愛蔣光慈等人的革命加戀愛的作品，而忽視藝術作品的美學價值。正如普列漢諾夫在談起法國大革命時期的文學需求時說的那樣：「當時的理想是要求公民為了公共的利益不斷地努力工作，以致真正的審美的需要不可能在他們的精神需要總和中占很大的地位。……當時的公民，對於那些不是以他們所珍視的某種政治思想為基礎的藝術作品是漠不關心的，或者差不多是漠不關心。」[57]讀者就是作者的上帝，讀者的閱讀需求使施蟄存不得不重新審視《現代》的作品，並且考慮自己的創作出路。出路在哪裡，施蟄存非常茫然，他既不能唯心地將《現代》辦成純粹的左翼刊物，又很難將中庸的路繼續走下去，施蟄存似乎覺得他的努力，不是離他的理想越來越近，而是越來越遠。

　　當時，還有讀者希望《現代》以領導青年做好革命工作為辦刊目

[55] 施蟄存：《一人一書》（上），《北山散文集》（一），第940頁。
[56] 施蟄存：《「文」而不「學」》（上），《北山散文集》（一），第508頁。
[57] 普列漢諾夫：《普列漢諾夫美學論文集》第一卷，人民文學出版社1983年版，第494-495頁。

的，對於這一點，施蟄存態度明確拒絕了，他在《現代》三卷四期的《社中談座》裡告誡讀者：「我們深信文藝的最大功效，就不過是這一點點刺激和興奮。所以一年以來，我們從不願意過分的誇張，以為號召讀者的宣傳，我們願意盡了一個文藝雜誌所能做的革命工作，但我們不肯虛張聲勢，把整個革命工作放在文藝雜誌的目標上以欺騙讀者，而結果是既沒有革命，也並不成為文藝。」[58]施蟄存始終將文藝看作是非常神聖的事業，他不願意讓任何功利的東西來玷污文藝的純潔。施蟄存雖是在夾縫中求生存，但他仍不願放棄將自由主義的文藝觀作為自己的辦刊宗旨。

施蟄存不願意將宣傳革命作為辦刊唯一目的，一方面是因為他認為這樣只能導致文學的消亡，他說：「這樣的文學遇到政治干預則無法生存，像蘇聯未來派的馬雅可夫斯基也只好自殺；如果沒有十月革命，馬雅可夫斯基就會繼續有更大的發展。政治干預文學必然斷絕文學生路。」[59]另一方面是因為他在藝術上不滿當時主流文學公式化、概念化的創作方法，雖然他在《現代》雜誌上仍然刊登左翼作家的作品。《現代》三卷二期刊登了適夷的小說《死》，這篇小說描寫的是女革命者被捕，被酷刑折磨，直至被折磨致死的過程。其公式化、概念化是顯而易見的，有一個叫石心照的讀者寫信給《現代》說：「當我看完了三卷二期適夷君作的《死》以後，我的腦子昏昏亂亂幾乎令我不知道所看的是什麼。於是又反覆看了四次之多，但是始終看不清到底所描寫的是什麼。一，作什麼那個女子走在大街上被黑大個子老王綁上汽車？是不是綁架票？（但是那女子是窮的。）二、老王是一個作什麼的？三、用抽打刑罰逼那女的說些什麼？……就以上的問題，我費了三晝夜的思索，始終還是不明白，現在請問編者對於我的幾句話有什麼意見。最後我要說的是：文章雖然貴在含蓄，但是含蓄得太高深了，也只有作者（或《現代》的編者）能懂得，愚笨的讀者（如我）是一點也不懂得，哎，只怨我少念幾年書吧！」施蟄存看了

---

[58] 施蟄存：《社中談座》，《現代》第3卷第4期（1933年8月）。
[59] 施蟄存：《中國現代主義的曙光》，《沙上的腳跡》，第161頁。

這個叫石心照讀者的來信，他從這封信的署名「心照」看來，猜想這封信不能從正面文字去理解。施蟄存認為這位讀者並不是真的看不懂《死》，而是在諷刺作者，也是在諷刺革命文學。施蟄存研究之後，覺得不能從此信所表現的文字以外去答覆。同時，施蟄存也想利用這封信來公開答覆以前有些真是看不懂的讀者來信。施蟄存回信說：

> 心照先生：
>
> 　　你的來信始而使我們驚詫，終而使我們感歎。你對於適夷君的《死》所發的幾點疑問，請原諒，我們也沒有可能一條一條的答覆你。我們只能說這篇小說描寫的是，一位從事社會革命的女性因政治關係而被捕的情形。此外，我們沒有什麼好說，只能請你把那作品看一個第五次。
>
> 　　你說「文章雖然貴在含蓄……」但我們不得不告訴你，在目前形勢下，有些文章是不得不含蓄，倒並不是故意賣弄機關，以圖欺騙讀者。寫文章而不會含蓄，在今日之下所能遭到的運命，想來你也不至於完全不知道吧……

　　施蟄存後來說：「這最後一段復信，我以為可以使這位讀者『心照不宣』了。不過，我覺得，大多數讀者是真的看不懂。」[60]這「大多數讀者是真的看不懂」這句話，就是施蟄存對這種公式化、概念化文學的批評。

　　在施蟄存主編的《現代》雜誌受到來自左翼的批判時，他的小說創作也受到左翼作家的猛烈抨擊，以錢杏邨為代表的左翼作家，從思想上對作品進行了上綱上線的批判。樓適夷的《施蟄存的新感覺主義——讀了〈在巴黎大戲院〉與〈魔道〉之後》最有權威性。適夷說：「如果我們在這兒說一句率直的話，這便是金融資本主義底下吃利息生活者的文學，這種吃利息生活者，完全遊離了社會的生產組織，生活對於他，是為著消費與享樂而存在的，然而他們相當深秘與複雜的

---

[60] 施蟄存：《〈現代〉雜憶》，《北山散文集》（一），第273頁。

教養，使他產生深秘與複雜的感覺，他們深深地感到社會的崩壞，但他們並不因這崩壞感到切身的危懼，他們只是張著有閑的眼，從這崩壞中發見新奇的美，用這種新奇的美，他們填補自己的空虛。……總之，這兩篇作品所代表著的。乃是一種生活解消文學的傾向。在作者的心目之中，光瞧見崩壞的黑暗的一面，他始終看不見另一個在地底抬起頭來的面層，從文學上說，我知道作者曾經寫過《追》那樣的剛捷嬌逸的作品，也很寫實地寫過《阿秀》那樣現實的作品，但是在一個巨大的白的狂嵐之下，作者卻不肯堅決地，找自己的生活，找自己的認識，只圖向變態的幻象中作逃避，這實在是很不幸的事，以作者那樣的文學的才智。」[61]樓適夷誇獎的《追》和《阿秀》正是施蟄存認為寫得最失敗的作品。「在這兩個短篇之後，我沒有寫過一篇所謂普羅小說。這並不是我不同情於普羅文學運動，而實在是我自覺到自己沒有向這方面發展的可能。」[62]樓適夷之後，錢杏邨寫了《一九三一年文壇之回顧》，錢杏邨的文章同意樓適夷的觀點，說「適夷的批評與指示是完全正確的，不但他所論的兩篇是如此，就是《薄奠》和《石秀》也是如此」。錢杏邨認為：「施蟄存所代表的這一種新感覺主義的傾向，一面是表示資本主義社會崩潰的時期已經走到爛熟的時代；一面是在敲著金融資本主義底下吃利息生活者的喪鐘。」「一方面是顯示了中國創作的一種新的方向，新感覺主義，一方面卻是證明了曾經向新的方向開拓的作者的『沒落』。」[63]

　　左翼作家的嚴厲批評使施蟄存很無奈，他不得不違心地承認錯誤：「我從《魔道》寫到《凶宅》，實在是已經寫到魔道裡去了。」[64]有些人看到施蟄存這句話，就認為施蟄存也對自己產生了懷

---

[61] 適夷：《施蟄存的新感覺主義——讀了〈在巴黎大戲院〉與〈魔道〉之後》，《文藝新聞》1931年10月第33期。

[62] 施蟄存《我的創作生活之歷程》，《燈下集》，開明出版社1994年，第61頁。

[63] 錢杏邨：《一九三一年中國文壇的回顧》，《北斗》，第2卷第1期（1932年）。

[64] 施蟄存：《〈梅雨之夕〉後記》，《十年創作集》，華東師大出版社1996年3月版，第794頁。

疑，認為自己是走到魔道裡去了。其實不然，他是在形勢的壓力下的委曲求全。當時的形勢正如郁達夫在《現代小說所經過的路程》一文中所說：「目下的小說又在轉換方向了，於解剖個人的心理之外，還須寫出集團的心理；在描寫日常的瑣事之中，要說出他們的對大眾對社會的重大的意義。」[65]在這樣的形勢下，大多數作家是有壓力的。20世紀20年代熱衷於佛洛伊德的作家也先後轉向了，如曾經將佛洛伊德的精神分析學運用在創作中的魯迅，也開始批判佛洛伊德的泛性欲主義，認為佛洛伊德的「偏激」、「偏執」的觀點，是「過度的穿鑿附會。」[66]郭沫若早期的作品也是強調心理分析的，郭沫若在《批評與夢》中說《殘春》「注重在心理的描寫，我描寫的心理並且還在意識的流動，」而且自信寫得「步驟很謹嚴」。但在這個時候，郭沫若也把早期的作品當作「青春時期的殘骸收藏在這個小小之『塔』裡」[67]。

　　在這種情況下，施蟄存不得不有所改變。施蟄存後來說：「在中國一向的文學氣氛中，走向『現代』就是走向異端，是不被允許的；所以我寫了兩本風格比較新的書《將軍底頭》及《梅雨之夕》就被認為是文壇異端，我受到這種壓力，也不能不收斂了。所以我的《小珍集》的序文中就略為表態了。」[68]施蟄存這裡所說的序文，就是指的《小珍集》的編後記裡所說的：「其實在文藝上，我豈但是不努力而已哉！我的小說，據說是一些不偉大的東西。當今是需要著偉大的東西的時代。我常常看了別的偉大『作家』的偉大作品而自愧，於是思想不免有點復古，仍舊把我的這些小說認為是卑卑不足道的『小家珍說』之流了。『小』是『小家』，『珍』是『敝帚自珍』之意。作品儘管不偉大，不為『大眾』所珍，但『自珍』的權利想來還不至於被剝奪掉。所以我把小說題名為《小珍集》，聊以見近來沒落之感云耳。」[69]在這個《編後記》裡，我們看出施蟄存對左翼批評的不滿和

---

[65]　郁達夫：《現代小說所經過的路程》，《現代》第1卷第2期（1932年6月）。

[66]　魯迅：《詩歌之敵》，《魯迅全集》，第7卷，人民文學出版社年版，第246頁。

[67]　郭沫若：《塔‧序引》，《郭沫若論創作》，上海文藝出版社1983年版。

[68]　施蟄存：《中國現代主義的曙光》，《沙上的腳跡》，第161頁。

[69]　施蟄存：《〈小珍集〉編後記》，《十年創作集》，第797頁。

不服氣，但又不得不退讓，不得不改變創作的方向，因為他實在是
「惶惑得很」，從中我們可以看到施蟄存選擇的痛苦和艱難。施蟄存
在1992年1月15日給我的信中說：「《魔道》這一篇是我的一個『頂
峰』，所以此後我就不敢再發展下去了，在『千夫所指』的情況下，
我不得不轉一個創作方向，如果我再沿著《魔道》的路走下去，就會
成為『荒誕派小說』，更無人能理解，也更要受指責了。」《善女人
行品》的部分作品和整個《小珍集》是轉變後的作品。

　　施蟄存轉變以後的失敗也是顯而易見的，夏志清說：「他寫的小
說已少有新意，用哀愁筆調和諷刺的方法去描寫當代生活，而不再是
個用佛洛伊德的學說去探索潛意識領域的浪漫主義者了。施蟄存沒有
發揮潛力，很是可惜。」[70]轉變之後的創作施蟄存自己也認為是失敗
的，他由此明白：「作為一個小資產階級知識分子，他的政治思想可
以傾向或接受馬克思主義，但這種思想還不夠作為他創作無產階級文
藝的基礎。」[71]他的理想和創作，與左翼作家和讀者的要求總有著一
段距離，不轉變是思想上的偏離，轉變是藝術上的失敗，很難兩全。

　　施蟄存認為其他現代作家的轉變也同樣導致創作的失敗，他說：
「中國的一些從前曾經是屬於自由思想者之群的作家，他們的轉變，
在別方面也許是一種利益，但在他們的文學事業上，卻實在是一種損
失。但是我們只能痛惜這種損失，而不必希望他們不轉變，因為他們
的生命也許從此而偉大了。我們只能招怪自己的不能隨之改變，而死
抱住文學不放。至於說中國左翼文學都是要不得的，我記得我並不曾
表示過這樣抹殺一切的意見。但是我始終相信，一個半路出家的和尚
多少總會隨時流露出一點在家人的行徑，所以準確的左翼文學必須由
那些小沙彌來建設起來。」[72]施蟄存認為左翼文學必須由徹頭徹尾的
左翼作家來寫作，就是像沙汀這樣的作家，不能是半路出家的革命文
學家，施蟄存認為沙汀是「維持得住他的意識，也維持得住他的文
學。」是「既有意識而又不失為文學」的，也就是政治與藝術都能兼

[70] 夏志清：《中國現代小說史》，上海復旦大學出版社2005年版，第95頁。
[71] 施蟄存：《我們經營過三個書店》，《沙上的腳跡》，第22頁
[72] 施蟄存：《一人一書》（下），《北山散文集》（二），第949頁。

顧的作家。施蟄存認為沙汀之後的進步作家，「若論技巧，恐怕沒有一個人能及得上沙汀的。即使以《八月的鄉村》那樣的書來比較，內容儘管充實，而作為一件藝術品看，總不能如沙汀寫的小說那樣地成其為一篇小說。……總之，目前的創作界，不管在思想上有多少進步，但在技巧上不可諱言地是在一天一天地退化。」[73]

失敗以後的施蟄存只有停止這種嘗試。施蟄存在1933年寫的《我的創作生活之歷程》中就明確聲明：「倘若全中國的文藝讀者只要求著一種文藝，那是我惟有擱筆不寫，否則，我只能寫我的。」

但形勢迫使施蟄存不能「寫我的」，他曾經既想關心人類的前途，祖國的命運，又想擺脫政治的束縛搞自由主義的創作，他一直企圖將這兩者統一起來，但他深深感到：「小說並不是愈寫愈容易的……我只覺得愈寫愈難。」[74]因為政治的壓力使他舉步維艱。

施蟄存做編輯和搞創作「愈寫愈難」的處境，除了來自外界的壓力，也有來自他自身內在的迷惑，這政治與藝術之間的艱難選擇給他帶來的痛苦使他不能自拔。他退出《現代》後基本擱筆不寫。他後來在《文藝風景‧創刊之告白》中表達了這種痛苦和困惑的心情：「近來我漸漸地感覺到一個人，即使追逐自己的理想，也已經是很困難的，幾乎是不可能的事。在生活上在學問上，甚至在編輯書報雜誌——（這幾乎是我兩年來的職業了）上，都給我證明了。我曾盡了我的能力，以企圖達到我理想的境界，可是理想永遠跑在前面，正如夸父追日，永遠只是望著前面一片光芒。什麼時候，什麼地方，我才能達到我的暘谷呢？」由此可見，在政治化的語境中企圖遠離政治而追求理想，簡直是不可能的事。

到了20世紀30年代末的抗戰時期，這種現象更加突出。施蟄存於1938年寫的《新文學與舊形式》、《再談新文學與舊形式》再次談到這個問題：「原來新文學家一方面儘管在斥責舊文學是死文學，而另一方面卻也私心地感到新文學是更死的文學。一方面儘管說舊文學是

---

[73] 施蟄存：《一人一書》（下），《北山散文集》（二），第949頁。
[74] 施蟄存：《我的創作生活之歷程》，《燈下集》，開明出版社1994年版，第62頁。

貴族的少數人的文學，而另一方面卻也不免懷疑新文學是更貴族的，
更少數人的。一方面儘管說舊文學的形式不足以表現新時代人的思想
與情緒，而另一方面也不免常常為舊文學的形式所誘惑。在平時，新
文學的創作家和批評家，都還能勉強把持住他們的堅定的意識，把新
文學抬到九天之上，把舊文學打到九地之下。儘管是抹煞不掉『讀
《紅樓夢》的比讀現代小說的人多』這事實，但可以說那種小說是
『低級趣味』，是『鴛鴦蝴蝶派』。儘管忘懷不掉舊詩歌的音律節
奏，但不要緊，我們的詩也可以『朗誦』。當時的壁壘，至少在表面
上看起來，是何等地森嚴！但現在呢，堤防完全潰決，狐狸尾巴整個
地顯出來了。」[75]施蟄存認為應該將文學和宣傳分開來，「抗戰後的
新文學家分走了三條路：一、擱筆不做文章，從別的方面去作抗戰工
作。二、改行做戰地通訊，完全變成一個新聞記者。三、即刻放棄新
文學之路而遷就俗文學，寫那些彈詞、大鼓、五更調之類的能夠被民
眾和士兵所接受的東西。」[76]走這三條路的作家，是以宣傳為主，文
學為輔。施蟄存說，走這第三條路的人的勇氣也許是可以佩服的，但
他又警告：「不要把這現象認為是新文學大眾化的一條康莊大道！」
施蟄存在這裡提出了新文學作家創作的方向：「我以為新文學的作家
們還是應該各人走各人的路。」[77]施蟄存在這裡所說的「各人走各人
的路」，就是將適合做文學的人與適合做宣傳的人區分開來，甚至是
將做文學的人與做社會工作的人區分開來，這是施蟄存的一個大膽設
想，並不是所有的作家都能寫出高品質的文學作品來，所以應該讓那
些能寫出優秀作品的作家做文學，而另外一些願意做宣傳工作的作
家，就以他們的勇氣做一些犧牲，而全身心地投入到革命的宣傳中
去，這樣就能做到文學、宣傳兩不誤。當然，施蟄存的這個設想是必
然要遭到一些人的反對的。但是有這種思想的人絕不止施蟄存一人。
我剛剛看了朋友的一本研究丁玲的專著，說丁玲也有過這種想法，或
者說也有過這種困惑，丁玲在1979年11月8日的中國作家協會上說了

---

[75] 施蟄存：《再談新文學與舊形式》，《北山散文集》（一），第524頁。
[76] 施蟄存：《新文學與舊形式》，《北山散文集》（一），第521頁。
[77] 施蟄存：《再談新文學與舊形式》，《北山散文集》（一），第524頁。

自己幾十年的痛苦：「我愛一個人，但不准我戀愛，要我嫁給另一個我不愛的婆家，又不能說我不愛，還非得在這家做媳婦不可。我那個意思是什麼？就是我愛的是創作嘛！」[78]丁玲還在散文《蘇聯美術印象記》中談到蘇聯朋友葉洛菲也夫對她的一段忠告：「丁玲！你回國後應該多寫些文章，少做點工作，工作是人人會做的，而且也許比你做得好，但文章不是人人可以寫的，你應該更加努力。」[79]真是英雄所見略同。其實有這種想法的作家是很多的，只是大家都不敢說。所以，在當時把這種想法說出來的施蟄存，就成了眾矢之的，施蟄存再次感到追逐自己的理想的艱難。

不論施蟄存怎樣在矛盾和痛苦中艱難掙扎和跋涉，他終究創作出中國現代文學史上獨樹一幟的現代主義小說，使中國現代派文學初具規模，對中國現代文學做出了別人無法替代的貢獻。

---

[78] 引自秦林芳的《丁玲的最後37年》，中國文史出版社2005年版，第36頁。
[79] 引自秦林芳的《丁玲的最後37年》，第36頁。

中編　創作論

　　施蟄存說：「我的創作道路始終沒有走定，五個小說集，各自代表了我的一個方向。《上元燈》裡的大多數作品，都顯現了一些浮淺的感慨，題材雖然都是社會現實，但刻畫得並不深。《將軍底頭》忽然傾向於寫歷史故事，而且學會了一些佛洛伊德的心理分析方法。這條路子，當時給人以新穎的感覺，但是我知道，它是走不長久的。果然，寫到《石秀》，就自己感到技窮力竭，翻不出新花招來了。於是我接下去寫了《梅雨之夕》和《善女人行品》，把心理分析方法運用於社會現實，剖析各種人物的思想與行為。這一時期的小說，我自以為把心理分析、意識流、蒙太尼（montagne）等各種新興的創作方法，納入了現實主義的軌道。在我最後一個小說集《小珍集》中，表現的是另外一個方向。當時，我感到，我們的白話文，漸漸地在離開人民大眾的口語，而愈來愈傾向於歐化，或日本化。我有意在文體上做一些新的嘗試，以繼承古代話本小說的傳統，《黃心大師》、《獵虎記》等作品，都是在這一意圖下寫的。除了這一傾向以外，《小珍集》可以說是我回到正統現實主義創作方法的成果。可惜此後中止了創作生活，沒有能再向前發展。在短短的十年間，我的創作道路，一直在曲折地探尋著，所以說始終沒有走定。」[1]這是施蟄存對自己小說創作的總結。施蟄存是一個不甘寂寞、不斷創新的人，他不僅不模仿別人，也從不重複自己，他的創作過程，就是他不斷實驗的過程。

---

[1]　施蟄存：《中國現代作家選集・施蟄存卷・序》，《北山散文集》（二）。

第一章　從《上元燈》看施蟄存小說的懷舊情結

　　上海是中國二三十年代最大的、最現代化的國際化大都市，海派作家多描寫上海的「都市風景線」，旅居上海的施蟄存，一開始就沒有關注上海的「風景線」，而是寫了一批回顧鄉鎮生活的作品。他從17歲發表第一篇小說到25歲之前《上元燈》出版，很少寫都市，而是在杭州、蘇州、松江的私家花園，書齋繡房、茶樓河屋的江南水鄉流連忘返。1929年出版、1932年改編再版的小說集《上元燈》，收入小說10篇。雖然他在這之前還出版了《江干集》（1923年）、《娟子姑娘》（1928年）、《追》（1929年）三個小說集，但他說《上元燈》「這是我正式的第一個短篇集。」[1]可見他對《上元燈》的重視。

第一節　對往昔的感懷與追憶

　　小說集《上元燈》寫了「一種感懷往昔的情緒」[2]，十篇小說，篇篇不離「感懷」二字，而感懷的又都是遠離都市的鄉鎮生活。翻開《上元燈》，映入我們眼簾的第一篇小說《扇》，就是一幅「輕羅小扇撲流螢」的美景。一柄茜色輕紗的團扇，記載著一段纏綿朦朧的初戀故事，寄託了多少美好的感受和遐想。《上元燈》寫的是張燈結綵的元宵燈節，一盞精心製作的青紗彩燈傳遞著少男少女兩小無猜的真情。雖然因為表兄強拿走本該送給「我」的「玉樓春」而引起「我」心中異常憂鬱，獨自回家時想起李義山的詩句「珠箔飄燈獨自歸」。但第二天，少女卻送給他一架更精緻的青紗彩畫燈，甚至還得到了比

---

[1]　施蟄存：《〈上元燈〉改編再版自序》，《施蟄存全集》第一卷，第622頁。

[2]　施蟄存：《〈上元燈〉改編再版自序》，《施蟄存全集》第一卷，第622頁。

青紗彩畫燈更寶貴的東西——愛情，即使「我」穿著破舊的長衫，「我」也能「很光榮地回家。在路上，我以為我已是一個受人歡頌的勝利者了。」在這裡，團扇可以與都市裡的電扇和流行的鵝毛扇相對照；將上元燈與都市的霓虹燈相對照，這些舊物雖已過時了，但卻有著纖塵不染的情韻，是在都市無法覓見的。

　　《周夫人》已是一篇很成熟的心理分析小說，20歲的施蟄存已經在作品中表現出佛洛伊德傾向。作品寫了周夫人對少年微官的愛戀，從一個孩子的眼裡感受成年女性的性苦悶、性渴望和性饑餓。寡居的周夫人要謹守婦道，只好壓抑生命本能，見到漂亮的少年微官，被壓抑的情欲便出現變形，而產生戀童症。戀童症也是一種神經疾病，戀童症疾病多因長期的性饑餓而導致，他（她）們在沒有或不能得到正常性愛的情況下，不得不對一個不懂世事的孩子寄託自己的情思。而戀童症患者的性對象，大多渾然不覺。所以對這寡居的周夫人的理解，卻是在主人公長大之後：「我是在恍然想起了她那時的心緒，而即使事隔多年，我也還為她感覺到一些苦悶呢。」主人公在成年以後回想起兒時的一段經歷，便是一種懷舊情緒，這並不是對周夫人的懷念，而是對一種情感的懷戀。同時也借助中年婦人周夫人的苦悶來表達作者自己人到中年的苦悶。

　　《詩人》是一篇《孔乙己》式的人物速寫，所表現的是一個「詩人」如何迷失於「詩」的世界中。這看似只是對一個過去鄰居的懷念，其實是對舊式知識分子命運的哀歎，有著魯迅對孔乙己的「哀其不幸，怒其不爭」的情感。而《宏智法師的出家》則借一盞照路的夜燈，寫了宏智法師對前妻的懷念和對自己行為的懺悔——出家人也在心靈深處感懷往昔呀！《舊夢》和《桃園》也是對昔日同學或戀人的追懷，但有了更多的感傷。《舊夢》中雖是舊夢，卻有一個微官從小就厮戀著的美麗的女孩子芷芳。既是同學、又是鄰居的初戀情人芷芳是那樣美麗善良，活潑可愛。而人世滄桑，純情的阿芷竟然變成了衰老的婦人。童年的「我」曾經送給芷芳一隊好看的小鉛兵，那隊小鉛兵寄寓著這兩個少男少女多少美好的情感！如今，小鉛兵仍在，只是已成了芷芳的兒子的玩物。小說結尾，芷芳喊來兒子，「阿福阿祥，

來，走過來叫聲叔叔。」與魯迅《故鄉》中的閏土的一聲「老爺」有異曲同工之妙，給人多少感慨！兒時的戀人還在，但面貌全非；「小鉛兵」這寄託感情的信物還在，但男女之情已蕩然無存。主人公在芷芳的身上看到了歲月的殘酷無情，它不但改變人的外表，更多的是改變人的心靈。主人公通過芷芳感受到自己青春的流逝。在《桃園》中，「我」來到「碩大的赭黃色的桃實累累然」的「桃園」卻發現種園人是中學的同學盧世貽。很有天分的同學，成了桃園的主人。嚴酷的生活，已使兩個童年的朋友，幾乎成為路人。「我」很快逃離了那幽靜、甜美的桃園，因為怕同學再喊一聲「少爺」！《閔行秋日記事》是「我」赴朋友之邀的途中遇見的一位「鹽梟的女兒」的故事。鹽梟的女兒雖然地位卑微性格狂野，但她的善良卻讓主人公感動留念。

對底層百姓的相濡以沫的溫情和世風民情的描繪，是《上元燈》懷舊情結的又一內容。在《漁人何長慶》裡，寫了漁人何長慶的婚娶悲喜劇。

作者這樣描寫美麗的江南水鄉：

> 錢塘江水和緩地從富陽桐廬流下來，經過了這個小鎮，然後又和緩地流入大海去。鎮市的後面是許多秀麗的青山，那便是西湖的屏障，從彎彎曲曲的山中小徑走進去，可以到西湖的邊上。
>
> 每天下午，你從閘口鎮的頭上慢慢的走，向左方看，向右方看，一直走到南星橋市梢，你可以看見各種的新鮮的魚，按照著產生的時汛，鯽魚，鯉魚，黃色黑點的鱖魚，很長的帶魚，石首魚，鰣魚，比目魚……腥味直送進你的鼻官，但不會使你如在都會的小菜場裡那樣的反胃欲嘔，你只要回過頭去向碼頭外一望湯湯的江水，便會十分喜悅著這些美味的鮮活得可愛。……正午之後，恰如都會的街上相反，大路上顯得靜寂了。

在這個和平肅穆的古鎮市上，雖然有閒暇的、饒舌的鎮上的人的閒言碎語，使何長慶曾一度遠離了雲大叔和菊貞。但也有閒言碎語

不能左右何長慶的時候，當他聽說菊貞在上海淪落為娼，便毅然決然地領回菊貞做妻子。「對於這件事，人家的批評和議論是有著各種各樣的。男人們誹笑著長慶說他娶了一個曾經做過妓女的女人為妻，他是『烏龜』；女人們說長慶還沒有正式『拜堂』，他們是姘的。」但「長慶卻依然清早就整理好了他的漁具，撐著他的小船飄蕩在寒天的江上。」雖然閒暇的、饒舌的人經常講著他的事情，但何長慶的兒子已經會每天到他父親的魚攤上來照料生意了。作者從菊貞的私奔，看到了現代都市對鄉土風俗文化的侵蝕，對鄉鎮純真男女的引誘。作者希望能通過何長慶的剛毅的儀態和鎮定的心態，挽留住鄉村的淳樸和善良。「大都會的畸形文化把天真的少女變成娼妓，草野之民的淳樸倫理觀念把娼妓變成賢慧的人，在這裡，鄉野倫理優於都市文化。」[3]人物的心靈在這寧靜的江南水鄉裡得到淨化。

在《閔行秋日記事》裡，「我」應無畏庵主人之邀，從都市來到鄉間，偶遇一販賣嗎啡的奇美驚豔的女子——原來這是鹽梟的流浪的女兒，然而這些在地底下生活的流浪者，卻保留了本色的淳樸和善良，她不讓「我」捲入驚恐的旋渦，不願讓「我」犧牲無辜的生命而拒絕了「我」對她的愛和同情。《桃園》中的盧世貽是鞋匠的兒子，因為貧窮失學，在遭受了種種的歧視之後平靜而理智地選擇了種植桃樹的生活。這些生活在社會底層的人們，在施蟄存的筆下，都比都市的先生小姐可愛得多。

傳統的當代生活的素描，人物速寫式的剪影，是《上元燈》中表現懷舊內容的普遍形式。《栗·芋》寫了一個幸福、寧靜家庭的變遷。採用的是先揚後抑表現手法，在一個孩子的眼裡，這是一個多麼和睦溫暖的家呀。夕陽下一家人圍著就餐的剪影，傍晚沿著小巷的散步，父母的溫雅相敬，兄弟的和順友愛，連女傭和乳娘也顯得那麼美麗善良，一把橋栗，透出多少親情和溫馨。但是，隨著女主人的故去，美麗的乳娘成為嚴厲的後母，失怙的孩子再也找不回那天真爛漫的童年，可憐的兄弟吃不到栗子只好跟著女傭吃芋頭了。

[3] 楊義：《中國現代小說史》第二冊，人民文學出版社1998年版，第668頁。

在作者看來，童年的故事是那麼美好，成人後煩惱就接踵而至；昔日的溫馨，如今不再，社會底層的人們，粗獷之中，是這樣可愛；文明的君子，卻那麼虛偽可憎！這怎麼不叫人感懷往昔！

第二節　對都市的恐懼與逃離

生活在20世紀30年代的施蟄存為什麼會懷念往古？身處大都會上海的施蟄存，為什麼會詛咒現代都市文明？作為當時接受西方現代文化影響的先鋒作家，為什麼讚揚傳統？

20世紀初，西方資本主義的經濟危機初露端倪，第一次世界大戰，正是這一危機集中爆發的結果，危機的出現，動搖了人們的美好願望，各種現代主義思潮紛紛出現。這些，反映了人們對資本主義的反思。

在中國上海，都市化的弊端已隱然可見。資本主義剝下了溫情脈脈的面紗，使人與人的關係異化；唯利是圖的生存哲學，強烈衝擊著傳統文化；資本掃蕩著一切，金錢統治著世界。這些異化，使一些知識分子懷念既往，希望回歸文化傳統。中國傳統文化中的老莊哲學為「窮則獨善其身」的知識分子提供了保護傘。

這些，是施蟄存感懷往昔的客觀原因。

施蟄存身在上海大都市，卻沉浸在對往昔和鄉村的感懷之中，這更主要在於施蟄存的自身原因。同為都市作家，施蟄存卻不同於他的朋友劉吶鷗、穆時英，劉吶鷗、穆時英是地道的都市人。所以我們在劉吶鷗、穆時英的作品中看不到一點對鄉村的嚮往，即使他們對都市不是沒有厭倦和否定，但他們無處逃遁，與施蟄存比起來，他們的悲劇就在這裡，所以我從劉吶鷗、穆時英那裡感受到的是更深一層的虛無和迷茫。

施蟄存出生於杭州，2歲時隨父母遷居蘇州，8歲時搬往松江，16歲雖到上海求學，但也一直來往於上海與松江之間，始終是一個都市的旅居者。一旦在都市稍有不快或不得意，他就逃往松江。雖然他寫作時已進入上海，但鄉鎮生活先入為主地進入他的創作。正如他後來說的：「影響創作的因素除政治，還有就是都會和農村，生長於農

村的作家到了上海，無法接受都市的生活，他雖然人在上海，所寫的仍然是農村題材。都會並不是指所有在都市的人都是都市人。」[4]另外，正是因為施蟄存離開鄉鎮來到都市，才會沉浸在對鄉村的感懷之中，如果他還在鄉鎮，就不可能有這種感懷。所以寫懷鄉作品的鄉土作家都是被家鄉所放逐的「僑寓」者。趙園說：「醉心於田園風情曠野文化的，也是一些困居城市備受精神饑渴折磨的城市人。他們未必意識到的是，只是在城市他們才奏得出如許的田園與荒野之歌，旋律中深藏著騷動不寧的狂暴的城市心靈。」[5]在《上元燈》集子裡，鄉鎮的一切都與燈紅酒綠的上海形成鮮明的對照。正如楊義所說：「『上元燈』是中國歲節風俗中懸掛的彩燈，紗光燭影，自然不能同『都市風景線』上的霓虹燈同日而語。」[6]

施蟄存的感懷往昔，源於他的反都市情緒，趙園說：「文學似乎特別鼓勵對城市的反叛，這幾乎已成近現代文學的慣例，成為被不斷襲用的文學句法。」[7]這種情緒使他與都市格格不入，他說：「自從被一個外國記者誇張地稱為『冒險家的樂園』以後，上海真成為許多不幸的冒險家的目的地。……但是可憐得很，大多數冒險家所發現的上海，並不是一個『樂園』，而是一個『地獄』。這些冒險家在發現了上海是個地獄的時候，已經被這個地獄吞噬了，恐怕一輩子也不容易脫離這個魔窟。」[8]施蟄存不是冒險家，卻仍感到在上海有被吞噬的危險。與都市的隔閡，對都市的恐懼，使他時時想逃離都市，逃到遠離都市的鄉村、田間，重溫童年時期優美和純真，以及初戀的夢境。施蟄存曾寫道：「假如有一天能使我在生活上有一點夢想的話，……我只想到靜穆的鄉村中去生活，看一點書，種一點蔬菜，仰事俯育之資粗具，不必再在都市為生活而掙扎。這就滿足了。」[9]晚

4　施蟄存：《中國現代主義第曙光》，《沙上的腳跡》，遼寧教育出版社1995年版，第170頁。
5　趙園：《北京：城與人》，北京大學出版社2002年版，第10頁。
6　楊義：《中國現代文學流派》，人民出版社‧1998年版，第208頁。
7　趙園：《北京：城與人》，北京大學出版社2002年版，第10頁。
8　施蟄存：《書簡》，《北山散文集》（二），第1583頁。
9　施蟄存：《新年的夢想——夢想的個人生活》，《北山散文集》（一），

年的施蟄存在與我的交談中，一再流露出對上海的厭倦，他對我說：
「上海有什麼好，我就喜歡到鄉村去生活。像我這樣的人，是不適合
在上海生活的，我在上海有什麼意義。」但是，這只是一種嚮往，
一種心靈的期盼，逝去的已經逝去，無論它曾經有多麼美好，施蟄存
是無論如何也回不到從前了。施蟄存在松江的故居早被日本人炸成灰
燼，施蟄存是永遠回不了故鄉了。只能如《扇》的主人公所說：「到
了現在這樣的可煩惱的中年，只有對著這小時候的友情的紀念物而理
出感傷的回憶。」榮格說，人之所以「抓住兒童時代的理想境界不
放，表現出對命運之神的反叛，對周圍一切企圖吞噬我們的力量的
反抗。」[10]施蟄存的反抗就是這種心靈的逃遁。他在後來的小說《魔
道》、《旅舍》等作品中，充分展示了對都市的恐懼感和企圖逃遁，
但又無法逃遁的處境。

　　對都市和對「現在」的恐懼和厭倦，使施蟄存常常把情感寄託在
鄉村和「過去」，《閩行秋日記事》中的「我」正是因為對都市的厭
倦和鄉村的嚮往，才應「無畏庵主人」之邀，前往鄉村。「無畏庵主
人」的邀請短箋正表達出作者的心情：

　　　小庵秋色初佳，遙想足下屈身塵市，當有吉土之患，倘能來小
　　　住一旬，荷葉披披，青蘆奕奕，可為足下低唱白石小詩，撲去
　　　俗塵五斗也。

　　在這裡，「我」雖然遇見了販賣鴉片嗎啡的人，但「我」既沒有
感到恐懼也沒有感到壓迫，反而從這群「過流浪生活的人」中品味出
生活的平安和詩意。主人公甚至有些羨慕「鹽梟的女兒」的流浪生活
了，雖然居食無定，但他們遠離了都市的爾虞我詐。

　　施蟄存來自鄉鎮，所以他感到自己是都市的外來者，上海的邊緣
人，有一種無家可歸的流浪的感覺。但這種流浪與「鹽梟的女兒」的

　　第412頁。

[10]　（瑞士）榮格：《探索心靈奧秘的現代人》，黃奇銘譯，社會科學文獻出
　　版社1987年版，95頁。

流浪不同，「鹽梟的女兒」的流浪是在自然的天地流浪，放蕩不羈，野性粗獷。在上海的施蟄存，有一種在別人的領地流浪的感覺，好像隨時都要看別人的眼色。上海都市永遠是別人的天堂，自己只是一個孤獨的飄零者。上海無論多麼富麗堂皇，摩登現代，但卻與己無關，正如黑格爾極欣賞的《拉摩的侄兒》中所說：「我以為事物的最好的秩序就是需要我在裡面的一個秩序，如果我不在裡面，即令最完美的世界，也是毫不足取的。」[11]施蟄存對都市的感情與40年代的都市作家張愛玲有著絕然不同的感覺，張愛玲說：「現代的東西縱有千般不是，它到底是我們的，與我們親。」[12]張愛玲將現代都市與古老鄉村形成對照，從而深深感受到現代都市的好處。張愛玲還在《公寓生活記趣》中說：「我喜歡聽市聲。比我較有詩意的人在枕上聽松濤，聽海嘯，我是非得聽見電車聲才睡得著覺的。」[13]張愛玲才是地道的都市人，她既能看出上海都市的「千般不是」，又能認同這「不是」，她把上海都市當自己的親人，毛病再多，那也是血肉相連的親人呀！有這種「與我們親」的感覺，張愛玲在都市如鷹擊長空般自如。施蟄存是都市的陌生人，他對都市始終沒有張愛玲那種認同感。

尼采在《查拉圖斯特拉如是說》一書中，形象地表達了現代人這種無家可歸地被遺棄感：

> 我處處找不到家，我漂流於所有城市，我走過所有城門。
> 現代人於我是陌生人……我從父母之邦中放逐。
> ……「何處是我家？」我叩問，我尋覓，尋覓而不得。
> 啊，永恆的蒼茫！啊，永恆的空漠！啊，永恆——虛無！[14]

---

[11] （法）狄德羅：《拉摩的侄兒》，江天驥譯，陳修齋校，商務印書館1981年版，13-14頁。

[12] 張愛玲：引自胡蘭成的《今生今世》，臺北：遠景出版事業公司1976年版，第188頁。

[13] 張愛玲：《公寓生活記趣》，《張愛玲文集》（四），安徽文藝出版社1992年版，第36頁。

[14] （德）尼采：《尼采生存哲學》，楊恒達譯，北京，九州出版社2003年版，第268頁。

　　飄忽的幽靈茫然不知何處是歸途，所以，苦悶孤寂纏繞著施蟄存，苦悶孤寂的情緒幾乎滲透《上元燈》的每一篇作品，成為這個集子的主旋律。

　　《周夫人》雖寫的寡居的周夫人的性變態情感，作為往事的回憶者「我」卻從中感受到「有些甜的，酸的或朦朧的味兒」，「當這四五千日的光陰，把我從不知世事的小學生陶熔成一個飽經甘苦的中年人」時，就更感到童年或青年時浪漫史都有長相憶的價值，追憶起來很覺得惆悵。當「我」也到了周夫人那時的「煩惱的中年」時，也有了「這般的長夜」時，才恍然想起她那時的心緒，為她感覺到一些苦悶。這裡包含著「我」和作者的「飽經甘苦」的苦悶。在《舊夢》裡，當看到青梅竹馬的小伴侶、小戀人芷芳的憔悴模樣時，「這在我隱秘的心中，實在是一重苦痛的失望。我願意始終沒有看見她，讓我永遠記憶著她垂髫時候的美麗」，主人公希望永遠沉醉在夢中，但夢是要醒的，夢醒之後，「我竟感到好似在開始一個長途的旅行而離開自己的家門的時候的惆悵。」《扇》中的少女樹珍嬌小迷人，善解人意，香容笑貌，「都如有魅力似的深印在我心上」，然而，「二十年後，詢之蘇人，聞九官早夭折，八官不知安適」，「青梅竹馬舊遊侶，一別人天幾市朝。」[15]留下的只是無盡的感傷。《桃園》裡看到中學同學盧世貽因為是「賣菜的兒子」，「鞋匠的兒子」而輟學，而失業，而成為種園人時，「一陣無名的悲哀來侵襲了我。我感到這是回家以後第一次地覺醒了，我的確已經是中年人了。」《栗·芋》、《詩人》、《宏智法師的出家》雖然都是寫的別人的故事，但感傷和惆悵，苦悶和孤寂的情緒，仍然如同自己親身經歷一樣的深重。

　　這種苦悶、惆悵的情緒，就像《魔道》中的「魔」一樣，主人公不論走到哪兒，也走不脫，逃不掉。即使施蟄存將自己的心靈放逐到鄉鎮，但只能得到短暫的慰藉，惆悵仍然長久的纏繞在心頭，不招自來，揮之不去。「惆悵」是《上元燈》十篇作品中出現得最頻繁的

---

[15] 施蟄存：《浮生雜詠》，《沙上的腳跡》，遼寧教育出版社1995年版，第193頁

詞。慰藉即使是短暫的，往昔還是要感懷的，施蟄存說：「在苦悶的現代人眼睛裡中世紀也可以成為一個值得遐想的幻景。」[16]這是一個循環的行為：因為惆悵苦悶才去感懷往昔，而感懷往昔又帶來更深的苦悶惆悵，有了惆悵又去感懷，從而形成一個無休無止的魔圈。

這「魔圈」正是20世紀30年代知識分子在都市的處境。這裡要談到的是施蟄存等人為什麼會懷舊？我以為有兩個方面的原因，一是對現實的茫然，二是對中國傳統文化的珍視。

施蟄存所表現的心態正是20世紀30年代知識分子的心態。上海都市的畸形發展，社會現實的冷酷無情，使知識分子陷入悲觀失望、茫然無助的境地。敏感的青年知識分子深深感到理想破滅的極度痛苦。特別是20世紀30年代的非左翼作家的痛苦更深，他們對左翼作家的概念化、公式化的現象不滿，「常常不願意在文章的結尾加上一些口號。」[17]但自己的創作又不被人理解，沈從文、巴金都是比較典型的例子。沈從文說：「吾人的生命力，是在一個無形無質的『社會』的壓抑下，……這種生命力，在某種情形下，無可歸納挹注時，直接游離成為可哀的欲念，轉入夢境，找尋排泄，因之天堂地獄，無不在望，從挫折消耗中，一個人或發瘋而自殺，或又因之重新得到調整，見出穩定。」[18]巴金說：「你如果離開編輯室到租界上去走走，或者最好能到這裡的租界上看看，你就會明白在目前的中國確實有不少的人感到坡格隆時代猶太人所感到過的悲哀了，他們只有悲哀，或者盼望有一天日子會變過來，但他們的思想是很陰暗，沒有一個出路的。」[19]沈從文和巴金經常在悲哀和孤寂中不能自拔。施蟄存的悲哀和孤寂絕不亞於他們，但施蟄存很少這樣直接抒發他的痛苦，而只是借人物來加以表達。

在這種情形下，回歸可能是順理成章的事，施蟄存是通過對往

---

[16] 施蟄存：《中世紀的行吟詩人》，《燈下集》，上海開明書店1937年版，第9頁

[17] 巴金：《作者自剖》，《現代》第1卷第6期（1932年10月）。

[18] 沈從文：《再談差不多》，引自凌宇《從邊城走向世界》，三聯書店1985年版。

[19] 巴金：《作者自剖》，《現代》第1卷第6期（1932年10月）。

事的感懷，表達出對中國傳統文化的特殊感情，新的有時候可能還不如舊的，特別是當新的背負著它自身以外的使命的時候。陳獨秀曾在1921年6月第9卷第2號的《新青年》談到新劇的現狀，認為失敗的新劇還不如舊戲，他說：「但是它的價值不但比起西洋劇在零點以下，就比中國舊劇也是差得遠。……在這種『新劇閥』未造成以前，我奉勸留心社會問題的人，還是設法改良中國舊戲要緊；因為沒有『新劇閥』而提倡新劇，徒然使不學而能的冒牌新劇家得了作惡的機會。」[20]在此之前，陳獨秀是徹底否定舊戲的，曾經把舊戲所獨有的臉譜、嗓子、台步、武把子、唱工、鑼鼓、馬鞭子、跑龍套，以及開門、關門、跨門檻等批得狗血淋頭，但當陳獨秀看到新的東西的弊端時，也不得不有回歸的心理。施蟄存對中國傳統文化的感情則異常深厚，施蟄存一生的大部分時間是徜徉在中國傳統文化領域裡，他從小是從先秦讀到元明清的，他的文化素養首先來自中國傳統文化。30年代末40年代初，施蟄存主要從事中國古典文學的教學和研究，這個回歸是必然的。

第三節　做「從容」而「舒緩」的文字

　　施蟄存將《上元燈》定為他的第一個小說集，是因為施蟄存認為《上元燈》比前三個集子在藝術上更成熟，已經擺脫了模仿的痕跡，有了自己的風格。文學的表現方式是由作家的氣質性情所決定的。施蟄存性情溫和、沉靜、細膩，創作風格婉約纏綿，這種性情表現在創作上是一種「從容」和「舒緩」的風格。沈從文說：「作者的秀色動人的文字，適宜於發展到對於已經消失的，過去一時代虹光與星光作低徊的回憶，故《漁人何長慶》與《牧歌》都寫得很好，另外則是寫一點以本身位置在作品上，而又能在客觀地明晰地，紀錄一種纖細神經所接觸的世界各種反映的文章，如像《扇》、《妻之生辰》、《栗·芋》，即無創作組織，也仍具散文的各條件，在現代作者作品

---

[20] 陳獨秀，《新劇底討論》，《新青年》第9卷第2號（1921年6月）。

中可成一新型。然而作者生活形成了作者詩人的人格，另外那所謂寬
泛的人生，下流的，骯髒的，各特殊世界，北方的荒涼，南方的強
悍，作者的筆是及不到的。」[21]作者的性格，使他用舒緩的文字表現
著他的《上元燈》裡的悲哀。有人說：「作者是一個中產階級的青
年，他的生活很平靜和順，沒有突兀的激變，所以他的創作也如靜水
一般，很從容自然，沒有驚心動魄的事蹟。」[22]

　　當然，此時此刻的心情也是一個因素，當他處在不再是「此時此
刻」的情景時，這種「從容」和「舒緩」可能就失去了原有的韻律。
他在改編再版《上元燈》時，抽去了《妻之生辰》和《梅雨之夕》，
刪去了《牧歌》，於是補上三篇新作《舊夢》、《桃園》、《詩
人》，他說：「現在因為補缺之故，自己以為將承襲了從前寫其餘幾
篇時的情緒，將它們寫出來。但我是失敗了。究竟此中已距離了好
久，當時的一種情緒已經漸就泯滅，我不再能夠寫到如《周夫人》、
《栗·芋》那樣舒緩的文章了。」[23]寫不出的原因與環境心情有關。

　　《上元燈》不僅僅是做「從容」、「舒緩」的文章，而且已經將
佛洛伊德的心理分析運用於創作中。人們多認為《上元燈》作為施蟄
存的早期作品，主要採用現實主義的創作方法，其實不然，《上元燈》
是將佛洛伊德的精神分析，甚至是性心理分析學說融進了東方文學的
神韻之中，融進了他從容舒緩的文字裡。在這裡，作者將筆觸伸入到
人物隱秘的潛意識之中，表現其複雜微妙的感情。《周夫人》中對周
夫人的潛意識描寫生動真實。《宏智法師的出家》是透過宏智法師每
晚親自點亮燈掛在門口普照行人的現象，探尋到宏智法師的靈魂深處，
「可憐的和尚啊！他是在紀念他的不幸的妻呢。」揭示出宏智法師的
傷感、苦悶、悔恨、寂寞的精神世界。莫泊桑說：心理分析小說能夠
「表現一個人精神的最細微變化和決定我們行動的最隱秘的動機。」[24]

[21] 沈從文：《論施蟄存與羅黑芷》，《沈從文批評文集》，珠海出版社1998
　　年版，第168頁。
[22] 王哲浦：《中國新文學運動史》，北平傑成書局印行1933年版，第245頁。
[23] 施蟄存：《〈上元燈〉改編再版自序》，《十年創作集》，第791頁。
[24] （法）莫泊桑：《「小說」》，《西方文藝理論名著選編》（中卷），伍
　　蠡甫、胡經之主編，北京大學出版社1986年版，第260頁。

這確實是其他創作方法所無法企及的地方。心理分析方法為我們開闢了小說創作的廣闊天地。

作者的詩人氣質，使他的《上元燈》具有一種古典美的詩情畫意，「通篇交織著詩的和諧。」[25]《扇》中對杜牧的抒情小詩《秋夕》的形象化描寫；《上元燈》中的繪有仿北宋畫院本畫的雅致的紗燈，無不蕩漾著一種古代文人那樣悠遠的惆悵和濃重的懷舊情調，情感的流動雖沒有大幅度的起伏跌宕，但也如溪中清泉綿綿不絕，情深意長。施蟄存是將每一篇小說當詩來寫的，淡化情節，重視意境。我們用施蟄存評價海明威的小說的那段話來評價施蟄存自己的小說卻非常適合：「目的都只是要表現一種情緒，一種氣氛，或一種人格。他們並不是拿一個奇詭的故事來娛樂讀者，而是以一種極藝術的，極生動的方法來記錄某一些『心理的』或『社會的』現象，使讀者雖然是間接的，但是無異於直接地接受它。」[26]

在《上元燈》中，作者表現的是平凡的人，平凡的事，平凡的人生，並在平凡中挖掘出值得珍視和紀念的東西，羅丹說：「所謂大師，就是這樣的人，他們用自己的眼睛去看別人見過的東西，在別人司空見慣的東西上能夠發現出美來。」[27]施蟄存從何長慶的一個決定，詩人的一句狂言，周夫人的一個吻抱，販毒女的一個笑臉，宏智法師的一盞燈，甚至一柄團扇，一盞花燈，一隻鮮桃，都能發現一個感人的故事。施蟄存說：「我講故事的態度是想在這舊的故事中發掘出一點人性。」[28]人性的發掘才是施蟄存感懷往昔的創作目的。也是施蟄存的創作觀和審美觀，他正是用這種觀念創作《上元燈》及其以後的作品的。也正因為這樣的創作觀，使他與魯迅、茅盾等作家有了差距，體現出他「自由思想者」的稟性。

---

[25]　沈從文：《論施蟄存與羅黑芷》，《沈從文批評文集》，第168頁。
[26]　施蟄存：《從亞倫坡到海敏威》，《北山散文集》（一），第463頁。
[27]　（法）羅丹：《羅丹藝術論》，奧古斯特・羅丹（Auguste Rodin）口述，（法）葛賽爾記錄，沈寶基譯，吳作人校，廣西師範大學出版社2002年版，第7頁。
[28]　施蟄存：《關於〈黃心大師〉》，《北山散文集》（二），第956頁。

　　感懷往昔的《上元燈》是施蟄存心理分析小說的一個開端，之後的《將軍底頭》、《梅雨之夕》將會把這種手法運用得更加純熟深邃，真正開闢一條小說創作的新路徑。

第二章　從《將軍底頭》看施蟄存小說的虛構色彩

第一節　小說是幻想的結晶

　　關於歷史小說的寫實與虛構的討論，曾給我們很長時間的困擾。歷史永遠成為歷史，小說不可能成為信史，但是，歷史也絕非任人裝扮的小姑娘，虛構也得有其歷史的合理性。中國古代歷史小說如《三國演義》等在處理這些關係上，做出了很好的表率。施蟄存的歷史小說集《將軍底頭》以虛構的方式書寫著歷史，應該說是歷史人物的心靈史，展現出歷史小說的新景觀，而且有其歷史的合理性。

　　1932年1月，施蟄存的《將軍底頭》由上海新中國書局出版，同年，有人在《現代》雜誌第一卷第五期《書評・將軍底頭》中評價：「施蟄存先生過去在創作上的成就可以分做兩個方面來說：一種是個人的低徊情調的詩意的抒寫，這可以拿他的第一創作集《上元燈》來代表；其他一種便是收集在我們現在要說的《將軍底頭》一集裡歷史小說了。」這裡所說的其他一種的特點，與《上元燈》的「低徊情調的詩意的抒寫」很有些不同。《將軍底頭》是將佛洛伊德的精神分析學、性心理學以及潛意識、無意識純熟地運用其中，剖析歷史人物在情欲與理性雙重衝突下的靈魂的搏鬥，探索人的心靈奧秘。這種心理分析與《上元燈》集裡的《周夫人》比起來，是大大的向前跨了一步，達到了中國現代文學史上心理分析小說的最高峰。

　　《將軍底頭》的精神分析特徵和潛意識、無意識描寫，論述的文章較多，不再贅述。我在這裡要論述的是施蟄存歷史小說的幻想的寫實主義特徵。可能有人會提出疑問，認為「幻想」和「寫實主義」似乎相距甚遠，而跟「幻想」聯繫得緊密一些的可能應該是浪漫主義或現代主義。但是，我在施蟄存的小說中看到了幻想的寫實主義特徵和虛構色彩。關於這一點，施蟄存先生是早已認同的，或者說是有意為

之的。

　　施蟄存曾經在《現代》第一卷第六期的巴金的《作者的自剖》的文章後面的《存按》中說：「我以『感傷的或幻想的雕飾』，盡我的能力完成了一些不敢自棄的作品。」[1]施蟄存在這裡將自己的創作總結出三個特點：一，感傷；二，幻想；三，雕飾。

　　施蟄存的早期創作，就有幻想的特點。在他的小說集《上元燈》，以及《上元燈》以前的作品中，並不取材於他身邊所熟悉的生活，而是被遠離現實的憧憬所吸引，充分發揮自己的想像力，遙想那鄉村鄉鎮的故事。小說中那些傷感的故事和美麗的景致，有的可能來自童年的回憶，但絕大多數來自作家的想像，是他對生活的幻想，是他的一個個美好的夢。施蟄存是一個愛做夢的人，可以說他有時是靠夢想寫作的，如同小說題目《舊夢》、《花夢》，雖然是舊日的夢，但也像鮮花一般美好，像溪水一樣清澈，能淨化人的心靈。

　　隨著創作的成熟，施蟄存已不在小說中做懷舊的夢了，他憑著自己的想像力，進入到更加廣闊的天地。有人曾說，比海洋寬廣的是天空，比天空寬廣的是人的心靈。施蟄存進入人物的心靈創造著一個個虛構的、異想天開的故事。

　　施蟄存在《梅雨之夕》後記中談他怎樣憑著聯想、幻想寫小說的：「一天，在從松江到上海的火車上，偶然探首出車窗外，看見後面一節列車中，有一個女人的頭伸出著，她迎著風，張著嘴，儼然像一個正在被扼死的女人。這使我忽然在種種的聯想中構成了一個PLOT，這就是《夜叉》。」[2]施蟄存的小說很多是躺在床上妄想出來的，他說：「我以為臥病在床，第一的愉快是可以妄想。自從踏進社會，為生活之故而小心翼翼地捧住著職業以後，人變得那麼地機械，那麼地單調，連一點妄想的閒空也沒有了。然而我的妄想癖是從小就深種著的。惟有在發病的日子，上自父母，下至妻子，外及同事都承認我可以拋棄一天的工作，而躺在床上納福，於是這一天就是我的法

---

[1]　施蟄存：《編輯按語》，《現代》第1卷第6期（1932年10月）。
[2]　施蟄存：《〈梅雨之夕〉後記》，《十年創作集》，華東師範大學出版社1996年版，第794頁。

定的妄想期了。我倚著墊高的枕，抽著煙……我看著煙雲在空中裊裊地升騰著。……於是我的沒端倪的思想就會跟著那些煙雲漫衍著，消隱著，又顯現著。我有許多文章都是從這種病塌上的妄想中產生出來的，譬如我的小說《魔道》，就幾乎是這妄想的最好的成績。」[3]在施蟄存這裡，小說是幻想的結晶。

第二節　抒寫心中的歷史

　　小說集《將軍底頭》的主觀色彩濃重，作者一反幾十年來的傳統歷史小說定論，寫他心中的歷史，在解構歷史的時候完成了對歷史人物的心靈塑造。但施蟄存的寫實主義精神使他的主觀創造並沒有游離於史實之外，而是將筆觸向縱深發展，挖掘歷史深處的精魂。

　　《將軍底頭》中的第一篇小說是《鳩摩羅什》，說它是歷史小說，倒是能從嚴格意義上確認的。鳩摩羅什真有其人，歷史上真有原籍天竺，出生於龜茲的高僧鳩摩羅什被後秦姚興迎入長安講學譯經的史實。小說情節也基本符合羅什本人的經歷。如七歲隨母出家，十二歲已為沙勒國師，經過刻苦學習經文，已經名震西域。被呂光劫至涼州滯留十餘年，後秦弘治三年，國王姚興攻伐涼州，迎請羅什入長安。羅什精通經典，深諳佛義，一生致力於佛教事業，曾與弟子翻譯《中論》《百論》三百多卷，在中國佛史上是有影響的人物。關於羅什與龜茲國公主的表兄妹關係也是有據可查，據周叔迦《中國佛學史》介紹，其父曾是國相，後辭位出家，東渡蔥嶺時娶龜茲王之妹為妻，遂生羅什。至於說羅什與表妹的關係發展就全憑施蟄存的想像了。沒有施蟄存的想像和虛構，我們就沒法瞭解鳩摩羅什的生動的愛情故事和淫亂的長安生活以及他的二重人格的靈與肉搏鬥的痛苦。

　　鳩摩羅什不屬於那種「剃光了頭髮的俗人」[4]，也不是勾引良家婦女的下流僧人，鳩摩羅什是虔誠的佛教徒，是希望通過自己的刻苦

[3]　施蟄存：《贊病》，《燈下集》，北京，開明出版社1994年版，第94頁。
[4]　魯迅：《我的第一個師傅》，《魯迅全集》第6卷，第596頁。

修煉能成正果的國師。然而他又真心地愛著自己的表妹,表妹對他的
愛也使他覺得有些心中不能自持了。「他曉得,這是菩薩降給他的
誘惑,最大的最後的誘惑,勘破了這一重孽緣,便是到達了正果的
路。」但他最終還是與表妹結婚,他離「到達了正果的路」更遠了。
他知道愛情與神明是不能兩全的,但他既不願褻瀆神明,也不願捨棄
妻子,結果是既冒犯了神明,也對不起妻子,終於陷入兩難的痛苦之
中:「這是十幾年來時常苦悶著的,羅什的心裡蓄著兩種相反的企
念。」這是人性與佛性的鬥爭和對立,而在這兩者之間,羅什不能做
任何選擇,因為他不能捨棄任何一方,他的痛苦就在這不能捨棄之中
延伸,彌漫。妻子意識到自己是鳩摩羅什修成正果的阻礙,妻子說:
「我聞到你的宗教的芬芳,我看見你的大智慧的光。你是到東土去宣
傳教義的唯一的人,但我是你的災難,我跟著你到秦國去,我會阻梗
了你的事業,我會損害了你令聞。」最後還是妻子做了犧牲,妻子的
死使他認為自己已是功德快要完滿的僧人,「一切的人世間的牽引,
一切魔難,一切的誘惑,全都勘破了。現在是真的做到了一塵不染,
五蘊皆空的境地。」其實不然,新的誘惑使他真正的沉淪,妓女孟姣
娘對他的吸引使他發現自己不只是迷戀妻子,而是對性的迷戀,他
「感覺到自己又應當負擔一重對佛祖說了謊話的罪過」,但他沒法從
這迷戀中將自己拯救出來,他只得放縱自己了,「日間講譯經典,夜
間與宮女妓女睡覺的鳩摩羅什自己心裡深深地苦悶著。」「鳩摩羅什
從這三重人格的紛亂中,認為自己非但已經不是一個僧人,竟是一個
最最卑下的凡人了。」羅什的這種深層的痛苦,不通過幻想和虛構是
無法體現的。施蟄存是運用的主觀感覺心理化的表現手法,即以作者
主觀的虛構和幻想去感覺主人公的心理活動,是真正的合理想像,從
而創造出一個鮮活的形象,鳩摩羅什的「這三重人格的紛亂」是只有
這樣才能表現出來。

　　《將軍底頭》中的將軍花驚定,也是有真實原型的,而且是一
位功勳顯赫的唐代將軍。杜甫有詩:「成都猛將有花卿,學語小兒知
姓名」。但是僅僅照搬歷史是寫不出好作品的,施蟄存讓花驚定從枯
燥單調的文字記載史籍中走出來,走出一個活脫脫的凡人。在施蟄存

筆下，花驚定不僅是一個百戰百勝的將軍，而且是一個有血有肉有情有欲的男人，看到可愛的姑娘也會「忽然動了一種急突的意欲」。花驚定將軍這一回是接了大唐的命令去打擊騷擾邊境的吐蕃人，接到命令的將軍一路上被一重矛盾痛苦著：將軍的爺爺是吐蕃人，娶了大唐的女人生下將軍的父親，父親娶了大唐的女人生了將軍，所以說，將軍其實是吐蕃人。將軍這次奉命去打吐蕃，但他一直痛苦地不能決定，他是應該帶著軍隊打吐蕃，還是調轉武器打大唐？將軍因種族的痛苦而拖延著，久久沒有進攻吐蕃，於是在村子裡住下來。對駐紮的軍隊，將軍定有一個紀律：士兵不能騷擾本國的民女，騷擾民女是要殺頭的。但有一個士兵卻冒著殺頭的危險追求一位姑娘，被將軍殺了頭，將軍把這個士兵的頭掛在路邊示眾。但將軍卻因為這個姑娘的美麗而不能入睡，施蟄存憑想像寫將軍的幻夢：「自己的手正在撫摸著那少女的肌膚，自己的嘴唇正壓在少女的臉上，而自己所突然感到的熱氣也就是從這個少女的裸著的肉體傳過來的……」將軍從此忘掉了種族的痛苦，每天來到姑娘身邊沉迷於對姑娘的愛戀中。姑娘於是對將軍說，按照將軍的紀律，騷擾民女是要殺頭的。將軍回答：「受了自己的刑罰的花驚定，即使砍去了首級，也一定還要來纏繞著姑娘。」正當將軍纏綿在姑娘身邊時，吐蕃人進攻了大唐，將軍不得不進行反擊。隨後，施蟄存更進一層，虛構了花將軍因為迷戀少女忘記了戰爭而被吐蕃的將領砍了頸項之後的情形：「沒有了頭的花將軍由著他的馬背著他沿了溪岸走去」，他要「去見那個美麗而又溫雅的少女」，這正印證了將軍的那句讖語：「受了自己的刑罰的花驚定，即使砍去了首級，也一定還要來纏繞著姑娘。」但是，當無頭的將軍受到姑娘的嘲笑時，即刻就倒下來。「同時，在原處，倒在地下的吐蕃人手裡提著將軍的頭，卻流著眼淚了。」施蟄存充分幻想了將軍「里比多」潛在力量的強大無比，它能讓將軍忘掉祖國，忘掉戰爭，甚至沒有頭也不倒下。正如佛洛伊德所說：「再沒有什麼別的場合，比在這種變異裡，更能顯示出愛情的法力無邊來。」[5]但一旦他失卻了

---

[5]　（奧）佛洛伊德：《性學三論》，《愛情心理學》，林克明譯，作家出版

愛，就成了一具空洞的軀殼，立即化為烏有。《現代》的《書評》評價說：「讀這作品的人，是沒有不被那一幅沒有頭的花將軍在馬背上沿溪走去找他的愛人的陰森而奇麗的圖畫所感動的。」巴金也說：「我也愛讀你的《將軍底頭》，而且也為裡面的某一些奇麗圖畫所感動。」[6]

《石秀》取材於《水滸》中四十四至四十六回有關石秀的故事，在《水滸傳》裡的石秀是一個急公好義，路見不平拔刀相助的英雄，但他慫恿楊雄殺妻子的行為有些不近人情，施耐庵用傳統的白描手法寫出了石秀的光彩，表現的是石秀的顯現世界，《石秀》的「作者一點也沒有改變原作，只是完全從另一個角度來觀察罷了。」[7]這所謂的另一個角度就是心理的角度，《石秀》中的潘巧雲與和尚裴如海通姦，石秀慫恿楊雄殺妻的事件與原作《水滸傳》基本相同，而石秀對潘巧雲的愛戀以及慫恿楊雄殺妻的真正動因是什麼，就全憑作者的合理想像了，都是施蟄存虛構的。當然，這虛構也不是憑空捏造，而是根據石秀不可思議的行為合理想像出來的。施蟄存寫信對我說：「《水滸》中寫的是石秀的『表』，我寫的是其『裡』。」[8]不論表裡，都是真實的石秀的寫照。石秀是一個局外人，憑什麼慫恿楊雄殺死妻子潘巧雲，這一定有別人不能知曉的內在原因，所以金聖歎說石秀「假公濟私」不是沒有道理的。金聖歎還在《〈水滸傳〉評點》中說「石秀又狠毒又精細」。施蟄存的《石秀》抓住這一點因由進行探索、挖掘，憑想像分析石秀的殺人動機，展示了石秀的潛隱世界。從而發現了石秀一切不可思議的舉動都是源於「性」。

英雄石秀與楊雄結拜兄弟，住在楊雄家的第一晚，就被楊雄的妻子潘巧雲那「一副裊裊婷婷的姿態」打動了，「使年輕的石秀陷於重壓的苦悶之中」，石秀痛苦地思索著：

社1986年版，第169頁。

[6] 巴金：《作者的自剖》，《現代》第1卷第6期（1932年10月）。

[7] 《書評》，《現代》第1卷第5期（1932年9月）。

[8] 施蟄存1992年3月7日寫給筆者的信。

在第一天結義的哥哥家裡，初見了嫂子一面，就生著這樣不經的妄念呢？這又豈不是很可卑的嗎？看見了一個美婦人而生了癡戀，這是不是可卑的呢？當然不算得什麼可卑的。但看見了義兄底美婦人而生癡戀，這卻是可卑的事了。這是因為這個婦人是已經屬於了義兄的，而凡是義兄底東西，做義弟的是不能有據為己有的希望的。這樣說來，當初索性沒有和楊雄結義，則如果偶然見著了這樣的美婦人，倒不妨設法結一重因緣的。於是，石秀又後悔著早該跟著戴宗楊林兩人上梁山去的。但是，一上梁山恐怕又未必會看見這樣美豔的婦人了。……現在既已知道了這是楊雄所有的美婦人之後，而陡然像回憶一彎彩虹似的生著些放誕的妄想，或者也是可以被允許的吧，或者未必便是什麼大不了的可卑的事件吧。這樣地寬慰著自己的石秀，終於把新生的苦悶的糾紛暫時解決了，但是在這樣的解決之中，他覺得犧牲太大了，允許自己儘量的耽於對潘巧雲的妄想，而禁抑著這個熱情底奔泄，石秀自己也未嘗不覺得，這是一重危險，但為了自己底小心、守禮、和謹飭，便不得不用最強的自製力執行了這樣的決斷。

　　石秀不得不這樣壓抑住對潘巧雲的愛戀。佛洛伊德：「里比多和饑餓相同，是一種力量。」[9]在石秀的內心出現的是兩種力量的抗衡——衝動與壓抑，在強大的衝動和壓抑下，主人公會出現兩種情況，一種是壓抑抑制了衝動，人格得到昇華；一種是壓抑對衝動施加壓力時，遇到了意外，這意外就像一根導火線，壓抑的衝動衝破了防線從而爆發，使人物產生變態。這裡使石秀變態的導火線就是他發現潘巧雲與和尚私通，這一意外事件使石秀壓抑的情緒爆發，他便成了一個性變態的虐待狂了，他由以前的「因為愛她，所以想睡她」，發展到後來「因為愛她，所以想殺她」的境地。佛洛伊德在《精神分析

9　（奧）佛洛伊德：《精神分析引論》，高覺敷譯，商務印書館1986年版，第247頁。

引論》中說：「他們當中有許多變態的人們，他們的性活動和一般人所感興趣的相離很遠。這些人的種類既多，情形又很怪誕」[10]，這些「不近人情的虐待狂者，專門想給對方以苦痛和懲罰，輕一點的，只是想對手屈服，重一點的，直到要使對手受重傷。」[11]石秀從「淌滿了鮮紅的血」的「桃紅色的肢體」中「覺得一陣滿足的愉快了」。佛洛伊德將此稱為「心理症」，是一種「潛意識癥結」，「它們源自人心中未曾滿足的性要求，代表著滿足的一種替代力量。」[12]石秀從殘害性對象中得到的性滿足，很快就消失了，面對楊雄，他感到內疚和茫然。佛洛伊德說：「實際上，性倒錯的患者很像一個可憐蟲，他不得不付出痛苦的代價，以換取不易求得的滿足。」[13]如果說石秀欺騙楊雄上當，不如說他欺騙了自己，落得個如此「荒涼」。施蟄存正是按照佛洛伊德的理論通過合理想像和虛構，塑造出這個性變態者。用佛洛伊德的性心理學說分析石秀的殺人原因，覺得突兀的行為就順理成章了。

當然，也有評論者對施蟄存的這種寫法提出了批評，認為《石秀》「將古人現代化，將古人佛洛伊德主義化。作者是按照佛洛伊德、藹理斯這些現代人的理論主張來寫古代人的。……用這種指導思想塑造出來的石秀，哪裡還有多少宋代人的氣息，分明打著現代超級色情狂者的印記！……生活中即使有施蟄存所描寫的這種人物，那也絕不是石秀，只能是另一種人。對於石秀這樣一個古代的急公好義的起義英雄來說，究竟是《水滸》的寫法更接近於歷史的真實，還是新感覺派作家的寫法更接近於歷史的真實呢？儘管《水滸》是一個浪漫主義氣息很重的作品，但我寧可相信《水滸》所描寫的石秀，更接近於歷史的真實。」[14]我認為，作者是在寫小說，而不是寫歷史，或者

10　（奧）佛洛伊德：《精神分析引論》，高覺敷譯，商務印書館1986年版，第240頁。
11　（奧）佛洛伊德：《精神分析引論》，第241頁。
12　（奧）佛洛伊德：《愛情心理學》，林克明譯，作家出版社1986年版，第169頁。
13　（奧）佛洛伊德：《精神分析引論》，第254頁。
14　嚴家炎：《中國現代小說流派史》，人民文學出版社1989年8月版，第

說是施蟄存對歷史的另一種解釋。這是施蟄存對《水滸》作者傳統觀念的反叛。施耐庵的傳統觀念是輕視女人拔高英雄，將女人當禍水的，把「性」視作邪惡，作為作者歌頌的梁山好漢，當然要與邪惡絕緣。如《水滸》中的石秀所說：「兄弟雖是個不才小人，卻是頂天立地的好漢，如何肯做這等之事？」施耐庵在《水滸》中回避了石秀的殺人動機，卻沒法回避石秀的殺人行動，施耐庵在《水滸》中寫道，石秀一再提醒楊雄，「哥哥含糊不得」，「一髮斬草除根」，並親自將潘巧雲的頭面首飾衣服都剝了。我們透過施耐庵在《水滸》的字裡行間仍能看出石秀對楊雄的懲惡和對殺人的欣賞。施蟄存消解了英雄的崇高和偉大，揭示了他們光彩外表下的不光彩的內心世界，還原他們作為人的本性。不能說宋代人石秀就一定是個「高、大、全」的人物，英雄好漢也不是完美無缺的。當然，石秀的不光彩的心理活動，是施蟄存虛構出來的，但卻是合乎情理的想像推理，《石秀》的魅力也正是這虛構色彩。正如《現代》的《書評》所說：「當然，我們不能在這樣的作品裡找真實，因為它所追求的並不是真實，而它的迷人處也正在它的不真實性。」[15]

《阿襤公主》雖然被人們認為：「在全書中，這就要算是最薄弱的一篇」[16]，但作者的想像力並沒有減弱，阿襤公主和段平章都處在兩重和兩難的境地，沒有虛構和幻想就沒法展現他們矛盾的痛苦心情。

《將軍底頭》出版之後，施蟄存又於1937年6月1日在《文學雜誌》第一卷二期上發表了最後一篇歷史小說《黃心大師》，這同樣是一篇虛構和幻想的小說，並且因虛構和幻想引出一段讓施蟄存永久歉疚的故事。

1947年施蟄存寫了一篇《一個永久的歉疚——對震華法師的懺悔》，講了這段故事。1937年2月，施蟄存因讀了明初時別人贈豫章尼黃心大師的一詩一詞，不禁遐想，「頗欲知道這黃心大師的詳細事蹟」，尋而不得，「但從即詩詞的辭氣看來，從那詞題下注的『嘗為

159頁。
[15] 《書評》，《現代》第1卷第5期（1932年9月）。
[16] 《書評》，《現代》第1卷第5期（1932年9月）。

官妓』這句話看來，也可約略揣測其人了。既無載籍可求，何妨借它來作現成題材，演寫為我的小說。」施蟄存這「揣測」，這「演寫」，就是虛構和幻想了。他用了兩天的時間，以近乎宋人詞話的文體寫了小說《黃心大師》，登於這年6月的《文學雜誌》上。施蟄存說：「至於這篇小說裡的故事，百分之百是虛構的。我在篇中曾經提起過在一個藏書家那裡看到了無名氏著的《比丘尼傳》十二卷的明初抄本殘帙，以及明人小說《洪都雅致》二冊，並且也曾經引用了此二書中幾段關於黃心尼記載，其實全出於偽造，正如我相之詩於梅晴的古文尚書一樣。一切都僅僅是為了寫小說，從來沒有人在小說裡尋求信史的！」[17]恰恰就有人在他的小說裡尋求信史，而且是一位虔誠地編纂比丘尼傳記的法師，「於是我的荒誕無根的故事，卻被採用為實錄了。」[18]施蟄存知道此事時，已經是十年之後，他收到了將他的小說寫進《續比丘尼傳》的震華和尚的信：「閱讀學生雜誌，見有《黃心大師》一文，知先生亦有志於史學之研究。該文中之引言謂『北平某藏書家庋有明抄本比丘尼傳八卷』，當時見閱之下，恨不能乞為介紹借閱。余所編之《續比丘尼傳》數卷，常抱憾未得將該書廣作參考迄今時隔九載，猶每為憶及。中國歷史中以中國佛教史為最難研究，佛教史中以文獻不足，比丘尼史更難著手。該藏書家所有明鈔本藏之至今，完好無缺。不慧深恐古德幽光，永其沉埋。擬請先生代為轉請該藏書家代為鈔錄惠寄。筆資多寡，當為負責匯奉。」施蟄存惶恐得不敢給這位病中的老和尚回信，他不想使這位老和尚失望，也不希望這虛構出來的明鈔本比丘尼傳被寫進《續比丘尼傳》，所以遲遲不敢回信。但卻收到這位老和尚寄來的《續比丘尼傳》六卷三冊，在第二卷中，赫然有一篇南昌妙住庵尼黃心傳，完全是依據了施蟄存的小說《黃心大師》寫成的。施蟄存讀了這篇文字，不知如何是好，本想到玉佛寺去拜訪一下，也躊躇不敢，直到震華法師寂滅，才寫這篇文章表達自己的一個永久的歉疚。「他永遠沒有知道那明鈔本比丘尼傳是

---

[17] 施蟄存：《一個永久的歉疚——對震華法師的懺悔》，《施蟄存全集》第二卷，第259頁。
[18] 施蟄存：《一個永久的歉疚——對震華法師的懺悔》，第260頁。

根本沒有的。他永遠沒有知道他的虔誠的著作裡屬入了不可信的材料。讓他安息在佛國裡，確然永遠懷著一個希望，但至少他無所失望。」[19]從這段故事裡，我們再次瞭解到施蟄存寫小說的虛構和幻想的特徵。

　　由此可見，沒有幻想和虛構就沒有施蟄存的心理分析小說。但施蟄存在幻想與虛構的基礎上，又遵循著寫實主義精神，他的幻想與虛構源於對生活現實的體驗和感受，他將現實的體驗融進幻想與虛構之中，再用寫實的手法表現出來。

第三節　幻想的寫實主義

　　施蟄存的小說，飄逸、神秘、離奇、魔幻，而且精緻、輕快、柔和，並處處落到實處，這就是施蟄存所欣賞的幻想的寫實主義。1932年9月施蟄存在《現代》第一卷第五期有一篇署名為安華的評論介紹文章：《茹連·格林》。茹連·格林是當時法國文壇中一顆光芒萬丈的彗星，他是一位寫實主義作家，所有作品都是寫實的，卻也帶有神秘的傾向。施蟄存對他非常推崇，施蟄存說：「格林曾說他自己是一個客觀的小說家。一個被天資所鼓動而描寫遠離於自身的事物的作家，他的想像力是應該自由的，不被現實的事件所阻礙的，不錯，他不會從目擊的，或與他有關涉的偶然事件中去構成一個故事。凡他的著作中的情節，都是從他的想像中得來，而憑了他底心智結構成功的。但是，這裡不能忽略的，是他仍然不失為一個寫實主義者。惟有平庸的作家，他沒有足夠的想像力，才拘泥於寫實這個名詞的涵義，以為必須如攝影師一般地把社會事件機械地印下來，才是寫實的作品。讀了格林所著的那樣有魄力的著作，無論哪一種，都可以使我們對於文學上的寫實主義，有一個現代的新的覺醒。」[20]從這段話裡，我們可以得出這麼兩點：一、格林的著作的情節是想像出來的；二、

[19]　施蟄存：《一個永久的歉疚——對震華法師的懺悔》，第261頁。
[20]　施蟄存：《茹連·格林》，《現代》第1卷第5期（1932年9月）。

他不失為一個寫實主義作家。施蟄存認為，一個作家不應該拘泥「寫實」的涵義，不應該像照相機那樣機械地印出社會，而應該有所創造，這個創造就是想像的結果。也就是說，作品的情節是憑自己的心智和天資去幻想，去虛構出來的，而絕不受現實事件的阻礙和約束。施蟄存高度讚美茹連‧格林的想像力，我們如果用施蟄存評價格林的這段話去分析施蟄存的作品，也會使我們對於文學的寫實主義「有一個現代的新的覺醒」。與茹連‧格林稍有區別的是，茹連‧格林的幻想多一些，寫實少一些，施蟄存則幻想少一些，寫實多一些，更具有中國性。

我們之所以說施蟄存的小說是寫實主義的，首先是因為他的作品表現出人的真實情感，沒有虛偽的矯揉造作。施蟄存直率地表現人類的共同特徵——即對異性的愛戀。只要是一個正常的人，就會有這種感情，它如同人饑餓了要吃飯一樣，是與生俱來的。但是，人與動物的區別就在於對這種欲戀的克制，於是，就產生了人們意識與潛意識的二重人格的衝突。在這裡，《鳩摩羅什》表現宗教與色欲的衝突，《將軍底頭》表現信義與色欲的衝突，《石秀》表現友誼與色欲的衝突，《阿檻公主》表現種族與色欲的衝突。施蟄存客觀地、寫實地表現了歷史人物作為一個有血有肉有情有義的人的必然存在的內心衝突。衝突的結果，是「里比多」的性欲取勝，可見「里比多」之強大。

施蟄存小說的寫實主義的第二個特點，是作品實實在在寫了幾個古代的故事，在施蟄存之前，中國歷史小說多有「古為今用」、「借古諷今」的現實意義，或者表現什麼象徵色彩。施蟄存寫古人，就是寫古人的真實情感和故事。如《現代》的《書評》所說：「在國內，從來以古事為題材的作品（無論是戲曲或小說），差不多全是取了『借古人的嘴說現代人的話』那一種方法；至於純粹的古事小說，卻似乎還很少看見過，有之，則當以《將軍底頭》為記錄的開始。《將軍底頭》之所以能成為純粹的古事小說，完全是在不把它的人物來現代化：他們意識界沒有只有現代人所有的思想，他們嘴裡沒有現代人所有的言語，縱然作者自己的觀察和手法卻都是現代的。古人的心理和苦痛，他們自己不能寫，甚至不能懂，而作者卻巧妙地運用現代藝

術的工具寫出來，使他們成為大家都能懂——只就這一點而論，《將軍底頭》就已經多麼值得我們的注意的。」也就這一點而論，《將軍底頭》就具有其寫實特徵。

施蟄存小說的寫實主義的第三個特點，是將英雄、將軍、僧人從高高的神的殿堂拉下來，表現其平凡、世俗的一面。過去文人筆下的英雄僧人，都是不食人間煙火、沒有七情六欲的超人、聖人和神。而過去的這種寫法卻正是非寫實的，因為現實生活中就沒有這樣的超人和神，一切關於超人和神的故事，都是文人編造出來的，是遠離現實的。施蟄存則以寫實主義精神，按照現實生活中真實的人的形象去描寫英雄，展現他們掩蓋在冠冕威風的外衣下的如常人一樣的靈魂，展示他們靈與肉、崇高與卑下、人性與神性的兩重性，從而揭示出人物的真實性。正如狄德羅所說：「說人是一種力量與軟弱，光明與盲目，渺小與偉大的複合物，這並不是責難人，而是為人下定義。」[21]

施蟄存小說寫實主義的第四個特點，是在表現手法上運用中國傳統文學的簡潔明淨的描寫，從而拉開了施蟄存的小說與西方現代派小說的距離，使作品清新，明快而富有詩意。

施蟄存小說的寫實主義的第五個特點，是理性主義色彩。西方現代派的特徵是非理性主義的因素，「否認理性的思維能力，否認理智對事物本身的理解能力。」[22]西方的非理性主義是在西方的特殊環境中形成的。受到中國傳統文化薰陶的施蟄存雖然表現了歷史人物的各種各樣的奇思怪想，但行動上卻受著理性的約束，無論是將軍花驚定還是英雄石秀，或者高僧鳩摩羅什，他們都不是一匹四處亂撞的野馬，而是謹慎小心的癡情人。傳統的「男女授受不親」的道德觀念仍然限制著他們的行動。正是這種理性的約束，才導致人物靈與肉激烈搏鬥的痛苦。鳩摩羅什雖然時時有著性的騷動，但他儘量理性地壓抑著自己的欲望：「我還是應當抵抗這些誘引，『道高一尺，魔高一

---

[21] [法]狄德羅：《懷疑論者的漫步》，陳修齋譯，上海三聯書店1989年版，第292頁。

[22] 林驤華等：《非理性主義思潮》，《文藝新學科新方法手冊》，上海文藝出版社1987年版。

丈』，現在是掙扎的時候了。」[23]雖然鳩摩羅什最後發展到每晚與宮女、妓女睡覺，但這發展並不突兀，而是循序漸進的靈肉鬥爭的結果。石秀一見潘巧雲，就被潘巧雲一副裊裊婷婷的姿態，一隻獻媚的百靈鳥的動作，一聲永遠也忘不了的嬌脆的聲音迷住了。在石秀看來，潘巧雲「是一個使他眼睛覺得刺痛的活的美體的本身，是這樣地充滿著熱力和欲望的一個可親的精靈，是明知其含著劇毒而又自甘於被它的色澤和醇郁所魅惑的盞鴆酒。」[24]但石秀理性地克制著對潘巧雲的愛戀，不敢越雷池一步，因為「凡是義兄的東西，做義弟的是不能有據為己有的希望的。」[25]雖然靈肉的煎熬使石秀變態，但他的變態也是有根有據，並不顯得荒誕。這一切，都是理性制約的結果。

當然，施蟄存的寫實主義是如同茹連·格林的幻想寫實主義。

施蟄存是一個心理分析小說家，他的小說的主要特點是心理分析，《將軍底頭》是「心理分析上非常深刻的作品」，[26]是他的心理分析描寫，將古人的內心矛盾和衝突呈現在我們面前。這是施蟄存對佛洛伊德主義的引進和運用。

但人們多看到施蟄存歷史小說的佛洛伊德色彩而認識不到他的小說的幻想和虛構特點，從而也就不能瞭解施蟄存心理分析小說的獨特性；同樣的道理，如果我們只看到施蟄存的幻想與虛構，而看不到他的寫實主義精神，就會認為施蟄存的歷史小說違背了歷史的真實，也就抓不住施蟄存歷史小說的精髓。施蟄存寫歷史小說，注意的不是「古為今用」的現實意義，而是注意如何選擇適當的技巧來表現他的題材，他說：「一個小說家若不能用適當的技巧來表現他的題材，這就是屈辱了他的題材。一個好的題材——我的意思是指一個好的故事，或一段充實的生活經驗，或一個表現準確意識的事件，倘若徒然

---

[23]　施蟄存：《鳩摩羅什》，《十年創作集》，華東師範大學出版社2011年版，第67頁。

[24]　施蟄存：《石秀》，《十年創作集》，華東師範大學出版社2011年版，第104頁。

[25]　施蟄存：《石秀》，《十年創作集》，華東師範大學出版社2011年版，第105頁。

[26]　《書評》，《現代》第1卷第5期（1932年9月）。

像記帳式的寫錄了下來，未必就會成為一篇好的小說。」[27]施蟄存所追求的寫作形式是「精緻的」和「個人的」，他從佛洛伊德、顯尼志勒、喬伊絲那裡獲取方法，將夢想、幻覺、潛意識、性欲寫進歷史小說，對歷史小說有著創造性的改革。《將軍底頭》正是在這創造性的成果。

對歷史小說的敘寫絕不應該只有一種創作方法，單是魯迅在《故事新編‧序言》中就談到寫歷史小說的兩種手法：一種是「博考文獻，言必有據者」，另一種是「只取一點因由，隨意點染，鋪成一篇」。施蟄存用的是後一種方法，「不過並沒有將古人寫得更死。」郁達夫對施蟄存的這種寫作方式大加讚賞，他在1932年9月《現代》第一卷第五期的《在熱波里喘息》中說：「以史實來寫小說，是我在十幾年前就想做而未成的工作，現在看到了這四篇東西，我覺得我的理想，卻終於被施君來實踐了。曾讀過我的那篇《歷史小說論》的人，或者會記得我之所以想以史實來寫小說的原因，歷史小說的優點，就在可以以自己的思想，移植到古代人的腦裡去。施君的四篇東西，都是很巧妙地運用著這一個特點的。尤其是《將軍底頭》的神話似的結束和《石秀》的變態地感到性欲滿足的兩處地方，使我感到了意外的喜悅。」[28]

施蟄存創造了前所未有的歷史小說，他的目的不是寫歷史，也同樣「是想在這舊故事中發掘出一點人性」[29]。所以，施蟄存的歷史小說，並沒有一個引人入勝的故事，也沒有一個典型化的人物，它只是一個心靈的記載，一種情緒的表現，但卻是創新的有時代氣息的作品。間接或直接地感受到對人性的發掘和高揚。

---

[27]　施蟄存：《一人一書（下）》，《北山散文集》（二），第949頁。

[28]　郁達夫：《在熱波里喘息》，《現代》第1卷第5期（1932年9月）。

[29]　施蟄存：《從亞倫坡到海敏威》，《北山散文集》（一），第463頁。

第三章　從《梅雨之夕》看施蟄存小說的潛意識描寫

　　施蟄存從佛洛伊德那裡獲得潛意識理論，從而改變了中國傳統小說的通過人物語言、行動等外部形態來表現人物和人物心理的途徑，將筆觸深入到人物的心靈深處，以及無意識、潛意識之中。佛洛伊德說：「被抑的潛意識和意識的兩種心理因素的衝突支配了我們的一生。」「無意識才是精神的真正實際」，[1]受潛意識的支配，主人公的舉止就不是常態而是變態。施蟄存說：「我常常感覺到，一個人往往因為一種心理，或一種潛在意識，把眼前的，近的東西看成遠的東西，把一個靜的東西看成動的東西。這種情況在我們平常生活裡很多，但是一般人沒有注意到。」[2]施蟄存正是在「潛意識和意識的兩種心理因素的衝突」中描寫這個「精神的真正實際」，描寫一個立體的、鮮活的「人」。

第一節　都市人「創傷的執著」

　　1933年3月出版的小說集《梅雨之夕》是施蟄存潛意識描寫最典型的作品，集中共收十篇描寫現代都市生活的小說。在這個集子裡，施蟄存說：「都是描寫一種心理的過程的」[3]。每篇小說都寫了主人公潛意識的自然流露，只是或濃或淡，或急或緩，濃者急者，便像精神病患者，行為怪誕荒謬，如魔鬼纏身；淡者緩者，也是性格異常，令人不可思議。《魔道》、《旅舍》、《夜叉》、《凶宅》等是濃的，《梅雨之夕》、《在巴黎大戲院》、《四喜子的生意》、《李師

---

[1]　佛洛伊德：《精神分析引論》，高覺敷譯，商務印書館1986年版，第214頁。
[2]　施蟄存：《為中國文壇擦亮「現代」的火花》，《沙上的腳跡》，第177頁。
[3]　施蟄存：《〈梅雨之夕〉後記》，《十年創作集》，華東師範大學出版社1996年版，第794頁。

師》算是淡的。

　　施蟄存的大部分作品都是心理分析學說的實驗文本。他說：「我有一篇小說，講到看到玻璃窗上一個黑點子，我以為是玻璃外面有一個人影子。有人便批評說，這寫法，伍爾芙的小說裡也有。可是我當時沒有看到伍爾芙的書。不過這情況，在艾里斯的書裡頭，講得很多。一種視覺上的幻影，每個人都有經驗的。一般人沒有注意這些東西，並沒有拿來作為小說的內容，所以沒有暴露出來。我注意到這個問題。」[4]寫這個視覺上幻影的小說就是《魔道》。

　　《魔道》的主人公在一次去鄉下朋友家度假的火車上，將一位對坐的普通老婦人，幻現成妖婆，「那麼鬼鬼祟祟的，愈顯得她是個妖婦了」。並且如魔鬼纏身，幻覺中的老妖婆形影不離地跟著他。站在朋友陳君家的視窗看雨景，窗外出現了「一個穿黑衣裙的老婦人！」來到古潭邊散步，卻將村姑的母親看成「妖怪老婦人」；甚至將朋友陳君的妻子也看成「昨天那個老婦人底化身」；咖啡店的女招待以及他碰到的每一個人，「他們都是那鬼怪的老婦人底化身」。連陵墓裡王妃的木乃伊，也懷疑「是這妖婦的化身呢？……那可就危險了。」這一切使他喪魂落魄，憂心忡忡。

　　佛洛伊德認為潛意識是一種病症，用他的話說，這種病是「創傷性神經病」，「病人都『執著』（fixed）於其過去的某點，不知道自己如何去求得解脫」[5]，所以也叫「創傷的執著」，即「一種經驗如果在一個很短暫的時期內，使心靈受一種最高度的刺激，以致不能用正常的方法謀求適應，從而使心靈的有效能力的分配受到永久的擾亂，我們便稱這種經驗為創傷的。」[6]施蟄存其實是接受了佛洛伊德的這種說法的。《魔道》的主人公就說：「我怕我會患神經衰弱病，怔忡病……」[7]在別人看來，就是精神病。而得這種病的原因，正是

[4]　施蟄存：《為中國文壇擦亮「現代」的火花》，《沙上的腳跡》，第176-177頁。
[5]　佛洛伊德：《精神分析引論》，高覺敷譯，商務印書館1986年版，第215頁。
[6]　佛洛伊德：《精神分析引論》，高覺敷譯，商務印書館1986年版，第216頁。
[7]　施蟄存：《魔道》，《十年創作集》，華東師範大學出版社1996年版，第273頁。

「潛意識和意識的兩種心理因素的衝突」的結果。主人公的疑神疑鬼，在朋友陳君看來，就是「有了癡狂的嫌疑」，這種病是一種恐懼症。魯迅的《狂人日記》裡狂人也是這種病症，「知所患蓋『迫害狂』之類」。這種病症是被壓迫所致，於是，潛意識裡總以為別人會加害於自己，恐懼是必然的，如狂人所想：「他們會吃人，就未必不會吃我。」「養肥了，他們是自然可以多吃」。《魔道》的主人公也想道：「有魔法的老婦人底手是能夠脫離了臂腕在夜間飛行出去攫取人底靈魂的。我不由自主地又想起來了。……怎麼，我又看她了！她為什麼對我把嘴角牽動一下？是什麼意思？她難道因為我看出了她是個妖婦而害怕了嗎？我想不會的，害怕的恐怕倒是我自己呢……」「西洋的妖怪的老婦人騎著苕帚飛行在空中捕捉人家的小孩子，和《聊齋志異》中的隔著窗櫺在月下噴水的黃臉老婦人的幻象，又浮上了我的記憶。我肯定了這對座的老婦人一定就是這一類的魔鬼。我恐怖起來了。」[8]「我完全給恐怖，疑慮，和憤怒佔據了。」[9]「怎麼，她又在偷看我了，那麼鬼鬼祟祟的，愈顯得她是個妖婦了。哼，我也十分在留心著你呢。你預備等我站高來向攔欄上取皮篋的時候，施行你的妖法，昏迷了我，劫去了我的行李嗎？……我絕不站起來拿皮篋。我凝看著你，怎麼樣！我用我的強毅的，精銳的眼光震懾著你，你敢！」[10]他們看到的世界是一個四面伏擊，草木皆兵的世界。所以，狂人「想起來，我從頂上直冷到腳跟」。《魔道》裡是「使我毛髮直豎的」，「已經被忘卻了的恐怖重又爬入我的心裡」[11]。正是這種潛意識的恐懼支配著他們，使他們能從表面正常的人和事中，看出其不正常來，在《魔道》裡，主人公「從沒有看見這樣一大片自然的綠野過。」但他在綠野看到了陵墓，透過陵墓，「哦，我已經看見了：橫陳的白，四圍著的紅，垂直的金黃，這真是個璀璨的魔網。」狂人能「從字縫裡看出字來」。在別人的眼裡，他們都是瘋

8　施蟄存：《魔道》，《十年創作集》，第272頁。
9　施蟄存：《魔道》，《十年創作集》，第278頁。
10　施蟄存：《魔道》，《十年創作集》，第273頁。
11　施蟄存：《魔道》，《十年創作集》，第284頁。

子，《魔道》中的陳君對主人公說：「你近來似乎精神有些不好呢，正要在這裡多住幾天，休養休養。」《狂人日記》的醫生何先生也對「狂人」說：「不要亂想。靜靜的養幾天，就好了。」在這個不正常的社會，正常的人都被認作瘋子。其實，這些「瘋子」，才是中國社會清醒的明白人。王富仁先生說魯迅是中國文化的守夜人，正是這個意思。「瘋子」們在別人昏睡迷糊的時候，清醒地意識到社會的吃人本質。我不能說施蟄存也是這個文化的守夜人，但肯定是個明白清醒的文人。魯迅能從「歪歪斜斜的每頁上都寫著『仁義道德』」的字縫裡，看出「滿本都寫著兩個字是『吃人』」！」施蟄存也能從人們的笑聲中預感到「她會將怎樣的厄運降給我呢？我會得死嗎？」並且清醒地意識到「他們人很多，好像很愉快的。但只有我一個人到這裡來受罪。」可以說，施蟄存的《魔道》與魯迅的《狂人日記》有異曲同工之妙。

顯而易見，施蟄存表現的是現代都市對知識分子的多重壓迫導致其心身的崩潰，是寫一個現代都市知識分子內心毛骨悚然的恐懼感。施蟄存在1992年1月15日給我的信中說：「在《魔道》這一篇中，我運用的是各種官感的錯覺，潛意識和意識的交織，有一部分的性心理的覺醒，這一切幻想與現實的糾葛，感情與理智的矛盾，總合起來，表現的是一種都市人的不寧靜情緒。」《魔道》中主人公的「都市人的不寧靜情緒」是一種「都市病」。「都市病」不是與生俱來，也不是人人相同的，更不是完全不可能擺脫的。都市人的不寧靜有著特定的時代內容，有著獨特的社會特徵。20世紀30年代日益殖民地化的上海，是冒險家的樂園，帝國主義在上海灘的飛揚跋扈，不能不對《魔道》主人公這樣的知識分子形成刺激，金錢的膨脹，人際關係的淡漠，對散發著「新鮮的香味」田野的懷念，無時無刻不在襲擊著他的心靈。這些良心未泯的生活在這種令人窒息的環境裡的知識分子，從肉體到精神都被社會壓垮了，扭曲了。於是，他們發瘋、變態，精神失常，疑神疑鬼，對社會產生一種莫名的恐懼感，這種恐懼隨著時間的流逝而加深，使之長期處於一種夢魘與幻覺的狀態，隨之便產生出荒謬怪誕的意識與行為。

　　有評論者對施蟄存關於「魔」的描寫不能理解，認為《魔道》的「問題在於，這是一個受過現代教育的知識分子，他怎麼會簡單地相信舊書裡那套迷信的東西呢？……如果主人公神經失常，為什麼除了害怕黑衣老婦之外，其他方面的思維又都是正常的呢？明明寫神經不正常者的錯覺、幻覺，為什麼結尾又偏偏來電報報告三歲女孩的死呢？這種撲朔迷離的寫法，說明作者為表現怪異的心理過程而實在有點走入魔道了。」[12]這是人們對施蟄存的誤讀，施蟄存在給我的信中說：「《魔道》的主人公確是一個現代知識分子，而且是有西方文化教養的知識分子，他有許多方面的知識沉積。『老妖婆』是西方神話、民間故事中常有的人物，主人公在少年時有了這種知識，當然他成長後不會再相信現實世界中有這種『妖婆』，但在他神經不寧的時候，這種沉積在他知識領域中的事物會浮起來解釋現實中的某一現象。」[13]可以說，主人公心靈的「魔」，同時也是集體無意識的形象再現。所以說不是施蟄存「走入魔道」。至於說為什麼「又偏偏來電報報告三歲女孩的死呢？」我以為這正如《狂人日記》裡所說的：「怕得有理」，正好證實主人公恐懼的預感，悲劇的徵兆。

　　社會的壓力是外在的因素，恐懼病的產生還有內在的原因，這便是曾經有過的心靈創傷。這心靈創傷就是「潛意識和意識的兩種心理因素的衝突」，他們的痛苦便由這衝突產生，《魔道》主人公意識裡的朋友、愛人，潛意識裡卻要當魔鬼提防著。狂人的痛苦也是潛意識和意識衝突的痛苦：「吃人的是我哥哥！我是吃人的人的兄弟！我自己被人吃了，可仍然是吃人的人的兄弟！」狂人的痛苦就有「我未必無意之中，不吃了我妹子的幾片肉」的心靈創傷。

　　施蟄存曾經翻譯過匈牙利作者克思法路提的短篇小說《看不見的創傷》，作品的主人公以為妻子有外遇，便不問青紅皂白地把妻子殺了，當時妻子的鮮血濺到他的手腕上，他當即便擦去了。然而，當他知道自己誤殺了妻子以後，手腕濺血的地方就開始劇烈疼痛，他不

[12]　嚴家炎：《中國現代小說流派史》，人民文學出版社1989年版，第136頁。
[13]　施蟄存1992年1月15日給筆者信。

得不去醫院請醫生用刀剜去這塊肉，而這種方法只能暫時緩解一下疼痛，隨著傷口漸漸長好，劇烈的疼痛便又開始了，必須不斷地剜掉這地方的肉來減輕痛苦，最後連這種辦法也無濟於事，疼痛愈來愈烈，主人公不得不以自殺來結束痛苦。主人公手腕的疼痛，其實是心靈創傷的疼痛，是看不見的創傷的執著。施蟄存小說中人物的心靈創傷沒有這般明白清楚、直截了當，他們是不易察覺的。這黑衣老婦人意味著什麼？可能是來自一個女人的傷害，佛洛伊德認為，一切創傷來自性愛的擦痕。作品主人公有對陳君夫人的秘密戀愛：「我覺得納在嘴裡的紅紅的番茄就是陳君夫人的朱唇了。我咀嚼著，發現了一種秘密戀愛的心酸的味道。」但他立即又懷疑「她是個妖婦，她或許就是昨天那個老婦人的化身。」由此可見，他對女人有一種既愛又怕的感情，這是因愛而導致的傷害。所以主人公有時會去愛沒有生命的木乃伊，這是他對活著的女人的畏懼。但這種畏懼深入骨髓，使他對木乃伊也恐懼了，懷疑木乃伊也是魔鬼的化身。這種對女人既依戀又恐懼的矛盾心理，就是深藏於主人公潛意識之中的「魔」。

當然，老妖婦的幻覺，也可以是一種象徵，象徵厄運與災難，其「黑色衣裙」的女人就是黑暗與恐懼的替代物，是主人公在潛意識中將厄運人格化的結果。作者還通過這種象徵主義從歷時性和共時性寫出了「魔」的無時不在和無處不在：「難道中古時代的精靈都生存再現嗎？……這又有什麼不可能？他們既然能夠從上古留存到中古，那當然是可以再遺留到現代的。你敢說上海不會有這種妖魅嗎？」[14]

知道了「魔鬼」是主人公潛意識活動的外在表現，一切不合理的行為我們都可以找到合理的解釋。同樣，對施蟄存的其他作品的怪誕荒謬也可以理解了。如《旅舍》的丁先生在旅行中，對旅舍房間無端的恐懼。丁先生一住進旅舍，就開始自己嚇自己：「也許這裡曾經死過什麼人，那旅館主人的妻子？媳婦？或女兒？是的，所以這房裡還陳設著衣箱和裙箱。而這床……一想到這床，丁先生又是一陣寒噤，他好像覺得在自己身子底下，正壓著一個可怕的冰冷的女人的屍體。

---

[14]　施蟄存：《魔道》，《十年創作集》，第284頁。

他閉了眼睛，手都不敢伸到自己身子底下去了。」[15]丁先生怕的仍然是女人。丁先生這樣平白無故生出的恐懼，就是他潛意識創傷執著的結果。《夜叉》的主人公卞先生，小說一開始就寫他將一個平凡的白衣女人，想像成一個夜叉：「我心中充滿了疑慮，愈想愈覺得她不像一個真的女人。她有邪氣的臉，她有魔味的眼，她必然是夜叉的變形。」[16]這其實是現實生活在他們潛意識的變形。這種變形同樣以一種神經病的方式表現出來：《旅舍》的主人公認為自己「漸漸地成了神經衰弱的症候。近來因為自己覺得身體太壞了，做事情完全失掉了秩序，便有些驚慌起來，怕自己會發狂或是死。」[17]《夜叉》的主人公認為「是因為受了過度的恐怖而神經錯亂」，「我才曉得我是在開始患神經衰弱症了」[18]。

　　除了以上的魔幻小說，在一些寫現代日常生活的小說裡也寫了潛意識，如《梅雨之夕》、《四喜子的生意》等，但這些作品沒有《魔道》等魔幻作品那樣濃郁激烈和登峰造極，雖然也是寫潛意識對人的支配，但寫得舒緩，如詩如畫。《梅雨之夕》以「梅雨又涼涼地降下了」開頭，寫了一個非常單純的故事。主人公下班回家從來不坐車，總是漫步回家。即使是下雨，也「喜歡在滴瀝的雨中撐傘回家」，他喜歡朦朧的雨、朦朧的夜，朦朧的詩：「在朦霧中來來往往的車輛人物，全都消滅了清晰的輪廓，廣闊的路上倒映著許多黃色的燈光，間或有幾條警燈底紅色和綠色在閃爍著行人的眼睛。雨大的時候，很近的人語聲，即使聲音很高，也好像在半空中。」雨朦朧，夜朦朧，車朦朧，燈朦朧，人聲也朦朧。真是視覺也朦朧，聽覺也朦朧。黃昏的朦朧和梅雨的朦朧重疊在一起是一種極深重的朦朧。人處在這樣一個朦朧、模糊的環境中，就別有一番情趣，別有一番美感，別有一番享受。從而忘掉煩惱，「從這裡找出很大的樂趣來」。在這樣的情景下，再邂逅了一位美麗的少女，可謂錦上添花。主人公執意要送這位

[15] 施蟄存：《旅舍》，《十年創作集》，第301頁。
[16] 施蟄存：《夜叉》，《十年創作集》，第333頁。
[17] 施蟄存：《旅舍》，《十年創作集》，第299頁
[18] 施蟄存：《夜叉》，《十年創作集》，第333頁。

素不相識的少女，並把這位少女幻想成初戀的情人，便使我們對主人公下班不回家的行為有了合理的解釋，原來他晴天、雨天漫步大街小巷，是在尋找初戀的情人，這就是潛意識的支配作用，主人公並沒有清晰地意識到他要尋找什麼，他只是不想回家，拖延著回家的時間。潛意識還使他在少女的身上聞到妻子一樣的香味，並把路旁商店的女人幻化為妻子，夢到最美好處，一定會有妻子的幻象出現，這便是潛意識裡有他對妻子的厭倦和妻子對他的壓力。對初戀情人的懷念導致他厭倦妻子，對妻子的厭倦也導致他懷念初戀的情人，這是互為因果的，也是互為矛盾的。這便是佛洛伊德說的「潛意識和意識的兩種心理因素的衝突」，並且「兩種心理因素的衝突支配了我們的一生。」施蟄存在這些作品裡，對潛意識的描寫雖然舒緩，並如詩如畫，但潛意識的執著卻是顯而易見的，這便是「創傷的執著」，與初戀的情人分離的創傷。《四喜子的生意》裡四喜子，莫名其妙地去摟抱一個他非常厭惡的外國女人的荒唐舉動，同樣看出潛意識作用。他本來一大清早就因為種種的不如意而滿肚子不高興，特別是對妻子的厭惡。而這個外國女人又老用腳踢他，他於是有著對妻子和外國女人的雙重報復，走向了極端。

第二節　中國意味的潛意識描寫

施蟄存雖然運用佛洛伊德關於潛意識的理論描寫人物，但與佛洛伊德主義是有區別的。

首先，佛洛伊德過分強調潛意識對人的主宰，強調了潛意識完全脫離客觀而存在的非理性特徵。他說：「精神分析的第一個令人不快的命題是：心理過程主要是潛意識的，至於意識的心理過程則僅僅是整個心靈的分離的部分活動。」[19]施蟄存注重的是「潛意識與意識的交織，幻想與現實的糾葛，感情與理智的矛盾」[20]，所以，作品人物

---

[19]　佛洛伊德：《精神分析引論》，高覺敷譯，商務印書館1986年版，第216頁。
[20]　施蟄存1992年1月15日給筆者信。

的潛意識、幻想與感情，是依附在意識、現實與理智的基礎上，都有著合乎情理的生活依據。如《梅雨之夕》的主人公由於潛意識裡對現實婚姻的不滿和對初戀情人的思念，便將身旁並行的女子變成了「我的初戀的那個少女，我不時在夢裡，睡夢或白日夢，看見她在長大起來，我曾自己構成她是個美麗的二十歲年紀的少女。」一陣微風吹來，主人公又知道這只是白日夢，但是他又以假設來陶醉自己：「至於我自己，在旁人眼光裡，或許成為她的丈夫或情人了，我很有些得意於這種自譬的假設。是的，當我覺得她確是幼小時候初戀著的女伴的時候，我是如像真有這回事似的享受著這樣的假設。」[21]主人公一方面享受著這樣的假設，一方面也沒有忘記現實，他發現一家店裡有妻子憂鬱的眼光。與少女分別，回家叩門，家裡傳出的卻是「我在傘底下伴送著走的少女的聲音！」「門開了。堂中燈火通明，背著燈光立在開著一半的大門邊的，倒也不是那個少女。朦朧裡，我認出她是那個倚在櫃檯上用嫉妒的眼光看著我和那個同行的少女的女子。」進門後，「為什麼從我妻的臉色上再也找不出那個女子的幻影來」[22]。我們清楚地看到主人公潛意識與意識、幻想與現實、感情與理智的交織的情形。條理清晰，人物性格分明，與西方現代主義小說那種過分渲染顛倒混亂的無意識以及撲朔迷離的非理性描寫拉開了距離。

其次，雖然施蟄存也同佛洛伊德一樣將潛意識當作一種病症，即使如此，在對這種病的認識上，施蟄存與佛洛伊德仍有區別。佛洛伊德是醫生，他所說的這種病症是可以治癒的，佛洛伊德說：「症候不產生於意識的歷程；只要潛意識的歷程一成為意識的，症候必將隨而消失。」[23]「就更明白潛意識和神經病症候的關係了。原來不僅症候的意義總是潛意識的；而且症候和潛意識之間還存在一種互相代替的關係；而症候的存在只是這個潛意識活動的結果。」[24]也就是說，主人公經常處於意識與潛意識、犯病與不犯病中間徘徊，他犯病時，

---

21 施蟄存：《梅雨之夕》，《十年創作集》，第256頁。
22 施蟄存：《梅雨之夕》，《十年創作集》，第258頁。
23 佛洛伊德：《精神分析引論》，高覺敷譯，商務印書館1986年版，第230頁。
24 佛洛伊德：《精神分析引論》，高覺敷譯，商務印書館1986年版，第220頁。

就產生恐懼，不犯病時，就意識到自己患病了。施蟄存主人公也承認「只有神經太衰弱的人才會有這種現象。我不能長此以往的患著這種病，我應當治療……」[25]但他們又清醒地認識到，「沒有用，這種病如我這樣的生活，即使吃藥也是不能預防的。Polytamin有什麼好處，我吃了三瓶了。定命著要會來的事情是怎麼也避免不了的。」因為施蟄存認為，主人公這種病的產生，不僅僅是自身內在的原因，還有外在的、社會的原因。佛洛伊德只從病理的角度分析潛意識，施蟄存還從社會生活、社會環境的角度分析這種病症，社會不改變，生活不改變，病就沒法治，「即使吃藥也是不能預防的」，「是怎麼也避免不了的」。在這一點上，施蟄存的理解在佛洛伊德之上，而更接近魯迅的思想高度。所以當魯迅在《狂人日記》裡從「歪歪斜斜的每頁上都寫著『仁義道德』」的字裡行間，看出「滿本都寫著兩個字是『吃人』！」施蟄存也在《魔道》裡寫道：「我已經看見了：橫陳的白，四周著的紅，垂直的金黃，這真是個璀璨的魔網！」[26]

　　施蟄存與佛洛伊德的不同還表現在：施蟄存的心理分析與現實有著千絲萬縷的聯繫，佛洛伊德的精神分析學說的特色實際上就是它的偏頗，把性本能作為最終動力，完全抹殺了人與社會的關聯，這只能解釋精神病人的某些症候，用來解釋人類社會，顯然就漏洞百出了。施蟄存一方面接收佛洛伊德的理論將精神分析學說運用於創作中，一方面，施蟄存又將心理分析納入現實主義軌道。施蟄存作品的人物雖然因病態而怪誕荒謬、神秘莫測，但仍形象鮮明，性格完整。施蟄存對我說：「在這篇小說中，我幾乎用盡了我的心理學知識和精神病學知識，還有民俗學和神話學」[27]。文學真是一個綜合的學科，文學是與社會生活中很多學科相關聯的，離開了社會，離開了其他學科，文學就成了沒有著落的虛無飄渺的東西。

　　施蟄存作品中的人物，大多生活在被日益殖民地化的颶風所席捲的上海，雖然方方面面的壓迫使他們魂不守舍、猥瑣落魄，都患著

[25]　施蟄存：《魔道》，《十年創作集》，第280頁。
[26]　施蟄存：《魔道》，《十年創作集》，第280頁。
[27]　施蟄存1992年1月15日給筆者信。

神經衰弱症，但他們的共同理想是嚮往鄉村生活，都有著逃離都市的舉動，《魔道》的主人公是「應了朋友陳君的招請而來消磨這個週末的。……我欣喜地呼吸著內地田野裡的新鮮的香味」，「坐在他們的安逸的會客間裡，覺得很舒泰了。這種心境是在上海過週末的時候所不會領略到的。」《旅舍》的主人公也是因為神經衰弱症，「做事情完全失掉了秩序」「有一個摯好的法國朋友就勸他暫時拋棄了都會生活，作一次孤寂的內地旅行。因為鄉野的風物和清潔的空氣，再加上孤寂和平靜，便是神經衰弱症的唯一治療劑。」《夜叉》的卞先生，也「寫信到上海來繼續告十天假，我想趁此在鄉下再休養一會兒，遊山玩水」。這對鄉村的依戀正是施蟄存的獨特處，也使他的人物不論怎麼神經錯亂，但仍然明白自己的追求。這一切都源於傳統文化對施蟄存根深蒂固地影響，江南一帶的風景風情是施蟄存揮之不去的情結，《魔道》的主人公雖然內心有寂寞痛苦的孤獨感和悲觀絕望的失落感，但一到鄉下，便立即陶醉於自然風景的詩情畫意之中：「雖然是在春季，但這雨卻真可能抵到夏季的急雨，這都是因為前幾天太熱了之故。有三兩個農人遠遠地在背著什麼斧鋤之類的田作器具從那邊田塍上跑來。燕子，鷦鴣，烏鴉和禾雀都驚亂似的在從這株樹飛到那株樹。空中好似頓然垂下一重紗幕，較遠一些的景物都看不見了。只有淡淡的一叢青煙在那裡搖曳著，我知道這一定是一個大竹林。」在這現代主義的小說裡，施蟄存展現的是如同現實主義小說中的美極妙極的春景圖，沾滿了江南農村的泥土氣息。在西方的現代主義的作品中，絕對沒有這種對傳統文化、鄉土風情和現實主義的依戀。

　　中國傳統文化的影響，還使施蟄存的現代派小說有一種古色古香的味道，隨處可見他對古典詩詞的運用，如《魔道》中主人公看見村姑洗衣，便是「『休洗紅，洗多紅色淺』這古謠句浮在我腦筋中了。」「站在門簷下回看四野，黑黝黝地一堆一堆的草木在搖動著了。我不禁想起『山雨欲來風滿樓』的詩句，雖然事實上此刻是並沒有什麼山。」中國傳統文化的潛在影響，使佛洛伊德學說在中國有了變形的產品。

第三節　意識流方法的運用

　　描寫人物的潛意識，最好是運用意識流的表現方法。「人的各種知覺、感情、思維過程的某些方面是不能用語言來清楚明確地表達的，因此作家必須把這些成分轉換成某種用語言表達的等值物，以能夠儘量準確無誤地『再現』意識形態。為了這種心理的『寫真實』，就必須拆散時空秩序，打破傳統的敘事常規。……既然人的意識活動由於受無意識的支配而變得變化莫測，那麼文學作品的任務就是把它摹寫出來。在這種主張下，意識流作品往往帶有許多奇異的特徵。」[28]意識流可以將人物靈魂深處被壓抑在「本我」中的恐懼、孤寂、迷惘、煩躁等流動的意識表現出來，探究其埋藏在水中冰山下面的潛在的靈魂顫慄。所以，意識流的手法成了施蟄存小說展示人物靈魂的主要手段。

　　「意識流」手法是喬伊絲對施蟄存的影響，喬伊絲則是受佛洛伊德和榮格理論的影響。喬伊絲是「意識流」的代表作家，他「圍繞著人物的精神活動中一連串隨意產生的、邏輯鬆散的意識中心，將人的感覺同有意識的和半意識的思想、回憶、判斷、願望、情感、聯想全部混合在一起，『準確地』、『原樣地』描摹『心理的真實』。」[29]在施蟄存之前，魯迅、郭沫若、郁達夫等人也受到喬伊絲的影響，都曾運用過意識流手法，魯迅的《狂人日記》便是典型的例子，狂人的「狂」，就是用意識流的手法表現的。意識流的主要特徵是：跳躍穿插的自由聯想，心理分析式的內心獨白，時序的顛倒以及象徵手法。這些都在《狂人日記》裡有所運用，正是跳躍穿插的自由聯想，才使「月光」、「趙家的狗」、「街上的女人」聯繫在一起。整篇正文都是狂人的內心獨白，並且將過去、現在和未來三者彼此顛倒、交叉、

---

[28]　林驤華等：《文藝新學科新方法手冊》，上海文藝出版社1987年版，第412頁。

[29]　林驤華等：《文藝新學科新方法手冊》，上海文藝出版社1987年版，第412頁。

互相滲透，整篇小說就是一個象徵，是將一個抽象的理念賦予一個變形的具體形象之上。郭沫若的《殘夢》、《喀爾美蘿姑娘》和郁達夫的絕大部分小說，都是意識流的自由聯想，都是跳躍穿插、時序顛倒的內心獨白。

施蟄存卻將意識流特徵發展到極致，《梅雨之夕》是意識流小說的典範。中年男子與少女之間，沒有發生任何故事，甚至兩人都沒有什麼交談，當然更沒有現在時尚小說的刺激性情節，整個小說只是中年男子的意識流動的記錄。

施蟄存的意識流描寫與朋友劉吶鷗也很不相同，施蟄存重心理分析，劉吶鷗重感覺主義，《殘留》是劉吶鷗意識流小說的代表作，通篇都是女主人公霞玲在丈夫去世後意識流動的記錄，霞玲在丈夫去世的當晚，就非常需要男人，但作者不是寫主人公內心理智與情感的衝突、鬥爭的流程，而是只寫她的需要，這裡沒有矛盾徘徊的痛苦。她甚至不是用心去想，只是用身體去感覺，開始，她需要她的前男友白文：「我真想躺下來了，白文白文快來！好，他來了，他扶住了我了。全身靠住他吧，這軟綿綿的，顧不得什麼了。啊，還好，這樣舒服些……」「……啊，他叫出我的名字來了。何必這樣大聲怪叫，驚動了人家。……可是（霞玲霞玲……）是多麼有感情的叫聲呵！這麼有力氣的呼聲，我到好久沒有聽見了。」劉吶鷗沒有施蟄存那樣的細膩的內心世界衝突痛苦的心理分析，只有對外部世界的感覺，以及將情感外化的肢體語言。

穆時英的意識流描寫是立體的，他突出人物的內心衝突，強調主人公內心「人性」與「獸性」鬥爭的激烈。《白金的女體塑像》最具代表性。主人公謝醫師是個獨身主義，一個患貧血症的女人，使謝醫師心旌搖曳、坐立不安。於是謝醫師受潛意識的支配，叫女患者脫光了衣服照太陽燈，當「她仰天躺著，閉上了眼珠子，在幽微的光線下面，她的皮膚反映著金屬的光」的時刻，謝醫師不能自持，作者用雙線條立體地寫謝醫師意識流情形，一條是意識的流動，一條是潛意識的流動，意識流動的描寫加上括弧，並且沒有標點，一句到底。以此將其與潛意識的流動區別開來，意識的流動和潛意識的流動交叉著寫：

一朵萎謝了的花似的在太陽光底下呈著殘豔的，肺病質的姿態。慢慢兒的呼吸勻細起來，白樺樹似的身子安逸地擱在床上，胸前攣著兩顆爛熟的葡萄，在呼吸的微風裡顫著。

（屋子裡沒第三個人那麼瑰豔的白金的塑像啊「倒不十分清楚留意」很隨便的人性欲的過度亢進朦朧的語音淡淡的眼光詭秘地沒有感覺似的放射著升發了的熱情那麼失去了一切障礙物一切抵抗能力地躺在那兒呢——）

謝醫師覺得這屋子裡氣悶得厲害，差一點喘不過氣來。他聽到自己的心臟要跳到喉嚨外面來似的震盪著，一股原始的熱從下面煎上來。……腦袋漲的厲害。

「沒有第三個人！」這麼個思想像整個宇宙崩潰下來似的壓到身上，壓扁了他。

謝醫師渾身發著抖，覺得自己的腿是在一寸寸地往前移動，自己的手是在一寸寸地往前伸著。

（主救我白金的塑像啊主救我白金的塑像啊主救我白金的塑像啊主救我白金的塑像啊主救我白金的塑像啊主救我……）

白樺似的肢體在紫外光線底下慢慢兒的紅起來，一朵枯了的花在太陽裡邊重新又活了回來似的。

（第一度紅斑已經出現了！夠了，可以把太陽燈關了。）

一邊卻麻痺了似的站在那兒，那原始的熱盡煎上來，忽然，謝醫師失了重心似的往前一衝，猛的又覺得自己的整個的靈魂跳了一下，害了瘧疾似地打了個寒噤，卻見她睜開了眼來。

謝醫師咽裡口黏涎子，關了電流道：

「穿了衣服出來吧。」

意識的思維流動是「人性」的，潛意識的思維流動是「獸性」的，當謝醫師像一頭野獸向白金的塑像一寸寸地移動時，意識裡的「人性」卻在乞求主的幫助。女人睜開了眼來，制止了謝醫師的行動。在這女人渾然不知的情形下，謝醫師進行了一場激烈的「一個人的戰爭」。這時，謝醫師的「心卻像鐵釘打了一下似的痛楚著。」

　　施蟄存小說的意識流描寫雖然也有矛盾衝突，但不是立體的雙向流動，從這一點說，施蟄存的意識流不如穆時英的驚心動魄。穆時英是在施蟄存基礎上的發展，但施蟄存的小說在中國文學史上的地位，是穆時英不能替代的。

第四章　從《善女人行品》看施蟄存小說的內心獨白

　　《善女人行品》收有施蟄存1930年1月至1933年11月的11篇小說，施蟄存在《善女人行品》序中說這是「一組女體習作繪」。施蟄存是一個善於描寫女性心理的作家，施蟄存溫和、細緻的性格，使他能窺探到女性內心的深層世界，並用內心獨白的方式表現出來。

　　施蟄存受顯尼志勒影響最大，顯尼志勒最善於運用內心獨白表現人物，施蟄存在他的歷史小說和以男性為主人公的現代作品中，也廣泛地運用了內心獨白，但施蟄存內心獨白的描寫是男女有別的。因為中國的女人被中國傳統文化所束縛，她們的欲望跟男人的欲望不一樣，所以對她們的內心描寫也不一樣。施蟄存從不赤裸裸地描寫女人心理，施蟄存寫男人異常直露，寫女人卻非常含蓄，一反中國傳統文化中對女人的鄙視。中國古典小說都認為女人是禍水，施蟄存認為男人才是一切罪孽的淵源，他說：「都市的人，現代的人，你知道，一個青年一定是好色的。」[1]女人卻多是「善」女人，善女人不可能像男人那樣變態淫穢，她們的欲望是收斂的，謹慎的，有分寸的，當然也是曖昧的。像男人那樣的性要求（如《在巴黎大戲院》）她們不僅僅是不敢做，連想都不敢想，更不可能像男人那樣歇斯底里地瘋狂，傳統文化對女人的束縛深入骨髓，她們只是做做謹慎小心的夢而已。

第一節　施蟄存小說對「善女人」的解構

　　施蟄存的小說集《善女人行品》是「幾篇完全研究女人心理及

---

[1]　施蟄存：《花夢》，《十年創作集》，上海，華東師大出版社1996年版，第691頁。

行為的小說」²，《善女人行品》突出的是一個「善」字，從而寫了女人的「善」與「不善」，以及心理和行為。說她們「善」，是因為她們行為的「善」，她們的行為是受到傳統道德約束的，她們不做越軌的事情，規規矩矩地守著自己的本分，與施蟄存筆下的那些變態的男人的「不善」比起來，她們是真正的善女人。但是她們又是「不善」的，這個「不善」是指她們的心理，也就是說，她們在心理上是越軌的，不道德的，在她們不動聲色的行為下，內心卻是翻江倒海的激蕩。我以為，這是施蟄存對所謂「善女人」的解構，從「善」的表面看出「不善」的內心來。《善女人行品》的第一篇小說《獅子座流星》中的卓佩珊夫人，表面看來肯定是個善女人，她去看醫生，希望跟丈夫生個孩子，雖然她並不愛甚至厭惡她的丈夫。聽說看了獅子座流星可以生孩子，卓佩珊夫人就期盼著能看到獅子座流星，為了看這流星，折騰一夜不睡覺。我們從這裡看出卓佩珊夫人是一個地地道道的中國傳統的善女人。但是如果我們探究她的內心，就會發現她有不善的心理活動，在去看醫生的汽車上，她對一個年輕男人產生了遐想：「前面立著一個看上去很整潔的年輕人——其實這男子和她是年紀相仿的，可是她並不以為如此，她以為他是一個美麗的年輕人。他給旁邊和後面的人，隨著車身的簸動而推擠著，使他的腿屢次貼上了她的膝蓋。為了要維持他的禮貌，雖然她並不閃避，但她的膝蓋能閃避到哪裡去呢？他不得不以一隻手支撐著車窗上的橫木，努力抵禦著旁邊人的推擠。她看得出他是很累的，因為他蹙著眉頭，兩個臉頰漲得通紅了。她想對他說，不必這樣地講規矩，即使他的腿稍微——不，甚至是完全，那也有什麼關係呢？——貼上了她的腿和膝蓋，她也原諒他的。但是，她真的可以這樣說嗎？」她可以說嗎？不能，卓佩珊夫人是只能想不能說的，說了就不是中國式的「善女人」了。看到這可愛的年輕人，「於是她想起了丈夫」，那「身體一胖連禮貌也沒有了」「粗魯」得像「豬玀」的丈夫，她希望她的丈夫「文雅得像這個年輕人一樣」。「卓佩珊夫人抬起頭來，這文雅的年輕人正在用

2　施蟄存：《〈善女人行品〉序》，《十年創作集》，第796頁。

文雅的眼睛注視著她的捲曲的美髮。在這樣凝靜的注視中，她看得出充滿了銳意和驚異。她不禁伸手去拂掠這新近電燙過的青絲。」卓佩珊夫人所感覺到的年輕人的文雅地「注視」，以及「銳意和驚異」，我們不能不說是卓佩珊夫人的良好的自我感覺，是她的企盼。要下車了，「卓佩珊夫人從那年輕人的腋下鑽出來，下了車，她覺得筋骨驟然地輕鬆了，可是冷氣跟著直往裡鑽。」卓佩珊夫人可說是心旌搖曳了。她只是心旌搖曳而已，她其實什麼也沒做，她不打算做什麼，也不能做什麼，因為在行為上她必須做個「善女人」。

　　《春陽》中的嬋阿姨也是一個善女人，她是在未婚夫死後才嫁到夫家的，並守著丈夫的牌位度過了13年的孤寂生活，真可謂中國女人「善」的典範。這便是魯迅說的「節」：「丈夫死了，絕不再嫁，也不私奔，丈夫死得愈早，家裡愈窮，她便節得愈好。」但施蟄存揭開嬋阿姨「善」的、「節」的表層，發現了內在的欲望和企盼。嬋阿姨的「善」只是行為的善，她的內心仍有諸多「不善」的想法。當她13年後的一天，「昆山的嬋阿姨，獨自走到了春陽和煦的上海的南京路上。」她感到這上海的春陽，「倒是有一些魅力呢……今天，撲上臉的乃是一股熱氣，一片晃眼的光，這使她平空添出許多興致。」「真的，一陣很騷動的對於自己的反抗心驟然在她胸中灼熱起來」，她決定在上海玩一玩，於是到一個小餐館裡吃中餐飯，在這裡，她羨慕旁座的三口之家，她留意了一個文雅的男子，幻想著他在她身邊坐下，微笑著攀談，嬋阿姨做著羅曼蒂克的白日夢，並由這個男子聯想到銀行的職員，「她的確覺得，當她在他身邊挨過的時候，他的下頷曾經碰著了她的頭髮。」「嬋阿姨的自己約束不住的遐想，使她憧憬於那上海銀行的保管庫了。」她固執地認為，她的保管庫的門沒有鎖好，她重新來到銀行，銀行職員的一聲「太太」，使她徹底的失望了，「憤怒和被侮辱了的感情奔湧在她眼睛裡，她要哭了。」她在銀行職員的眼裡已不是年輕的未婚小姐，而是已婚的中年太太。嬋阿姨的好「興致」和「胸中灼熱」找不到傾泄的對象，嬋阿姨不得不打道回府。嬋阿姨的遐想和企盼沒有結果，她的沒有結果不僅僅是因為她沒有性對象，而是她沒有尋找性對象的膽量，或者說沒有這個境界。顯

尼志勒的小說《毗亞特麗思》中的主人公毗亞特麗思連兒子都能成為愛戀對象，還有什麼樣的人不能，只要敢跨出這一步，不可能尋不到機會。說到底，是嬋阿姨不及毗亞特麗思執著、極端、變態，嬋阿姨的秉性和文化教養局限著她，使她不得不放棄她的希望和追求。她又回到現實，她不能像毗亞特麗思那樣不計得失、不顧後果、一意孤行地往前衝。夢醒之後的嬋阿姨，又還原了吝嗇的土財主的本性。

施蟄存筆下的「善女人」之所以為「善女人」，還因為她們根深蒂固的封建性，如《霧》中的老處女素貞小姐就是一個典型的例子。她雖然生活在海邊，受到很深的傳統文化的影響，但因為離上海近，她也可以看到上海隔日的報紙，瞭解一些上海的現代生活，所以，她的理想的丈夫不再是傳統婦女所嚮往的吃苦耐勞的老實農民，而是知書達理的、有修養、有風度的都市男人，但在素貞的生活環境中很難找到她的意中人，所以素貞拖延成老姑娘了。終於有一次，素貞去上海參加表妹的婚禮，在火車上遇到了「一個很可親的男子，柔和的容顏，整潔的服飾，和溫文的舉動……於是，她給自己私擬著的理想丈夫的標準發現了一個完全吻合的實體。」這「可親的男子」對素貞也有好感，並給素貞留下名片。但這個「很可親的男子」是一個電影明星，素貞的封建思想使她將電影明星與戲子劃等號，並對戲子極端的鄙視。她失望了，她的理想與現實有了矛盾，她的現代要求和傳統意識發生了衝突，她的傳統思想使她不得不捨棄所喜歡的人，她只能以老處女終其生了。戕害婦女的封建思想，往往是婦女自己在維護著，多少中國婦女因封建的束縛而在痛苦中煎熬。

施蟄存推崇顯尼志勒的內心獨白，並在《善女人行品》中以內心獨白為主要表現手法。因為對於「善女人」，要真實的瞭解她們，並不是看她們的行動，而是要看她們的心理。施蟄存說，顯尼志勒「描寫性愛並不是描寫這一種事實或說行動，他大概都是注重在性心理的分析。」[3]所以施蟄存寫的女性都是欲望的暢想者，而不是欲望的

---

[3]　施蟄存：《〈薄命的戴麗莎〉譯者序》，《北山散文集》（二），第1204頁。

實踐者。中國傳統婦女對異性的需求，想的比做的多，很多事情，頂多也是想想而已。卓佩珊夫人這樣，嬋阿姨也是這樣，阿秀同樣是這樣。《阿秀》的主人公阿秀因父親賭博輸了，於是把她以八百五十塊賣給地產商薛建華做第七房姨太太，阿秀厭倦這姨太太的生活，她知道，薛老爺從來沒有把她當作妻子看待，小說用了兩個《她的獨白》的小標題，以內心獨白的方式，表現阿秀的內心痛苦和欲望：「我現在這樣的算是已經出嫁了嗎？我有了一個丈夫嗎？哎，人家是丈夫，可是我要叫做老爺的，這是什麼緣故呢？……我難道好算是已經結婚了嗎？誰看見過這樣子的結婚呢？」因為薛老爺不把她當人看，使她憧憬著她的初戀情人：「當初……當初，啊，我真可憐呀，我為什麼不就給了那個住在對河房裡的姓趙的學生呢？爹，這又是要問你的，你為什麼不許我嫁給那個人呢？你說他家裡窮，其實比我們自己總要好些呀。他現在聽說也在上海，聽說他和一個姓莫的女子結婚了，……我……倘使他的妻子現在死掉了，不知道他還要不要我？我可以這樣做嗎？……如果我現在去投奔他，如果他的妻子沒有出來，他會收留我嗎？他還會像從前有一個大熱天的傍晚，在後門口相會的時候那樣的說許多喜歡我的話嗎？……哎，要是他還愛著我，他一定會休棄了他的妻子的，是的，我可以從這裡帶一點首飾去，這樣，我們可以同過一種平安的生活了。……不啊！不啊！他不會再要我的了。我現在不是從前那樣的一個人了。他還會得喜歡一個人家的逃出來的小老婆嗎？」阿秀也只是想想而已，她是沒有勇氣去找她的初戀情人的。但阿秀想嫁一個正式的丈夫，於是她捲逃了，她嫁給了一個窮得娶不起老婆的汽車夫阿炳。但阿炳又賭又嫖，很快將她捲逃來的首飾給賭光嫖光了。施蟄存接著用第二個《她的獨白》表達她的更深的痛苦和失望：「當初逃了出來之後，索性削髮落庵，燒香拜佛，倒也圖個下半世清淨，為什麼，哎，我真不懂當初什麼東西蒙了心，一心一念只盼望好端端的再嫁一個丈夫。到現在呢？」為了報復男人，阿秀做了暗娼，終於有一天，汽車夫阿炳開車送薛老爺來嫖娼，遇到了阿秀，阿秀狂笑，她認為她報復了這兩個男人，但不幸的阿秀的報復是以犧牲自己為代價的。施蟄存是更多的用內心獨白表現阿秀性的

苦悶和生的苦悶，從而突出女人的精神創傷。

舊社會的中國婦女，要麼像嬋阿姨、素貞那樣被傳統文化束縛著，不敢越雷池一步；要麼像阿秀這樣，即使逃出了牢籠卻又入了地獄，她們都企圖做「善女人」，但是「善女人」的名聲並沒有給她們帶來任何幸福，她們沒有幸福可言；「善女人」的名聲也並沒有給她們帶來任何出路，舊中國的女人是沒有出路的。

第二節　與奧地利作家顯尼志勒筆下女性形象的差異

對施蟄存影響最大的是顯尼志勒，但顯尼志勒筆下的女性形象與施蟄存的女性形象有很大的差異。顯尼志勒的女性性心理描寫，不亞於施蟄存的男性性心理描寫：大膽，直露，淋漓盡致。施蟄存翻譯了顯尼志勒《婦心三部曲》中的《蓓爾達‧迦蘭夫人》、《愛爾賽小姐》、《毗亞特麗思》和《薄命的戴麗莎》等多篇寫女性的作品。顯尼志勒寫得最多的是女性變態的性心理，並且其變態情形是異常極端和不可思議的，甚至寫母親與兒子的戀愛。這樣的女人，不論是心理上還是行為上都是「不善」的。《毗亞特麗思》中的主人公毗亞特麗思就是一個性變態者，她在丈夫死後將性愛轉移到兒子身上，而她的內心仍然朦朧著愛與道德規範的衝突，當兒子另有情人，母親又將愛移向兒子的朋友。他們都在這種畸形的愛與恨的二重人格衝突中痛苦煎熬，最後，「毗亞特麗思把她底愛人，她底兒子，她底死伴抱在懷裡。瞭解、寬恕、解放，她閉上了眼睛。」他們最後以死作為衝突的解決。顯尼志勒在佛洛伊德的理論創建之前就將心理分析、性心理分析、變態性心理分析運用於小說創作中，連佛洛伊德本人在讀了顯尼志勒的作品之後，也驚歎不已，佛洛伊德說：「我常常驚訝地自問，你是從哪裡獲得我經過苦心研究才獲得的那神秘知識的；我終於妒忌起我早先不過是欽佩而已的詩人來了。」顯尼志勒筆下的女性可謂敢作敢為，沒有任何顧忌。顯尼志勒將主人公的所做和所想和諧的統一起來，在施蟄存表現他的主人公行為和心理極大的矛盾衝突時，顯尼志勒是將她們的欲望賦予行動的，她們都不是善女人。

　　深受傳統文化影響的施蟄存，在《善女人行品》裡突出的這個
「善」字，是中國傳統文化、傳統道德對女人的要求，是三從四德的
縮寫。女人必須做到在家從父，出嫁從夫，夫死從子。所以她們對兒
子也是一種仰視的態度，不可能與兒子發生性關係。施蟄存早期作品
《周夫人》中的周夫人有戀童症，可說是一個類似毗亞特麗思的性變
態者，但又與毗亞特麗思不同，第一，周夫人愛戀的十二歲的微官不
是自己的親生兒子。第二，周夫人只是有點愛戀的意識，絕不會發
生不該發生的性行為。這就是施蟄存的女性形象為什麼都冠有一個
「善」字，因為她們確實在用這個「善」字規範自己的行為。

　　施蟄存的女性描寫沒有顯尼志勒作品所具有的悲劇性。施蟄存
說：「以性愛為主題的施尼茨勒的小說和劇本中間所表現的人生哲學
完全是一種懷疑論。他對於人類的命運有一種懷疑，他相信愛是支配
人生的一個主力，但這個主力的唯一的強敵卻是死及其鄰人，例如衰
老，貧賤，鰥寡之類。每一個人的最終運命都得取決於這個主力與它
的強敵搏鬥之結果，而這個結果往往成為人生的悲劇。施尼茨勒的作
品就是以最熟悉的維也納城作為背景而描寫的這種人生的悲劇。」[4]
如毗亞特麗思就不得不以死作為結局。《愛爾賽小姐》中的愛爾賽小
姐也是用自殺來結束自己的痛苦。施蟄存的小說沒有這樣沉重的描
述，他不僅消解了國師的神聖，消解了英雄的高大，也淡化了普通人
生的苦痛，特別是那些無足輕重的女人，她們沒有痛不欲生的體驗，
沒有驚天動地的結局，她們多是小憂傷，小煩惱，即使有痛不欲生的
憂傷她們也不痛不欲生，即使該有驚天動地的結局她們也絕不弄得驚
天動地。她們的人生態度是世俗的，平庸的，善變的，她們順應環
境，不與環境作對，她們會因環境而改變，卻不會因改變不了環境而
毀滅自己。所以，《春陽》中嬋阿姨的騷動，便因沒有愛戀對象而消
失，《霧》中素貞小姐對異性的憧憬，也因對「戲子」的偏見而終
止。她們的情感欲望轉瞬即逝，也許，「轉瞬即逝」這個詞用得有些

[4]　施蟄存：《〈薄命的戴麗莎〉譯者序》，《北山散文集》（二），第
1205頁。

極端，她們的情感欲望並沒有立即消失，但她們的生活處境和人生態度使她們不得不放棄過多的奢望，過一種雖寂寞但平靜、穩妥的日子。《港內小景》裡的女主人公「是個知足的舊式女子」，她滿足於丈夫在她生病以後，由粗暴而變得溫和了，至於她丈夫跟別的女人怎樣，她就只有睜隻眼閉隻眼了。《殘秋的下弦月》表現了生的艱難，因為病，因為生計，夫妻發生口角，但過了一會兒，丈夫又「歎息著，替她蓋好了棉被。」「殘秋的下弦月，流進了這幽寂的小室。」《蓴羹》中的妻子就想吃一次丈夫做的菜餚，「她幾乎是變態地渴求著我給她做的菜餚的新的味道。」而這種渴求卻被丈夫忽略了，始終沒有發現，直到「潛伏在她秘密的心中的一重戀愛的新欲望到這時才揭露了出來。」丈夫有了自責：「真的，一個卑劣的男子的無禮貌的高傲壅塞了我的戀愛的靈感，我的確使她大大的失望了。」一切矛盾也就化解了。《妻之生辰》裡丈夫希望在妻子生日時能送個禮物給妻子，但卻沒錢，「結婚之後我妻的第一個生辰便是這樣地在愁悶的雨聲中過去了。」人們生活得都不舒心，但也沒有大悲痛，都是小悲小傷，她們的欲念是適可而止的，即使有點過分的企盼，也是碰到南牆就回頭，不走極端，給自己台階下。這不僅是施蟄存小說女性形象的人生觀，並且是中國大多數老百姓的人生觀，也是施蟄存的人生觀。施蟄存的女性多寫得精細、文雅、柔美、委婉，有人評價施蟄存有女人氣質，我也有同感。所謂女性氣質，就是纖細、敏感，有淡淡的愁緒，不張揚，不鋒芒，不顯山露水、飄逸、中庸，甘當陪襯，用施蟄存自己的話說，是「藏頭不露尾」。

第三節　與五四時期女性作家筆下的女性形象的差異

施蟄存筆下女性形象的人生觀不僅與顯尼志勒筆下的女性形象不同，而且與中國五四時期的女性作家筆下的女性形象有一定的距離。施蟄存筆下的女性，不是解放了的娜拉，五四時期婦女解放的號角並沒有喚醒她們，她們是被五四運動遺忘的人。這便使之與五四時期的女性作家馮沅君、黃廬隱、冰心等的作品中的女性形象區別開來。

　　馮沅君筆下的女性，為了追求自由和解放不惜犧牲生命，在《隔絕之後》中，主人公自殺前有一封給母親的信，信中說：「親愛的阿母：我去了！我和你永別了！你是我一生中最愛的最景慕的人。……但是我愛你，我也愛我的愛人，我更愛我的意志自由，在不違背我後二者的範圍內，無論你的條件是怎樣苛刻，我都可以服從。現在，因為你的愛教我犧牲了意志自由和我所最不愛的人發生最親密的關係，我不死怎樣？」這樣的女性是把意志自由和愛情看得比生命更重要，更別說安定的生活。

　　而在黃廬隱的作品中，「就彷彿再呼吸著『五四』時期的空氣，我們看見一些『追求人生意義』的熱情的然而空想的青年們在書中苦悶地徘徊，我們又看見一些負荷著幾千年傳統思想束縛的青年們在書中叫著『自我發展』，可是他們的脆弱的心靈卻又動輒多所顧忌。」[5]廬隱的苦悶和憂鬱不是個人的，而是一個時代的苦悶和憂鬱。廬隱的意義就在於，她披露了那一群苦悶、彷徨的五四青年的內心秘密，從而也就真實地披露了五四那個時代的秘密。

　　冰心的小說一方面表現了女性受封建思想、封建婚姻桎梏的痛苦，一方面也表現青年女性對自由的期盼和對自由的珍惜，如《秋風秋雨愁煞人》中被舊式婚姻囚禁的英雲對冰心說：「我和淑平的責任和希望，都並在你一人的身上了。你要努力，你要奮鬥，你要曉得你的機會地位，是不可多得的，你要記得我們的目的是『犧牲自己服務社會』。」冰心也表示：「淑平呵！英雲阿！要以你們的精神，常常的鼓勵我，要使我不負死友，不負生友，也不負我自己。」求自由求解放是女性作家的共同的主題。

　　施蟄存作品中的女性為什麼不去求自由求解放呢？她們滿足於自己的現狀嗎？不是，她們每一個人都有企盼和欲望，她們沒有一個不在寂寞和痛苦中煎熬。但她們委曲求全的生活，究其原因有二：第一，她們是一些「五四」精神沒有影響到的人群，她們自身的封建思想、傳統文化使她們不僅不能像馮沅君筆下的人物那樣努力擺脫家

[5]　茅盾：《廬隱傳》，《廬隱選集》，福建人民出版社1985年版。

庭、社會的束縛，她們甚至不能擺脫自己對自己的束縛，她們是一群緊緊依附家庭、丈夫、土地的節婦，傳統思想束縛著她們的過去，束縛著她們的現在，也束縛著她們的將來，她們從來沒有想到要離開束縛她們的環境。第二，是她們不想失去既有的經濟地位。經濟權是魯迅在《娜拉走後怎樣》和《傷逝》裡所闡明的婦女解放的重要條件，沒有了經濟權，談婦女解放只是一句空話。《春陽》中的嬋阿姨便是她們的代表，她沒有丈夫，但獲得了田地，她要「自由解放」就意味著將失去已有的財產——族中人虎視眈眈盯著的三千畝土地。嬋阿姨在春天陽光的誘惑下有過短暫衝動，之後便毅然決然地打道回府。對於封建的束縛，一方面是她不敢衝出，一方面是她不願衝出，她不願失去既定的生活，她寧可孤寂而安定，不願快樂而動盪。這便是中國舊女性的個性特徵，這是西方女性所無法理解的。所以，嬋阿姨欲望的不能滿足，主要原因是她自己的局限，她有很多不願也不捨丟掉的東西。吳福輝說：「她的衝不破是由她的一次希圖衝破來表現的。」[6]其實，她的衝不破，同樣也是她不敢衝破不願衝破的必然結局。當然，這並不等於她們一點想法也沒有，一點欲望也沒有，她們跟世界上所有的女人一樣，也包括世界上的男人，他們都有對愛、對性、對異性的企盼。只是因為她們是「善女人」，她們必須將欲望埋在心裡。施蟄存選擇了顯尼志勒的內心獨白方式，揭示她們被「善」字掩蓋著的欲望潛流，使我們知道「欲望」是人的本能，壓抑「欲望」是人們對本能的抑制，中國的善女人的「善」只是表面的貞節，內心仍有許多「不善」、「不貞」的想法。小說以《善女人行品》為名，著實有著深刻的意味，甚至有反諷的色彩。

從施蟄存的女性形象中，我們看到了男性作家寫女性的缺憾，特別是他們對五四時期的女性缺乏瞭解，他們見其封建性，未見其反封建性，施蟄存沒有馮沅君、黃廬隱、冰心等女性作家身在其中的體會。

---

[6] 吳福輝：《帶著枷鎖的笑》，杭州，浙江文藝出版社1991年版，第144頁。

下編　比較論

第一章 施蟄存、劉吶鷗、穆時英女性形象比較談

對活躍在20世紀30年代上海的施蟄存、劉吶鷗、穆時英等作家，人們都約定俗成的稱之為新感覺派，並論述了他們的新感覺的共同特點。其實，他們的創作風格和特點有很大的差異，「新感覺」不能將其概括。但為了敘述的方便，我還是借用這個稱謂論述他們在女性形象描寫中的異同。

第一節　現代作家筆下女性形象的多種形態

女性，是文學作品中不可或缺的描寫對象。從「五四」時期到20世紀30年代，中國婦女走過了一條從迷惘到覺醒，再到更深的迷惘的道路，作家們對此作了真實的反映。魯迅是較早描寫女性的作家，他從對祥林嫂的「哀其不幸，怒其不爭」，到對新女性子君追求婚戀自由之後的生存困境的憂慮，及時發現婦女在沒有經濟獨立的情景下談解放，只會是兩個結果：一是「墮落」，二是「回來」。他說：「要求經濟權固然是很平凡的事，然而也許比要求高尚的參政權以及博大的婦女解放之類更重要。」[1]「五四」時期的女性以「婚戀自由」為婦女解放的起點，以「對婚姻的失望」為婦女解放的終點，「只是為了愛」使她們在生存的夾縫中「遊戲人生」。女作家盧隱、冰心、馮沅君都以細膩的筆墨，真實的情感表現了「五四」時期婦女的覺醒，以及覺醒之後也同子君一樣無路可走的痛苦經歷。

20世紀20年代末和30年代初的文學，女性形象已由追求個性解放進入到投入社會解放的時期。左翼文學是當時的主流文學，這是國情、民情的必然趨勢。魯迅說：「現在在中國，無產階級的革命的文

---

[1] 魯迅：《娜拉走後怎樣》、《魯迅全集》第1卷，第158頁。

藝運動，其實就是唯一的文藝運動。」²茅盾是左翼作家中最善於寫女性的作家，他的處女作《蝕》三部曲就塑造了一批投身社會解放的新女性。但是，社會的混亂必然導致她們追求的盲目，章秋柳、王詩陶、趙赤珠都激情澎湃地投入社會活動，但結果不過是玩玩戀愛的遊戲，有的甚至為革命出賣肉體。丁玲在處女作《夢珂》中表現了夢珂覺醒之後無路可走的現實，緊接著推出的《莎菲女士的日記》，雖然以莎菲孤傲不羈的個性和堅決徹底的反叛精神，顯示了新一代知識女性自我意識的覺醒，但仍表現了莎菲幻滅的苦悶和追求的迷茫。

隨著革命的深入，女性形象也有了新的內容。茅盾說：「只要環境轉變，這樣的女子是能夠革命的。」³她們通過投身社會革命來獲得個人的拯救。茅盾的《虹》、《創造》，廬隱的《一個情婦的日記》，特別是丁玲的《一九三〇年春上海》、《韋護》、《田家沖》，都表現了女性明晰的追求，走上了革命的道路。但是，在「文學要成為無產階級最高的政治鬥爭之一翼」⁴的主張下，新文學創作顯示出明顯的「政治化」傾向。茅盾說，這時期「甚至寫戀愛時也從禮教與戀愛的衝突到革命與戀愛的衝突了」⁵。蔣光慈的小說將這種「革命加戀愛」的模式推向極端，女性形象也隨之變得公式化，概念化了。

「而以北京等北方城市為中心的京派是一批學者型的文人，也即非職業化的作家。他們一面陶醉於傳統文化的精美博大，又置身於自由散漫的校園文化氛圍之中，天然地追求文學（學術）的獨立與自由，既反對從屬於政治，也反對文學的商業化，這是一群維護文學的理想主義者。」⁶京派的代表作家沈從文追求一種「優美、健康、自然，而又不悖乎人性的人生形式」⁷，著意建造供奉「人性」的「希

² 魯迅：《黑暗中國的文藝界的現狀》，《魯迅全集》第4卷，第285頁。
³ 茅盾：《寫在〈野薔薇〉的前面》，《茅盾文集》第9卷，人民文學出版社1985年版。
⁴ 蔣光慈：《關於革命文學》，載《太陽月刊》1928年2月號。
⁵ 茅盾：《關於「差不多」》，《茅盾全集》第21卷，人民文學出版社1984年版。
⁶ 錢理群等：《中國現代文學三十年》，北京大學出版社1998年版，第315頁。
⁷ 沈從文：《習作選集代序》，《沈從文選集》第5卷，四川人民出版社1983年版，第227頁。

臘小廟」[8]。沈從文寫了都市和湘西兩個世界，但他的成就在湘西。他對湘西世界的女性傾注了深切的同情和關愛。那是一些沒有走出鄉村的農家女子，她們沒有左翼作家筆下女性的那種從追求個性解放到投入社會解放的經歷和覺醒的痛苦，她們對自身的艱難處境和可憐生命毫無意識，她們對自己的悲慘命運渾然不覺。不論是蕭蕭，還是老七（《丈夫》），甚至包括《邊城》中的翠翠母女，她們都是那麼溫順、純淨、善良、美麗，但又是那麼麻木、愚昧。沈從文淡化痛苦的寫法使她們輕鬆恬靜地過著沉重痛苦的生活。

「新感覺派小說之『新』在於其第一次用現代人的眼光打量上海，用一種新異的現代的形式來表達這個大都會的城與人的神韻。」[9]大革命失敗以後，施蟄存等人由於種種原因，不得不遠離政治，在藝術上去尋求一條新的路徑。他們引進外國現代派的表現手法，創造了一批與同時期的左翼作家和京派作家筆下完全不同的女性形象。這些女性形象既有「現代」色彩，又有「都會」特色，是「近代的產物」（劉吶鷗語），是都市的象徵。她們沒有像梅行素那樣，為了投身社會、投身革命而「忘記了自己是女性」（《虹》），而是時刻展現出女性的心態和顯示著女性的魅力；她們沒有像蕭蕭那樣任人擺佈卻渾然不覺，而是常常為擺佈男人而費盡心機。新感覺派作家的筆下展現了與同代或不同代作家筆下迥然相異的女性形象的新景觀，是20世紀30年代十里洋場獨特的風景線。

第二節　施蟄存、劉吶鷗、穆時英女性形象的不同描述

然而，當我們翻開新感覺派的文本，就會發現：施蟄存、劉吶鷗、穆時英三人對女性的描寫有很大的不同。雖然他們都受到外國現代派小說的影響，但由於生存環境、人生哲學、個人意趣等方面的區別，他們三人的女性形象描寫判然有別。

---

[8] 沈從文：《習作選集代序》，《沈從文選集》第5卷，第227頁。

[9] 錢理群等：《中國現代文學三十年》，北京大學出版社1998年版，第325頁。

施蟄存小說中的女性多生活在鄉村與都市的交接處的邊緣地帶，她們不像左翼作家筆下的女性那樣去鬧革命求解放，也不像京派沈從文的湘西女子那樣因閉塞而麻木，但是又沒有劉吶鷗、穆時英的純都市女子的瀟灑、浪漫，在施蟄存的筆下，女性多是苦悶的女性，包括性的苦悶和生的苦悶兩種。在《周夫人》、《春陽》、《霧》、《獅子座流星》，以及歷史小說《黃心大師》等作品，都表現了女性青年寡居的性壓抑和靈肉分離的性饑餓的痛苦。她們因自己內心三從四德封建思想的束縛和舊中國封建殘餘的輿論氛圍的外在壓力，謹慎小心地守著悲苦的日子，她們無法走出無愛的生活怪圈，她們只有在性壓抑和性饑餓的生活中苦熬，虛度青春。在《殘秋的下弦月》、《妻之生辰》、《舊夢》等作品中，施蟄存表現了女性因貧困而使愛情失去光彩，陷入饑寒交迫的生的苦悶中。

劉吶鷗的唯一的小說集《都市風景線》可算是都市女性的風景線，《遊戲》、《風景》、《流》《熱情之骨》、《兩個時間的不感症者》、《禮儀與衛生》、《殘留》以及集外的《赤道下》，無一不展示都市女性的丰采。但劉吶鷗並不像施蟄存那樣著重表現半封建半殖民地社會的女性的苦悶，而是表現大都會摩登女郎的放蕩，他筆下的女性都沒有性苦悶的體驗。李歐梵說：「在劉吶鷗筆下，這種『尤物』是近代西方文明影響下的產物，與傳統的中國女性不同，因為她的行為大膽，追求肉體的滿足，而不為情所困。這種女人是『超現實』的，是男人——特別是像劉吶鷗那種洋化的都市男人——心目中的一個幻象，而故事中的男主角對她的戀慕和追求，一如男影迷對女明星的崇拜，所以，他們之間的關係不能引發感情或導致性格的衝突或轉變。換言之，這種尤物像是掛在牆上的畫片，而不是人物。」[10]她們是沒有生命的符號，「是一組『超現實』的狂想曲」[11]。

在劉吶鷗的筆下，沒有施蟄存筆下女人的性壓抑和靈肉分離的性饑餓的痛苦，當然也沒有京派作家筆下的女性那麼溫順、純淨、善

[10] 李歐梵：《中國現代小說的先驅者》，《現代性的追求》，新知三聯書店2000年版，第118頁。
[11] 李歐梵：《中國現代小說的先驅者》，《現代性的追求》，第124頁。

良並且任人宰割而渾然不覺，他們似乎不再被男人玩弄，而是玩弄男人，如《遊戲》[12]中鰻魚式的女人，一邊「快快活活地」做著「一個爽快的漢子」——「我覺得他還可愛，卓別林式的鬍子，廣闊的肩膀」的男人——的未婚妻，因為這個男人送給她「飛撲」，一部「六汽缸的，義大利製的1928年式的野遊車」，一邊她又熱情地愛著步青，為步青獻出了自己寶貴的「貞操」；她一邊說著愛步青的話，一邊卻拋下步青去同她的未婚夫結婚，並對步青說：「我們愉快地相愛，愉快地分別了不好麼？」她是愉快地製造著男人步青的痛苦，造成步青迷茫、悲觀的世紀末情緒，而她卻在與男人的周旋中得到快感。《風景》[13]裡的女人，「自由和大膽的表現像是她的天性，她像是把幾世紀來被壓迫在男性底下的女性的年深月久的積憤裝在她口裡和動作上的。」在去看望丈夫的特別快車上，她勾引同車的陌生男人在中途下車，並在旅館開房間，「僕歐放下手裡的東西走出之後，女人忽然抱著燃青，在他的唇上偷了一個蠻猛的吻。然後說，——我從頭就愛了你了。」之後他們來到郊外，「下了斜坡，郊外的路就被一所錯雜的綠林遮斷了。分開著樹枝，走著沒有路的路進去時，他們就看見眼前一個小丘。……她是放出籠的小鳥。」為了徹底的回歸自然，她「把身上的衣服脫得精光」。她們厭惡都市機械般的生活，「不但這衣服真是機械似的，就是我們住的家屋也變成機械了。」從而使那男人也覺得「今天，在這樣的地方可算是脫離了機械的束縛，回到自然的家裡來了。他不禁向空中吸了兩口沒有煤氣的空氣，勃然覺得全身爽快起來，同時又覺得一道原始的熱火從他的身體上流過去。」

通過都市女人表現出來的是劉吶鷗的情緒，劉吶鷗厭惡都市不是像施蟄存那樣去懷舊，去「感懷往昔的情緒」，而是回歸自然，回到原始的狀態。他筆下的女性嚮往無拘無束的原始生活，她們似乎沒有接觸過中國封建的傳統文化，她們從原始到現代，又從現代一下子

---

[12] 劉吶鷗：《遊戲》，《劉吶鷗小說全集》，學林出版社1997年版，第1頁。
[13] 劉吶鷗：《風景》，《劉吶鷗小說全集》，第9頁。

跳到原始。她們是原始的野性和現代的放蕩的結合體，她們是沒有經過封建社會約束的女子，當她們厭惡了現代社會時，她們就一步跨回到原始時代。這是劉吶鷗通過女性表現自己對都市的厭倦，對自然、對原始的嚮往。玩世不恭中透著悲觀厭世的淒涼。劉吶鷗的這種悲涼情緒滲透在他的每一篇有著男人和女人的故事裡，女人的放蕩帶來的是男人的悲涼。《兩個時間的不感症者》[14]中的「近代型女性」在賽馬場對一個陌生男子「表示著一種好朋友的親密」，並且「緊緊地挾住了他的腕，戀人一般地拉著便走。」但這「近代型女性」同時還有個約會，於是她將兩個男人都帶進舞場，交替著跟兩個男人跳舞，並分別告訴這兩個男人：「我要愛上你了。」「我說我很愛你。一見便愛了你。」但一個鐘頭後，她要去赴另一個約會，因為她從來沒有與一個男人約會超過三個小時，說著「你們都在這兒玩玩去吧，我先走了。」便留下兩個「同樣展著驚異的眼睛」的發呆的男人。劉吶鷗的迷茫和悲涼情緒，同那兩個男人一樣地油然升起。《赤道下》[15]是一對新婚的夫妻到一個海島度蜜月的故事。這一對似乎非常相愛的人兒來到海島，幾天的時間，妻子「珍……赤……赤條條地──縮在一個黑的懷裡」，妻子跟黑人哥哥好了，丈夫跟黑人妹妹好了。幾天後，「我們各挑滿擔沉重的感情，傷痕，苦惱。椰林啊！海砂啊！日光啊！永遠地辭了！」《熱情之骨》[16]中的法國青年比也爾因失戀幾乎對生活失望，來到中國遇到了可愛的賣花的菊子姑娘，他們看戲，去舞廳，划船，比也爾覺得他們已非常相愛了，「他心頭一跳，便把她軟綿綿的身體放在坐褥上，……她並不抵抗，只以醉眼望著他。但是忽然櫻桃一破，她說，──給我五百元好麼？比也爾一時好像從頭上被覆了一盆冷水一樣地跳了起來。他只是跪在椅褥下，把抱著腰圍的兩手放鬆，半晌不能講出句話來。他想，夢盡了，熱情也飛了，什麼一切都完了。」當賣花女對他說：「你所要求的那種詩，在這個時代

14　劉吶鷗：《兩個時間的不感症者》，《劉吶鷗小說全集》，學林出版社1997年版，第40頁。

15　劉吶鷗：《赤道下》，《劉吶鷗小說全集》，第83頁。

16　劉吶鷗：《熱情之骨》，《劉吶鷗小說全集》，第31頁。

是什麼地方都找不到的。」於是「比也爾便像吞下了鐵釘一樣地憂鬱起來。」在《禮儀與衛生》、《流》等作品中，我們都看到因女性的荒誕行為給男人帶來的憂鬱和虛無，也給劉吶鷗帶來憂鬱和虛無。從表面看，劉吶鷗沒有像施蟄存那樣表現性的苦悶和生的苦悶，但我以為，劉吶鷗比施蟄存更悲觀，更厭世。女人成為劉吶鷗發洩苦悶的道具。所以，劉吶鷗筆下的女性都是沒有血肉、沒有情感的符號人物，是沒有思想的軀殼，都是性侵犯者。小說情節都是肉的遊戲。

新感覺派的另一個作家穆時英十幾歲就開始寫小說，而且是從讀劉吶鷗的小說起步的，他的小說的主人公讀小說，就只讀劉吶鷗的《都市風景線》和劉吶鷗翻譯的日本小說集《色情文化》，可見他對劉吶鷗的崇拜。因此，他寫了《被當作消遣品的男子》中把男人當消遣品的蓉子和《五月》中「玩弄男子的少女」佩佩。蓉子「可真是危險的動物哪！」「她有著一個蛇的身子，貓的腦袋，溫柔和危險的混合物。穿著紅綢的長旗袍兒，站在輕風上似的，飄蕩著袍角。這腳一上眼就知道是一雙跳舞的腳，踐在海棠那麼可愛的紅緞的高跟兒鞋上，把腰支當作花瓶的瓶頸，從這上面便開著一枝燦爛的牡丹花……一張會說謊的嘴，一雙會騙人的眼——貴品哪！」[17]她把男人當作辛辣的刺激物，然後又將男人當消遣品排泄出來。《五月》中的蔡佩佩在五月這個戀愛的季節，同時跟劉滄波、江均、宋一萍三個男人戀愛，「在這五月裡邊，少女的心和玫瑰一同地開放！」她一邊引誘著宋一萍，一邊假裝著聖潔的處女的樣子，一邊又在心裡祈禱：「主呵，求你恕我；是我引誘了他的。」「求你將我的罪孽洗除淨盡，並潔除我的罪，因為我知道我的過犯。」然而，她又去引誘江均，而且表現得「那麼地單純，安謐——一個聖女似的！」[18]使江均把她當成童話世界裡的好孩子。而蔡佩佩在賽馬場，剛認識姐夫的朋友劉滄波，就「踮起腳來，把嘴貼著他的臉。」使劉滄波喜歡她喜歡得說不

---

[17] 穆時英：《被當作消遣品的男子》，《穆時英全集》（一），北京十月文藝出版社2005年版，第237頁。

[18] 穆時英：《五月》，《穆時英全集》（二），北京十月文藝出版社2005年版，第178頁。

出來，只是「可愛的孩子呵！」那麼地想著。同時，蔡佩佩也引誘她的姐夫，認為「如果他到現在才認識我們，一定不會愛姊姊的。」五月份還沒過完，蔡佩佩已經與第四個男人——姐夫喬治吳戀愛了。而曾經被蔡佩佩引誘的男人，「江均懷著初戀的心情，把佩佩聖母像似的捧在手裡」，認為「她是頂純潔的聖處女。」[19]其實，佩佩已經變成一個會玩弄男子的少女了。

　　隨著穆時英創作的成熟，他漸漸地瞭解了女人，於是，穆時英便遠離了劉吶鷗那樣地對女人偏見的看法，擺脫了劉吶鷗對他的影響，寫出了他自己深深眷戀、同情並欣賞的女性。他開始體會到她們是在快樂的面具下掩蓋著寂寞和痛苦不幸的女人，從而寫出了與劉吶鷗不同的作品。李歐梵認為，劉吶鷗的那些符號人物「到了穆時英筆下才賦予她們生命，把她們置於較傳奇的情節中。」[20]所以在他後來的作品中便著重揭示女人的苦悶，但這苦悶並不是施蟄存小說中女性所有的傳統與現代衝突的苦悶，而是對都市生活、社交生活已經厭倦而又無法擺脫的苦悶，《黑牡丹》中的女主人公便是她們的代表：「我是在奢侈裡生活著的，脫離了爵士樂，狐步舞，混合酒，秋天的流行色，八汽缸的跑車，埃及煙……我便成了沒有靈魂的人，那麼深深地浸在奢侈裡，抓緊著生活，就在這奢侈裡，在生活裡我是疲倦了。」[21]疲倦了的黑牡丹們並不能走出她們厭倦了的生活，她們只能苟延殘喘地在生命線上掙扎著，「捲在生活的激流裡，你知道的，喘過氣來的時候，已經沉到水底，再也浮不起來了。」[22]

　　施蟄存筆下的女性，是在行為和情緒上直接把痛苦顯現出來；而在穆時英的筆下，女性雖有一顆受傷滴血的心，卻在臉上戴了快樂的面具。穆時英在《公墓·自序》中說：「在我們的社會裡，有被生活壓扁了的人，也有被生活擠出來的人，可是那些人並不一定，或是說，並不必然地要顯出反抗，悲憤，仇恨之類的臉來；他們可以在悲

[19] 穆時英：《五月》，《穆時英全集》（二），第221頁。
[20] 李歐梵：《中國現代小說的先驅者》，《現代性的追求》，第118頁。
[21] 穆時英：《黑牡丹》，《穆時英全集》（一），第343頁。
[22] 穆時英：《黑牡丹》，《穆時英全集》（一），第343頁。

哀的臉上戴了快樂的面具的。」[23]《Graven"A"》中的余慧嫻，《夜》中的茵蒂，《黑牡丹》中的黑牡丹，《夜總會裡的五個人》中的黃黛茜，她們都是借酒澆愁，以笑當哭，在花天酒地的舞廳裡消耗自己的青春的不幸女子。穆時英對他筆下的舞女表示了深切的同情，看到她們「酒精解不了愁的日子」，「他的心都沉重起來了」，[24]看到林八妹的不幸遭遇，他「為了這故事難過好幾天」，並憤慨地說，「法律、員警、老闆、流氓……一層層地把許多舞女壓榨著，像林八妹那麼的並不止一個呢！」[25]穆時英在這些舞女身上看到了自己的影子，所以「我懂得這顆寂寞的心的，」穆時英借助這些舞女傾訴自己孤獨寂寞的心，所以，他讓舞女余慧嫻說出知識分子味很濃的話來：「一種切骨的寂寞，海那樣深的，從脊椎那兒直透出來，……我覺得自家是孤獨地站在地球上面，我是被從社會切了開來的。那麼的寂寞啊！」[26]穆時英借助對女人寂寞情緒的描寫宣洩自己的孤獨寂寞，如同日本新感覺派作家川端康成在談他的代表作《雪國》時說的那樣：「說我是島村還不如說我是駒子。……特別是駒子的感情，實際上就是我的感情，我想，我只是想通過她向讀者傾訴而已。」[27]川端康成於穆時英如出一轍，運用同樣的手法，表達著同樣的感情。穆時英對舞女的同情，使他最終娶舞女為妻。

新感覺派的作家都善於寫女性的內心獨白，但他們的內心獨白各有春秋。穆時英不像劉吶鷗的《殘留》那樣，沒有故事的藝術構思，全篇只是一些雜亂無序的內心獨白；他也不像施蟄存那樣，很巧妙地由「他述」轉為「自述」，又由「自述」回到「他述」，用第三人稱抒寫人物內心獨白。穆時英是將內心獨白穿插在情節故事中，有時是用日記穿插，有時是將內心獨白與外部交流語言雙線交叉並進，如

[23] 穆時英：《公墓・自序》，《穆時英全集》（一），第233頁。
[24] 穆時英：《夜》，《穆時英全集》（一），第323頁。
[25] 穆時英：《本埠新聞欄編輯室裡一箇廢稿上的故事》，《穆時英全集》（二），第50頁。
[26] 穆時英：《Graven"A"》，《穆時英全集》（一），第288頁。
[27] 川端康成：《獨影自命》，《川端康成文集》，中國社會科學出版社1996年版，第123頁。

《五月》中寫女主人公蔡佩佩與四個男人戀愛，但她表面卻是一個純潔的少女，她在與男人交往時，表面矜持、聖潔，而內心裡卻狡猾、放縱，用內外雙線並進的寫法把內心獨白和人物對話同時寫出，複雜人物的複雜表現躍然紙上。

當然，在上海灘上的現代派作家中，穆時英更多地是以描寫女人外貌形體著名的。在表現女性的外貌形體時，這位站在舞女角度寫舞女、並深陷其中的穆時英就從形象中走出，成為一個旁觀者、欣賞者，這種欣賞充滿了性感的撩逗和大膽的誇張。在《Graven"A"》裡，他將女人的身體從頭到腳描繪成「一張優秀的國家的地圖」，男人們在這性感的地圖上隨意漫遊。

都是寫女性，施蟄存是站在女人的角度寫女人，劉吶鷗是站在男人的角度寫女人，穆時英是站在自己的角度將女人當自己來寫。站在女人角度寫女人的施蟄存，能設身處地地替女人著想，是真正從內心理解女人、同情女人，將女性的欲望企盼真實地表現出來。站在男人的角度寫女人的劉吶鷗，仍是男權話語，對劉吶鷗來說，他既需要女人，又瞧不起女人，他需要女人的肉體，卻鄙視作為「人」的女人，他對女人的心理描寫是以偏概全，是將個別現象當普遍現象來寫。穆時英寫女人就是寫自己，他是借寫女人將自己的寂寞痛苦宣洩出來。如他在《黑牡丹》裡寫的：「我要愛上了那疲倦的眼光了」，「因為自個兒也是躺在生活的激流上喘息著的人。」「她沒問我的姓名，我也沒問她的。可是我卻覺得，壓在脊梁上的生活的重量減了許多，因為我發覺了一個和我同樣地叫生活給壓扁了的人。」[28]如對《Graven"A"》中的余慧嫻，穆時英說「我發生了一種同情，一種懷念」，「淡淡的煙霧飄到夜空裡邊，兩個幻像飄到我的眼前，一個是半老的疲倦的寂寞的婦人，看不見人似地，不經意地，看著我；一個是年輕的，孩子氣的姑娘向我咯咯地笑著。……在爵士樂中消費著青春，每個男子都愛她，可是每個男子都不愛她——我為她寂寞著。可是我愛著她呢，因為她有一顆老了的心，一個年輕的

---

[28] 穆時英：《黑牡丹》，《穆時英全集》（一），第344頁。

身子。」[29]穆時英愛她就是愛自己，因為他自己也是「有一顆老了的心，一個年輕的身子。」穆時英生活的變故使他漸漸的由以前的抗爭而頹廢了，他認為：「人生是急行列車，而人並不是舒適地坐在車上眺望風景的假期旅客，卻是被強迫著去跟在車後，拼命地追趕列車的職業旅行者。以一個有機的人和一座無機的蒸汽機關車競走，總有一天會跑得筋疲力盡而頹然倒斃在路上的吧！」[30]穆時英的頹廢使他過早的斷送了他的才華。施蟄存沒有劉吶鷗的玩世，也沒有穆時英的虛無，施蟄存用他獨特的方式，實踐著女性內心的寫實。

第三節　不同的認識源於不同的生活背景

　　不同的表現方法源於對女性不同的認識，不同的認識源於不同的情感，不同的情感源於不同的生活經歷和不同的人生觀，不同的人生觀也是不同的文化影響的結果。

　　施蟄存的文化影響是複雜的，是傳統文化與現代文化的交融。他從小生活在松江、蘇州的小鎮，生活的艱辛又使他接近了社會底層的人民。他後來生活在上海的現代文化之中，接觸到外國現代思想。早期的生活經歷使松江一帶的人物先入為主地成為他小說女性形象的主要來源，而且這些女性形象多打上傳統思想的烙印。施蟄存所接觸的現代思想，又使他筆下的傳統女性同時具有現代的因素，所以他的人物多在傳統與現代之間徘徊，同時也在傳統與現代之間痛苦的掙扎。她們是守舊的，拘謹的，內向的，周夫人的年輕守寡、嬋阿姨的未婚先寡、素貞小姐的無性無愛，孤寂與性苦悶是可想而知的，她們所處的鄉鎮環境和她們所接受的傳統教育，都使她不能像劉吶鷗作品中的女性那樣走出封閉的環境，走進都市的舞廳、競馬場、特別快車，去放蕩並滿足肉感欲望，把自己當作商品來換取一時的快樂。施蟄存是小鎮人，對中國傳統文化的瞭解，使他清楚地知道中國女性在中國文

化和生活中的地位，他深刻地瞭解這些都市邊緣地區女性的情感寄託和生活方式，瞭解她們的內心有著封建主義和資本主義畸型結合帶來的雙重痛苦，所以在他的作品中，對她們傾注了深切同情。

劉吶鷗有著與施蟄存迥然不同的女性描寫，一方面由於他對中國女人處境缺乏瞭解，他長期生活在大都市，他不知道傳統文化使中國婦女處在怎樣的水深火熱之中，使中國婦女怎樣受著政權、神權、族權、夫權四大繩索的束縛而無法自救。中國的傳統文化，是束縛婦女的文化，中國的傳統文化，是不給婦女放蕩的環境和條件的文化，中國的傳統文化，是使婦女成為男人放蕩的工具的文化。正如魯迅在《我之節烈觀》中所說：「節烈這兩個字，從前也算是男子的美德，所以有過『節士』，『烈士』的名稱。然而現在的『表彰節烈』，卻是專指女子，並無男子在內。據時下道德家的意見，來定界說，大約節是丈夫死了，絕不再嫁，也不私奔，丈夫死得愈早，家裡愈窮，她便節得愈好。烈可是有兩種：一種是有強暴來污辱她的時候，設法自戕，或者抗拒被殺，都無不可。這也是死得愈慘愈苦，她便烈得愈好，倘若不及抵禦，竟受了污辱，然後自戕，便免不了議論。萬一幸而遇著寬厚的道德家，有時也可以略跡原情，許她一個烈字。可是文人學士，已經不甚願意替她作傳；就令勉強動筆，臨了也不免加上幾個『惜夫惜夫』了。」[31]這就是中國傳統婦女的命運。劉吶鷗沒有接受多少中國傳統文化影響，也沒有見到多少具有傳統品格的女人。他寫不出具有中國傳統特色的女性，他寫出的女人多具有異域風采，多是玩弄男性的風流女人。

另一方面，劉吶鷗對女性的偏頗態度也源於他的「女性嫌惡症」，而這「女性嫌惡症」又源於他的生活經歷和生活情趣。劉吶鷗出生於台灣的有產人家，父親劉永耀是柳營的望族，一九〇八年遷居到新營。父親雖早逝，但家中還有祖產六百餘甲田地。劉吶鷗是長子，母親對他寵愛有加，平日總不缺錢花。他十五歲便到日本東京上學，二十一歲又到上海震旦大學。其時，他上館子，逛舞廳，看電

---

[31]　魯迅：《我之節烈觀》，《魯迅全集》第1卷，第122頁。

影，不愁吃穿，唯一的正事就是文學，而文學正增添了他浪蕩子的光彩。他十七歲時由母親做主成親，新娘黃素貞是劉吶鷗的表姊。劉吶鷗不滿意這門親事，所以長期在外讀書、遊蕩，很少回家，夫妻也很少見面。妻子來信，他認為「難看得很，終不知說的什麼。」[32]他還在日記中寫道：「女人，無論哪種的，都可以說是性欲的權化。她們的生活或者存在，完全是為性欲的滿足。……她們的思想、行為，舉止的重心是『性』。所以她們除『性』以外完全沒有智識。不喜歡學識東西，並且沒有能力去學。你看女人不是大都呆子傻子嗎？她的傻真是使我氣死了。」[33]劉吶鷗嫌惡妻子，延伸到嫌惡女人，他幾乎嫌惡除母親以外所有的女人。這種「嫌惡」情結直接帶進了他的小說，所以他的小說中女性的「思想，行為，舉止的重心是『性』」，並且常對男人進行性騷擾。劉吶鷗的偏見，妨礙他對女人深入瞭解，所以他不可能真正的理解女人，不可能寫出女人內心因靈與肉、傳統與現代衝突帶來的痛苦。

　　劉吶鷗對妻子有偏見，並由偏見而產生的厭惡。他很少跟妻子在一起，他偶爾回家跟妻子也沒有什麼思想交流，他每次回家，跟妻子的接觸可能僅限於性生活，所以他根本不瞭解他妻子的內心，妻子在他那兒就「除『性』以外完全沒有智識。」劉吶鷗還將對妻子的偏見擴展到整個女性，以偏概全，將所有的女性都寫成墮落和放蕩的，所有的女人都「是性欲的權化。」劉吶鷗接觸的女人除了妻子之外就是舞女，舞女在劉吶鷗的眼中當然也是「思想、行為，舉止的重心是『性』。」所以，除了母親，所有的女人都一無是處了。劉吶鷗不瞭解中國傳統文化，就不瞭解中國婦女在守節守烈的傳統文化的束縛中怎樣地忍受著性的饑餓，如施蟄存小說《春陽》中的嬋阿姨，《周夫人》中的周夫人，《獅子座流星》中的卓佩珊夫人，甚至包括劉吶鷗的妻子。劉吶鷗厭惡妻子，長期不回家讓妻子守空房，給妻子帶來的孤獨和性饑餓是可想而知的。妻子在與他短暫的接觸中，不可能有其

---

[32] 劉吶鷗：《新文藝日記》1927年1月27日，東京新潮社出版。
[33] 劉吶鷗：《新文藝日記》1927年1月27日，東京新潮社出版。

他的交流，只剩下履行妻子的義務這一件事了，於是，他便認為妻子「完全是為性欲的滿足」了。中國的男人在反對包辦婚姻、追求自由解放的時候，大多數忽略了女人的痛苦、孤獨的感受，他們沒想到女人也需要反對包辦婚姻、追求自由解放，他們沒有想到女人也是他們反對包辦婚姻、追求自由解放的同一戰壕的戰友，他們把女人放在自由和解放的對立面，這便使中國婦女陷入更深的不幸之中。

劉吶鷗嫌惡妻子，並不等於他不要性和女人，他愛看性感的電影，也愛觀察和描寫性感的女人，並用色情的眼光審視性解放的女性。劉吶鷗對男人和女人採用了雙重的道德標準，他既需要女人取樂，愛女人的肉體，又嫌惡女人「除『性』以外完全沒有智識」；劉吶鷗愛女人，但劉吶鷗似乎從女人那裡得到的又是悲哀和孤獨，但他仍然需要女人，沒有女人他似乎無法生存，一見到女人，他就失去理智，正如英國作家喬治・摩亞說的：「沒有女人，我們便一定都是很有理智的了，一定不會有本能了。然而一個理智的世界──這像個什麼樣子？沒有花的花園，沒有旋律的音樂。」[34]

穆時英同劉吶鷗一樣，都對女性形體特別欣賞，他們主要受好萊塢電影的影響。好萊塢的「大部分影片的內容，多是大同小異，千篇一律的逃不出戀愛與情感作品故事的主題」，「極盡羅曼司，妖媚與美麗。」[35]劉吶鷗、穆時英很欣賞這類電影，並參與當時長達三年之久的「硬性電影」與「軟性電影」之爭，對「軟性電影」持肯定、接受態度。穆時英寫了《性感與神秘主義》、《魅力解剖學》等文章專門討論好萊塢女明星的魅力問題，他說：「好萊塢王國裡那些銀色的維納斯們有一種共同的、愉快的東西，這就是在她們的身上被強調了的，特徵化了的女性魅力。就是這魅力使她們成為全世界男子的憧憬，成為危險的存在。」[36]他認為，「女星們的魅力就是屬於性

---

[34] 喬治・摩亞：《他們的話》，《現代》，第1卷第1期（1932年5月）。

[35] 壯遊：《女性控制好萊塢──她們主宰著電影題材的選擇》，載上海《晨報》1935年3月4日。

[36] 穆時英：《電影的散步・魅力解剖學》載上海《晨報》1935年7月19日。

的」,「就是一種個性美和性感的化合物」[37]。好萊塢電影的女性展覽直接影響著劉吶鷗、穆時英的小說創作,使他們的每一篇有女人的小說裡,都有極精細的,性感的,電影畫面式的女性肖像、體態描寫。

新感覺派的作家們在同一個都市背景下,創造出不同的都市女性形象,表現出都市文明的不同風景。但他們的共同特點,是對女性形體的欣賞態度,當然,施蟄存的欣賞含著一種憐愛,一種飽含著同情的憐愛,色欲的成份基本被過濾了。而劉吶鷗、穆時英是色情的欣賞,帶有一種娛樂性。

第四節 不同的形象源於不同的表現方法

新感覺派小說女性形象的差異,也表現在描寫手法上。雖然他們都借鑒了外國現代派的表現手法,但施蟄存沒有像劉吶鷗、穆時英那樣直接受日本新感覺派的影響,而是「大多數小說都偏於心理分析,受Freud和H·Ellis的影響為多。」[38]施蟄存還說:「我創造過一個名詞叫insiderality(內在現實),是人的內部,社會的內部,不是outside是inside。」[39]吳福輝先生也說:「把施蟄存完全歸入三十年代曾經曇花一現的『新感覺派』,這個框子未免小了一點。有一段時間裡,他確乎成為穆時英、劉吶鷗的同路人,寫過類似的現代派作品。但是,他的創作空間,遠比那兩個日本『新感覺派』的販運者要來得大,創作的全程也延伸得更久遠些。」[40]施蟄存與劉吶鷗、穆時英刻意追求表層的新奇感受有著鮮明的區別,施蟄存更看重的是行為背後的心理狀態。施蟄存說:「心理分析正是要說明,一個人是有多方面的表現出來的行為,是內心鬥爭中的一個意識勝利之後才表現出來的。這個

[37] 穆時英:《電影的散步·魅力解剖學》載上海《晨報》1935年7月19日。
[38] 施蟄存給吳福輝的信(1982午3月2日),引自《走向世界文學》278頁,湖南人民出版社1985年版。
[39] 施蟄存:《中國現代主義的曙光——答台灣作家鄭明娳、林耀基問》,《沙上的腳跡》,第172頁。
[40] 吳福輝:《施蟄存:對西方心理分析小說的嚮往》,選自《走向世界文學》。

行為的背後，心裡頭是經過多次的意識鬥爭的，壓下去的是潛在的意識，表現出來的是理知性的意識。」[41]施蟄存的創作受奧地利心理分析小說家顯尼志勒影響較深，重在性心理描寫。

劉吶鷗深受日本新感覺派的影響，並將日本當時的新感覺派等新興文學翻譯彙編成一本《色情文化》，日本新感覺派的泛現代主義特徵影響著劉吶鷗的創作，使他的作品中既體現出表現主義常常表達的人的異化的主題，又具有存在主義的「主要描寫荒謬世界中孤獨、失望的個人以及他們恐懼、戰慄、厭世、悲觀的陰暗心理。」[42]表現不安、彷徨、消極、絕望的情緒，以及由這種悲觀厭世帶來的遊戲人生。在劉吶鷗的作品中，人們都失去了理智，「好像入了魔宮一樣，心神都在一種魔力的勢力下。」[43]都市女郎在這種魔力的勢力下迷惘，不可理喻的迷惘，毫無意識地做著無理性無規律的荒誕事情。劉吶鷗多用語言和行動表現這種荒誕，很少心理分析。而且他的「恐懼、戰慄、厭世、悲觀的陰暗心理」都是通過對女人的失望表現出來的。他筆下的女人把愛情當「遊戲」，把男人當「風景」，玩弄男人並將男人當消遣品是她們的生活樂趣。她們沒有寡居的性壓抑，因為他們隨時都能找到性滿足；她們沒有靈肉分離的性苦悶，因為她們隨心所欲。她們是都會的特產，在都會她們遊刃有餘。

劉吶鷗的《殘留》寫的苦悶不是傳統與現代矛盾衝突的苦悶，霞玲的苦悶是暫時缺少男人的性饑餓，這裡沒有壓抑和彷徨的痛苦，只是霞玲因性饑餓而產生的紊亂、非理性、痛苦的內心獨白。劉吶鷗只寫她沉淪的心理過程。霞玲在失去丈夫的同時便失去理性，失控的性欲望像泛濫的汪洋，無拘無束，最後只剩肉欲的享受與體驗。《殘留》是劉吶鷗小說的一個典型意象，是他的其他小說的一個縮影，是他那些沒有思想只有性遊戲小說中女性行為的注釋。

---

[41]　施蟄存：《為中國文壇擦亮「現代」的火花──答新加坡作家劉慧娟問》，《沙上的腳跡》，第182頁。

[42]　林驤華等：《存在主義文藝批評》、《文藝新學科新方法手冊》，上海文藝出版社1987年版。

[43]　劉吶鷗：《遊戲》，《劉吶鷗小說全集》，學林出版社1997年版，第1頁。

　　劉吶鷗與施蟄存的不同，還因為他將新感覺主義手法融入內心獨白之中。《殘留》中的內心獨白是用感覺主義的手法表現的，寫的是霞玲感覺意識的流動，當她來到港口遇到幾個外國水手，從擁抱到接吻都是感覺的意識：先是視覺「啊，那面有人來了。外國水手！酒醉了吧，那麼顛顛搖搖著。」接著是嗅覺，「真臭，酒味，酒味！幾時來在我的身邊了。」再而是觸覺，「啊，他抱著我了，……啊，他要我的嘴！……啊，他吻了，吻了。……很舒服哪，這麼緊緊地被他擁抱著。啊，我被抱著哪，我是在生人的懷裡！」[44]

　　施蟄存的小說重在表現人物意識與潛意識的二重人格的苦悶，如《黃心大師》中的黃心，一方面厭倦了賣笑賣淫生活而出家為尼，渴望修成正果；一方面又有一種潛意識的願望和企盼，這個願望和企盼又是與男女之間的情事有關，這從黃心固執地堅持鑄鐘的四萬八千斤銅必須只能是一個善士施捨的舉動中可以證實，雖然黃心自己並不明瞭這潛意識的存在。最後她的原夫季茶商出現，她的「心一下就明白了一切的因緣。」她不得不捨身入爐，這一行動充分體現她內心的痛苦和無奈。劉吶鷗的《殘留》中的霞玲沒有這種二重人格的苦悶，她主要是對性的渴望，這渴望又是那麼直露、明白，不像黃心那麼含蓄、隱晦甚至毫無意識。雖然劉吶鷗也寫了霞玲對自己行為的自責，但沒有彷徨和猶豫，只是毫無顧忌的放蕩。

　　穆時英則在他的小說中用多種手法表現「兩種完全不同的情緒」，穆時英在《公墓·自序》中說：「這矛盾的來源，正如杜衡所說，是由於我的二重人格。」雖然司馬長風在《中國新文學史》中說：「他所嚮慕的是爛熟的都市文明，……是爵士樂和狐步舞，是用彩色和旋律交織成的美。」[45]但穆時英清楚地看到了上海都市「地獄」和「天堂」的兩面性。在小說集《南北極》裡，穆時英用寫實的手法書寫上海貧民窟裡下層人民的生活，用老百姓喜聞樂見的粗俗的語言和簡潔的形式，表現在上海地獄裡掙扎的女性的苦難生涯，如

---

[44] 劉吶鷗：《殘留》，《劉吶鷗小說全集》，第73頁。
[45] 司馬長風：《中國新文學史》（中卷），香港昭明出版社1978年版，第85頁。

《手指》寫了剿繭女工翠姐兒的慘死，以此對資本家進行控訴。翠姐兒是施大哥家的童養媳，因為米價暴漲，施大哥只得讓十四歲的翠姐兒去絲廠做工，蠶繭放在開水裡煮，女工得在開水裡抽絲，翠姐兒的兩隻手腫得像烘番薯，滿手的水泡兒，「一古腦兒去了三天，水泡兒破了，淌水，爛了，肉一塊塊地往滾水裡邊掉，可是絲卻一條條的抽出來了」，「兩隻手滿是水泡兒，……她的血，皮肉在滾水裡爆，十隻手指像油條在油裡煎。」動作慢一點，工頭就「拿起胳膊那麼粗的鐵棍連腦袋帶脊梁往翠姐兒身上胡打，……翠姐兒給打得胳膊腿全斷了，蛇似的貼地爬回去。等她爬回家，那孩子只有咕著眼兒喘氣的份兒了；拎起她的胳膊來一放，拍的聲又掉下去哩。只剩下一層皮和肩膀連著啦！她的手指簡直成了炸油條，血也沒了，膿也沒了，肉也沒了，砍一刀子也不哼一聲。挨到今兒就死了！」[46]這樣觸目驚心的描寫，我們在左翼作家的革命文學中都難得看到，難怪錢杏邨在《一九三一年中國文壇的回顧》裡讚揚到「對於這樣的『英雄』作者表現的力量是夠的，他能以掘發這一類人物的內心，用一種能適應的藝術的手法強烈的從階級對比的描寫上，把他們活生生的烘托出來。文字技術方面，作者是已經有了很好的基礎，不僅從舊的小說中探求了新的比較大眾化的簡潔、明快、有力的形式，也熟習了無產者大眾的獨特的為一般知識分子所不熟習的語彙。」[47]楊翰笙也說：「我們僅以一個比較進步的作家期許穆君，這篇《南北極》，不論是在內容上和形式上，都是得相當成功的」，作品的主人公「嘗遍了勞動貧民酸辛的悲慘生活」，而在「他的內心裡，卻絲毫不肯告饒，不甘屈服，他的靈魂，始終是被反抗的倔強的烈火燃燒著，……越窮越有骨氣，越苦越不肯投降，……確實是一條反叛上層社會的英雄好漢。」[48]穆時英在這裡被左翼作家列入無產階級革命文學隊伍。

[46] 穆時英：《手指》，《穆時英全集》（一），第123頁。
[47] 錢杏邨：《一九三一年中國文壇的回顧》《北斗》第2卷第1期1932年1月20日。
[48] 陽翰笙：《南北極》，《北斗》1931年第1卷第1期。

　　然而，「『普羅文學』和『大眾文學』全不是穆時英的真志趣」[49]，感覺主義的創造纔是他的真志趣，新感覺派小說的描繪下，女性不再是被人打得血肉模糊的翠姐兒，而是玩弄男人的蓉子和佩佩，是能隨意獲獵男人的紅色女獵神（《紅色的女獵神》），是及時行樂的交際花黃黛茜（《夜總會裡的五個人》），是被男人當作地圖旅行的余慧嫻，她們是都市的產兒，並且是墮落的一群。當穆時英寫出這些女性形象時，瞿秋白又稱他是紅蘿蔔剝了皮：「外面的皮是紅的，裡面的肉是白的。它的皮的紅，正是為著肉的白而紅的。這就是說：表面做你的朋友，實際是你的敵人，這種敵人自然更加危險。」[50]司馬長風說他是「墮落的天才，夭折的天才，是垃圾糞土裡孤生的一株妖豔的花。」[51]

　　穆時英還特別善於運用心理分析手法表現女性在快節奏生活中被拋棄被玩弄的內心苦悶，但他的女性心理分析與施蟄存的女性心理分析不一樣，穆時英的女性是已看透一切的悲涼，是一種徹骨的悲涼，如《Graven"A"》中的大名鼎鼎的舞女余慧嫻，她雖然因為年輕漂亮而成為走紅的舞女，但她清楚地意識到她只是被玩弄的對象，「一個被人家輕視著的女子短期旅行的佳地明媚的風景在舞場海水浴場電影院郊外花園公園裡生長著的香港被玩弄的玩弄著別人的被輕視的被輕視的給社會擠出來的不幸的人啊」，穆時英在描寫這些女性心理時連標點也沒有，從而表現一種透不過氣來的悲涼，一連串混亂的悲觀情調。主人公不像施蟄存作品中的嬋阿姨和素貞們那樣能在傳統與現代、理想與現實之中選擇，以及因選擇的艱難而忍受的痛苦，穆時英在這裡只是對她們痛苦心理的展現，是沒有選擇的選擇，也沒有衝突和徘徊。

　　另外，穆時英還用浪漫主義的抒情手法抒發女性懷舊的感傷，在《公墓》、《玲子》等作品中，表現出既不同於翠姐兒等下層女性的困苦、粗俗，又不同於社交場所女性的墮落、放蕩，她們是具有傳

[49]　司馬長風：《中國新文學史》（中卷），香港昭明出版社1978年版，第86頁。
[50]　司馬今（瞿秋白）：《財神還是反財神》，《北斗》第2卷第3、4期合刊。
[51]　司馬長風：《中國新文學史》（中卷），第85頁。

統色彩的古典女子，多愁善感、柔弱多病，她們是有著丁香般的嬌嫩和結著淡淡的哀愁的紫色的玲姑娘（《公墓》），是一個明媚的、南國的白鴿似的玲子姑娘（《玲子》），她們都像黛玉一樣富有詩情畫意，也像黛玉一樣憂鬱地死去。

　　穆時英為什麼能用多彩的筆描繪出豐富的都市女性？是因為穆時英並不局限於一個公式或什麼主義，他只是追求忠實的表現社會生活和表現自己的心靈，正如他在《〈公墓〉自序》中說的：「我是比較爽直坦白的人，我沒有一句不可對大眾說的話，我不願像現在許多人那麼把自己的真面目用保護色裝飾起來，過著虛偽的日子，喊著虛偽的口號，一方面卻利用著群眾心理，政治策略，自我宣傳那類東西來維護過去的地位，或是抬高自己的身價。我以為這是卑鄙齷齪的事。我不願意做。說我落伍，說我騎牆，說我紅蘿蔔剝了皮，說我什麼都可以，至少我可以站在世界的頂上，大聲地喊：『我是忠實於自己，也忠實於人家的人』，忠實是隨便什麼社會都需要的！」[52]正是這個忠實，穆時英才能表現豐富多彩的女性形象。

第五節　不同的形象源自相同的情緒心態

　　新感覺派作家雖然用不同的態度、不同的手法創造出不同的女性形象，但他們作為朋友，卻有著相同的情緒，這便是深深的寂寞與孤獨。這寂寞與孤獨的情緒並不是中國新感覺派作家所獨有的。「世界大戰在所有西歐的知識人的腦中強有力地印上了失望，和世界的空虛。『強韌的虛無精神』——」[53]戰爭給人們帶來的是萬念俱焚的幻滅感，帶來的是極度的疲乏和不安，產生了誠惶誠恐的心理危機。「戰爭是隱藏著蒙罩著，卻依然沒有完結。死亡一次被放縱了，我們是絕不能一下子抓住它的；憎恨、沉痛和艱苦在到處徘徊著。人們所接觸的一切東西，都是塗著血的，而那些回到故鄉的人們，又在那裡

---

[52] 穆時英：《〈公墓〉自序》，《穆時英全集》（一），北京十月文藝出版社2008年版，第233頁。
[53] 高明：《英美新興詩派》，《現代》第2卷第4期（1933年2月）。

發現了廢墟、墓地或是一堆堆的污物。」[54]西方19世紀後半葉出現的各種現代主義文藝流派，如表現主義、達達主義，「垮掉的一代」等等都是這種世紀末情緒的表現。日本作家川端康成就是一個寂寞、孤獨、痛苦的典型。他在橫光利一去世後挑選了橫光的兩幅書法，一幅是「台上蟻蟲的饑渴，日光慘澹」，一幅是「寒燈下硯枯，獨影寂欲雪」，川端康成說：「不知為何選了這樣兩件孤獨的遺物，回到家中面對它我深感孤獨。……日本戰敗也略略加深了我的淒涼。我感覺到自己已經死去了，自己的骨頭被日本故鄉的秋雨浸濕，被日本故鄉的落葉淹沒，我感受到了古人悲哀的歎息。」[55]川端康成企圖通過寫作排遣他的寂寞和痛苦，但不能，他不得不在1972年4月16日以煤氣自殺，用死亡解脫痛苦。

這個時期的中國作家也從「五四」狂飆突進的激情中一下子跌入虛無的深淵，當時的情形正如魯迅所說：「那時覺醒起來的智識青年的心情，是大抵熱烈，然而悲涼的，即使尋到一點光明，『徑一週三』，卻是分明的看見了周圍的無涯際的黑暗。攝取來的異域的營養又是世紀末的果汁：王爾德，尼采，波特賴爾，安特萊夫們所安排的。『沉自己的船』還要在絕處逢生，此外的許多作品，就往往『春非我春，秋非我秋』，玄髮朱顏，卻唱著飽經憂患的不欲明言的斷腸之曲。」[56]在這樣的情形下，新感覺派作家也由此添出「虛無主義的感情」（施蟄存語）。當然，也有革命作家滿腔熱血地投入到如火如荼的民族解放、階級解放的浪潮之中，從而沖淡個人情感的孤獨。但新感覺派作家走不出個人主義的樊籠，他們不得不進行自己的個人主義的寫作，並將注意力放在異性身上，要麼通過表現女性的痛苦來宣洩自己的痛苦，要麼通過描寫女性的情感來排遣自己的痛苦，企圖通過對女性的關注來刺激自己空虛、寂寞的靈魂。但結果適得其反，他

---

[54] 戴望舒譯：《世界大戰以後的法國文學》，《現代》第1卷第4期（1932年8月）。
[55] 川端康成：《獨影自命》，《川端康成文集》，中國社會科學出版社1996年版，第2頁。
[56] 魯迅：《〈中國新文學大系〉小說二集》，《魯迅全集》第6卷，第251頁。

們在作品中始終是一個孤獨的個體，是都市多餘人的角色，最後落得被拋棄的命運，從而陷入更深的寂寞和孤獨。新感覺派作家的描寫女性的作品，同他們其他以男性為主人公的作品一樣，同樣是他們孤獨、痛苦的人生寫照。

第二章　施蟄存、劉吶鷗、穆時英都市小說比較談

　　描寫都市，新感覺派作家並不是唯一的，但他們採用了最適合的方式的來進行都市描寫，深入都市的內部，體驗並展示著都市的內涵。然而，同為新感覺派作家，施蟄存、劉吶鷗、穆時英的都市描寫並不完全相同，他們以各自對都市不同的體驗，從不同的角度，運用不同的表現方式抒寫著都市的方方面面，從而使中國不僅有了都市，而且有了都市文學。

第一節　都市描寫的多種形態

　　作為一個農業大國，人們對都市是陌生的。即使是亞洲最大的現代都市上海，曾經也是一個舊縣城。人們對都市的熟悉和瞭解是隨著都市的迅速崛起、發展而逐漸形成的，但都市文學比都市的發展要慢得多。作家從「小橋、流水、人家」轉向「摩天大樓、夜總會、賽馬場」需要一個過程，所以魯迅說中國「有館閣詩人，山林詩人，花月詩人」，而「沒有都市詩人」[1]。茅盾在《讀〈倪煥之〉》一文中說：「《吶喊》所表現的，確是現代中國的人生」，「但是沒有都市，沒有都的青年的心的跳動。」[2]杜衡也說：「中國是有都市而沒有描寫都市的文學，或是描寫了都市而沒有採取了適合這種描寫的手法。」[3]

　　中國20世紀30年代，是一個都市文學風起雲湧的時期，除新感覺派作家以外，在北京有京派作家和老舍的京城文學，在上海有左翼作

---

[1]　魯迅：《〈十二個〉後記》，《魯迅全集》第7卷，第299頁。
[2]　茅盾：《讀〈倪煥之〉》，《茅盾論中國現代作家作品》，北京大學出版社1980年版，第150頁。
[3]　杜衡：《關於穆時英的創作》，《現代出版界》第9期，（1933年2月1日）。

家和海派文學，他們都以自己最得心應手的方式，展示著都市的風采。

京派作家並不是都市作家，他們的根在鄉村，但由於他們居住在都市，是都市的「僑寓」者，他們有不少描寫都市的小說。正因為「是僑寓文學的作者」（魯迅語），他們的都市描寫並不深入，只是寫些皮毛。他們的描寫很難是客觀的，多帶有一種先入為主的偏見。如始終將自己稱為「都市的鄉下人」的沈從文，他的「鄉下人」情結使他對都市有一種反感和仇視，都市人在他的眼裡，都是骯髒、卑劣、醜陋的。正如趙園所說：「鄉土中國的人們聽慣了關於城市罪惡的傳說，習慣了關於城與鄉道德善惡兩級分佈的議論，祖輩世代適應了鄉村式、田園式的寧和單純，他們從不曾像今天這樣期待過城市。」「都會文化在這種眼界中，被表象化淺層化了──看『城裡人』看城市的，有時仍然是鄉下人的眼睛。新文學者確也習慣於由鄉村反觀城市，寫農民感覺中的城市。即使沒有西方先鋒派的那種孤獨感、陌生感，他們所寫也是異己的城市。」[4]同樣一個行為，發生在鄉下人和都市人身上，沈從文就會有兩種不同的看法和態度。他自己也說：「請你試從我的作品裡找出兩個短篇對照看看，從《柏子》同《八駿圖》看看，就可明白對於道德的態度，城市和鄉村的好惡，知識階級與抹布階級的愛憎，……如何顯明具體反映在作品裡。」[5]從《蕭蕭》同《紳士的太太》看，我們同樣看出其中的愛憎。「唯其如此，他到底還是沒有給新文學提供對於城市的某種新穎的理解方式。」[6]可以說，沈從文等京派作家雖寫了都市，但沒有以一個都市作家的心態，沒有採用適合都市描寫的手法，因而寫不出都市的真諦和內涵。

老舍也是北京都市作家，但是與京派不同，京派作家是都市的「僑寓」者，對北京都市沒有切膚的感情，老舍與北京的感情是血肉相連的。老舍多次談到「它是在我的血裡，我的性格與脾氣裡有許多

---

[4]　趙園：《北京：城與人》，北京大學出版社2002年版，第192頁。

[5]　沈從文：《〈從文小說習作選〉代序》，《沈從文文集》第11卷，花城出版社1984年版，第41頁。

[6]　許道明：《海派文學論》，復旦大學出版社1999年3月版，第116頁。

地方是這古城所賜給的」，「那裡的人、事、風景、味道、和賣酸梅湯、杏兒茶的吆喝的聲音，我全熟悉。一閉眼我的北平就完整的，像一張彩色鮮明的圖畫浮在我的心中」，「我不能把這些擱在一旁而還有一個完整的自己」[7]。當京派作家用一種反感和仇視的眼光去發現北京的骯髒、卑劣、醜陋，並加以嘲諷的時候，老舍對北京都市卻有一種溫情，老舍說：「我的溫情主義多於積極的鬥爭，我的幽默沖淡了正義感。」[8]老舍對北京不是沒有恨，因為他作為一位來自北京社會底層的作家，他不僅看到北京市民的苦難生活，他而且親身經歷了那苦難，他後來在《勤儉持家》的文章中回憶說：「那裡的住戶都是赤貧的勞動人民」，「在我還是個孩子的時候，我們的小胡同裡，夏天佐飯的『菜』往往是鹽拌小蔥，冬天是醃白菜幫子，放點辣椒油。還有比我們更苦的，他們經常以酸豆汁度日。它是最便宜的東西，一兩個銅板可以買很多。把所能找到的一點糧或菜葉子摻在裡面，熬成稀粥，全家分而食之。」但對這樣的生活，這樣的北京，老舍不是滿懷仇恨的揭露和批判，而是「我只知道一半恨一半笑的去看世界」，「我要笑罵，而又不趕盡殺絕」[9]。老舍的這種對待苦難的態度，源於他的傳統的宗法觀念，代表的是城市貧民的心理：隨波逐流，安分守己。他說：「假如沒有『五四』運動，我很可能終身作這樣一個人：兢兢業業地辦小學，恭恭順順地侍奉老母，規規矩矩地結婚生子，如是而已。」[10]樊駿說：「『兢兢業業』、『恭恭順順』、『規規矩矩』這十二個字，多麼傳神地點染出一個來自社會底層、深知生活的艱難的年輕人既自得又惶恐的精神狀態呵！」[11]他們對生活沒有特別高的要求，「我的理想永遠不和目前的事實相距很遠，假如使我設想一個地

---

[7] 轉引自樊駿的《老舍的「尋找」》，《中國現代文學論集》，人民文學出版社2006年版，第622頁。

[8] 老舍：《〈老舍選集〉自序》，《老舍生活與創作自述》，人民文學出版社1982年版，第117頁。

[9] 老舍：《我怎樣寫〈老張的哲學〉》，《老舍生活與創作自述》，第5頁。

[10] 老舍：《「五四」給了我什麼》，《老舍生活與創作自述》，第299頁。

[11] 樊駿：《老舍——一位原來自社會底層的作家》，《中國現代文學論集》，第607頁。

上樂園，大概也和那初民的滿地流蜜，河裡都是鮮魚的夢差不多。貧人的空想大概離不開肉餡饅頭，我就是如此。」[12]老舍甚至說：「拿我自己來說，自幼兒過慣了缺吃少穿的生活，一向是守著『命該如此』的看法。」[13]這「命該如此」的想法似乎有一點悲觀，或者說有宿命論的思想，「但對於一個每前進一步都要被人視為非分，都需要付出巨大的代價的人，對於一個經歷過和目擊過種種挫折、幻滅的人來說，這往往可以成為遇到失敗和打擊時的自我安慰劑，他得依靠這樣的信條支持自己生活下去。這是這個社會底層的處世哲學。無論是進還是退，是追求還是忍受，是現實中的夢想還是夢想中的現實，都不同程度地流露出城市貧民那種安分守己的心理。」[14]有了這種心理，他們就特別容易滿足，對這個城市就多了一些寬容和溫情。

在京派小說用諷刺鞭撻這個都市的黑暗的時候，老舍用的是幽默，用老舍的話說，幽默作為一種「心志」，與諷刺比起來，「較為溫厚」，「表現著心懷寬大」，「諷刺……必須毒辣不留情，幽默則寬泛一些，也就寬厚一些，它可以諷刺，也可以不諷刺，一高興還可以什麼也不為而只求和大家笑一場。」[15]老舍是「失了諷刺，而得到幽默。」[16]這便是老舍寬厚、溫和心態的表現，與京派對都市的態度形成鮮明的對照。

老舍對都市的寬厚和溫和態度，似乎與新感覺派有些相似，因為新感覺派作家對都市絕沒有京派深惡痛絕的批判態度，而更多的是理解，甚至認同。然而，老舍的都市描寫與新感覺派的都市描寫又是絕然不同的。因為北京和上海畢竟是兩個完全不同的城市。對古老的北京城，老舍是運用中國傳統的筆法來抒寫，他展現的是傳統的都市，而不是現代的都市。是封閉的「城」，而不是開放的「市」。他表現的是北京，與新感覺派作家表現的上海不同。趙園說：「比較之下，

---

[12] 老舍：《我怎樣寫〈趙子曰〉》，《老舍生活與創作自述》，第10頁。

[13] 老舍：《〈老舍選集〉自序》，《老舍生活與創作自述》，第115頁。

[14] 樊駿：《老舍——一位原來自社會底層的作家》，《中國現代文學論集》，第608頁。

[15] 老舍：《談幽默》，《老舍論創作》，上海文藝出版社1980年版，第72頁。

[16] 老舍：《談幽默》，《老舍論創作》，第72頁。

老舍與北京的關係是更古典的。」[17]北京和上海雖然都是「城市」，
但如果我們把「城市」這個並列詞組拆開來看，由「城」字我們想到
的是「城牆」，由「市」我們想到的是「市場」，北京就是「城」，
上海就是「市」了。「城」和「市」在這裡代表的就不僅僅是地域環
境，它表現的是一種文化，由「城牆」我們想到的是古都的貴族氣，
以及它的莊嚴和輝煌，「北京文化即使在胡同裡，也見出雍容的氣
度」[18]。郁達夫認為不論哪個城市都比不上北京的「典麗堂皇，幽閒
清妙。」[19]對這樣「堂皇」、「清妙」的城市，人們想到的是努力地
保存和愛護，對北京城的愛護，就是對中國傳統文化的繼承和維護；
由「市場」我們想到的是交流，是開放，是商業性，上海是向世界敞
開的一扇門，中國從這裡走向世界，走向現代。北京城是皇城，北京
人把北京的城牆看得特別重要，北京的城牆是需要維護的，所以以梁
思成為代表的一批文人反對拆城牆，就是為了維護中國傳統的古城文
化。蕭乾在《北京城雜憶》中說：「如今晚兒，刨去前門摟子和德勝
門摟子，九城全拆光啦。提起北京，誰還用這個『城』字兒！我單單
用這個字眼兒，是透著我頑固？還是想當個遺老？您要是這麼想可就
全擰啦。咱們就先打這個『城』字兒說起吧。『市』當然更冠冕堂皇
嘍，可在我心眼兒裡，那是個行政劃分，表示上頭還有中央和省哪。
一聽『市』字，我就想到什麼局呀處呀的。可是『城』使我想到的是
天橋呀地壇呀，東安市場裡的人山人海呀，大糖葫蘆小金魚兒什麼
的。所以還是用『城』字兒更對我的心思。」[20]這就是老北京人對北
京城的感情。相反，上海人沒有誰去注意上海的城牆，因為上海天經
地義就必須是一個開放的現代的市場，人們在這裡想到的不是怎樣封
鎖自己，而是怎樣走向世界。北京人怎樣看上海，趙園說：「當初北
京及其他古舊城市的看上海，想必如同舊貴族的看暴發戶，舊世家的
看新富新貴，鄙夷而又豔羨的吧。上海的珠光寶氣在這種眼光中越發

[17] 趙園：《北京：城與人》，北京大學出版社2002年版，第7頁。
[18] 趙園：《北京：城與人》，第22頁。
[19] 郁達夫：《北平的四季》，《宇宙風》第20期，1936年7月1日。
[20] 蕭乾，《北京城雜憶》，三聯書店1999年版，第1頁。

明耀得刺眼，『極地』認識中不免含有了若干誇張。」[21]北京城是被鄉村文化包圍的城，上海市是被外來文化影響的市。郁達夫說北京「具城市之外形，而又富有鄉村的景象之田園都市。」[22]真是繪出了中國傳統都市形態的真正內涵。趙園也說：「田園式的城市是鄉村的延伸，是鄉村集鎮的擴大。城市即使與鄉村生活結構功能不同，也同屬於鄉土中國，有文化同一。」[23]「北京甚至可能比之鄉土更像鄉土，在『精神故鄉』的意義上。」[24]老舍表現的就是這樣一個鄉土的、古老的都市，新感覺派作家表現的是一個現代的、年輕的都市。古都有它的莊嚴輝煌和成熟，並且有深邃的文化內涵，但也有它的落後和腐敗；上海都市有它的淺薄，世俗和狂歌醉舞，但也有它的摩登，時尚和現代氣息。

　　左翼作家也寫都市，但他們關注的是革命，而並非都市，更不可能採用適合都市的表現手法。茅盾的社會剖析小說，雖然「這裡集中了當時只能屬於上海的城市『性文化』、舞廳文化，消費與享樂的城市文明，以及同樣屬於上海的青春氣息、革命情緒。一時被膚淺化了（即使在新感覺派的某些作品裡也如此）的舞廳，在茅盾作品裡，才真正是一種訴諸人性的文化力量。」[25]但茅盾的小說主要還是從大處著眼，小處著手，把握現代都市的根本命脈，用階級分析的眼光，揭示都市爾虞我詐、男盜女娼的現實。左翼作家沒有沈從文的「鄉下人」情結，卻有著「左翼」情結，「左翼」情結使茅盾等左翼作家作品的理性色彩很重。《子夜》就是理性的「主題先行」的結晶。左翼作家這種理性的寫作方式，很難把握都市的內涵，正如台灣作家白先勇在《社會意識與小說藝術》中所說：「我相信舊社會的上海確實罪惡重重，但像上海那樣一個複雜的城市，各色人等，魚龍混雜，必也有它多姿多彩的一面。茅盾並未能深入探討，抓住上海的靈魂。」[26]

---

[21] 趙園：《北京：城與人》，第202頁。

[22] 郁達夫：《住所的話》，《文學.》第5期第1號，1935年7月1日。

[23] 趙園：《北京：城與人》，第11頁

[24] 趙園：《北京：城與人》，第5頁

[25] 趙園：《北京：城與人》，第198頁

[26] 白先勇：《社會意識與小說藝術》，《白先勇自選集》，花城出版社1996

　　這個時期真正把握住都市靈魂的，是上海20世紀30年代新感覺派作家。「上海，這個最大的通商口岸，帶著其本土和外來文化的附屬品，在20年代中期後成為文學活動的中心。這些附屬品包括：法式咖啡館、英美的銀行、白俄妓女和按摩店、社交舞廳、主要由外國人組成的市立管弦樂隊、不計其數的京劇和崑劇戲院、賭場以及鴉片煙館。」[27]作為當時最大的，最現代的國際化大都市，上海是隨著殖民文化而興起的都市，當它向歐美資本主義的物質文明和精神文明靠近的時候也同時接受了現代西方資本主義制度的諸多日益激化的社會矛盾和精神危機。戴望舒翻譯的《世界大戰後的法國文學》中談到了當時的世界現實：「世界大戰結束之後，大家便努力開始自己生活，恢復自己的生活了，好像那五十二個月只是一場夜夢一樣。……人們以為法郎的價錢會長高，以為俄國革命不會長久，以為美國人會簽定和平條約，以為戰爭已經完結了。只要幾個禮拜就可以看出事情絕不如此。……在那被大戰所擾亂了的法國正在設法支配並利用那戰後的沉默所作它那兒給它發揮出來的這種失望和這種野心的這幾年中，青年人便這樣地在它面前展覽著，輪流地獻出他們所有在世界最溫和最辛酸，在人心中最燦爛和最幽暗的東西來，又把那最大膽的體裁，像攤開華麗的布一樣地在它面前攤了開來。」[28]新感覺派作家能在繁華的都市發現別人沒有發現的主題，「城市的吸引力和排斥力為文學提供了深刻的主題和觀點；在文學中，城市與其說是一個地點，不如說是一種隱喻。」[29]這中間不僅有「憎恨，沉痛和艱苦在到處徘徊著」，同時有「最燦爛和最幽暗的東西來」，並用「最大膽的體裁」來表現都市的華麗。城市的快速發展與繁榮並不是常態的，而是畸形的。畸形的發展必定帶有畸形的色彩，穆時英說：「上海，造在地獄上面

　　年版，第404頁。
[27]　李歐梵：《中國現代作家的浪漫一代》，新星出版社2005年版，第30頁。
[28]　倍爾拿・法意：《世界大戰後的法國文學》，《現代》第1卷第4期（1932年8月）。
[29]　馬・布雷德伯里等：《現代主義》，上海外語教育出版社1992年版，第77頁。

的天堂」。[30]我們從現代派作家那裡看到了既是地獄，又是天堂的上海，是窮人的地獄富人的天堂。一邊是資本家、太太、小姐的花天酒地、荒淫無度；一邊是窮苦勞工饑寒交迫、悲慘身亡，真是「朱門酒肉臭，路有凍死骨」。面對這種社會現實，新感覺派的作家與其他的作家一樣，他們感到極度的痛苦和寂寞，但是他們又無法排遣這種痛苦和寂寞，他們既不能救人，也無法自救。正如茅盾所描述的：「他們不滿意於資本主義社會秩序，可又不相信人民的力量，他們被夾在越來越劇烈的階級鬥爭的夾縫裡，感到自己沒有前途。」[31]但新感覺派作家手裡有一支筆，他們企圖用小說的形式表達出當時的社會面貌和自己的心態，以求對中國文學有所貢獻。

　　新感覺派作家沒有像京派作家那樣一味的嘲諷，以發洩自己對都市的不滿情緒；也沒有像左翼作家那樣去進行階級分析、社會剖析，揭示出現象下的本質。他們「突破了習慣眼光與文學模式。即使模仿以至抄襲都有其合理性——在引進一種美感形式如此艱難的中國。它的浮華，它的不倫不類，它與主流文學的不協調，在另一種眼光的審視中，也許正適應了文學發展的某種需要。然而當這種需要尚未明確化的時候，它又只能被看做洋場闊少厭食了西餐大菜時的嘔吐，看做文字遊戲，看做空虛、無聊、墮落。以至在幾十年後文學以突發的熱情重又注視城市，手忙腳亂地向異域搜索城市表現藝術時，它也只能經由文物發掘而被新一代的作家們認識。……只是在與當代作家的比較中，他們才更像是都會動物，十足『都會風』的城市人。」[32]趙園說：「這令人想起京味作為一種風格現象，決定的正是寫的態度及方式。」[33]新感覺派筆下的都市之所以與別人不同，也正是這寫的態度及方式的不同。

　　新感覺派筆下的都市，首先是「現代」的都市，這裡的「現代」，包括現代生活和現代意識。什麼是現代生活，施蟄存刊發在

[30] 穆時英：《上海的狐步舞》，《穆時英全集》第一卷，第331頁。
[31] 茅盾：《夜讀偶記》，百花文藝出版社1958年版。
[32] 趙園：《北京：城與人》，第198頁。
[33] 趙園：《北京：城與人》，第198頁。

《現代》的《又關於本刊的詩》是對現代生活最好的闡釋。現代意識其實就是先鋒性，先鋒性的基本條件是開放，開放便要引進世界文化、世界文學。新感覺派對外國文學的大量引進和模仿借鑒，使中國文學掙脫傳統的桎梏，躍入世界文學的行列。新感覺派作家是最早認識上海的都市現代性的。他們的先鋒性還表現在小說的敘述方式和話語美學風格上，他們採用獨特的方式展示「都市風景線」的獨特景觀，這便是蒙太奇、意識流、感覺主義和心理分析，這種方式是既適合於他們自己的心態，又適合於都市描寫的現代主義手法。

新感覺派作家在看到城市的罪惡的同時，也看到都市的現代性，他們對城市的態度是客觀的，中肯的，不帶任何偏見的。穆時英在《南北極》裡表現了都市上海貧富的兩級分化，表現了上海都市的墮落；即使是那些對都市文明不無沉醉的作品，如《上海的狐步舞》、《街景》、《夜總會裡的五個人》等等，也同樣是天堂和地獄的共存。都市的罪惡沒有被現代色彩所掩蓋，現代色彩也沒有因為都市的罪惡而暗淡。新感覺派小說的意義就在於，他們不僅用道德的眼光審視都市，而且用文化的目光審視都市，從而發現都市的活力和現代色彩。

新感覺派筆下的都市，還是商業的都市。上海這個現代消費文化環境的都市在他們的作品中展露無遺，使他們的作品日益世俗性，趣味性，追求時尚，迎合讀者。他們描寫得最多的是夜總會、舞廳和賽馬場，他們作品中體現出來的是快節奏的生活和享樂的氛圍，施蟄存主編的《新文藝》一卷六號有篇文章叫《現代人底娛樂姿態》，談到娛樂在現代人中所處的位置：「娛樂，這個寫在過去的歷史中不知道受過幾許世間的白眼和凌辱——對一個有決斷力的，壯膽的，幽秘著魔術似的，並且飽滿著肉底表現呀！……生命是短促的，我們所追求著的無非是流向快樂之途上的洶湧奔騰之潮和活現現地呼吸著的現代，今日和瞬間。富於生氣的，原色而壯麗的大協調！」[34]吳福輝說，他們「把文學的消遣、休憩功能發揮到極致」[35]。新感覺派作家

---

[34] 迷雲：《現代人底娛樂姿態》，《新文藝》第1卷6號，（1930年2月15日。）
[35] 吳福輝：《都市漩流中的海派小說》，湖南教育出版社1995年版，第34頁。

認為，現代都市要用現代情緒來感受和感覺，他們感覺到的，既有夜總會、賽馬場、大戲院的墮落，也有都市人的生存境遇和焦慮體驗。他們不願意把自己的真面目用保護色裝飾起來，而是將自己的真切感受，毫無掩飾地呈現在讀者面前。

第二節　施蟄存、劉吶鷗、穆時英各具特色的現代主義

同為新感覺派作家，他們對都市的描寫也不盡相同。通過閱讀文本，我們可以看到，施蟄存與劉吶鷗、穆時英在創作上始終存在著差別，雖然他們有著共同的志向和愛好。

描寫都市，施蟄存有兩個特點，一是心理分析，二是鄉鎮情結。施蟄存敘述都市人身處現代都市的內心感受，以及對都市的厭倦情緒。小說集《梅雨之夕》是施蟄存表現都市人不寧靜情緒的代表作品，第一篇小說《梅雨之夕》的男主人公下班以後從不坐車回家，而是走回家，即使是淅淅瀝瀝的梅雨之夕，他也是「曳著傘，避著簷滴，緩步過去。」「即使偶爾有摩托車的輪子濺滿泥濘在我身上，我也並不因此而改了我的習慣。」這是一個不想回家的人，只是靠漫步找一點樂趣。

施蟄存同劉吶鷗、穆時英一樣寫都市人的性欲、情欲，但他不像劉、穆二人那樣表現性欲的行動，而是表現性欲的心理。沒有施蟄存的細膩的心理分析，我們就沒法理解《四喜子的生意》中都市人力車夫四喜子對外國女人的性衝動；沒法理解《宏智法師的出家》中宏智法師為什麼每晚點亮山門口的那盞燈和《獅子座流星》中卓佩珊夫人為什麼盼望看到獅子座流星，還有那個黃心大師為什麼湧身一躍，跳入沸滾的鑄鐘的銅液裡。包括《梅雨之夕》的主人公下了班不回家，這一切都與性與情有關，通過心理分析，人物一切不合理的行為都有了合理性。

如同沈從文的「鄉下人」情結一樣，施蟄存有著「鄉鎮」情結，「鄉鎮」情結則表現為：一、人物多是上海邊緣地帶的小鎮男女，他（她）們沒有劉吶鷗、穆時英筆下人物那樣無所顧忌地作為，他

（她）們更含蓄，更彷徨，只有心動，沒有行動。二、故事多寫家庭生活和發生在都市與鄉村之間的邊緣小鎮的事情，很少寫都市光怪陸離的快節奏生活。

劉吶鷗作為日本新感覺派的直接販運者，他的《都市風景線》有著濃郁的「新感覺」味道。在他的風景線裡，我們看到上海都市「人們是坐在速度的上面的」（《風景》），過著紙醉金迷的生活。《都市風景線》的第一篇小說《遊戲》的第一段，就是劉吶鷗對都市生活的高度概括：「在這『探戈宮』裡的一切都在一種旋律的動搖中——男女的肢體，五彩的燈光，和光亮的酒杯，紅綠的液體以及纖細的指頭，石榴色的嘴唇，發焰的眼光。中央一片光滑的地板反映著四周的椅桌和人們的錯雜的光景，使人覺得，好像入了魔宮一樣，心神都在一種魔力的勢力下。」

在劉吶鷗的作品中，小說的主角並不是人，而是都市，「一條燈光輝煌的街道，像一條大動脈一樣，貫串著這大都市的中央，無限地直伸上那黑暗的空中去。……那面交錯的光線裡所照出來的一簇螞蟻似的生物，大約是剛從戲園滾出來的人們吧！」（《遊戲》）人在都市是像螞蟻一樣的生物，人是受到都市制約的，人在都市找不到自我，人在都市沒有自主權，「一會兒他就混在人群中被這餓鬼似的都市吞了進去。」（《遊戲》）

在劉吶鷗的筆下，首先，都市是機械的，「直線和角度構成的一切的建築和器具，裝電線，通水管，暖氣片，瓦斯管，屋上又有方棚，人們不是住在機械的中央嗎？」（《風景》）人是都市的產物，人也是機械的，「密斯脫Y是個都會產的，緻密，明晰而適於處理一切煩瑣的事情的數學的腦筋的所有者。」（《方程式》）於是密斯脫Y像解方程式一樣解決婚姻問題。

其次，都市是快節奏的，都市的人像機械一樣的快速運轉。作品的女性崇拜汽車遠勝於男人。都市男女經常在汽車、火車上邂逅，不僅表示著時間和速度，而且表示著短暫，「在這都市一切都是暫時和方便，比較地不變的就算這從街上豎起來的建築物的斷崖吧。」（《兩個時間的不感症者》）

　　再次，都市是商業化的，人也就成了商品，在《禮儀與衛生》中，法國先生便用古董店換取啟明的妻子，「因現時什麼一切都可作為商品規定價值的。」

　　第四，是都市的不健全，都市人也是不健全的，「我想一切都會的東西是不健全的。人們只學著野蠻人赤裸裸地把感情流露出來的時候，才能夠得到真實的快樂。」（《風景》）不健全的都市裡，青年是迷惘的，他們被女性引誘，被女性控制，最後被女性拋棄；他們也被妄念引誘，「將近黃昏的時候，都會的人們常受妄念的引誘。都會人的魔欲是跟街燈的燈光一塊兒開花的。」（《方程式》）人們被都市的燈光引誘出來，看到的是「被工廠裡的汽笛聲從睡夢中驚醒起來的大都會的臉子。它好像怕人家看見了它昨晚所做的罪惡一樣，還披著一重朦朦的睡衣。」（《遊戲》）在這朦朧混沌中，男人在女性的裸體上漫遊，在夜總會、舞廳裡消磨時光，都市的主題歌就是男女之間的性欲、肉欲。在劉吶鷗的作品裡，男女之間沒有田園牧歌式的、海誓山盟式的、生離死別式的愛情，只有赤裸裸的性關係。愛情是「探戈宮」裡的「遊戲」，是特別快車上的「風景」，是機械生活中的「方程式」，是保險庫房的「殺人未遂」。

　　劉吶鷗描寫都市時，運用的是感覺主義的手法，「他跟著一簇的人滾出來那車站。……笑聲從他的肚裡滾了出來。」（《遊戲》）劉吶鷗描寫的都市，是有著異域風格的都市，與施蟄存的具有鄉鎮情結的都市描寫形成對照。有人認為，劉吶鷗對這現代都市是認同的，在都市他如魚得水。其實，劉吶鷗對都市的感情是複雜的，既厭惡它，又離不開它。他從東京回國，不願回台北，而是直接來到中國的最大的都市——上海，可見他是依戀都市的。但是，在都市，他同樣感到寂寞：「我的眼前有的只是一片大沙漠，像太古一樣地沉默。」「除了酒，我實在也找不到什麼安慰，……我覺得這個都市的一切都死掉了。」（《遊戲》）但他是註定的都市的產物，不到生命的終結，他不會離開都市。

　　穆時英是新感覺派的後起之秀，但青出於藍而勝於藍。杜衡認為劉吶鷗只將都市文學開了一個端，「而且他的作品還有『非中國』即

『非現實』的缺點，能夠避免這缺點而繼續努力的，這是時英。」[36]
穆時英對都市的描寫，確實勝於他的老師劉吶鷗。穆時英十幾歲開始
寫小說，並且一出手就不凡。他能像劉吶鷗那樣把握都市社會的外在
特徵，而且更生動傳神惟妙惟肖，在穆時英的筆下，都市是同樣的快
節奏，「世界是在爵士的軸子上迴旋著的『卡通』的地球，那麼輕
快，那麼瘋狂地；沒有了地心吸力，一切都建築在空中。」（《夜總
會裡的五個人》）快節奏的戀愛也是在快節奏的狐步舞和華爾滋中進
行的，「蔚藍的黃昏籠罩著全場，……當中那片光滑的地板上，飄動
的裙子，飄動的袍角，精緻的鞋跟，鞋跟、鞋跟、鞋跟……」（《上
海的狐步舞》）穆時英不僅表現了都市風馳電掣的速度，而且表現了
都市五光十色的色彩。穆時英是一個毫不吝嗇顏色的畫家，進入穆時
英的小說，就是走進上海的不夜城，他能透過燈紅酒綠看到魑魅魍
魎，他一方面表現「紅的街，綠的街，藍的街，紫的街，……強烈的
色調化裝著的都市，霓虹燈跳躍著——五色的光潮，變化著的光潮，
沒有色的光潮——氾濫著光潮的天空，」（《夜總會裡的五個人》）
一方面又在這「五色的光潮」裡看到：「街有著無數都市的風魔的
眼：舞場的色情的眼，百貨公司的饕餮的蠅眼，『啤酒園』的樂天的
醉眼，美容室的欺詐的俗眼，旅邸的親昵的蕩眼，教堂的偽善的活
眼，電影院的奸猾的三角眼，飯店的朦朧的睡眼……都市的街成了墮
落的街，汙穢的街。」（《PIERROT》）穆時英用新感覺主義的手
法，用強烈對比的色彩，騷動不安的音樂，瘋狂淫亂的舞步，表現都
市風馳電掣的快節奏的運轉。

　　穆時英不僅表現都市的速度和色彩，表現在速度和色彩上及時
行樂的人，而且也如施蟄存一樣表現都市人內心不能排遣的痛苦和寂
寞。穆時英在《公墓·自序》中說：「每一個人，除非他是毫無感覺
的人，在心的深底裡都蘊藏著一種寂寞感，一種沒法排除的寂寞感。
每個人，都是部分的，或是全部的不能被人家瞭解的，而是精神地隔
絕了的。每一個人都能感覺到這些。生活的苦味越是嘗得多，感覺越

---

[36] 杜衡：《關於穆時英的創作》，《現代出版界》第9期（1933年）。

是靈敏的人，那種寂寞就越加深深地鑽到骨髓裡。」穆時英表現的寂寞情緒，既不像施蟄存那樣感傷、悲涼，也不像劉吶鷗那樣厭惡、玩世，他是將寂寞融進繁華的都市，以笑當哭，以樂寫悲。如《夜總會裡的五個人》中的五個人，他們用狂歡的方式表達絕望和痛苦的情緒，狂歡之後，是「又害怕又寂寞的心情侵襲著他們」。穆時英在快樂的面具下藏著一顆悲哀的心，這就充分展現了穆時英的兩重性。

　　穆時英的兩重性，是用多種手法表現出來的，他既用粗俗的老百姓喜聞樂見的方式將都市的淫亂、醜陋、黑暗的猙獰面目暴露出來；也用感覺主義、心理分析、通感手法寫人的二重人格，用立體的結構，視角的轉換，完成了都市小說的立體的多聲部敘事；還用類似郁達夫的感傷寫懷舊的抒情小說。穆時英是一個重技巧的作家，他在《南北極‧題記》裡說：「當時寫的時候抱著一種實驗及鍛鍊自己的技巧的目的寫的──對於自己所寫的是什麼東西，我並不知道，我所關心的只是『應該怎樣寫』的問題。」穆時英運用多樣的手筆，左右逢源地、色彩斑斕地表現他所熟悉的上海都市，表現「造在地獄上的天堂。」穆時英的成功就在於他以最適合的方式表現了20世紀30年代中國第一大都市「東方的巴黎」──上海的種種魔力、危機、惡習；表現了20世紀30年代的經濟危機和法西斯主義威脅下的都市生活；表現了對資本主義文明和傳統價值觀念持懷疑和否定態度的都市心理。

第三節　風格形成的複雜環境

　　施蟄存之所以不承認自己是新感覺派，是因為他從一開始就不同於他的朋友劉吶鷗重視感覺，表現異化的創作特徵，施蟄存創作了中國現代最完美的心理分析小說，施蟄存為他的思想，人物，故事找到了最好的表達方式。

　　施蟄存的「鄉鎮」情結，源於他的出身和生活環境，以及傳統文化對他深入骨髓的影響，他也不同於劉吶鷗完全受異域文化的影響。施蟄存是讀中國古書長大的，「鄉鎮」情結其實就是傳統文化的情結，這便使他的創作與劉吶鷗等人形成鮮明的區別。楊義在《中國現

代小說史》中有一段對他們三人評價：「由於身世學養的不同，他們
都曾投足於都市文化圈，而表現出來的姿態和情調卻有不少的差異。
大體說來，施蟄存的中國古典文學修養較深，他從江南帶書香味的城
鎮走出來，站在現代大都會的邊緣，窺探著分裂的人格，怪誕中不失
安詳，在中外文化的結合點上找到了相對的平衡。劉吶鷗在台灣海峽
彼岸，沐浴著東洋早期的現代派文化，沉陷在大都會的燈紅酒綠的漩
渦，躁動中充滿瘋狂，以一種超前的運動，牽引這個流派向外傾斜。
穆時英徘徊和跳躍在劉吶鷗、施蟄存之間，以一雙捕捉過城鎮下流社
會原始的強悍之風的手，去捕捉大都會光怪陸離的奇豔之風，放縱之
處時見苦惱。」[37]李俊國說施蟄存：「即使他以現代派手法寫都市生
活的作品，也較少劉、穆那種急迫浮躁的敘事節奏，其格調安詳明
淨，玄而不晦，怪而能雅。」[38]以上評價準確而精到。

　　施蟄存受傳統文化的影響，使他對靜謐的鄉村有一種依戀，所以
纔能如楊義所說「怪誕中不失安詳」，也如李俊國所說「其格調安詳
明淨，玄而不晦，怪而能雅。」施蟄存說：「我覺得研究中國文學者
第一要一個靜謐的環境，能夠讓你神遊千古之上，讀其書，想見其為
人，方能有深切的瞭解。現在處身於平津京滬各大都會的人，差不多
天天在為生活而奔走，一家老小住在鴿籠式的屋子裡，隔壁人家是無
線電的騷音，鎮日鎮夜不停，如何還能容許一個讀線裝書的人掩卷閉
目，尚友古人呢？……再說，讀中國文學的人，與其在都會裡，不如
在山野裡。中國文學作品，向來是山水文學多於都會文學。『車如流
水馬如龍，花月正春風。』這固然是不在都會裡的人所不能欣賞的，
但是『萬壑雲霞影，千峰松桂聲』卻是你所獨擅的風物了。凡是讀文
學的人，必須先參透靜的境界，而後再參透動的境界，方能驅使他的
筆。」[39]施蟄存對鄉村的依戀是理所當然的，如趙園所說：「如果漫
長到令人驚歎的鄉土社會歷史不曾留下某種深入骨髓的精神遺傳，才

[37] 楊義：《中國現代小說史》第二卷，人民文學出版社1998年版，第664頁。
[38] 李俊國：《中國現代都市小說研究》，中國社會科學出版社2004年版，第
　　59頁。
[39] 施蟄存：《書簡》，《北山散文集》（二），第1589頁。

是不可思議的。有哪個居住大城市的中國知識分子心底一隅不曾蟄伏著鄉村夢！」[40]

劉吶鷗不同於施蟄存，劉吶鷗與都市血肉相連，他一輩子生活在都市。特別是日本東京的生活和文化對他影響很大，「自小生長在日本的，他對於文學的修養，都是由彼邦著名教授那裡得到的。」[41]他的漢語還沒有日語說得流暢，他的小說的異域情調，就是受日本新感覺派的影響，他翻譯編輯的日本小說集《色情文化》就是他的寫作範文。

《色情文化》中包括日本新感覺派作品和日本普羅作家的作品，劉吶鷗欣賞的是新感覺派，他在《色情文化‧譯者題記》中說：「在這時期裡能夠把現在日本的時代色彩描給我們看的也只是新感覺派一派的作品。這兒所選的片岡、橫光、池谷等三人都是這一派的健將。」[42]雖然日本新感覺派當時已經到了日薄西山的時候，但劉吶鷗還是被那種追求新奇感覺的文學方法激動著。劉吶鷗還受到日本新感覺派那種悲觀、虛無的世紀末情緒的影響，並表現在創作中。當然，劉吶鷗的新感覺和日本的新感覺還是有區別的，如日本新感覺特別強調作品的象徵主義色彩，橫光利一在《書方草紙》中說：「我喜歡，並更多地設計使用了具有巨大暗示力的象徵。這就是我所謂的新感覺派。」橫光利一的《蒼蠅》、《頭與腹》、《機械》、《拿破崙與疥癬》等作品，都是象徵主義佳作。劉吶鷗的作品雖然借助形象的客觀事物來暗示自我的主觀感受，但他主要是用新感覺主義的方式，表現都市的光與色，表現以上海中產階級為載體的大都會各種不合理和不健全的生活，以及現代都市機械化生活所造成的人的異化和非理性特徵。而缺乏日本新感覺派的象徵主義色彩。

穆時英生長在破產的銀行家的家庭，幼年便生活在上海都市，假如說施蟄存是從松江到上海，瞭解的是從鄉村進入上海的邊緣人，

---

[40] 趙園：《北京：城與人》，第6頁。

[41] 施蟄存：《編輯的話》，《新文藝》創刊號，1929年9月1日。

[42] 劉吶鷗：《色情文化‧譯者題記》，《劉吶鷗小說全集》，學林出版社1997年版，第73頁。

表現的是都市的周邊；劉吶鷗是從東京到上海，瞭解的是上海社交場漂浮和遊蕩的人，表現的是上海的表層；那麼，穆時英是從小就生長在上海，他瞭解的上海是深入的，是立體的，這個立體包括上海的地獄與天堂，貧民窟與摩天大樓，窮人與富人，內涵與外延，內心與外表等多方面。他既瞭解食宿無著的流氓海盜的痛苦，也瞭解花天酒地的妓女資本家的痛苦。他對都市的瞭解是全方位的，深入骨髓的。他看到了都市的繁華，並展示這繁華，但他更能透過表面的繁華看到都市內部的衰敗，荒蕪，孤寂。人們及時行樂，只是為了麻木的走向末日，穆時英悲涼、虛無的世紀末情緒是顯而易見的。他雖然在《南北極》中寫過窮苦百姓的抗爭，但他知道，抗爭是無濟於事的，抗爭也不能改變上海地獄的社會本質。他的盲目抗爭更加深了他的疲憊，他是一個沒找到目標的人，正如他在《白金的女體塑像·自序》中所說：「我是在去年忽然地被扔到鐵軌上，一面回顧著從後面趕上來的，一小時五十公里的急行列車，一面用不熟練的腳步奔跑著的，在生命的底線上遊移的旅人。二十三年來的精神上的儲蓄猛地崩墜了下來，失去了一切概念，一切信仰；一切標準，規律，價值全模糊了起來……人間的歡樂，悲哀，煩惱，幻想，希望……全萬花筒似的集散起來，播搖起來。」[43]穆時英是當時一部分都市人的代表，他的作品表現了這部分都市人的處境和心態。穆時英才是真正將上海都市活脫脫展現出來的都市作家。

---

[43] 穆時英：《白金的女體塑像·自序》，《穆時英全集》第二卷，第3頁。

第三章　潛意識：創傷的執著
——施蟄存與魯迅心理分析小說比較談之一

第一節　心理分析理論的廣泛引進

　　心理分析小說是20世紀的產物，它與心理小說不同，施蟄存說：「心理小說是老早就有的，十七、十八世紀就有的。Psychoanalysis（心理分析）是20世紀二十年代的東西。……因為裡頭講的不是一般的心理，是一個人心理的複雜性，它有上意識、下意識，有潛在意識。這和十八世紀的寫作不一樣，那時的心理學還沒有挖到這麼深的地步。」[1]到了20世紀，奧地利精神病學家，心理學家西格蒙特·佛洛伊德創立了心理分析學說，這個學說涉及到文學，於是，西方的很多文學家自覺地將心理分析理論運用於創作和批評。「文學和心理學日益抹去了它們之間的疆界，心理分析學則開始直接結出了文學創作的累累碩果。」[2]

　　佛洛伊德精神分析學說的主要內容，是潛意識理論。佛洛伊德認為，意識並不重要，它只代表整個人格的表層形態，而深藏在意識背後的潛意識，才是人類行為的內驅力。潛意識與本能是直接聯繫的，所以，本能衝動，便是潛意識的表現。佛洛伊德說：「本能發洩總在尋求出路，在我們看來，這就是本我的全部內容。」[3]

　　20世紀20年代初，中國哲學界和心理學界就引進了佛洛伊德學說。最早在中國用心理分析理論來解釋人的心理和文學的，是周作

---

[1] 施蟄存：《為中國文壇擦亮「現代」的火花》，《沙上的腳跡》，第177頁。
[2] [美國]里恩·艾德爾：《文學與心理學》，《比較文學譯文集》，北京大學出版社1982年版，第76頁。
[3] 佛洛伊德：《精神分析論的新導言》，《文藝理論譯叢》，中國文聯出版公司1983年版，第262頁。

人、章士釗、潘光旦。而最早將心理分析運用於小說創作中的應該是魯迅。

魯迅一開始就為西方新近的文化思潮所鼓蕩，傳統文化的衰落和崩潰為魯迅的現代性的形成提供了歷史的契機，外國文學對魯迅的現代品性的塑造成型起到了舉足輕重的作用。魯迅說：「注重翻譯，以作借鏡，其實也就是催促和鼓勵著創作。」[4]魯迅還說他寫作《狂人日記》等作品，「大約所仰仗的全在先前看過的百來篇外國作品和一點醫學上的知識。」[5]沒有西方文化思潮的輸入，就沒有中國文化的現代化和中國文學的現代化。郁達夫在《現代》一卷二期的《現代小說所經過的路程》一文中談到中國現代小說的情形，「闡明中國現代小說並非承接了中國舊小說的脈絡，而是繼續著西洋的小說系統，這實是很確切的見解。」[6]魯迅在「以作借鏡」的最大受益，就是獲得從思想到藝術的現代化品格，外國思想家、文學家對魯迅的影響是巨大的，佛洛伊德當然是其中之一。正如一位國外文學理論家所說：「名作家中極少人能真正避開精神分析觀念直接或間接的影響。」[7]

施蟄存也是從20世紀20年代就受到外國文學的心理分析小說的影響，施蟄存說：「二十年代末我讀了奧地利心理分析小說家顯尼志勒的許多作品，我心嚮往之，加緊了對這類小說的涉獵和勘察，不但翻譯這些小說，還努力將心理分析移植到自己的作品中去。」[8]施蟄存認為顯尼志勒「可以與他的同鄉弗羅特媲美」[9]。

施蟄存雖然寫心理分析小說比魯迅要晚一些，但施蟄存的心理分析小說是中國現代文學最純熟的心理分析小說，他1930年代出版的小說集《將軍底頭》、《梅雨之夕》是中國心理分析小說的精品，並由此而形成小說的心理分析派。

[4] 魯迅：《關於翻譯》，《魯迅全集》第4卷，人民文學出版社2005年版，第568頁。

[5] 魯迅：《關於翻譯》，《魯迅全集》第4卷，第568頁。

[6] 郁達夫：《現代小說所經過的路程》，《現代》第1卷第2期（1932年6月）。

[7] [美國]里恩·艾德爾：《文學與心理學》，《比較文學譯文集》，第76頁。

[8] 施蟄存：《關於「現代派」一席談》《文匯報》，1983年10月18日。

[9] 施蟄存：《薄命的戴麗莎》譯者序，上海中華書局1937年版。

第二節　潛意識描寫的中國版本

　　魯迅的心理分析小說與施蟄存的心理分析小說雖然出現在不同時期，但他們都受到佛洛伊德的影響，有許多相通相近的地方，有一種不言而喻的默契。

　　首先，他們都贊同佛洛伊德關於潛意識的理論。佛洛伊德認為，潛意識的產生是「創傷的執著」，他說：「『創傷的』一詞實在不過是這個經濟的意義。」[10]魯迅通過自身的體驗，深感佛洛伊德關於潛意識是「創傷的執著」的理論的可信。

　　魯迅總覺得自己的身上有「鬼氣」，「但自己卻正苦於背了這些古老的鬼魂，擺脫不開，時常感到一種使人氣悶的沉重」[11]。這種「氣悶的沉重」便是「創傷」所致，是來自文壇內外的惡毒攻擊。魯迅目睹了青年已分成兩大陣營，「革命」陣營內部的血腥的屠殺，更使他感到失望和「恐怖」，並因「恐怖」而沉默，「我覺得我也許從此不再有什麼話要說，恐怖一去，來的是什麼呢，我還不得而知，恐怖不見得是好東西罷。但我也在救助我自己，還是老法子：一是麻痺，二是忘卻。」[12]魯迅的沉默，是一種壓抑，所以在寫作的時候，「我所說的話，常與所想的不同。至於何以如此，則我已在《吶喊》的序上說過：不願將自己的思想，傳染給別人。何以不願，則因為我的思想太黑暗，而自己終不能確知是否正確之故。」[13]只有「忘卻」，但是，往往「麻痺」和「忘卻」並不奏效，「沉默」也是有限度的，魯迅便時常「偶不留意」，將壓抑在潛意識的思想「露出」。小說《在酒樓上》就有魯迅「偶不留意」所「露出」的靈魂深處的東西。小說一開頭，就讓我們看到：「深冬雪後，風景淒清，懶散和懷

---

[10] [奧]佛洛伊德：《精神分析引論》，高覺敷譯，商務印書館1986年版，第216頁。

[11] 魯迅：《寫在〈墳〉後面》，《魯迅全集》第1卷，第301頁。

[12] 魯迅：《答有恆先生》，《魯迅全集》第3卷，第477頁。

[13] 魯迅：《兩地書》，《魯迅全集》第11卷，第80頁。

舊的心緒聯結起來」，並「略帶些哀愁，……漸漸的感到孤獨。」主人公呂緯甫回鄉做了兩件無聊又毫無意義的事，先是給小兄弟遷葬，「敷敷衍衍，模模糊糊」，後是給鄰家的女兒買剪絨花，仍是「只要模模糊糊」。據周遐壽說：小說裡「所說的呂緯甫的兩件事都是著者自己的」[14]，這麼說，呂緯甫的這種無聊的痛苦，何嘗不是魯迅的痛苦，那呂緯甫的感歎又何嘗不是魯迅的感歎，呂緯甫說：「看你的神情，你似乎還有些期望我，——我現在自然麻木得多了，但是有些事也還看得出。這使我很感激，然而也使我很不安，怕我終於辜負了至今還對我懷著好意的老朋友。」這些話類似魯迅對青年說的話：倘若有誰「以我為是，我便發生一種悲哀，怕他要陷入我一類的命運；倘若一見之後，覺得我非其族類，不復再來，我便知道他較我更有希望，十分放心了。」[15]魯迅讓呂緯甫說出了自己要說的話，潛意識的驅動力使魯迅暴露了自己的寂寞和哀愁。但是，魯迅「不願將自以為苦的寂寞，再來傳染給也如我那年輕時候似的正做著好夢的青年」[16]，於是，魯迅在作品的結尾，加上了一點「亮色」：「我獨自向著自己的旅館走，寒風和雪片撲在臉上，倒覺得很爽快。」我們也似乎從無聊和哀愁中走出，感到了寒風和雪片的爽快，雖然深知爽快背後的沉重。

在《孤獨者》[17]中，我同樣感到魯迅無所依託的虛妄和失望的潛意識的流露。《孤獨者》是以送殮始，以送殮終，孤寂和哀愁躍然紙上。主人公魏連殳本是「吃洋教」的「新黨」，在祖母死後卻出人意外的按照族人商定的三個條件辦喪。魯迅雖然因看了《二十四孝圖》而深感做孝子之難，於是「不敢再做孝子」[18]了，但當他祖母病故時，他卻像魏連殳那樣，按照族人商定的「三大條件」來盡孝。可見，魏連殳的孤獨就是魯迅的孤獨。作品中有一段寫祖母死後魏連殳

---

[14] 周遐壽：《魯迅小說裡的人物》，人民文學出版社1981年版，第104頁。

[15] 魯迅：《致李秉中》，《魯迅全集》，第11卷，人民文學出版社2005年版，第452頁。

[16] 魯迅：《吶喊·自序》，《魯迅全集》，第1卷，第441-442頁。

[17] 魯迅：《孤獨者》，《魯迅全集》，第2卷，第88頁。

[18] 魯迅：《二十四孝圖》，《魯迅全集》，第2卷，第258頁。

的哭：「忽然，他流下淚來了，接著就失聲，立刻又變成長嚎，像一匹受傷的狼，當深夜在曠野中嗥叫，慘傷裡夾雜著憤怒和悲哀。」這如其說是魏連殳的哭，不如說是魯迅的哭。魯迅是不能這樣毫無顧忌地哭的，他只能借助魏連殳的哭而哭。當然不是哭祖母，而是哭自己，如同一匹受傷的狼。魯迅的受傷不僅僅是來自敵人的攻擊，也有來自「同道」的中傷，「我其實還敢站在前線上，但發見當面稱為『同道』的暗中將我當傀儡或從背後槍擊我，卻比被敵人所傷更其悲哀。」[19]作品寫了魏連殳的復仇思想，這正是魯迅復仇思想的流露，正如魯迅1926年11月20日致許廣平信中所說：「一個都不寬恕」，「且毫不客氣，刀鋒正對著他們……，我已決定不再彷徨，拳來拳對，所以心裡也舒服了。」[20]魯迅知道他的「鬼氣」在《孤獨者》中再次「露出」，魯迅奮力要從「鬼氣」中逃脫出來，但實在不易。他在《孤獨者》的結尾寫道：「我快步走著，彷彿要從一種沉重的東西中衝出，但是不能夠。耳朵中有什麼掙扎著，久之，久之，終於掙扎出來了，隱約像是長嚎，<u>像一匹受傷的狼，當深夜在曠野中嗥叫，慘傷裡夾雜著憤怒和悲哀。</u>」這句話的後半句我加上了重點線。這句話一字不差的重複了前面寫魏連殳哭祖母的情形，由此可看出這實是魯迅自己長嚎的情形。

　　魯迅是一個明白人，他知道自己遍體鱗傷，並當深夜時在曠野中嗥叫。但他更知道他必須義無反顧的走下去，後退是沒有出路的。長嚎之後，他努力調整自己的心態，於是：「我的心地就輕鬆起來，坦然地在潮濕的石路上走，月光底下。」《孤獨者》中這一光明的尾巴，似乎會把人們連同他自己領上一條「蘇生的路」。這光明的尾巴是魯迅慣用的手法，當他發現他極力壓抑的潛意識終究「露出」的時候，他便不恤用了曲筆：「在《藥》的瑜兒的墳上平空添了一個花環，在《明天》裡也不敘單四嫂子竟沒有做到看見兒子的夢。」[21]

19　魯迅：《兩地書》，《魯迅全集》第11卷，第199頁。
20　魯迅：《兩地書》，《魯迅全集》第11卷，第216頁。
21　魯迅：《吶喊‧自序》，《魯迅全集》，第1卷，第441頁。

《弟兄》則通過夢暴露魯迅的潛意識。1983年周建人在《新文學史料》上發表了《魯迅和周作人》，文中說：《弟兄》是魯迅在與周作人「兄弟怡怡的幻想破滅之後寫的，……魯迅通過小說，向周作人伸出了熱情的手，表示周作人如有急難，他還願像當年周作人患病時那樣救助。」根據周建人的提示，我們可以理解為，夢境中的事情，往往是做夢人最擔心，最不願意出現的情景，魯迅在潛意識裡希望與周作人和好，作為大哥，他害怕周作人對他有誤會，害怕世人外界對他有誤解。從這裡，我們窺見到兄弟不和給魯迅帶來的痛苦。魯迅從自己的親身經歷中體驗到佛洛伊德心理分析學說關於意識壓抑和潛意識的流露的理論，不是沒有道理的。

施蟄存的心理分析小說同樣是潛意識的流露，他的早期小說集《上元燈》便是一個例子。《上元燈》中都是一些懷舊的作品，施蟄存的這些「感傷的回憶」，無一不是佛洛伊德說的「創傷的執著」。佛洛伊德說：「一個人生活的整個結構，如果因為創傷的經驗而根本動搖，確也可以喪失生氣，對現在和將來都不發生興趣，而永遠沉迷於回憶之中。」[22]施蟄存之所以「沉迷於回憶之中」，正是現代的都市給他造成了創傷，他在潛意識裡對現代都市產生了厭倦和恐懼。與都市的隔閡，對都市的恐懼，使施蟄存時時想逃離都市，逃到鄉村、田間和童年時代，到那裡去尋找初戀的夢境。身不由己的施蟄存當然只能在寫作中情不自禁地流露出這種情緒。

魯迅與施蟄存在潛心創作的時候，都情不自禁地打開了潛意識的閘門，正如榮格所說：「他被洪水一般湧來的思想和意象所淹沒，而這些思想和意象是他從未打算創造，也絕不可能由他自己的意志來加以實現的。儘管如此，他卻不得不承認，這是他自己的自我表白，是他自己的內在天性在自我昭示，在表示那些他任何時候都不會主動說出的事情。」[23]

---

[22] [奧]佛洛伊德：《精神分析引論》，高覺敷譯，商務印書館1986年版，第217頁。

[23] 榮格：《心理學與文學》，馮川、蘇克譯，三聯書店1987年版。

第三節　心理分析小說的不同表現

魯迅與施蟄存雖然都在心理分析小說中表現了潛意識的流露，但由於他們的思想性格和藝術追求的差異，使他們的表現手法有著明顯的不同。

首先，在表現其潛意識時，施蟄存顯得直率而顯露，魯迅則含蓄而隱蔽。我認為施蟄存的小說《梅雨之夕》正是施蟄存思想的獨白，是施蟄存潛意識裡對初戀情人的懷念，並盼望能邂逅相遇。這就不難理解《上元燈》集子為什麼會有多篇對童年戀人的懷念了。我們無須回避這個問題，施蟄存不止一次的在作品中談到初戀情人，這一定是生活在施蟄存潛意識的折射。施蟄存近九十歲寫的《論老年》還談到「老年人也好色」，施蟄存之所以如此大膽直露地談「好色」問題，是因為他認為：「好色也的確和嘴饞一樣，不過是人性之一端而已。」他同時又說：「老年人的好色，是出於美感；而青年人是出於欲念，雖然同是性。」[24]

魯迅則不同，他不能像施蟄存那樣直露地談性談愛。一則因為他有「母親給我的一件禮物」[25]——朱安女士，他忌諱談婚姻與家庭；二則因為他是思想家，是名人，也不便談；三則婚姻給他帶來的創傷太深，他的潛意識裡有對婚姻家庭的恐懼。我們從他唯一的愛情小說《傷逝》和唯一寫家庭的小說《幸福的家庭》，看出他潛意識裡對婚姻家庭的失望。他與許廣平同居，使他的心身都得到很大的慰藉，但潛意識的陰影並沒有散去，他對婚姻愛情心有餘悸。如1928年4月，有位青年問魯迅是否應該結婚，魯迅回答說：「據我個人的意見，則以為禁欲，是不行的，中世紀之修道士，皆是前車。但染病，是萬不可的。……於是歸根結蒂，只好結婚。結婚之後，也有大苦，有大累。怨天尤人，往往不免。但兩害相權，我以為結婚較小。」[26]魯迅

24　施蟄存：《論老年》，《北山散文集》（一），第763頁。
25　許壽裳：《亡友魯迅印象記》，人民文學出版社1982年版，第60頁。
26　魯迅：《致李秉中》，《魯迅全集》第12卷，人民文學出版社2005年版，

認為，結婚是應該的，但不要過於理想化，魯迅沒有像施蟄存那樣在作品中直露地表現出他對婚姻的厭倦，但在《傷逝》和《幸福的家庭》中卻含蓄並隱蔽地有「厭倦」的思想「露出」。

其次，施蟄存的小說大多是對自己潛意識的表現，魯迅則不僅常常解剖自己，也常常解剖別人。《離婚》中魯迅便將主人公愛姑潛意識裡對七大人的恐懼入木三分的表現出來。愛姑是一個相當潑辣的女性，在保護自己女子權利的鬥爭中，敢罵公公和丈夫是老畜生、小畜生，連尉老爺也「不放在眼裡」。這次去尉老爺家說理，愛姑本是充滿信心的。但一到尉老爺家，就「不由得越加局促不安起來了，連自己也不明白為什麼。」這「不明白」，正是潛意識的因素。雖然下決心要「拼出一條命」，但一看到七大人的神態，就「打了一個寒噤，連忙住口」，七大人說了一句「來──兮！」愛姑便「覺得心臟一停，接著便突突地亂跳，似乎大勢已去，局面都變了；彷彿失足掉在水裡一般」，於是無意識地說出了「我本來是專聽七大人吩咐⋯⋯」的話來。愛姑潛意識對七大人的恐懼，使他說出了自己不願說出的話。魯迅在《高老夫子》中對高老夫子，《肥皂》中對四銘等封建衛道士潛意識的剖析也是極其生動深刻的。

施蟄存說：「他（魯迅）對佛洛伊德的心理分析理論是熟悉的，他自己也說受到過佛洛伊德的影響。根據這些瞭解，我在魯迅的小說中不止一次地發現有潛意識的描寫。」[27]同是心理分析小說，同是潛意識描寫，施蟄存體現出的是都會青年的感傷情懷，魯迅體現出的是一個思想啟蒙者的憂患意識。

第113頁。
[27] 施蟄存：《懷開明書店》，《沙上的腳跡》，第69頁。

第四章 性心理分析的不同話語
──施蟄存與魯迅心理分析小說比較談
之二

古代小說中，不乏狎邪小說，但只有到1920世紀後，隨著佛洛伊德精神分析理論的引進，才出現了真正意義的性心理分析小說。20世紀20年代，魯迅是中國現代最早在小說中表現性心理分析的作家，30年代施蟄存則在小說中使性心理分析達到了新的高度。由於他們稟性的不同使他們的性心理分析小說出現差異，但他們的性心理分析小說都是中國現代心理分析小說的典範。

性欲理論是佛洛伊德精神分析學說的基礎。佛洛伊德在解釋人的本能衝動時，將維持個人生存和綿延種族的各種性本能統稱之為生活本能。佛洛伊德認為，人的性欲與生俱來，並強大無比。對於這一點，魯迅和施蟄存是認同的。

第一節 魯迅小說的性心理流露與性心理描寫

魯迅寫於一九二二年的《不周山》就表現了原始的性本能的創造力。魯迅自己承認；《不周山》「首先，是很認真的，雖然也不過取了弗羅特說，來解釋創造──人和文學的──的緣起。」[1]「原意是在描寫性的發動和創造，以至衰亡的。」[2]作品一開始就寫女媧「很懊惱，覺得有什麼不足，又覺得有什麼太多了。」這便是性的騷動，她渴盼著改變當時的局面。「唉唉，我從來沒有這樣的無聊過！」性的原動力使女媧企盼擺脫無聊的生活去進行創造，於是，她開始了搏

---

[1] 魯迅：《故事新編·序言》、《魯迅全集》第2卷，人民文學出版社2005年版，第353頁。
[2] 魯迅：《我怎麼做起小說來》，《魯迅全集》第4卷，第527頁。

黃土造人的偉大工程，這正是女媧性欲望的發洩和生命力的宣洩。女媧的盼望擺脫無聊和宣洩的心情，正是魯迅潛意識欲望的體現。由於各種內在和外在的原因，魯迅長期處在性壓抑中，他的地位和性格都使他不能像施蟄存那樣直露的表達出他的需求，只有借助女媧來表達。但即使是這樣的表達，也僅此一篇。就是這一篇，也沒有盡情的表達，並且沒有將描寫性的發動和創造以至衰亡的原意貫徹到底，因為寫作的中途「不幸正看見了誰——現在忘記了名字——的對於汪靜之君的《蕙的風》的批評，他說要含淚要求，請青年不要再寫這樣的文字。這可憐的陰險使我感到滑稽，當再寫小說時，就無論如何，止不住有一個古衣冠的小丈夫，在女媧的兩腿之間出現了。」[3]社會的客觀現實和魯迅的戰鬥熱情使魯迅顧不到寫作的原意，而是順帶一槍針砭了生活中的「可憐的陰險」，「這就是從認真陷入了油滑的開端，油滑是創作的大敵，我對於自己很不滿。」[4]魯迅不滿自己創作中將原意改變，使自己的情感沒有充分地表達，社會現實和性格秉性又使他不得不改變，魯迅這兩難的苦悶是顯而易見的。當成仿吾先生唯獨推崇《不周山》時，他便將《不周山》從《吶喊》中抽出，以表示他在中國嚴峻現實面前對佛洛伊德的拒絕和對某些現象的不滿，並「決計不再寫這樣的小說」，將這第一次的嘗試看成「是一個開始，也就是一個收場。」[5]

魯迅從此不再寫性的騷動，甚至對性產生了逆反心理，對寫三角戀愛小說的張資平也厭惡反感起來，他說：「這位作家的大作，我自己是不要看的，理由很簡單：我腦子裡不要三角四角的這許多角，倘有青年來問我可看與否，我是勸他不必看的，理由也很簡單：他腦子裡也不必有三角四角的那許多角。」[6]魯迅在並沒看張資平小說的情況下就下如此下結論，可見他對性和戀愛問題的排斥。透過排斥的

---

[3] 魯迅：《故事新編·序言》、《魯迅全集》第2卷，第353頁。
[4] 魯迅：《故事新編·序言》、《魯迅全集》第2卷，第353頁。
[5] 魯迅：《故事新編·序言》、《魯迅全集》第2卷，第353頁。
[6] 魯迅：《偽自由書·後記》，《魯迅全集》第5卷，人民文學出版社2005年版，第188頁。

表象看其潛意識，正體現出他對這個問題的敏感和忌諱。魯迅曾寫信對許廣平說：「看見我有女生在座，他們便造流言。這些流言，無論事之有無，他們是在所必造的，除非我和女人不見面。」[7]這就足見魯迅的敏感和忌諱。因與朱安的婚姻，使魯迅還有些自卑，「我有時自己慚愧，怕不配愛那一個人；但看看他們的言行思想，便覺得我也並不算壞人，我可以愛。」[8]魯迅於是長期在這「不配愛」和「可以愛」中徘徊痛苦，痛苦和自卑心理，使魯迅停止了這方面的寫作。

魯迅曾「決計不再寫這樣的小說」，並不表明他對佛洛伊德的全盤否定，他只是不贊同佛洛伊德將一切都歸於性，但也認為「偏執的弗羅特先生宣傳了『精神分析』之後，許多正人君子的外套都被撕破了。」[9]魯迅一九二四年翻譯了日本文藝理論家廚川白村的《苦悶的象徵》，魯迅認為，廚川白村的文藝理論，「據柏格森一流的哲學，以進行不息的生命力為人類生活的根本，又從弗羅特一流的科學，尋出生命力的根柢來，即用以解釋文藝，──尤其是文學。」但是「既異於科學家似的專斷和哲學家似的玄虛，而且也並無一般文學論者的繁碎。」[10]特別是廚川白村對「弗羅特歸生命力的根柢於性欲」[11]的理論的不滿，與魯迅的認識是一致的。於是，魯迅再次拿起「心理分析」這個武器，不是用它去描寫正常的性的欲望，而是用它去撕破正人君子的外套，揭露封建衛道士的偽善，表現其變態的性心理。

《肥皂》和《高老夫子》是魯迅性心理描寫的代表性作品。《肥皂》是揭露四銘潛意識中對女乞丐的性欲望。四銘在街上看到一個年輕的女乞丐討飯侍奉瞎子祖母，便對她產生邪念，覺得一個十八九歲的年輕姑娘，「討飯是很不相宜的」，當聽到兩個市井無賴說了幾句「你只要去買兩塊肥皂來，咯支咯支遍身洗一洗，好得很哩！」的下流話時，就想入非非，竟然果真去買了一塊肥皂，並且「挑定」象徵

7　魯迅：《兩地書》《魯迅全集》第12卷，第11頁。
8　魯迅：《兩地書》《魯迅全集》第12卷，第11頁。
9　魯迅：《「碰壁」之餘》、《魯迅全集》第3卷，第124頁。
10　魯迅：《〈苦悶的象徵〉引言》、《魯迅全集》第10卷，第257頁。
11　魯迅：《〈苦悶的象徵〉引言》、《魯迅全集》第10卷，第257頁。

年輕女子的「綠」色。四銘想像著「咯支咯支」的情形，於是心神不定，神煩意亂了，回家就對兒子、女兒發脾氣，斥兒子學程：「我白花錢送你進學堂，連這一點也不懂」；又說「秀兒她們也不必進什麼學堂了，『女孩子，念什麼書？』」這一切都源於他對女乞丐的性欲望的不能實現，正如四銘妻子所說：「只要再去買一塊，給她咯支咯支的遍身洗一洗，供起來，天下也就太平了。」四銘妻子的一句話，將四銘潛意識的卑劣念頭一覽無餘地揭示出來。魯迅不僅僅揭示四銘的性欲望，而且突出揭示四銘的偽善，他滿口的仁義道德，其實滿腦子男盜女娼，說別人「這成什麼話！」「全無心肝」，自己卻「不是罵十八九歲的女學生，就是稱讚十八九歲的女討飯」。魯迅徹底地撕破了四銘這「正人君子的外套」。

《高老夫子》中的高老夫子，看上去比四銘更新潮，名字也改為高爾礎，借大文豪高爾基的名字來抬高自己。高老夫子贊成辦女學堂，並在賢良女學校「謀一個教員做」，但是，高老夫子的潛意識卻是為了「去看看女學生」，所以，他上課之前擔心眉棱上的瘢痕可能會使他丟醜；他上課的時候情緒異常緊張，「他不禁向講台下一看，情形和原先已經很不同：半屋子都是眼睛，還有許多小巧的等邊三角形，三角形中都生著兩個鼻孔，這些連成一氣，宛然是流動而深邃的海，閃爍地汪洋地正衝著他的眼光。」高老夫子恐懼了，「他也連忙收回眼光，再不敢離開教科書，不得已時，就抬起眼來看看屋頂。屋頂是白而轉黃的洋灰，中央還起了一道正圓形的棱線；可是這圓圈又生動了，忽然擴大，忽然收小，使他的眼睛有些昏花。他預料倘將眼光下移，就不免又要遇見可怕的眼睛和鼻孔聯合的海。」高老夫子感覺到「草木皆兵」。「他總疑心有許多人暗暗地發笑」，「又彷彿看見這笑聲就從那深邃的鼻孔的海裡出來」。高老夫子在課堂上不知所措，沒打下課鈴就惶惶逃離教室。之後便煩躁不安，「無端的憤怒」，認為「學堂確也要鬧壞風氣，不如停閉的好，尤其是女學堂」。這一切都源於他的性心理，因為他去女學堂上課不僅沒有得到什麼便宜，他的淺薄和惶惑還被女學生嘲笑，他於是惱羞成怒，斥責「女學堂真不知道要鬧成什麼樣子」。如此種種都暴露出他自己心中

的邪念。道貌岸然的高老夫子不過是個衣冠禽獸的偽君子，魯迅再次
撕破了「正人君子的外套」。

第二節　不同稟性對性心理的不同表現

與魯迅不同，施蟄存大膽接受佛洛伊德的性心理分析，施蟄存認
為：「性愛對於人生的各方面都有密切的關係。」[12]他沒有魯迅的顧
慮和忌諱，所以，在他的小說中，不論是寫古代人還是現代人，不論
是寫英雄偉人還是平民百姓，甚至不論男女，施蟄存都大膽直露地表現
他們的性欲望、性饑餓和性變態，將他們的性心理分析得淋漓盡致。

同是性心理分析，施蟄存的小說與魯迅的小說卻有著諸多的不
同。魯迅對筆下的人物多持批判態度，揭露其虛偽性；施蟄存則給予
他的描寫對象一定的同情，批判其封建性。施蟄存的小說《春陽》中
的女主人公嬋阿姨，為了一千畝田地的繼承權而與已死的未婚夫的牌
位成親，為財產出賣了自己的青春。十三年後，在春天陽光的引誘
下，嬋阿姨有了灼熱的騷動，產生了性欲望，但青春已逝的嬋阿姨終
究沒有衝破她封閉的生活，封建思想和守財奴的秉性使她又回到原來
的位置。魯迅的小說是「將醜惡的東西撕破了給人看」，一層一層揭
開「正人君子」的假面。魯迅在《吶喊》、《彷徨》中的大部分作
品，都是「揭出病苦，引起療救的注意」，是「哀其不幸，怒其不
爭」，而獨獨《肥皂》等幾篇作品，則純粹是喜劇性的。

同是性心理分析，魯迅和施蟄存選擇了不同的表現對象，魯迅
的作品多表現卑劣小人的性心理，而這些小人又多穿著正人君子的外
衣；施蟄存則寫了不少英雄偉人的性心理，表現他們的市俗化和凡人
化。歷史小說《將軍底頭》、《鳩摩羅什》、《石秀》，寫了將軍、
高僧、英雄也有著與普通百姓一樣的性欲望。在愛情面前，將軍已不
再是將軍，而是一個有著強烈性欲望的男人。高僧羅什「非但已經不

---

[12]　施蟄存：《〈薄命的戴麗莎〉譯者序》，《薄命的戴麗莎》，上海中華書
　　局1937年版。

是一個僧人，竟是一個最最卑下的凡人了。」施蟄存消解了崇高，破滅了英雄偉人在人們心中的神聖光環，還他們市俗凡人的本來面目。

性變態是由於長期的性壓抑而形成的一種不正常的性行為。魯迅和施蟄存的小說都表現了這種由壓抑而造成的性變態，但在表現手法上卻有所不同。魯迅表現得比較含蓄、收斂，施蟄存則表現得大膽、放縱；魯迅運用現實主義方法表現其真實性，施蟄存運用現代主義手法表現其荒誕性。在《阿Q正傳》裡，上無片瓦下無插身之地的阿Q，長期處在性壓抑和性饑餓狀態，性壓抑造成的性變態，使他在戲台下人叢中擰女人的大腿；看到一男一女在一起，便從後面向他們擲石子；見到小尼姑，就以「和尚動得，我動不得」為由扭住小尼姑的面頰，而且「彷彿全身比拍拍的響了之後更輕鬆，飄飄然的似乎要飛去了。」並且一晚上不容易合眼，「他覺得自己的大拇指和第二指有點古怪，彷彿比平常滑膩些。」心神不定的阿Q之後便出現了向吳媽求愛的悲劇。阿Q的行為舉動雖有些變態，但反映出典型環境的典型性格，真實可信。施蟄存筆下的男女，受封建思想束縛較深，不敢越雷池一步，便產生嚴重性變態。《周夫人》中的周夫人年輕守寡，傳統觀念不允許她再嫁，於是，長期的性壓抑使她變態，表現為「戀童症」，她愛上了十二歲的微官，並對其擁抱和親吻。《在巴黎大戲院》中的男主人公，酷愛著女主人公，但他是有妻子的人，他不得不壓抑自己的感情，不敢對女主人公有任何舉動。壓抑所導致的變態使他吮吸女主人公手帕上的痰和鼻涕。佛洛伊德稱此種現象為「戀物症」。石秀的性變態表現為將性對象致殘、致死，石秀「看著這些泛著最後的桃紅色的肢體，石秀重又覺得一陣滿足的愉快了。」並且「覺得反而異常的安逸，和平。所有的紛亂，煩惱，暴躁，似乎都隨著迎兒脖子裡的血流完了。」荒誕，怪異是施蟄存追求的效果，與魯迅的批判色彩形成對照，這便是現實主義大師和現代主義作家的區別。

同樣是性心理分析，魯迅和施蟄存的作品都有各自的意義。魯迅「拿來」弗氏的心理分析工具，無情地撕破了「正人君子」的假面，表現了憂憤深廣的社會內容，體現了作為思想家的魯迅的分析思考；抽絲剝繭式的層層深入，嘻笑怒罵的冷靜描繪，與魯迅雜文有異曲同

工之妙，充分反映了魯迅的喜劇天才。施蟄存則另闢蹊徑，大膽地表現了人的生理本能，將社會的人還原為生物的人，將英雄還原為普通人，給我們打開了另一扇窺視人及其本質、窺視社會的視窗。

第五章　心理寫實與社會寫實
——施蟄存與茅盾創作比較談

第一節　現實主義與現代主義並存

　　茅盾和施蟄存都是1927年開始在上海進行文學創作的。1927年8月，茅盾初試鋒芒，選擇自己熟悉的一些青年知識分子為描寫對象。寫了三個連續性的中篇《幻滅》、《動搖》、《追求》，並且第一次用「茅盾」的筆名。1930年，計劃寫《子夜》，1933年1月正式出版《子夜》，從而奠定了茅盾在中國文壇上的地位。施蟄存雖然在1923年入上海大學讀書時就由上海維娜絲學會出版發行了他的短篇小說集《江干集》，但施蟄存悔其少作，認為那多是幼稚的模仿之作，他將他的《上元燈》稱為第一個小說集，於是，施蟄存正式進入文學創作，便是1927年與杜衡、戴望舒、馮雪峰一起避難松江老家的時期，此時寫的《周夫人》已初露施蟄存的風格特徵。在茅盾醞釀並寫作《子夜》時，施蟄存已出版《上元燈》，當茅盾1933年出版《子夜》時，施蟄存已出版中國心理分析小說的奠基之作《將軍底頭》、《梅雨之夕》和《善女人行品》，在文壇引起很大的反響。

　　同樣是30年代出名的作家，為什麼茅盾在此後創作蒸蒸日上，而施蟄存這之後便銷聲匿跡，究其原因，與當時文壇主流文學的政治導向是有關係的。

　　茅盾的小說創作運用的是現實主義的創作方法，現實主義是中國五四以來文學創作的主流方向，胡適之所以在《新青年》極力推崇易卜生，就是因為「易卜生的文學，易卜生的人生觀，只是一個寫實主義。」[1]易卜生說：「我做書的目的，要使讀者人人心中都覺得他所讀的全是實事。」（《尺牘》第159號）胡適以為：「易卜生的長

---

[1]　胡適：《易卜生主義》，《新青年》第4卷第6號，1918年6月。

處，只在他肯說老實話，只在他能把社會種種腐敗齷齪的實在情形，寫出來叫大家仔細看。」²茅盾就是「能把社會種種腐敗齷齪的實在情形，寫出來叫大家仔細看」的作家，他的《子夜》一出現，就受到文壇的高度肯定和讚揚，這個讚揚一直持續到今天，由此茅盾成為中國現代文學史上的重要作家，在中國現代文學史中，茅盾的地位僅在魯迅之下。

　　施蟄存的現代主義小說一出現，就立即受到左翼作家的批判，不得不擱筆。施蟄存說：「我認為文學不應該有人為的主流。中國的政治家規劃了寫實主義為主流，我們這些就是旁流、支流、逆流；既然說是要百家爭鳴，為什麼要人為劃分，讓一朵花來做主角？」³施蟄存的疑問，也是我們大家的疑問。這種只崇尚現實主義一種創作方法的文學現象，是一種不正常的現象，與世界文學有了很大的距離。郁達夫說：「歐洲的近代以及現代的小說，大別起來，也不外乎兩種。一種是只敘述外面的事件起伏的，如塞爾範底斯的《堂·克蓄德》（今譯為賽萬提斯的《唐·吉柯德》——筆者注）就是這一種小說的先例。……歐洲近代小說的第二種，與上述諸作背道而馳的，就是那些注重於描寫內心的紛爭苦悶，而不將全力傾瀉在外部事變的記述上的作品。依美國女作家愛迭斯·華東（Edith Wharton）之所說，則近代小說的真正的開始，就在這裡，就是在把小說的動作從稠人廣眾的街巷間移轉到了心理上去的這一點。」⁴世界的近代小說大多「把小說的動作從稠人廣眾的街巷間移轉到了心理上去」了，中國現代卻將現代主義小說扼殺在搖籃中。當茅盾的小說創作走向輝煌時，施蟄存已擱筆當大學教授了。但是當我們回過頭審視他們兩人的作品時，就會發現他們各有所短，也各有所長，一花獨秀肯定不如百花齊放。

²　胡適：《易卜生主義》，《新青年》第4卷第6號，1918年6月。
³　施蟄存：《中國現代主義的曙光》，《沙上的腳跡》，第168頁。
⁴　郁達夫：《現代小說所經過的路程》，《現代》第1卷第2期（1932年6月）。

第二節　心理寫實與社會寫實共生

　　注重社會剖析的茅盾與注重心理分析的施蟄存的差異是明顯的，然而，在「寫實」這個意義上，兩人都有很多可比之處。只不過，茅盾是社會寫實，施蟄存是心理寫實。

　　茅盾崇尚寫實主義，他1921年在《小說月報》改革宣言中就說：「寫實主義在今日尚有切實介紹之必要」[5]。他認為當時表現寫實主義真精神的寫實主義真傑作還太少，所以有提倡之必要。怎樣才算寫實主義的真精神呢？茅盾在《浪漫的與寫實的》一文中說：「『五四』以來寫實主義的真精神就在它有一定的政治思想為基礎，有一定的政治目標為指針。其間雖因客觀的社會政治形勢之屢有變動而使寫實文學的指針也屢易其方向，但作為基礎的政治思想是始終如一的。」[6]茅盾所說的寫實主義的真精神，就是明確的政治目標，他的寫實主義不要幻想、妄想，只要政治思想和政治理想，他的寫實是寫政治理想之實，不是人物情感之實。

　　施蟄存同樣推崇寫實主義，他的現代主義作品有著濃厚的寫實主義色彩，可以看作是心理寫實主義作家。他認為憑想像憑心智創作就不失為一個寫實主義作家，與茅盾的憑政治思想和政治理想的寫實主義完全不同。施蟄存認為寫實主義作家可以不被現實的事件所阻礙而去描寫遠離自身的事物，反對如攝影師一般地把社會事件機械地印下來，茅盾恰恰要求作家像鏡子一樣地反映身邊的生活。主觀的心理分析與客觀的社會剖析在寫實上有了如此鮮明的區別。

　　一般人認為，茅盾的客觀剖析更真實，施蟄存的主觀分析更多妄想、虛構的色彩，其實，他們都不失其真實性，只是所表現的角度不一樣。茅盾認為文學是社會現實的反映，施蟄存認為文學是心靈現實的反映。茅盾是通過在企業家、公務員、銀行家、商人中間詳細地

---

[5]　《小說月報》第12卷第1號，1921年1月10日。
[6]　茅盾：《浪漫的與寫實的》，《茅盾文藝雜論集》（下集），上海文藝出版社1981年版，第714頁。

調查瞭解寫出《子夜》，施蟄存則並不要求一個人物一個故事的真實性，他只是要寫的是一種情緒，一種氣氛。施蟄存認為作家並不必須描寫、表現或反映社會現實，但必須表現或反映思想感情的真實。施蟄存有很多作品是幻想的和虛構出來的，但表達了真實的情緒和人格。

　　寫小說不能不寫人，茅盾很少寫人的情感和情緒等人物心靈深處的東西，他重視的是人與人之間的社會關係，他說：「要研究『人』便不能把他和其餘的『人』分隔開來單獨『研究』……『人』和『人』的關係，因此，便成為研究『人』的時候的第一義了。」[7]在茅盾這裡，人是社會的人，人的情緒的變化是與社會的變化聯繫在一起的。施蟄存卻是研究單個的人，寫單個人心靈深處的情感和情緒，研究「人」自身的矛盾衝突成為第一要義。茅盾是通過剖析人來剖析社會，施蟄存分析人的心靈是為了發掘出一點人性。

　　茅盾的注重政治思想的、剖析社會的寫實主義，導致他的創作出現主題先行的傾向，他是為了他的政治目的才去寫作，才去體驗生活。為了回答託派：中國並沒有走向資本主義發展的道路，中國在帝國主義的壓迫下，是更加殖民地化了的問題。茅盾走進上海各階層，瞭解金融、商業界的複雜人際關係，寫下詳細的大綱，列出人物表，然後才構思故事，描寫人物，一切圍繞著事先定好的主題旋轉，吳蓀甫就是完成主題的一個符號。當然，《子夜》也有成功的方面，而《子夜》的成功部分正是茅盾忘卻主題、真情流露的時候，所以《子夜》的不足，是他對情緒抑制所致。《春蠶》是為了說明「帝國主義的經濟侵略以及國內政治的混亂造成了那時的農村破產，……結果是春蠶愈熟，蠶農愈困頓。從這一認識出發，算是『春蠶』的主題已經有了，其次便是處理人物，構造故事。」[8]人物再次成為主題的符號，故事便是符號與主題的鏈結。

　　茅盾寫小說，很少是一時的衝動，多是經過深思熟慮有計劃，有步驟的安排。他在《創作的準備》中講到了創作的七個步驟，一、

7　茅盾：《談我的研究》，《印象‧感想‧回憶》，文化生活出版社1936年版，第79頁。
8　茅盾：《我怎樣寫〈春蠶〉》，《文萃》第一卷，第八期，1945年出版。

二、三、四、五、六、七缺一不可。施蟄存全然不同，他會因為偶然在車窗外看見一個女人的頭伸出著便發生奇想而構成《夜叉》；會因為突然感受到雨的滋味而寫出《梅雨之夕》。寫好小說後，他可能會反覆修改，甚至七易其稿，但絕不會寫大綱，列人物表，將材料細細咀嚼，他可能認為咀嚼太細會索然無味，他寧可把真情實感和盤托出，然後再精雕細刻，加以修飾。從而寫出心靈的真實而非人為的造作。

施蟄存的寫實主義是將心理分析、意識流等各種新興創作方法融入其中的寫實主義，使寫實主義有了更廣闊的內涵。

第三節　革命家與自由思想者的衝突

茅盾與施蟄存創作上的差異，源於他們不同的文學觀。茅盾既是作家又是評論家，既是文學家又是革命家。對於文學創作，他有獨特的見解，他的見解是革命文學家的見解。1921年，茅盾就提出了為人生的文學主張，他說：「現代的活文學一定是附著現實人生的，以促進眼前的人生為目的了。」他強調文學的時代性，提倡寫血與淚的文學，主張作家必須和時代的呼號相應答，深切地關注國家社會的苦痛與災難。他將文藝作為剖析社會的工具，要求小說家必須是一個分析社會、剖析社會的社會活動家。他在《我的回顧》中說：「一個做小說的人不但須有廣博的生活經驗，亦必須有一個訓練過的頭腦能夠分析那複雜的社會現象；尤其是我們這轉變中的社會，非得認真研究過社會科學的人每每不能把它分析得正確。而社會對於我們的作家的迫切要求，也就是對那社會現象的正確而有力的反映！」⁹茅盾是將一個民族的關於命運的神話當作某種人生觀來研究的，認為作家要透過現象看本質，從表面的變化看到實質的變化，達到剖析社會的目的。不論是《子夜》還是《春蠶》，他都是為了剖析社會而寫人寫故事

---

⁹　茅盾：《我的回顧》，選自《時人自述與人物評傳》，王子堅編，經緯書局1935年版，第349頁。

的，剖析社會是他的政治目的。茅盾在這方面是有功利目的的，他認為文學趨於社會、趨於政治是文學的方向。

重視政治思想的茅盾忽略文學的情感性，他雖然在早期作品《蝕》中表現出情緒化的東西，但他很快將情感丟開，在1928年寫的《從牯嶺到東京》中就將《蝕》稱作「頹唐的小說」，並希望以後能夠振作，不再頹唐。他不再頹唐，也就是不再有情緒化的東西，當然他就再也不寫像《蝕》這樣的作品了。

施蟄存是一個「自由思想者」，他希望在文藝活動方面，保留一些自由主義，不願受被動的政治約束。他認為「政治干預文學必然斷絕文學生路」。[10]施蟄存在《「文」而不「學」》一文中說：「把文學作為一種政治宣傳的工具，也是不免把文學當作一種專門學問了。有這種傾向的文學家往往把自己認為是一種超乎文學家以上的人物。他可以是一個教主，他可以是個大元帥，他可以是一個有權威的時評家，他可以是個狄克維多，他可以是個議員。他有意地在他的作品中表現他的文學範圍以外的理想，他寫一篇小說，寧可不成其為小說，而不願意少表現一點他的理想而玉成了他的小說。」施蟄存這段話真像是針對茅盾說的，茅盾確實寧可讓其不成其小說，也不能讓其不表現理想，他的確不太像是一個文學家，更像是一個社會活動家。茅盾描寫人生是為了達到剖析社會表達理想的目的。施蟄存不希望作者在描寫人生之外還要有一個第二目的，他不希望文學成為公民教科書或者政治教科書，他希望文學成為每個人都可以欣賞都可以親近的東西。施蟄存遠離政治，重視文藝自身的規律，注重藝術創新，他希望寫出好作品，希望在創作上獨自去走一條新的路徑。他遠離政治，另闢蹊徑的文學主張，使他用現代主義創作方法，借助佛洛伊德的精神分析學說，探究人物的內心世界，分析人物潛隱的性心理，創作了一批與茅盾的小說完全不同的作品，使中國現代小說有了新的景觀。

茅盾與施蟄存創作的差異，也源於他們的生活經歷和思想性格的不同。茅盾在一九二七年前是一個職業革命家，在思想上也沒有做文

學的打算。一九二七年以後，開始小說創作，但也沒有專心做文學家的想法。他在《從牯嶺到東京》中寫道：「在過去的六七年中，人家看我自然是一個研究文學的人……但我真誠的告白，我對於文學並不是那樣地忠心不貳。那時候，我的職業使我接近文學，而我的內心趣味和別的許多朋友……則引我接受社會活動。我在兩方面都沒專心；我在那時並沒有想起要做小說家，更其不曾想到做文藝批評家。」[11] 茅盾在這裡確實說的是心裡話。他在12歲時就寫過「大丈夫當以天下為己任」的豪言壯語，隨後參加革命，成為中國共產黨的第一批黨員之一，是一個積極熱情的政治活動家。如果歷史不發生那麼大的變化的話，茅盾還會作為一個職業革命家將他的人生之路走下去。但大革命的失敗使茅盾陷入極度的痛苦和茫然之中，他在幾乎絕望的情況下看到了一條生路，他要用文學來自救，用王曉明的話說：「這個被社會鬥爭的驚濤駭浪顛得暈頭轉向的年輕人，現在似乎把小說創作當作唯一的自救之舟了。」[12] 由此可見，茅盾從事小說創作的功利目的是明確的，一方面是為了自救，一方面又能借文學繼續他的政治追求，他既通過文學宣洩自己的苦悶，又給自己找到了一條出路。由於茅盾是一個神經纖細而敏感的人，有著天生的藝術家的氣質，加上他當時在政治上的非常深廣的幻滅感。所以他剛進入創作時，有比較單純的審美心境，創作出《蝕》三部曲這樣富於柔弱、感傷、悽惶情緒的作品。但當他緩過氣來，從創傷中恢復過來以後，他的政治抱負又在他的思想上占了主導地位。於是，他因《蝕》的頹唐而辯護和自責，隨後便寫出《創造》、《色盲》、《曇》、《詩與散文》這些粘上政治寓意的作品。之後的《虹》、《路》、《三人行》便已經是革命文學了。1931年以後，茅盾寫出了人們認為最成功的作品《子夜》、《林家鋪子》和《春蠶》三部曲，這些作品都擁有相當明確的社會政治主題。茅盾始終在創作中壓抑自己的情感而靠近政治，他認為他必須緊跟時代向前走，不能讓情感體驗擋了道，他的政治抱負迫使他遠離情

[11] 茅盾：《從牯嶺到東京》，《小說月報》第十九卷第十號，1928年10月10日。
[12] 王曉明：《驚濤駭浪裡的自救之舟》，《二十一世紀中國文學史論》第二卷，東方出版中心1997年版。

感，成為一個寫小說的革命家。但是，茅盾的理智地情感制約，使他在藝術上付出了巨大的代價。

施蟄存曾參加過共青團，有過一些革命的具體行動。但大革命的失敗使他失望而惶惑，他實際上是激進的青年學生中被革命和暴力中的血與火嚇破了膽的一批人的代表，由恐懼而厭惡，由厭惡而疏離，於是，他遠離了醜惡的現實，回到人的內心世界，在人的內心世界去發掘，在人的內心世界去創造，從而走上了一條遠離政治，為創作而創作的文學道路。他雖然與馮雪峰是好朋友，但他沒有參加左聯；他雖然在他編輯的刊物中發表了很多左翼作家的作品，但他還是打算不偏不倚，不左不右地走中間路線，使所辦的文學刊物成為中國現代作家的大集合，使小說成為遠離政治追求藝術創新的純文學。但是，中國的現代歷史是播弄人的，施蟄存的遠離政治並沒能逃脫政治的糾纏，他寫的小說一直受到左翼作家的批判。

不論是遠離情感的茅盾，還是遠離政治的施蟄存，他們都生活得異常艱難，他們離自己的理想總是那麼遙遠，20世紀30年代中國複雜的、特殊的社會現實，使中國的文學家在政治與藝術之間痛苦掙扎。

他們一個推崇現實主義，一個推崇現代主義，當文壇重新確立雙百方針為社會主義文藝的基本政策時，我們就會認識到他們的小說有著同樣重要的價值，而他們的「遠離政治」或「遠離情感」卻是他們人生觀、文學觀的自由選擇，是無可厚非的。也正是有這個自由選擇，中國現代文學才如此豐富多彩。

第六章　南施北錢縱橫談

　　文壇有南施北錢之說，「施」是施蟄存，「錢」是錢鍾書。將他們相提並論，不僅僅因為他們是集小說家、散文家、詩人、翻譯家、大學教授於一身的文學大師、學界泰斗，還因為他們都是學貫中西、通今博古的智者。他們還有著相同的品格：淡泊名利、寵辱不驚，但又持之以恆地為豐富中國文化而探索追求。

第一節　具有創新精神、開闊視野、現代意識的南施北錢

　　首先，他們都具有濃厚的人文意識和超前的現代意識，他們都是跨地域、跨時代的世紀文化人物，他們一輩子都在為中國文化、乃至世界文化的創造和發展、為中國文化與世界文化的交流和接軌而辛勤耕耘。他們始終走在時代的前列。他們有著先進的思想，創新的精神，開闊的視野，以及高度的使命感和責任感，他們把他們所從事的文化創造事業作為人生理想和價值來追求。施蟄存從1922年4月（施蟄存1905年12月3日出生，此時不足17歲。）發表第一篇小說《恢復名譽之夢》，到他2003年11月19日逝世，從事文化、文學工作八十年。施蟄存在他生命的最後幾個月，仍在為報刊寫文章。錢鍾書1930年2月（錢鍾書1910年11月21日出生，此時剛過19歲。）發表處女詩作《無事聊短述》，1979年出版了煌煌巨著《管錐編》，從事文化、文學工作七十多年。

　　其次，他們都是酷愛讀書的人，他們的博學是讀書讀來的。錢鍾書的愛讀書是在上清華大學之前就體現出來的，他是以國文成績特優和英文滿分的成績進入清華的，他到清華後的志願是：「橫掃清華圖書館」。錢鍾書博覽群書，古今中外廣泛閱讀，英文尤其好，直接閱讀外國文學原文，獲益匪淺。施蟄存的愛讀書也是幼時就開始的，而且也是博覽群書。施蟄存的父親的主要財產是十二箱子書，施蟄存幾

歲的時候就讀箱子裡的各類書籍，父親教他從《古文觀止》讀到《昭明文選》。施蟄存也是古今中外都讀，他還將梁遇春的散文《春醪集》與錢鍾書的《寫在人生邊上》並讀，認為：「這兩本都是英國式的散文，在沖淡和閒雅這一點上，錢君似乎猶去梁一間。」[1]施蟄存精通英、法文，他把英文作為橋樑，用英譯本來欣賞東歐文學。讀書是他們兩人的終身嗜好，並且都是會讀書的人，不僅通過讀書獲得淵博的知識，並從讀書中獲得快樂。

　　第三，錢鍾書和施蟄存都重視翻譯，這是因為他們都有著高瞻遠矚的世界主義的文化視野和開放眼光。施蟄存的翻譯工作與他的創作是同步的，他的翻譯工作貫穿他的一生，翻譯外國文學近一千萬字。錢鍾書重視文學翻譯，不僅將外國文學翻譯成中文，還將《毛澤東選集》、《毛澤東詩詞》翻譯成外文。錢鍾書精通英、法、意、德、拉丁、西班牙等多種語言，為他的翻譯工作創造了有利條件。錢鍾書認為：「『媒』和『誘』當然說明了翻譯在文化交流裡起的作用。它是個居間者或聯絡員，介紹大家去認識外國作品，引誘大家去愛好外國作品，彷彿做媒似的，使國與國之間締結了『文學因緣』，締結了國與國之間唯一的較少反目、吵嘴、分手揮拳等危險的『因緣』。」[2]施蟄存和錢鍾書都充分認識到翻譯工作對中國文學走向世界、走向現代的指導作用。

　　嚴復在《天演論》裡表明的翻譯觀是：信、達、雅，施蟄存的解釋和錢鍾書的解釋是相近的，施蟄存說：「信是要忠實於原文，達是要充分表達原文的內容，雅是要用雅馴的文辭譯出。」[3]錢鍾書說：「在翻譯學裡，『不隔』的正面就是『達』，嚴復《天演論》緒例所謂信達雅的『達』，翻譯學裡『達』的標準推廣到一切藝術便變成了美學上所謂『傳達』說——作者把所感受的經驗，所認識的價值，用

[1] 施蟄存：《我的愛讀書》，《北山散文集》（二），第974頁。
[2] 錢鍾書：《林紓的翻譯》，《錢鍾書散文》，浙江文藝出版社1997年版，第272頁。
[3] 施蟄存：《中國近代文學大系‧翻譯文學集‧序言》，《北山散文集》（二），第1405頁。

語言文字，或其他的媒介物來傳給讀者。」所謂「不隔」，錢鍾書說：「在藝術化的翻譯裡，當然指跟原文的風度不隔，⋯⋯好的翻譯，我們讀了如讀原文」⁴。錢鍾書認為：「文學翻譯的最高理想可以說是『化』，把作品從一國文字轉變成另一國文字，既能不因語文習慣的差異而露出生硬牽強的痕跡，又能完全保存原作的風味，那就算得入於『化境』。」⁵

但他們對信、達、雅的理解卻有些不同。特別是對早期翻譯家林紓的評價，他們也有不同的看法，施蟄存說，林紓因反對「引車賣漿之徒」的語言，遇到不雅的地方就「化俗為雅」，「碰到不雅的語言和情事，如果無法『化俗為雅』，就乾脆刪去了。」⁶施蟄存不贊成這種不嚴肅的翻譯態度。嚴復也重視「信、達、雅」中的「雅」，遇到原文中有不雅的文字或事情，怎麼能用典雅的中文來譯述？嚴復寫信去請教古文家吳汝綸，「行文欲求而雅。有不可闌入之字，改竄則失真，因任則傷潔。」吳汝綸回信說：「鄙意與其傷潔，毋寧失真。凡瑣屑不足道之事，不記何傷？」在翻譯中儘量「化俗為雅」，遇到不能「化」的「俚鄙不經之事」，就「芟剃不言」了。這就是早期翻譯界一部分古文家譯書大量刪節原文的理論根據。施蟄存認為：這樣隨意刪節，「沒有文學翻譯的責任感，他們以為翻譯就是傳達一個外國故事。」⁷這種翻譯態度必然導致譯文的失真。錢鍾書則認為，林紓的譯文失真，不是不得已而為之，而是有意的「潤色」，錢鍾書說：「大家一向都知道林譯刪節原作，似乎沒人注意它有時也像上面所說的增補原作。」「他在翻譯時，碰到他認為是原作的弱筆或敗筆，不免手癢難熬，搶過作者的筆代他去寫。」「林紓認為原文美中不足，這裡補充一下，那裡潤飾一下，因而語言更具體，情景更活

⁴ 錢鍾書：《論不隔》，《錢鍾書散文》，浙江文藝出版社1997年版，第497頁。
⁵ 錢鍾書：《林紓的翻譯》，《錢鍾書散文》，第269頁。
⁶ 施蟄存：《中國近代文學大系・翻譯文學集・序言》，《北山散文集》（二），第1406頁。
⁷ 施蟄存：《中國近代文學大系・翻譯文學集・序言》，《北山散文集》（二）第1405頁。

潑，整個描述筆酣墨飽。」[8]鍾書認為：「作為翻譯，這種增補是不足為訓的，但從修辭學或文章作法的觀點來說，它常常可以啟發心思。」[9]是「畫龍點睛」，是「頰上添毫」。錢鍾書還說，林紓「儘管漏譯誤譯觸處皆是」，而林紓譯本裡不忠實或「訛」的地方卻給文章增添了情趣和色彩，「他一定覺得迭更司的描寫還不夠淋漓盡致，所以濃濃地渲染一下，增添了人物和情景的可笑。……林紓往往捐助自己的『諧謔』，為迭更司的幽默加油加醬。」[10]錢鍾書也承認，林紓的「潤色」也有「畫蛇添足」的時候，但瑕不掩瑜。當然，施蟄存也認為林紓「喜歡以司馬遷的『龍門筆法』來分析外國文學的藝術性，其中有一部分中肯的，可以說他與原作者具有通感，但也常常有迂闊之談。」[11]我以為，施蟄存的避免「迂闊之談」，儘量保留原作內涵和內容的翻譯觀是可取的。

第二節　施蟄存的「有所為」與錢鍾書的「有所不為」

　　錢鍾書和施蟄存在性格上都有特立獨行的特徵，不人云亦云，不隨波逐流。但他們倆人又有區別，首先，施蟄存沒有錢鍾書「狂」。錢鍾書的「狂」是自己承認的，他說：「一個人二十不狂沒志氣，三十猶狂是無識妄人。」[12]錢鍾書的狂，表現為：

　　（一）敢批評師長，說話刻薄，不留情面。人們可能會認為施蟄存也狂過，因為他曾經跟魯迅論爭，魯迅也算他的師長，而且施蟄存當時也刻薄和不留情面。我以為，施蟄存當時並不是狂，而是不服氣，是年輕氣盛。他並不是覺得自己比魯迅行，只是在為自己做辯解。施蟄存說了一些刻薄話，也是因為魯迅刻薄在先。這跟「狂」沒什麼關係。

[8]　錢鍾書：《林紓的翻譯》，《錢鍾書散文》，第279頁。
[9]　錢鍾書：《林紓的翻譯》，《錢鍾書散文》，第281頁。
[10]　錢鍾書：《林紓的翻譯》，《錢鍾書散文》，第278頁。
[11]　施蟄存：《中國近代文學大系‧翻譯文學集‧序言》，《北山散文集》（二），第1403頁。
[12]　楊絳：《我們仨》，北京‧三聯書店2003年版，第121頁。

　　（二）錢鍾書常說很狂的話，如「橫掃清華圖書館」，「整個清華，沒有一個教授有資格充當錢某人的導師」等等。施蟄存沒說過這麼「狂」的話，這也因為施蟄存還沒有說「狂」話的資本，他沒有「橫掃清華圖書館」的條件。錢鍾書的父親是大學教師，錢鍾書出生在書香門第，施蟄存的父親也愛讀書，還在師範學校管理過圖書，但終於失業，不得不去經商。1921年施蟄存想考北京大學家裡就沒讓他考，考東南大學又沒考上，之後，只考入杭州之江大學。施蟄存愛讀書，也只有橫掃父親的十二箱書的條件。

　　（三）錢鍾書架子大，「架子大」一方面是指不將名人放在眼裡，不拜訪名人；一方面是不接受別人的拜訪。沒有把任何人放在眼裡，不論是他父親還是師長，更不用說其他人。當然，這首先因為他有看不起人的資格，或說資本。他博學多才，沒有人能跟他說到一起。其次，錢鍾書以此將自己隱藏起來，隱藏是為了保護自己，他隱得很深，是大隱，大隱隱於市，他不與別人交往，是把自己封閉起來，包裹起來，隔截開來，就是把自己保護起來。施蟄存也求做隱士，不顯山露水。施蟄存的「隱」和錢鍾書的「隱」不一樣，施蟄存的隱，只是淡泊名利，與世無爭，但施蟄存對現實生活還是積極參入的。他不僅在年輕的時候主編多種雜誌，到晚年，仍主編了好幾套叢書的出版。他甘當人梯，經常為他人做嫁衣。他對戴望舒的幫助、扶持、鼓勵，就是最好的例子。

　　另外，錢鍾書不拜訪名人也不接受拜訪是因為他淡泊名利並惜時如金。施蟄存在《錢鍾書打官司》中說：「錢鍾書一向是一位淡泊名利，不與人爭的謙謙君子。」[13]施蟄存也淡泊名利，也惜時如金，不論在什麼情況下，施蟄存都擠時間讀書寫作。他在八十歲時患腸癌動大手術後，仍不鬆懈，繼續寫作。但施蟄存接受所有的來訪者，他家的院門白天從來不鎖，來訪者可以不用敲門自己直接進院上樓，只要不是睡覺休息時間，施蟄存隨時接待來訪。

　　他們還有根本的不同，就是錢鍾書有「癡氣」，而施蟄存沒有。

---

[13]　施蟄存：《錢鍾書打官司》，《北山散文集》（一），第868頁

通過楊絳的回憶，錢鍾書「癡」的事例是很多的。「癡」是天真，是「大事清楚，小事糊塗」，「癡」實際上是「才氣」的體現。錢鍾書小時過繼給大伯，大伯寵護他，也保護發展了他的「癡氣」。施蟄存也是老大，但施蟄存這個老大不能發「癡氣」，當然他也沒有錢鍾書那樣的「癡氣」和「才氣」，他是家裡的唯一男孩，他很早就擔當起養家糊口的責任，他大學畢業後父親就沒有再開襪廠，父母和妹妹都靠他養。他不僅沒有「癡氣」，而且少年老成，特別細心，特別會關心人，戴望舒跟施蟄存都是1905年同年出生，但施蟄存對戴望舒的關心照顧是無微不至的，像一個大哥哥。這就是窮人的孩子早當家。「癡」也要有「癡」的條件，施蟄存沒有這個條件。

　　從才華和博學方面講，施蟄存不如錢鍾書，影響也沒有錢鍾書大，對自己所鍾愛的文學事業，兩人的態度也不一樣。錢鍾書有才，也見多識廣，而且將世上的各色人等看得很透徹，這是最適合寫作的條件。但錢鍾書的成果並不多，成果不多不是他寫不出，而是他不寫，錢鍾書說，人說我狂，我實狷。狂與狷有什麼不同？孔子說的「不得中行而與之必也狂狷乎，狂者進取，狷者有所不為也」。我以為，錢鍾書青年時期「狂」，之後就是「狷」了，就是「有所不為也」。他對寫作，就是「有所不為」的態度。《圍城》是他被困在上海時逼出來的，《圍城》寫於上海，但故事爛熟於心幾十年，他的朋友徐燕謀曾說：「鍾書君《圍城》一書雖成於滬，而構思佈局實在湘西窮山中，四十年前坐地爐旁，聽君話書中故事，猶歷歷在目。」裝在肚裡四十年的故事，竟沒有寫，直到1940年，錢鍾書從湖南寶慶的國立師院回上海探親，太平洋戰爭爆發不久，上海淪陷，錢鍾書因此困在淪陷區內出不去了，沒有工作，才想到寫。而且，當時楊絳的寫作對他也有影響，楊絳在《記錢鍾書與〈圍城〉》中說：「有一次，我們同看我編寫的話劇上演，回家後他說：『我想寫一部長篇小說！』我大高興，催他快寫。」這上演的話劇就是《弄假成真》。《圍城》能得以寫出，有楊絳催促的功勞，錢鍾書在《〈圍城〉序》裡說：「這本書整整寫了兩年。兩年裡憂世傷生，屢想中止。由於楊絳女士不斷的督促，替我擋了許多事，省出時間來，得以錙銖積累地

寫完。」沒有楊絳的影響，沒有楊絳的催促，他可能會把那故事在肚子裡再擱四十年。《圍城》之後，他又構思了另一部長篇小說《百合心》，故事也是早在胸中，並且已寫出三萬多字，但一旦將草稿弄丟了，就放棄了。路翎的《財主的兒女們》七十萬字的書稿因戰爭弄丟了，路翎又重新寫出。錢鍾書不會這樣做，這樣做就不是「有所不為」的錢鍾書了。

錢鍾書的《管錐編》是平時的讀書筆記，他愛讀書，愛記筆記，是他不費力也喜歡做的事情。而且用這種方式弄文學，也是一種隱，他把自己隱到古書堆裡，使自己不與外界現實接觸。他「有所不為」而為的。

錢鍾書「有所不為」，是因為他把人生看得透透的，涼涼的，他在《論快樂》中說：「在我們追求和等待的時候，生命又不知不覺地偷渡過去。也許我們只是時間消費的籌碼，活了一世不過是為那一世的歲月充當殉葬品，根本不會享到快樂，但是我們到死也不明白是上了當，……」有了這些想法的錢鍾書，他不會拿追求和希望跟自己過不去。

蔣寅在《南方都市報》上有一篇文章《請還錢鍾書以本來面目》，說錢鍾書沒有開創一種新的學術範式，沒有形成體系。不是錢鍾書不能開創新的學術範式、不能形成體系，而是他不願意。這也正說明他的「有所不為」的人生觀。

施蟄存則不同，施蟄存一生都是努力地「有所為」，施蟄存的處境使他不得不努力，他沒有錢鍾書的家庭背景，也沒有錢鍾書的「有所不為」稟性，他必須努力地「有所為」。施蟄存在20世紀30年代初期，就潛心研究心理分析小說，施蟄存之後也有很多創作計畫，而且一直在努力，終因種種原因未能完成。辦《現代》雜誌，施蟄存也很努力，也有很大很周全的編輯計畫，但後來也因客觀原因未能實現。不論是當作家，當編輯，當大學老師，或是搞翻譯，研究碑版，施蟄存都是全身心的投入，從不放鬆自己。施蟄存是將出世和入世和諧地統一起來。施蟄存的「有所為」和錢鍾書的「有所不為」形成鮮明的對照。

第三節 孤傲與謙和

施蟄存與人交往，非常謙和，施蟄存的朋友多，他也很看重與
朋友的友誼，施蟄存在晚年寫了一批懷念朋友的文章，感人至深。施
蟄存懷念的人，既有特別親密的朋友，也有一般交情的友人；有幼年
的老師同學，也有後來的同事領導；有一面之交甚至沒有一面之交的
人，也有曾經多次交往交鋒的人；有長輩、同輩，也有小輩、晚輩。
列出名字來，有一長排：戴望舒、劉吶鷗、馮雪峰、浦江清、杜衡、
李白鳳、孔另境、魯迅、郭沫若、丁玲、張靜廬、葉聖陶、朱經農、
王瑩、田漢、沈從文、傅雷、徐燕謀等等，舉不勝舉。

錢鍾書不愛交友，當然也很少寫懷念朋友的文章，有人認為，
錢鍾書將人情看得很淡很冷。據我所知，錢鍾書有一篇懷念朋友的文
章，這就是寫於1987年2月23日的《〈徐燕謀詩草〉序》，徐燕謀與
錢鍾書是難得的好朋友，徐燕謀是與錢家父子兩代的朋友，與錢鍾書
既是同學也是同事，他們有六十年的友誼。六十年的交往是密切的，
情形如錢鍾書所說：「書問無虛月，又因老能閑，每歲必北遊，晤面
則劇譚暴謔，不減少壯。茲居然合新舊詩而共商略之，洵所謂孤始願
不及此也。豈非大幸事哉！」年輕時錢鍾書就為徐燕謀的詩稿寫過長
序，現在是「稿既僅剩爐餘，序亦勿免摧燒」，但錢鍾書記得序中的
一句話：「相識來十年中離合者數，合則如一二鳥之酬鳴，離則如一
鸞之求友。」由此可見他們的親密無間。錢鍾書能與徐燕謀有如此深
的情誼，一則徐燕謀有才，二則徐燕謀有德，錢鍾書說：「交契漸
厚，余始睹君詩筆超妙，冠冕儕輩，驚其深藏若虛。」

徐燕謀的才與德是眾所周知的，施蟄存在1986年4月26日寫的
《哀徐燕謀》中說：「我知道他極有學問，中英文學都有根底，不是
一般的英語教授。尤其是，我已感到他是一個極有修養的人。他襟抱
沖和謙退，遇到我們二人意見有不同的問題，他從來不爭不辯，微笑
而已。」施蟄存認為從很多事情中「都足以反映他人品之高潔」。錢
鍾書欣賞的就是徐燕謀人品之高潔。另外，徐燕謀也是「有所不為」

的人，施蟄存說：「徐燕謀過的是內涵的精神生活。除了編幾本教材之外，他絕無活動，絕無表露，真正做到『良賈深藏若虛』的功夫。」錢鍾書和施蟄存都用「深藏若虛」這個詞形容徐燕謀，真是英雄所見略同，錢鍾書也做到了「深藏若虛」，施蟄存欣賞「深藏若虛」，但沒有做到。錢鍾書與徐燕謀能有這麼深的友誼，不僅僅因為徐燕謀的才與德，有這樣才與德的人肯定不只徐燕謀一個，關鍵是他們之間有默契並相互滲透。

錢鍾書追求的是一種潛意識的滲透，錢鍾書在《談交友》一文中說：「真正友誼的形成，並非由於雙方有意的拉攏，帶些偶然，帶些不知不覺。咦！看它在心面透出了萌芽。在溫暖周密，春夜一般的潛意識中，忽然偷偷的鑽進了一個外人，哦！原來就是他！真正友誼的產物，只是一種滲透了你的身心的愉快。」錢鍾書的交友，原來要達到如此境界。這樣一種境界真是可遇不可求的。錢鍾書在《談交友》中，還把世俗一般人的交友情形分析得透透的，他說：「假使戀愛是人生的必需，那麼，友誼只能算是一種奢侈；所以，上帝垂憐阿大（Adam）的孤寂，只為他造了夏娃，並未另造個阿二」，錢鍾書對西諺「急需或困乏時的朋友才是真正的朋友」這句話提出異議，他認為，這是物質上的需要，而不是對友誼的需要，他說：「我們有急需的時候，是最不需要朋友的時候。朋友有錢，我們需要他的錢；朋友有米，我們缺乏的是他的米。那時節，我們也許需要真正的朋友，不過我們真正的需要並非朋友。我們講交情，揩面子，東借西挪，目的不在朋友本身，只是把友誼作為可利用的工具，頂方便的法門。」在這裡人們要的不是朋友，而是利益。「試看世間多少友誼，因為有求不遂，起了一層障膜，同樣，假使我們平日極瞧不起，最不相與的人，能在此時幫忙救急，反比平日的朋友來得關切，我們感激之餘，可以立即結為新交，好幾年積累成的友誼，當場轉移對象。」從這裡看，友誼是多麼勢利，是多麼容易轉移。有人以朋友肯借給他的錢多少，定友誼的高下，就更沒有意思。錢鍾書認為《水滸》中宋江說的「人情，人情，在人情願！」才是真正至理名言。錢鍾書說，還有一種人需要朋友精神的補助，如孔子所謂直諒多聞的益友，錢鍾書認為

這是「漂白的功利主義，無非說，對於我們品性和知識有利益的人，不可不與結交。」直諒，就是心直口快的勸告，錢鍾書說：「只有身段缺乏曲線的娘們，說話也筆直到底。因此，直諒的『益友』，我是沒有的，我也不感到『益友』的需要。無友一身輕，……多聞的『益友』，也同樣的靠不住。見聞多，記誦廣的人，也許可充顧問，未必配做朋友。」錢鍾書以為，「真正的友誼，是比精神或物質的援助更深微的關係。」與徐燕謀就是這樣的關係，而錢鍾書深知這種友誼的不易尋覓，所以也不奢望，當然也不有意為之。他把人與人之間的關係也看得透透的，他不想被人利用，也不想利用別人，於是把自己封閉起來少與人交往。

施蟄存沒有錢鍾書那麼苛刻，施蟄存要謙和、寬容得多，所以朋友的範圍也寬泛得多。誰是誰非我們不加評說，這是因性格而異，因秉性而異，旁人不應褒貶。

錢鍾書和施蟄存都是世紀老人，都是我們學習的楷模，不論人品文品都感染著我們，他們是中國傳統文化的繼承人和創造者，中國文化因他們而發揚光大。

後記

　　我與施蟄存先生從1990年便開始通信來往，到施先生逝世，整整14年。在走近施蟄存先生的這十幾年裡，使我感受最深的，是施先生的現代精神。從20世紀30年代到他逝世的2003年來，施蟄存先生一直不斷地追新求異，探索最「現代」的東西。施先生所具備的現代思想、現代意識、現代觀念，使他永遠走在了時代的前列。不論是外國文學翻譯還是現代小說創作，以及編輯工作，他都是以「現代」為標準的，「現代」成為了他的行為規範和創作準則。晚年的施先生雖然深居簡出，但他的思想仍然極具「現代」感。

　　十幾年來，我在施先生的指導和教誨下，也漸漸走進了這「現代」的世界，在這個世界裡，不僅以「現代」的精神去學習和創造，而且以「現代」的精神去工作和生活。有了這「現代」的精神，我既發現了文學藝術的廣闊天地，也感受到了生活的豐富多彩。因為有了這「現代」精神，我才能在挫折和不幸的泥潭裡站起而不至於沉淪，我才能在艱難困苦的磨難中挺住而不至於倒下，從而能藐視一切困難，樂觀地看待人生，並且知道了艱難困苦和挫折不幸原來就是生活的一部分，沒有這些，生活就不圓滿，不豐富，也便不能充分感受生活的意義。

　　在施蟄存這裡，我深深地感到追求理想和堅守一種精神的艱難，有時，我們會因我們的追求和堅守弄得疲憊不堪，甚至遍體鱗傷，而理想卻是那麼遙不可及。我同時也感到一種深入骨髓的孤獨，這孤獨像濃霧一樣彌漫至今，直沁入我的心靈。

　　但是，我也在享受這種孤獨，並在這孤獨中逐漸改造自己和完善自己。

2015年12月18日

附錄　作者與本課題相關的論文發表情況

1. 《同一層面的不同言說——論新感覺派小說中的女性形象》，《文藝理論研究》2000.3
2. 《施蟄存同魯迅的交往與交鋒》，《中國現代文學研究叢刊》2000.3
3. 《施蟄存傳略》／《新文學史料》2000.4
4. 《新時期施蟄存研究述評》，《中國文學研究》2000.1、「人大資料」《中國現代、當代文學研究》2000、4全文複印。
5. 《一代宗師施蟄存》，《香港文學》2000.5
6. 《現代主義小說在中國的變形——論施蟄存的小說》，《華中理工大學學報》2000.4
7. 《幻想的結晶——談施蟄存小說的虛構色彩》，《寫作》2000.8
8. 《左翼文學運動與施蟄存》，《紀念左聯成立70周年文集》上海文藝出版社2000.12
9. 《走近施蟄存先生》，《中華讀書報》2001.3、《作家文摘》全文轉載2001.4
10. 《現代的施蟄存》，《文匯報》2002.12.11
11. 《在傳統與現代、政治與藝術之間——施蟄存的兩難選擇》，《文學評論叢刊》2002.5.1
12. 《政治化趨向語境中的「遠離政治」——論30年代現代派作家施蟄存的政治傾向》，《山東師範大學學報》2002.2
13. 《性心理分析的不同話語——魯迅與施蟄存心理分析小說比較談》，《濟南大學學報》2001.5
14. 《潛意識——收斂與逸出——魯迅與施蟄存心理分析小說比較談之二》，《江漢論壇》2002.2
15. 《茅盾與施蟄存創作比較談》，《唐都學刊》2002.3
16. 《施蟄存與三十年代詩歌革命》，《新文學史料》2003.4
17. 《認識施蟄存》，《湖北師範學院學報》2003.1

18.《論施蟄存的小說創作與外國文學的關係》，《文藝理論研究》2004.1

19.《〈梅雨之夕〉：朦朧的詩》，《名作欣賞》2004.12

20.《施蟄存翻譯工作對中國現代文學的貢獻》，《中國現代文學研究叢刊》2004.4

21.《探索在現代的蹊徑上──施蟄存論》，《汕頭大學學報》2004.3

22.《我所認識的施蟄存先生》，《新文學史料》2006.4

23.《新感覺派都市小說比較談》，《山東師範大學學報》2005.3

24.《從〈善女人行品〉看施蟄存小說的內心獨白》，《南京曉莊學院學報》2005.1、人大複印資料《中國現當代文學研究》2005年9期全文轉載

25.《中國現代文學史上的施蟄存》，《文藝理論研究》2005.6、《當代作家評論》2006、3轉載、人大複印資料《中國現當代文學研究》2006年2期全文轉載

26.《南施北錢縱橫談》，《海南師範學院學報》2006.5

27.《從社會性的譴責批評到文學性的審美鑒賞──論海派文學研究的視角轉移》，《涪陵師範學院學報》2004.3

28.《評李今的〈海派小說與現代都市文化〉》，《文學評論》2001.6

29.《注入生命的文學研究──論吳福輝的海派文學研究》，《文學評論叢刊》2003.6.2

30.《海派文學研究綜述》，《海南師範學院學報》2003.2、《新華文摘》2003.6全文轉載

31.《施蟄存現代派小說的非現代主義特質》，《河南教育學院學報》2001.1

32.《解讀施蟄存的小說〈魔道〉》，《名作欣賞》2007.7

33.《趙樹理與施蟄存文藝觀比較談》，《湖北師範學院學報》2007.5

34.《論施蟄存的現代翻譯思想》，《文藝理論研究》2008.5

35.《小說家施蟄存對戲劇的關注和貢獻》，《社會科學》2008.9

36.《左翼小說與新感覺派對上海的不同闡釋》，《長江師範學院學報》2008.2

37.《關於〈現代〉的「第三種人」論爭及施蟄存的傾向性》，《荊州職業技術學院學報》2008.8

38.《鄉村都市與現代都市——老舍與新感覺派》，《南京曉莊學院學報》2008.1

39.《解讀施蟄存的小說〈黃心大師〉》，《名作欣賞》2008.4

40.《現代派作家施蟄存的左翼傾向——兼談與魯迅、馮雪峰的交往》，《魯迅研究月刊》2008.11、人大複印資料《中國現當代文學研究》2009年3期全文轉載

41.《論施蟄存的現代編輯思想及〈現代〉的現代性》，《文藝理論研究》2009.1

42.《施蟄存的詩歌翻譯以及對當代詩歌的影響》，《齊魯學刊》2009.2

43.《施蟄存對外國獨幕劇的翻譯》，《藝術百家》2009.3

44.《翻譯與影響——施蟄存與施尼茨勒》，《江蘇社會科學》2009.3

45.《從施蟄存的〈石秀〉看石秀的表與裡》，《名作欣賞》2009.10

46.《論施蟄存在〈現代〉的商業運作與現代品格》，《社會科學》2010.5

47.《施蟄存的小說翻譯對其小說創作的影響》，《中國比較文學》2010.2、人大複印資料《中國現代、當代文學研究》2010.8全文複印

48.《施蟄存小說與佛洛德理論》，《小說評論》2010.4

49.《施蟄存關於〈魔道〉的一封信》，《新文學史料》2011.2

50.《施蟄存包裝出來的現代派詩人——戴望舒》，《暨南學報》2011.6

51.《施蟄存所理解的丁玲》，《新文學史料》2012年.4

52.《論魯迅與施蟄存的翻譯觀以及意義》，《南京曉莊學院學報》2013.5

53.《編輯施蟄存對小說家穆時英的發現與推崇》，《新文學史料》2014.4

54.《施蟄存與川端康成小說比較談》，《現代中國文化與文學》第17輯

55.《論新感覺派的陌生化敘事》，《東南學術》2015.6

秀威經典　　　　　　　　語言文學類　PG1840　新視野38

現代的施蟄存

作　　　者 / 楊迎平
主　　　編 / 蔡登山
責任編輯 / 林世玲
圖文排版 / 楊家齊
封面設計 / 蔡瑋筠

出版策劃 / 秀威經典
發 行 人 / 宋政坤
法律顧問 / 毛國樑　律師
印製發行 / 秀威資訊科技股份有限公司
　　　　　114台北市內湖區瑞光路76巷65號1樓
　　　　　電話：+886-2-2796-3638　傳真：+886-2-2796-1377
　　　　　http://www.showwe.com.tw
劃撥帳號 / 19563868　戶名：秀威資訊科技股份有限公司
　　　　　讀者服務信箱：service@showwe.com.tw
展售門市 / 國家書店（松江門市）
　　　　　104台北市中山區松江路209號1樓
　　　　　電話：+886-2-2518-0207　傳真：+886-2-2518-0778
網路訂購 / 秀威網路書店：http://www.bodbooks.com.tw
　　　　　國家網路書店：http://www.govbooks.com.tw

2017年7月　BOD一版
定價：370元
版權所有　翻印必究
本書如有缺頁、破損或裝訂錯誤，請寄回更換

Copyright©2017 by Showwe Information Co., Ltd.
Printed in Taiwan
All Rights Reserved

國家圖書館出版品預行編目

現代的施蟄存 / 楊迎平著. -- 一版. -- 臺北市：
秀威經典, 2017.07
　　面；　　公分. -- (語言文學類；PG1840)(新
視野；38)
　　ISBN 978-986-94998-1-1(平裝)

　1. 施蟄存　2. 傳記　3. 現代文學　4. 文學評論

848.7　　　　　　　　　　　　106010069

讀者回函卡

感謝您購買本書,為提升服務品質,請填妥以下資料,將讀者回函卡直接寄回或傳真本公司,收到您的寶貴意見後,我們會收藏記錄及檢討,謝謝!

如您需要了解本公司最新出版書目、購書優惠或企劃活動,歡迎您上網查詢或下載相關資料:http:// www.showwe.com.tw

您購買的書名:_____

出生日期:_____年_____月_____日

學歷:□高中 (含) 以下 　　□大專 　　□研究所 (含) 以上

職業:□製造業 □金融業 □資訊業 □軍警 □傳播業 □自由業
　　　□服務業 □公務員 □教職 　□學生 □家管 　□其它_____

購書地點:□網路書店 □實體書店 □書展 □郵購 □贈閱 □其他

您從何得知本書的消息?

　□網路書店 □實體書店 □網路搜尋 □電子報 □書訊 □雜誌

　□傳播媒體 □親友推薦 □網站推薦 □部落格 □其他_____

您對本書的評價:(請填代號 1.非常滿意 2.滿意 3.尚可 4.再改進)

　封面設計____ 版面編排____ 內容____ 文╱譯筆____ 價格____

讀完書後您覺得:

　□很有收穫 □有收穫 □收穫不多 □沒收穫

對我們的建議:_____

_____

_____

_____

請貼
郵票

11466

台北市內湖區瑞光路 76 巷 65 號 1 樓

秀威資訊科技股份有限公司　　　收

BOD 數位出版事業部

....

（請沿線對折寄回，謝謝！）

姓　　名：_____　年齡：_____　性別：□女　□男

郵遞區號：□□□□□

地　　址：_____

聯絡電話：(日) _____　(夜) _____

E-mail：_____